本书编委会

主　编　张泰城
副主编　丁功谊
编　委　（按姓氏笔画）

丁功谊　邓声国　刘晓鑫　何建良

张泰城　龚奎林　黄桃红

江西省高校人文社科重点研究基地

井冈山大学庐陵文化研究中心基金资助

中國的民间传说（二）

张泰城 ◎ 主编

江西人民出版社
Jiangxi People's Publishing House

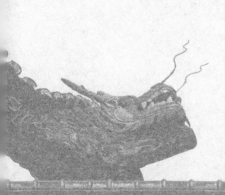

图书在版编目(CIP)数据

中国的民间传说(二)/张泰城主编.

—南昌:江西人民出版社,2014.12

ISBN 978 – 7 – 210 – 07022 – 1

Ⅰ.①中… Ⅱ.①张… Ⅲ.①民间故事 – 作品集 – 中

国 Ⅳ.①I277.3

中国版本图书馆 CIP 数据核字(2015)第 000824 号

中国的民间传说(二)

张泰城 主编

特约编辑:王治川

责任编辑:陈世象

封面设计:章 雷

出版:江西人民出版社

发行:各地新华书店

地址:江西省南昌市三经路 47 号附 1 号

学术出版中心电话:0791 – 86898330

发行部电话:0791 – 86898815

邮编:330006

网址:www.jxpph.com

E – mail:swswpublic@ sina.com web@ jxpph.com

2014 年 12 月第 1 版 2017 年 10 月第 2 次印刷

开本:787 毫米 × 1092 毫米 1/16

印张:22.5

字数:350 千字

ISBN 978 – 7 – 210 – 07022 – 1

赣版权登字—01—2015—58

版权所有 侵权必究

定价:34.00 元

承印厂:永清县晔盛亚胶印有限公司

赣人版图书凡属印刷、装订错误,请随时向承印厂调换

总　序

　　传说是人们口头创作的一种文学样式。这种文学样式以一定的历史人物、历史事件、山川风物、社会习俗等为主要内容，经过群体的口耳相传和加工创作，逐渐演绎出与这些内容相关的生动情节，表达人民群众的思想感情和理想愿望。

　　传说的产生与发展同人们的生产生活方式密切相关。在农耕社会，农作物的自然生长周期赋予农业生产以春种、夏忙、秋收、冬闲的生产节律，这种生产节律使得人们有大量的闲暇时间。农业生产的特点还导致农户以村落的方式聚居，村落往往以姓氏或血缘为纽带，由数代同堂的家庭组成。村落间有一段距离，且交通不便，村里识字的人不多，也没有什么文化生活，信息传播的渠道和方式主要是口头语言。在闲暇时间，人们很自然地聚集在一起，交流生产经验、讲述生活经历、数说历史事件、传播各自见闻等等。很多脍炙人口的传说，就是在这样的生产生活环境中，经过人们千锤百炼的口头加工而代代流传。

　　传说作为民间文学的重要组成部分，有其独特的体例。它在特定的时空背景下，围绕某一主题或事件，以生动曲折的情节、质朴平实的语言，叙述地方风物的来龙去脉或人物事件的发展变化；它描述特定的历史人物和历史事件，诠释地方上的风物和习俗，具有历史记忆的功能，但和史料不同。史料是史实的客观记

载,传说则是以幻想、附会、夸张等艺术方式反映历史;它热烈而奔放,深沉而豪迈,充满着丰富的想象、大胆的夸张和奇异的渲染,但和神话不一样。神话描述的多是现实生活中未曾有过的人和事,传说则扎根于真实的历史人物和相关事件,是现实生活的艺术反映;它情节跌宕起伏,形象鲜明生动,但与小说不一样。小说是作家个人的文学创作,词句谨严,逻辑缜密,传说则是大众的口头创作,言语生动,叙述跳脱,在口耳相传中变异,在世代累积中成型;它借助人物和事件来表现主题,但与故事不一样。故事的人名和地点可以假设,在时空上有变通性,传说则是特定人物事件或山川风物的写照,在时空上有独特性。当然,当故事落脚在具体的历史地理背景上,可以演化为传说;当传说脱离具体的历史地理环境,可以演化为故事。

传说作为民间文学的特殊体裁,有其独特的艺术特点。其一是传奇性。它在现实生活的基础上,通过超越现实的巧合、夸张、渲染、虚构、想象等手段,构造曲折离奇、峰回路转的情节,充满着浓郁的传奇色彩。其二是合理性。传说根植于真实的历史人物和历史事件,是历史真实与艺术真实的巧妙结合。它将真实与虚幻、实际与想象编织在一起。无论情节的描述如何跌宕起伏、超乎现实,然而细细思量,却是现实生活的逻辑展开,它既超乎寻常却又合乎情理。其三是乡土性。传说与特定的历史风土人情紧密结合,它是一个地区特定的历史进程、社会生活及自然风物的写照,将各地的民情性格、社会风貌、风土人情表现得淋漓尽致,极具地方语言特征,极富地方乡土气息,传说中的精品往往成为民族品格的标志。其四是变异性。传说没有最终的定本,它在记忆中储存,在口耳间流传,难得使用文字固定,因而在传播中必然发生变异,其语言、风格、情节、细节、形象诸方面都会发生变化,流传的地域越广,历史越长,次数越多,传说的变异也就越大。

传说的独特艺术特点,使其具有独特的功能和价值。传说是历史的记忆、传统的承续,是民间社会生活的百科全书,更是寓教于乐的优质教育资源。传说或直述历史,或隐含历史,但都凝聚着历史人物的成功与失败、光荣或屈辱、喜怒和哀乐,谱写着劳动人民乃至整个民族的劳动与创造、奋斗和进取的进程。各种传说的综合,就构成了一个国家和民族的口述历史。传说代代绵延,以口头的方式传承和规范着民间的各种信念信仰、乡规民约,蕴含着民间习俗的由来、内涵和特点,维系着民间的传统道德。传说又是民间知识的载体,承载着劳动人民生产、生活、家庭乃至饮食健康等各方面的习俗和经验,是民间社会生活的百科全书。

传说在娱乐中传承人们的知识和经验时,还具有寓教于乐的强大功能。传说通过对历史人物的形象描绘,对社会生活的艺术抒写,深入道德情感、价值观念等各个层面,在美学意义上显示激动人心的思想情感,给人赏心悦目的审美感受,使人们得到心灵的净化和思想的升华。传说以惩恶扬善为导向,通过对英雄事迹的弘扬和对丑恶人物的鞭笞,寄托人们的价值取向和道德标准,帮助人们识别真善美和假恶丑,使人们在潜移默化中得到启迪和教育,进而形成高尚的人格和远大的理想。人们在讲述各种富有传奇色彩的历史人物和事件的同时,往往赋予其更加浓重的传奇色彩;人们在褒奖和赞美主人公的超人智慧和高尚品格的同时,往往赋予他们更加超人的智慧和更加宝贵的品格;人们在鞭笞和谴责人世间的残暴丑恶势力的同时,往往赋予其更加残暴丑恶的嘴脸,从而使之更加渺小和猥琐。传说在对历史人物和历史事件的描绘和叙述中,表达人们的爱憎和褒贬;传说在对新生事物和美好现象的赞美和颂扬中,表达人们的情感和愿望;传说在对人物命运的把握和对事物未来的预想中,寄托人们的憧憬和向往。传说中的杰出人物和独特事件,经过一代又一代人的倾情描绘和精心锤炼,无不打上民族气质和民族风格的烙印,凝聚成民族特性和民族品格,绽放出绚丽夺目的人文光芒。传说对民族精神的传播和弘扬,具有不可替代的积极作用。正因为如此,传说成为独具特色的艺术形式,成为功能强大的优质教育资源。

传说的本质是口传文学,很多作品是过去人们在不掌握文字或传媒不发达的情况下进行口头创作和传播的,这种非固化的流动传播方式使传说容易失传。同时,随着工业化、城市化进程的加速,大量农村青年进城务工经商并长住城市,乡村办企业和乡村生活城镇化,使得农村的生产生活方式发生了重大变化,生活节奏加快,文化生活也因电视的普及和网络进入农家而异彩纷呈;过去农村常见的树下乘凉、围炉烤火等农闲聚会形式,现在已经很少见了。传说得以流布传承的环境变化,也使传说濒临失传。

井冈山大学一直注重文化的传承与创新,充分挖掘和运用独特的历史文化资源,努力将文化资源优势转化为学校的学科学术优势,进而转化为办学育人的优势。自2007年以来,我们每年都组织师生到井冈山及周边地区进行红色传说采风社会实践教学活动,对散落在井冈山及周边地区的红色传说进行深入挖掘和细致整理。2012年,我们将采风活动拓展到以民间传说为重点的非物质文化遗产领域。几年来,我们先后采集了"井冈山的红色传说""江西的民间传说""中国的

红色传说""中国的民间传说"等,并结集出版,取得了较好的社会效果。红色传说和民间传说的采风活动,锻炼和提高了大学生的社会实践能力,增长了他们的才干,成为高校人才培养的一种有效方式,得到社会各界的好评和大力支持。同时,采风活动将散落在各地的红色传说和民间传说有效地收集起来,并以文字的形式整理出版,使传说这种宝贵的非物质文化遗产得到较好的保护和传承。

参加采风活动的师生深入田野乡村,走访各地的文化博物场馆,倾听人们讲述当地的传说,并以文字或录音、录像的方式记录下来。在采访中,师生们进村入户,白天同劳动,夜晚听传说,与采访对象倾心交谈,与人民群众融成一片,既增强了师生对农村生活的认知和体验,又增长了他们的阅历和才干。在编写中,师生认真把握传说的文体特点和艺术手法,努力将采集的口头传说整理为书面文字,进行必要的修改和润色,最终编辑成书;学生们的语言表达能力和文字写作能力也得到了锤炼和提高。汇集成册后,师生又对传说进行再加工和再创作,将其绘成连环画,并运用声光电手段和三维动画技术,制作成动漫,以互联网为平台,在新的创意空间展示各种民间传说。这种教学实践活动,将人才培养、科学研究、服务社会和文化传承与创新较好地结合在一起,既是课堂教学活动的拓展和延伸,也是对非物质文化遗产的一种保护,更是对文化传承创新的路径与方法的有益探索,体现了高校的使命和责任。

在整理和编辑过程中,我们充分注意到传说作为口头文学与书面文本的差别。传说每讲述一次,就是一次再创作。同一个母本的传说,在不同的讲述人那里,有着不同的情节内容和叙述模式,有着各自独特的风格和感染力。即使同一个讲述者,在不同的时间或不同的场合,也会有差异和不同。因此,我们在整理和编辑传说时,注意到传说在情节转承、氛围烘托和语言风格等方面的独特性,尽量保持传说的原生态韵味。同时,我们还详细标明采风地点以及讲述者、采访者和整理人的姓名,以求更加客观准确地做好记录和编辑。

传说连接我们的久远历史,它们既熟悉而又陌生,似在眼前而又渐行渐远。我们将它们从口头流传的文学转化为书面表达的文本,就是希望这些传说能够获得更加持久的生命力,从而在我们的记忆中留下更加深刻的烙印。

张泰城

2014 年 9 月

目　录

转世神童刘定之 ——————————— 1

"指阳渡"与"下阳"的由来 ——————————— 3

永新的"一门三进士"与"两朝宰辅" ——————————— 5

舅舅拜靴 ——————————— 8

县令破风水 ——————————— 10

刘郎神鞭 ——————————— 12

三哭殿 ——————————— 14

抱子石传奇 ——————————— 18

神医卢尊生 ——————————— 21

黄庭坚镇"鬼" ——————————— 25

赭砚的发现 ——————————— 28

"错改"休书 ——————————— 31

杨时乔训鬼 ——————————— 34

一心为民 ——————————— 37

千年铁树的传说 ——————————— 40

南宋名臣施师点 —————————— 42

灵山的由来 —————————— 44

蜂窝山 —————————— 48

大枫树 —————————— 50

樟树下的由来 —————————— 52

老渔夫 —————————— 54

比医招亲 —————————— 56

闯王的宝藏传说 —————————— 58

相思坑 —————————— 60

寡婆桥的传说 —————————— 62

脚盆井 —————————— 64

苏仙传说 —————————— 66

燕子泉 —————————— 69

"放阴箭"的辰州符 —————————— 72

情蛊 —————————— 74

天子山上的"天子" —————————— 76

鸳鸯峰 —————————— 78

猿父虎母 —————————— 81

早到一天的新年 —————————— 83

湘西赶尸 —————————— 85

弩马识虞姬 —————————— 87

状元洞 —————————— 90

闯麻城 ———————————————————— 92

红安的皮影戏 —————————————— 95

黄牛滩 ———————————————————— 98

刘心源妙答 ——————————————— 101

三兄弟分家 ——————————————— 104

庞统测字 ————————————————— 107

庞统断案 ————————————————— 109

张飞绣花 ————————————————— 112

吕后寻仙救太子 ——————————— 115

夜里三点灯 ——————————————— 119

金锁记 ——————————————————— 122

卢然发迹 ————————————————— 125

鲁班收徒 ————————————————— 128

花围裙 ——————————————————— 131

潘龙状元 ————————————————— 133

土楼传说 ————————————————— 135

响妹 ————————————————————— 137

流血的石狮 ——————————————— 140

龙岩桃花案 ——————————————— 143

糁的传说 ————————————————— 147

白猿的孝心 ——————————————— 150

山东状元煎饼 ————————————— 152

神奇的四叶草 ——————————————— 155

树灵 ——————————————————— 158

赶考奇遇 ——————————————————— 161

丁日昌的仕途 ———————————————— 163

金龙蟠门 ——————————————————— 165

叶高飘逸事 ————————————————— 168

陈炯明状告知府 ——————————————— 170

智斗黄剥皮 ————————————————— 172

虾姑的故事 ————————————————— 175

"帝帽"与"龙石"的传说 ——————————— 177

新寨黄氏的传家宝 —————————————— 179

羊蹄岭上的教训 ——————————————— 181

王桐乡告御状 ———————————————— 183

五指山的传说 ———————————————— 186

冼夫人比武借道 ——————————————— 189

十二点炮 ——————————————————— 192

施善积德，飞升成仙 ————————————— 194

梁山伯与祝英台 ——————————————— 197

海瑞罢官 ——————————————————— 200

鉴真海南认外甥 ——————————————— 205

黄道婆崖州学纺织 —————————————— 208

湘妃竹 ——————————————————— 211

妹妹长田 —————————————————— 214

秦始皇赶山成桂林 ————————————— 217

全州禾花鱼 ————————————————— 220

神奇的相邻村 ———————————————— 223

月亮山 ——————————————————— 226

阳朔仙境 —————————————————— 229

象鼻山传说 ————————————————— 232

情侣石 ——————————————————— 235

全州醋血鸭的传说 ————————————— 238

朝天椒的传说 ———————————————— 241

金鼎山的传说 ———————————————— 243

聪明的小帮工 ———————————————— 245

粮王的传说 ————————————————— 247

扭都的传说 ————————————————— 249

洗马滩的传说 ———————————————— 251

仡佬天书 —————————————————— 253

竹王的传说 ————————————————— 256

蒲道官斩巴蛇 ———————————————— 258

罪泉 ———————————————————— 261

添不满的万年灯 ——————————————— 264

梦里当驸马 ————————————————— 267

红梅成仙记 ————————————————— 269

起凤桥的传说 —————————————— 271

吃"尿鸡" —————————————————— 273

梯子沟的传说 —————————————— 275

石鹅寺的传说 —————————————— 277

钥匙坡的传说 —————————————— 279

仙女洞的传说 —————————————— 281

罗梦仙的传说 —————————————— 283

堡子山 ——————————————————— 285

吊坪的传说 ——————————————— 287

郭蛤蟆 ——————————————————— 289

红纸糊井盖的来历 —————————— 291

太阳山 ——————————————————— 293

西宁城 ——————————————————— 295

晏子龙的故事 —————————————— 297

祖厉河的传说 —————————————— 301

范仲淹知延州 —————————————— 304

秦镇米皮 ————————————————— 306

兰花花 ——————————————————— 308

萧百万弄巧成拙 ———————————— 311

五不入仕真罗汉 ———————————— 314

"商"字的由来 ————————————— 317

刘秀的传说 ——————————————— 319

蚕神的由来 ———————————————————— 322

二郎神君助孝媳 ————————————————— 325

李白愤书仙娥诗 ————————————————— 328

屠夫与状元的故事 ——————————————— 330

西柏坡的传说 —————————————————— 333

善女 —————————————————————————— 335

苏起年画 ———————————————————————— 337

赵匡胤卖华山 —————————————————— 339

后记 ——————————————————————————— 342

转世神童刘定之

刘定之,字主静,号呆斋,谥文定,江西永新仰山村人,生于明成祖永乐七年(1409),卒于明宪宗成化五年(1469)。宣德十年(1435)刘定之考中举人,正统元年(1436)会试第一名,殿试又再夺探花,一时名扬天下。成化四年(1468)刘定之为礼部左侍郎。刘定之学问渊博、善文工诗。关于他的出生流传着这样一个传说。

古时候,人们把品德高尚和才华出众的人称为君子,刘定之的父亲刘髦就是"禾川三君子"之一。刘髦通晓经史大义,永乐六年(1408)考中举人,却因为家境贫寒没去做官,就在一个私塾里当先生,研究经书并著书立说。人们亲切地称他为"石潭先生"。

禾山山清水秀,风光秀美。邻近禾山有一潭,人称两丝潭。两丝潭的水源是来自上面的瀑布,是形容潭的深度,就是潭水的深度有一两蚕丝线那么长,且潭水碧绿冰凉。潭边有块突出的大青石。

刘髦特别喜欢垂钓,经常到两丝潭钓鱼,因为他经常去那里,大青石被磨得平整发亮。

有一天,太阳才刚露出细微的曙光,他到两丝潭去钓鱼,却遇到了一件很奇怪的事——当他专注钓鱼的时候,突然听到一阵水

响。抬头一看,原来是一条人影窜上水面,跃身落到大青石上。

"你好!石潭兄。"跟他打招呼的原来是远近闻名的渔夫,渔夫的水性非常好,靠从河里打鱼为生。渔夫非常神秘地对刘髦说:"石潭兄,告诉你一件奇怪的事,今天我在潭底发现一个学堂,有孩子在里面用功读书。"

刘髦不相信,说:"不可能,你不要乱说!水下面怎么还能有人在读书呢?"渔夫赌咒发誓确有其事。渔夫的话勾起了刘髦的好奇,但还是半信半疑。

过了几天,刘髦又去那里钓鱼,忽然听见一个小孩读书的声音,这声音还是从潭里面传出来的,他一开始也以为是自己听错了,于是就静静地听了一会儿,确定是有个小孩在下面读书。他回去后跟家里面的人说这个事,谁都不相信,认为他是在说假话或吹牛,在那么深的潭里面不可能还有人。

刘髦决定探个究竟。他找到渔夫,要他下到潭底,想办法从读书的小孩那里撕几页文书带上来,以证明确实有小孩在潭底读书。渔夫说:"好!"他水性好,一次就游到底了,在水里,他惊奇地看到一个小孩正趴在书桌上打瞌睡,桌子上还放着一本书。渔夫环顾四周,也没有其他人,于是趁机就撕下了书上的几张纸带上来了。刘髦回去拿给村里人看,村上的人看到还真的是几张有字的纸,于是很多人就相信那是真的,但还是有些人怀疑。之后刘髦把那几张纸一直藏于家中。不过,听见潭里面有小孩读书声的不只刘髦,还有一个挑柴的农夫,农夫说,有一天晚上,他挑柴经过两丝潭,也听见有小孩读书的声音。

几个春去秋来,刘定之出生了。他自幼聪明好学,相传他七岁就能作诗赋,别人花一两个时辰才能把课文背下来,他只要看一遍就能背诵,一点就通。但是天资聪颖的他有一天读一本书时,读到一个地方突然感到迟钝,怎么也读不下去了,就卡在那里翻越不过去。他父亲发现这个情况感到奇怪,也着急起来,问刘定之是为何,刘定之便告知父亲,这本书,这几页就是难以理解明白。忽然,刘定之的父亲想到当初在潭里面偷偷撕掉的几张纸,也许正是这本书上这个地方的,会不会是这个原因作祟。于是赶忙把那几张纸拿出来给刘定之看,刘定之一看到那几张纸,瞬间豁然开朗,茅塞顿开,顺畅地把这本书给看完了。

这个消息一经传出,大家都认定刘定之就是当初在两丝潭里面读书的那个小孩,是神童转世。转世神童的故事就流传开来了。

(口述:刘立金;地点:江西省永新县仰山村;整理:谭蓉蓉、黄桃红)

"指阳渡"与"下阳"的由来

刘沆,字冲之,永新县埠前三门前人,生于北宋至道元年(995)农历九月十八日。相传刘沆出生时,天象异常,村子及周围被一团紫雾笼罩,人们感到很奇怪,奔走相告,猜测这种奇异天象,不知这是福还是祸。

刘沆家乡北面有座山叫后隆山,那里山清水秀、草木葱郁。唐代宰相姚崇在此居住读过书,后牛僧孺也在那里筑台攻读。刘沆长大后,父亲刘素也在后隆山上筑台,取名为聪明台;且在台下面打了口水井,取名为聪明泉。刘沆就在那里发奋学习,秉烛苦读。刘沆天圣八年(1030)进士及第,位列榜眼。后历官至参知政事(副宰相),宋仁宗至和元年(1054)8月,又进拜同中书门下平章事(宰相)、集贤殿大学士。

刘沆在朝廷鞠躬尽瘁,帮助皇帝处理政务,能言善谏。嘉祐五年(1060)二月二十八日,刘沆因脑溢血而去世。宋仁宗听到他去世的噩耗后,心情非常沉重悲痛,待在宫内追思,一天内不接见任何大臣,并亲自为刘沆写下一首挽诗:

早富经纶业,终成辅弼功。

立朝无党势,为国尽公忠。

此日悲遗直,谁人嗣匪躬。

深嗟亡一鉴,何以慰余衰?

这四十字的挽诗道出了刘沆为国为民鞠躬尽瘁的一生和仁宗皇帝对刘沆政绩的高度评价。除此之外宋仁宗还亲赐"思贤碑"一块作为刘沆的墓碑。宋神宗即位后,追赠刘沆为"大师充国公",谥号"文安"。

刘沆死后的第三天,仁宗皇帝下旨朝廷文武百官沉痛哀悼刘沆七天,各州府设立灵堂,以此来缅怀那位忠臣。相传有一位姓金的州府官曾与刘沆有些过节,这位金大人心里不服,没有在府上设灵堂,而且还扬言说刘沆没有资格在全国范围内享受设堂守孝。宋仁宗得知这一消息后,立马下旨免去其州府官职务,降至一个小县当县令。

皇帝按照刘沆生前的意愿,下旨给礼部,尽早把刘沆的遗体运送回老家安葬,根据当时的条件选择了水路。刘沆逝后,天下了一场大雪,有的人就说刘沆真是好官,连上天都为他披孝。一切都在按计划进行,当运送遗体的队伍行至吉安一渡口时,天色已晚,眼看太阳就要下山了,为了尽早赶回老家,刘沆的长女在此指着太阳说:"太阳公公,等我爹爹到家了,你再下山休息去吧。"还真是神奇,话音一落,太阳果真停住不下山,从此这个渡口就被称作"指阳渡"。

队伍继续前行,当船行至永新地段时,眼看快要到家了,刘沆的长女又指了指太阳说:"太阳公公,我爹爹已经到家了,您快去休息吧!"这时太阳才慢慢地落下山去。相传永新县"下阳"这个地名就是这么来的。

后来刘沆的长女在为其守灵的夜晚,旁边的青蛙总是在呱呱呱地叫个不停,刘沆的长女觉得太吵了,于是就对着青蛙念了几句咒语,真是神了,从此四周的青蛙不再鸣叫。几天过去了,刘沆的后事也都处理完了。

一天,有一位挑柴的樵夫路过刘沆墓时,看见一只金母鸡带着几只小鸡在啄食,农夫兴奋不已,就去抓。抓到一只小金鸡后,就高兴地拿去换钱;后来他就生病了,也把换来的钱全部用光了,村里人都说那是刘沆告诫后人不要有贪念。

(口述:刘云南;地点:江西省永新县三门前村;整理:谭蓉蓉、黄桃红)

永新的"一门三进士"与"两朝宰辅"

刘沆的长子刘瑾生于北宋天圣元年(1023),从小发奋学习,铭记父亲遗愿。皇祐五年(1053)刘瑾中进士乙科,鸿胪传唱,仁宗仔细一看,对左右大臣说:"刘某真像他父亲啊!"刘瑾历官四十余年,官至天章阁待制。

相传刘瑾是个出名的孝子,刘沆逝世后,他悲痛万分。由于从小身体不好,经常吃药,过度的悲伤使他昏迷过好几回。朝廷里的大臣们看在眼里,痛在心头,都为他的真诚尽孝所感动。按照刘沆生前的遗愿,尸体要运回到三门前村安葬。路途太远,刘瑾身体又差,大臣们都劝刘瑾不要随殡仪队回去,叫其他几个儿子回家尽孝便是。可刘瑾死活不愿意,他说:"作为长子,如果不回去参加葬礼,就是不忠不孝。只要还有一口气,我就一定要随同回去。"经过近一个月的长途跋涉,终于回到了家里。此时的刘瑾已是面黄肌瘦,神情恍惚。

按照古代的礼节,父母逝世后,儿女要在坟前守孝七七四十九天。刘瑾拖着病弱的身体力尽长子之礼,在坟前搭棚守孝。传说守孝的第七天,一阵电闪雷鸣过后,大雨倾盆而下,整个大地笼罩在一片昏暗之中。可奇怪的是刘瑾临时搭建的草棚里却没沾一点水,他仰望天空唏嘘:"感谢上苍对我不孝子的照应和关

爱。"话音刚落,草棚门口出现了一位身穿孝服的白发老者,他缓缓地走进大棚里,说自己是位算命先生,听说令尊大人归去了,特意从河南开封赶过来的。

刘瑾有些纳闷,说:"父亲大人逝世,为何老先生如此关爱?"

白发老者叹了声说:"令尊大人在开封做官时,曾为我家洗去了背负十余年的冤案,那时我在大牢里蹲了十几年,是刘大人到开封上任时才把我放了,整个案子才算有个了结。我们一家对令尊大人的公心严明、大恩大德永生难忘。"老者还给刘瑾算了一卦,他拿着刘瑾的左手看了看道:"大人,你家前途一片光明,'一门三进士'定能在你下一代实现。大人,最后祝你们家世代出栋梁。"说完,白发老者消失在大雨中,刘瑾心里却一片茫然。

刘瑾回府后,查阅了父亲生前的卷宗,那天见过的白发老者叫尚可喜,但上面白纸黑字写得很清楚,这个人早在十几年前就在大牢里死去了,冤案的确是在刘沆手上昭雪的。刘瑾百思不得其解,心想,难道这位算命先生是神灵?

多年以后,刘瑾之子刘備,字圣倚,嘉祐八年(1063)考取进士,官大理寺丞。刘瑾侄子刘倜,崇宁二年(1103)考取进士,官左朝请郎、秘阁修撰。真的应验了那位老者的预言,所以后人称其一家子为"一门三进士"。

在永新一提到两朝宰辅,会自然联想到一个地方——埠前三门前村。三门前的宋朝宰相刘沆为永新人熟知,而对同样是本村人的明朝翰林学士刘三吾(又名如孙,自号坦坦翁,明初大臣,翰林院学士)却比较生疏。其实正是因为村里出了两位宰相级人物,所以才有"两朝宰辅"的雅称。

刘三吾是刘沆长子刘瑾的后裔。相传刘三吾的祖父是位商人,经常在湖南一带奔波做生意,赚了不少钱。宋仁宗时期,刘三吾的祖父为了方便做生意,从三门前村迁至湖南茶陵县腰陂镇石溪村,所以,他的祖籍是永新三门前。相传清朝乾隆年间,各地时兴建村牌坊,展示村里的风土人情、豪爵达官。那时,三门前村有一百多户人家,全是刘氏家族的子孙,当时,刘姓是大姓,三门前在本地是出了名的才子之乡,所以三门前的老者,聚集族人于一堂,商量早日建牌坊事宜,如何在牌坊上展示村里的丰功伟绩。大家畅所欲言,发表各自的看法,最后工匠按照村里达成的共识绘成了图纸。

阳春三月,万木复苏,按照古代的说法,这个季节是燕子衔泥的时候,此时建筑牌坊最为理想。

花了近两个月的时间,牌坊终于耸立在村口,看上去宏伟壮观,邻村的人纷纷跑来参观。村里人感觉很自豪,商议牌坊上字画的良辰吉日——古历六月十八是村民一致选出来的好日子。

那天,天气晴朗,万里无云,村民们沉浸在一片喜庆之中,牌坊前站满了四处赶来的群众,他们要好好欣赏牌坊上的文字。把笔的当然是村里学术较高、书画也不错的东桂秀才。他蘸墨自如、挥笔遒劲,在场的村民为他的笔走龙蛇而赞不绝口。

当东桂秀才正要写牌坊中央"宰辅"两个字时,却怎么也沾不上墨,不管他怎么用力,牌坊中央依然是白色的。东桂先生感到离奇,村民们也觉得很怪异。

此时,天空的太阳也被一块黑云所笼罩,下面有村民说:"是不是这两个字有啥错,祖宗不让你写呀?"东桂先生回答说:"这又不是我个人的意思,这是全村人定下来的。"

正当大家一阵惶惑之时,村里走出了一位白发老者,他语重心长地说:"东桂,牌坊上单写'宰辅'两个字是有些不妥,这明摆着就是单指刘沆嘛,咱们村不还有一位宰相级人物叫刘三吾嘛,依我看就改写'两朝宰辅'吧!"老者一说完就不见了,东桂拿起毛笔正要写,奇怪的是"两朝宰辅"四个字却早已出现在了牌坊中央。传说这位老者就是刘三吾的化身。

此时,天空也渐渐恢复了明朗。村民们用惊奇的眼光盯着"两朝宰辅"这四个大字,久久不愿离去。

(口述:刘云南;地点:江西省永新县三门前村;整理:黄桃红)

舅舅拜靴

明朝末年,遂川县五斗江郭家村出了个赫赫有名的人物,他就是明天启乙丑(1625)进士,官拜吏、兵二部尚书兼都察院右副都御史,总理湖南、广西、广东、浙江、江西、福建六省军务的郭维经。

郭维经虽位居高官,却生性淡泊,不慕虚荣。每次回乡省亲,除了必要的礼节性的拜访、接待外,大多时间都是闭门谢客、伏案读书、深居简出。

有一年,郭维经的舅舅中了武举,真是喜从天降。舅舅家里张灯结彩,鼓乐喧天,宾来客往,车马盈门,一天一小宴,三天一大宴,好不热闹。舅舅本人更是沾沾自喜,得意扬扬,整日骑着高头大马,前呼后拥,走街串巷,耀武扬威,不可一世。

郭维经的母亲刘氏太夫人见此情景,又是喜又是气。喜的是自己的弟弟中了举,做姐姐的脸上也有光;气的是自己的儿子也是官,却门前冷落鞍马稀。太夫人越想越气,就对郭维经说:"崽呀,人家都讲你在外面做了大官,回到家里却冷冷清清,屋里只听老鼠叫,门外鬼都有一个,哪像当官的人家?你看看你舅舅家里的场面,多热闹体面啊!"

郭维经忙说:"母亲大人不要生气,您晓得我生来好静,不喜繁华,更厌烦那狐假虎威、炫耀门庭的官场恶俗。人各有志,不能相比,舅舅家里要逞风光,就由他去逞吧。"

听郭维经这样说,母亲更气了:"你不要嘴硬,有用就是有用!唉,不争气的崽呀,让人家看我们家的笑话!"

郭维经再三劝解,母亲思想仍是不通,没有办法,只好对母亲说:"请母亲大人息怒。既然母亲口口声声责怪孩儿无用,我只好对舅舅不恭不敬了。明天如是晴天,请母亲把我的官鞋放到大门口去晒,等舅舅从这里经过时,你就明白了。"

第二天,果然是个大好晴天,刘氏太夫人真的端了一把太师椅摆在大门口,把儿子的官靴放在椅子上晒,自己则坐在厅堂里看外面。

过了一段时间,郭维经的舅舅又骑着马,前呼后拥、趾高气扬地过来了。突然,他一眼看到了大门口摆的那双官靴,吓得慌忙从马背上滚下来,对着那双官靴就拜磕着地,态度非常虔诚。

刘氏太夫人一看,大吃一惊:哎呀,不得了,舅舅拜起外甥的靴子来了,那怎么敢当!她急忙从厅堂里出来扶起弟弟,可左扶右拉,弟弟硬是不敢起来。太夫人没有办法,只好喊出儿子来。

郭维经出来后,边扶舅舅边赔罪说:"外甥不知舅舅来,有失远迎。今日外甥失礼了,请舅舅千万不要见怪。"

舅舅起来后,面对官高位显的外甥,对比自己的所作所为,脸上流水,羞愧难当,马也不敢骑,带着一伙人灰溜溜地回去了。

见此情景,刘氏太夫人感慨地对郭维经说:"母亲错怪你了!还是你说得对,为人为官都要谦虚谨慎,切不可倚仗权势、狂妄骄横、盛气凌人,做那种爱慕虚荣、狐假虎威的庸俗之人!"

(口述:谭冬香;地点:江西省遂川县城;整理:黄桃红)

县令破风水

在江西永新县,有个叫仰山的地方,是明代著名官吏、文学家刘定之的故乡。这里一直流传着一个县令修路、败坏仰山风水的故事。

很久以前,进入仰山的道路都是山路,要翻过很多座山才能进入到仰山。

一天,永新县的新一任县令路过仰山,衙役在轿子前面鸣锣开道,路上的行人回避。正当此时,刚从京城回家小住的刘定之的夫人碰巧也在道路上。县令和衙役们并不认识这是刘定之的夫人,衙役便上前要求刘夫人给县令让路:"大胆刁民,见县令大人的官轿到此,为何不回避!"

刘夫人训斥衙役道:"你是何人,敢叫我让路!你不知道我是谁吗?"

县令感觉这女子颇有来历,便下了轿,走到刘夫人面前,说:"不知夫人是哪家府上的?"

刘夫人道:"我家大伯是丞相,二伯是阁老,丈夫无能也是个天官!"

仰山在京为官、身居朝廷高位的官员只有刘定之一家,县令立即想到这是当朝刘定之的家人,立即向刘夫人道歉。

第二天,县令又亲自登门道歉。但刘夫人还在生气,没有给县令开门。直到刘定之的父亲从外面回来,他见县令在门口站着,马上请县令入府,并训斥了儿媳。

县令回到衙门,心中十分尴尬和懊恼,心想:自己大小也是个朝廷派来的县太爷,一方长官,今日受此大辱,还有何颜面继续当这县令,有朝一日一定要让刘家付出代价。于是,县令便上表朝廷,辞职回乡学习堪舆。

三年以后,县令学完堪舆,便回到了仰山做了一个风水师。风水师发现,仰山真是一块风水宝地啊:河流到了仰山都要打三个转才能流出去,上游有大量的木料顺流而下停留在仰山,仰山的百姓也正是靠着这些木料发家致富的。风水师发现了这一点,便想出个主意:在河边修一条路,把河道挖直,破坏仰山的风水。

风水师便和仰山的人说,原来的道路在山上,进出多有不便;如果把路修在河边,把河道挖直,就能更好地和外界联系。

仰山的村民并不知道这个风水师是故意要破坏仰山的风水,就接受了风水师的建议。到了开始开凿道路的时候,出了一件很奇怪的事:头天凿开的石头,第二天又长回去了。就这样,连续凿了好多天都没有一点进展。

风水师听说了这件事,知道有神灵在保护着仰山的风水,便对村民们说,只要把桐油浇在石头上,用火烧便可。仰山的百姓照做了,十分有效,过了没多久,道路便修好了。

但是,自从新路修好之后,仰山村民生病的人多了,做生意也赔了,通过科举考试走出去的人才也少了。村民们都很不解,于是便去寺庙中询问神灵。

晚上,神灵托梦给仰山百姓:有人故意要破坏你们仰山的风水,把你们的河道挖直了;要想恢复仰山的风水,必须用原土填原山。

但是,原来的石土早就被河水冲走了,根本没有办法找到原来的石土。从此后,仰山便开始衰落下去。

(口述:刘立金;地点:江西省永新县仰山村;整理:曾福香、钟荣富、黄桃红)

刘郎神鞭

　　明正统元年（1436），刘定之在殿试中夺得探花，名扬天下。从此以后，刘定之便在京城做官。刘定之的家乡是江西永新，与京城相隔千里。刘定之为官清正廉洁，每月仅以微薄的俸禄持家，并把家眷留在永新，自己独身一人在京城为官。

　　刘定之的夫人思念丈夫，每日到观音庙为刘定之祈福，希望他在京城能够平平安安，并且早日回来。观音菩萨被她的诚心所感动，夜里便托梦给刘夫人："我是南海观音，今日被你的诚心打动，特赐你神鞭一根。执此神鞭，日行万里，京城至永新顷刻便到，可赠予你夫君。但天机不可泄露，你不能让其他人知道，只能在夜里使用，神鞭只可放置在供桌之上，否则立即失灵，切记切记。"说完便化作一缕青烟消失了。第二天醒来，刘夫人并没有把这个梦当回事，当她起来时，猛然发现自己枕边有一根金灿灿的鞭子，这才想起昨晚的梦。刘夫人立即焚香洗漱，到观音庙去感谢观音菩萨赐鞭。

　　到了刘定之回乡探亲时，刘夫人便把观音托梦和赐鞭的事告诉了刘定之，刘定之不太相信。刘夫人跟刘定之说，你可以回到京城后试一试，便把神鞭给了刘定之，刘定之把神鞭带回了京城。

　　这一天，刘定之上完朝之后，想起了神鞭的事，便准备夜间试一试。

到了晚上,刘定之跨上自己的坐骑,挥动手中的神鞭。神奇的一幕发生了,马儿竟然飞了起来;刘定之再挥了一下神鞭,马儿就已经到了刘定之的永新家中。刘定之进入家里,打开自己的房门,妻子喜出望外,这才相信神鞭真的有神力。从此以后,刘定之白日便在朝中上朝,晚上回到永新的家中睡觉。为了不让家人知道,刘定之每天很晚才回,早上天不亮便离开。所以,刘定之家人一直不知道这件事。

过了一段时间,刘夫人有喜了。这可吓坏了刘定之的母亲,刘母并不知道儿子有神鞭的事。刘定之的母亲立即把刘定之的夫人叫到自己房中训问:"这孩子是谁的?定之在京城为官,你竟然在家中干这种苟且之事,败坏刘家的门风!还不从实招来!"

刘夫人连忙解释说,孩子确实是刘定之的,刘定之每晚都回家里休息。

刘母不信,说:"我儿在京城为官,千里之遥,如何回来!还敢狡辩!"

刘夫人说:"这是天机,不可说。您若是不信,晚上可来我房里看。"刘夫人便将刘定之什么时候回来,什么时候离开告诉了刘母。但关于神鞭的事没有说出来。

到了夜里,刘母果真到了儿子房外,推开窗户,发现儿子果然躺在床上。这才相信了儿媳,但刘母还是很奇怪:儿子是怎么从千里之外的京城回来的?本想推醒儿子问个明白,但刘定之的夫人说天机不可泄露,母亲大人请回去歇息吧。刘母这才从儿子房间里出来。

出来时路过大厅,见供桌上放着一根金灿灿的马鞭,刘母并不知道那是神鞭,心想是哪个小孩不懂事,把马鞭子放到供桌上。刘母便拿了下来,顺手放在了便桶之上。

清晨,刘定之醒来,要去上朝了,走到供桌前,发现供桌上的神鞭不见了,这可急坏了他。他到处找,最后在便桶上找到了神鞭。当他骑上马,挥动鞭子准备去上朝时,马儿竟然站着一动不动。刘定之突然想起了夫人对自己说过的话:"神鞭只能放在供桌上,否则就会失灵。"刘定之明白,鞭子已经没有神力了,不禁懊悔万分。这时,家里的人都已经起来了,看到刘定之站在院中都很惊讶。刘夫人见神鞭已经失去了神力,便把神鞭的事告诉了大家。

上朝的时间已经经过了,永新离京城有千里之遥。当刘定之回到京城的时候,已经过去了二三十天了。皇帝责问刘定之为什么这么多天不来上朝,刘定之就将神鞭的事和自己为什么失踪禀告皇帝。皇帝听了,认为刘定之在白日说梦,便责罚了刘定之。

(口述:刘立金;地点:江西省永新县仰山村;整理:曾福香、黄桃红)

三 哭 殿

话说唐贞观年间,银屏公主和驸马秦叔宝的孩子秦英力大无穷,爱惹是非,被母亲银屏公主用铁链锁在了书房之内,让管家看管好秦英。小秦英好像被困住的黄莺一样,渴望出去潇洒一番,尽管他非常勇猛,可是这锁链也不是一般的绳子。他想出去,也着实不易,又怕扯铁链的声音惊动了老管家。他心生一计:让管家出府去买自己喜欢吃的糕点,好支开他,自己就有机会离开这个"笼子"。

管家纵然知道少爷的小心思,但也不能不从命,不然秦英就拽他的胡子玩。管家以最快的速度跑到街上去。这秦英叫老管家不应,趁此机会,使出九牛二虎之力想拉断这铁链,拽了好半天还是不行,但是这样更激发起他想出门钓鱼的欲望。

铁链最后还是被扯断了。管家回来时他正拿着心爱的渔具要跳墙出去,管家想拦也拦不住。管家急忙跟着他,以防他出去惹是非!一路上,小伙跑起来跟风一样,见不到老管家就停下来等着,等他赶上来以后,他就又赶紧往前跑——这分明是在逗着老人玩嘛!

秦英来到金水桥,拿出渔竿急不可耐地丢下鱼线,鱼饵没有放,再拿上来,要管家逮着一条蚯蚓挂在钩上,没等管家放好,他就往下扔鱼线，"啊!"管家一声喊，鱼钩钩住了他的鼻子。秦英忙去安慰，过一会儿，放下线。等了好一会儿，也不见鱼上钩，他就急了，"怎么还是没有呀?"管家说:钓鱼要心平气和，还往水里撒了一些鱼饵，这次他慢慢等着鱼儿上钩，过去了好一会儿，终于有条鱼游过来了，鱼浮在动，正当他往上拉鱼上来时，一声"碰碰碰"的鸣锣的声音传来，这可吓跑了秦英即将到手的鱼儿。

这鸣锣的是谁，他就是西宫娘娘詹翠屏的爹爹詹宏纪，也是当今太师。当他听到有人在前方拦路叫骂时，便派人下来查看，才知道是驸马之子秦英。就问他为何叫骂，他说:是你把我的鱼吓跑了，还在这里大呼小叫! 真是气死小爷我了。

皇太师在朝廷哪里受到过这般辱骂? 就命下人教训一下这个乳臭未干的小子! 这小秦英能将这铁链扯断，更何况几个小兵呢? 双方便厮打开来，管家拦都拦不住，不过结果还是秦英大获全胜。这詹太师下来，想教训一下秦英，却被秦英轻轻一推就命丧黄泉了。

秦英知道自己闯了祸，就急忙回家躲到书房内。这边，银屏公主在屋内想到自己的儿子秦英虽然爱惹祸，但是自己的丈夫在边关征战，保家卫国，自己也是享尽荣华，还在屋内高高兴兴地想自己多么幸福——父皇母后的掌上明珠、当朝公主、元帅夫人。却听得管家吓得颤颤巍巍地禀告说:"少爷在金水桥打、打、打死了当朝太师。"

公主派管家把秦英叫来。秦英一到屋内，母亲就套他的话，问他去哪儿了。

"没有去哪，在书房呢!"

"去金水桥钓鱼去了。发生什么事情没有?"

"我在那儿钓鱼，他詹宏纪鸣锣吓跑了我的鱼，派人欺压我，我轻轻一推他就倒了，死了，这也不能怨我呀!"

公主看他打死人还不认错，真是不思悔改。

公主就派御林军押儿进殿请罪，担心儿子是难逃一死。这可吓坏了小秦英，急忙对自己的母亲说:"儿子知错了。"这时公主即喜又无奈。喜的是儿子终于知道自己错了;无奈的是，按大唐律，怕是杀人得偿命!

何人上殿啼哭? 正是唐太宗李世民喜爱的西宫贵妃娘娘詹翠屏，进殿就是哭声涟涟，说道:"秦英杀死了臣妾的老父亲，请君王为臣妾申冤报仇啊。"

这时，公主带着五花大绑的秦英来到金銮殿，嘱咐秦英见到外爷一定要好话

多讲。公主让他跪在殿角,自己进殿跪求父皇从轻发落。唐太宗让人将秦英带到殿前,问他缘故。秦英就将事实说了一遍。

唐太宗说:将杀人犯秦英推出午门斩首。

公主哭哭啼啼对御林军嘱咐:没有圣旨绝对不能斩。慌忙之中,就让手下快快请来自己的国母娘娘长孙皇后。

唐太宗问皇后:"上殿所谓何事?"

皇后镇静地说:"秦英杀人本应该斩。但是,他只可以治,不可以斩。"

西宫听到这句话,故意来了一声哭声。这哭声是哭给李世民听的呀!唐太宗很是为难。就问皇后为何不可以斩?

皇后:"当年隋末天下大乱,民生倒悬,那时皇帝许下宏愿,让老百姓过上好日子。当年征战,秦叔宝多次救你性命。建唐以来,他赤胆忠心,保家卫国。保住秦英是为了让天下国泰民安啊。"

这时西宫哭着说:"国法严明,将门臣子也要平等!"

公主哭哭啼啼地对唐太宗说:"秦英年幼,不懂事儿,也不能让忠臣寒心,就算是斩首,也要等到驸马保家归来再说,让你那外孙多活几天啊!"

这时东西宫争着、吵着,唐太宗就让手下的人下殿去,不能让群臣看自己的笑话!

西宫痛哭道:"既然不能为父报仇,我就削发为尼,从此伴那青灯,不伴龙颜。"

东宫道:"你要斩秦英,我碰壁身亡,我们母女跟秦英一块死。"

顿时,东宫哭外孙,西宫哭爹爹,公主哭儿子。这可让一向英明的李世民为难了。可是为了军心稳,忠臣不寒心,天下太平,李世民下朝后,好言对西宫说:"你爹爹死去,我与你同样悲伤。再说就算斩秦英也救不回你的爹爹。今日为了斩秦英,你们个个都要你死我活的,这可难为了我呀!如若今日你宽恕了秦英,我就为你的父亲盖庙堂,每年都带群臣前去朝拜,将来你也名扬千古啊!"他也私下叫来女儿:"你要对你的姨母好言相对,你们有错在先,决不能逞强。"

这公主捧着酒,跪在姨娘面前好言劝说:"我的姨娘啊,都怪我平日里教子无方,你外孙才闯下大祸,人人都说你的度量大呀,希望你能赦免小奴才,祝你荣华富贵,千寿无疆。"

这西宫真是难上难下,接了公主这杯酒,杀父之仇从此一笔勾销,想来想去不能就这样罢休! 哭声一阵一阵,唐太宗急忙下来,对贵妃娘娘说:"就算不为朕,你也要念他父亲保家卫国,连年征战边关,才保得黎民百姓安居乐业。倘若执意斩了小将秦英,乱了军心,祸患无穷啊!"

这时,公主急忙递上那杯酒,西宫接住,洒在地上,希望死去的父亲原谅,不报你的仇,也是为了大唐的江山,忘私仇也是为了大唐国泰民安!

结果,西宫、公主二人请求君王,赦免秦英。君王传旨意:赦免秦英。秦英来到殿上,谢过外公,更谢过宽恕自己的西宫娘娘。

最后,西宫娘娘对小秦英说:"希望你以后能够遇事镇定,练好武艺,像你父亲一样保住大唐的江山和百姓,这样才能弥补自己曾经犯下的错啊!"

(口述:冯英;地点:河南上蔡县朱里镇;整理:张坤朋、黄桃红)

抱子石传奇

江西省修水县的修河,河水波澜不惊,水面开阔平稳,唯独有一块岩石极其突兀,此岩石形如慈母抱子,在修水人的心中是母亲抱着孩子等待丈夫归来的望夫石。自然而然,抱子石的来历也为修水人民津津乐道。

很久之前,修水县有一名姓詹的樵夫,他年幼时父母双亡,从小一个人长大,为人诚恳老实,然而他到而立之年仍未娶妻,附近的媒人帮他寻了个遍,却仍旧找不到合适的姑娘。乡人都喜欢他热心正直,自然也为他着急。

某天,詹樵夫上山砍柴,途经一条小河时,听到有人呼救,顺着声音去找,发现有一女子落水,便急忙跳下河中救人,并将这个女子带回了家中休养。邻人好奇樵夫突然带回一个女子,便带着鸡蛋、玉米等东西前去探望,得知女子为附近的韩氏村姑,她经历跟詹樵夫相似。相处之后,两人互生情愫,最后在邻居的撮合下结为夫妻,詹樵夫与韩村姑两人过上了男耕女织的生活,不久便有了一个儿子,詹樵夫更是努力砍柴养活妻儿,韩村姑在家里照顾儿子和打点家务。

但好景不长,一天,韩村姑上街买菜时碰到了乡里的财主,财主见她年轻貌美,便心生歹意,走上前去调戏韩氏;韩氏十分愤怒,呵斥财主:"我是有家室的人了,家中相公和孩子在等着我回去做饭,您是一个有地位的人,如若因为调戏良家妇女失了名声,可就不好,还请您自重。"

财主见韩氏如此说,只得悻悻地离开了,但是心里却在盘算着如何得到韩村姑。

财主的儿子知道父亲贪图韩氏美色,便献上毒计,让财主将詹樵夫强征送入兵营。韩村姑每天以泪洗面,终日郁郁寡欢,她的儿子也是哭闹不停,母子二人日夜思念詹樵夫。邻居家的婶婶十分担心她们,便每天带点食物过来探望她们,安慰她詹郎马上会回来。

岂料有一天,财主带着一帮家仆和彩礼朝韩氏家中走来。幸好邻家婶婶看见了,她急忙跑回家通知韩氏赶紧抱着孩子逃走。韩氏抱着孩子头也不回地朝修河边跑去。财主父子带着大批家丁也迅速赶来河边,追赶韩氏母子。

突然间天上乌云密布,天雷滚滚,母子二人刚到河边便消失不见踪影,却见修河中突然多了一块巨石,恰似那韩氏抱着孩子的身姿。财主父子及在场的人看见活生生的人在自己眼前突然不见,都呆住了。半刻之后,回过神来的众人以为是碰到了妖物拔腿就跑,财主和他的儿子更是被吓得不轻,仓皇而逃,岂料天上一道闪电直朝他们劈来,父子俩一声尖叫便当场毙命,刚好他们被雷劈死的地方也有一块石头,后人称这块石头为"雷劈石"。

人们知道了这件事情之后,无不为韩氏感到难过,乡里人也经常在修河边眺望抱子石,以缅怀她的贞烈,更为上天惩罚了恶财主感到欣慰,除去了一对祸害乡邻的恶霸,也算是出了一口恶气。

抱子石的传奇自此便在修水县流传开了。但也有人好奇和质疑抱子石的秘密,有七个年轻人相约结伴前去探寻其中玄机,七人一齐跃入江中,在抱子石周围查看并没发现异样,于是便潜入河底探索,但是很长时间过去了,他们仍然没有上来,当地人发现了便急忙派船来组织救援,在河中打捞了一天一夜,那七人却生不见人、死不见尸。人们说是这些青年惹恼了神明、触犯了上天,自此之后,再也没有人去探寻抱子石的秘密了。

修水人传言说抱子石使他们家庭更加和睦。他们的孩子更加恋家,即使在外求学也时常挂念家乡和亲人;亲人不愿离家,在外谋生也总想着回家乡发展;这里的夫妻、父子之间都比其他地方的人更加相亲相爱。但是随着时代的发展,修水

人的眼界更加开阔，越来越多的修水人离开家乡外出致富，但是无论他们身在何地，都记着抱子石，都不曾忘记自己的"根"在修水。虽然远离故土，但在他们心中一直记着抱子石的故事，也牢记着这样一首诗：

东南西北云为帐，春夏秋冬草作衣。

终日不闻儿子哭，何时盼得丈夫归？

（口述：陈明生；地址：江西省修水县旌阳大桥上；整理：王洋、范丁方、周庆峰）

神医卢尊生

江西修水县有位进士卢以恕,光绪六年(1880)被举为濂溪书院山长,掌管院务兼讲席。光绪十五年,改湖北任知县。曾以《医宗金鉴》授徒,并根据历代医界名宿经验,撰成《金鉴补录》4卷。卢以恕藏书万余册。

卢以恕的儿子卢尊生自幼好学,聪明勤奋,尤其是对医理颇有研究,成为一代名医。

有一回,卢尊生路过本县黄沙港一村落,见一送丧队伍抬着一口棺材,棺木里断断续续的沿路滴着血。凭着职业的敏感他低头认真地查看了一下血渍,觉得这棺材里有点问题,于是用手指蘸着血搓了搓,又凑近鼻子闻了闻,再用舌尖舔了舔,便马上起身拼命地追赶送丧队伍。

当卢尊生沿着血迹赶到墓地时,送葬的人正准备将棺材放进墓穴。尊生先生见状,大喊:"且慢!且慢!"送丧的人看见一个陌生人上气不接下气地朝着他们喊叫,觉得很奇怪,看着他。

尊生先生靠近墓穴,喘着粗气说:"让我看一看!"接着一屁股坐在地上。大家看他这么着急的样子,都用诧异的眼光看着他。缓过气来的尊生先生马上站起来,从他的扫马里掏出一口很长的银针说:"快,打开棺盖让我看看!"死者家属很不乐意地说:

"人死以入土为安,你让我们把亲人的尸体暴露在天日下,不行!"

尊生先生恳切地说:"这人没有死,她一定是个孕妇,因难产而昏迷,肯定还有救!"

在场的人全愣了,一个个目瞪口呆。于是死者家属立即揭开棺盖,只见尊生先生用左手掐准某个部位,右手把银针迅速地扎了下去,而且扎的很深。当他拔出银针不一会时,只见孕妇的肚子抖了抖,身体动弹一下,长长地吁出一口气。

"快!快!……快抬回去,一定要跑步赶路!"尊生先生说。

当人们把孕妇刚抬进家门时,棺材里传来婴儿的哭啼声,孕妇产下一子,小儿手背上还渗着一个红血点。

事后有人问其原因,尊生先生慢条斯理地回道:"此症名曰'孩儿抓肝',孩子在出生前必先撕破胎盘,故有乱抓乱动之举。当孩子抓住东西后紧紧不放,大人就喘不过气来;当小孩一松手,大人就活过来了。"

尊生先生不仅能一根银针救孕妇,还能妙手回春救富商,让那些大医官无地自容。

湖北省有一大户,主人名叫葛桂昌,得一怪症,全身浮肿如冬瓜,头发脱光,遍身金黄。由于他家财万贯,又有儿子在外为官,遍寻名医但却无效,反而病情日益加重。眼见他奄奄一息,一家人却束手无策。

一日,葛家听说江西宁川卢源有一名医,便备厚礼来此地相请,谁知卢尊生外出行医,归期无望,他们只好放下礼物,回家听天由命。

尊生先生回家听说此事后,就立即动身前往湖北,半夜坐在麦市街一家客店门口休息,惊动了店内看家的狗,这时惹得全街的狗都叫起来。店主开门一看,见是一个衣衫不整,头发蓬乱的人坐在店门口,就把他抓了起来。

尊生先生本来就不善言辞,被拖进屋后,店主又叫伙计,把他捆起吊在房梁上一阵毒打。这时,尊生先生才说了一句:

"你们为什么打我?"

店主说:"你半夜三更在人家房前鬼鬼祟祟的,一定是个贼!"

"我是个郎中,为什么做贼?"尊生先生说。

"你是哪里人?叫什么名字?"店主问。

"你撑开我那把伞看看不就知道了吗?"

店主撑开伞,不看则已,一看吓得魂不附体,连忙说:

"快快快,放放放下!"

店主吩咐伙计赶紧拿上新衣鞋袜,烧好水帮他洗净,并办下丰盛的早餐,叫来地方上的地保、绅士,向尊生先生赔礼道歉。

原来伞上写的是"卢源卢尊生"五个大字。店主得知他是去葛桂昌家治病的,更是惊恐万分。因为,如果被葛家知道,将会殃及地方,后果不堪设想。

他们备上厚礼,跪在尊生先生面前求情:他在麦市挨打一事,千万别告诉葛家。敦厚老实的尊生先生没有收礼,来到葛家后也只字未提。

佣人把尊生先生引入大堂,只见堂内已坐着十多个医生,正在讨论病情。他坐下后问:

"病人在哪里?"

无人理睬他这个土里土气、其貌不扬的土郎中。

"病人在哪里? 请让我看一下!"尊生先生又问。

经过再三追问,才有人搭话:"我们都是从汉口、长沙请来的大夫,还有专程从广州请来的名医,你一个乡下郎中问什么? 我们束手无策,你问有用吗?"

尊先生说:"不给我见病人,怎么知道我不能治?"

这时佣人才说:"请先生吃过饭后再看病吧。"

饭后,尊生先生一定要见病人,管家把他引入后堂卧室,正好有几位医官坐在那里,尊生先生说:"都让开,让我瞧瞧!"

于是尊生先生把着脉,详细察看,见病人全身浮肿如冬瓜,遍体呈黄,便知病情原委。

他来到大堂当着各位医官说:"此病不难,何须大惊小怪的! 我现在就提议:此病分上下体两部分治,你们是治上体呢,还是治下体? 由你们选。"

众医官都面面相觑,无人回答。还是广州的医官见识广,心里暗想:上体涉及五脏六腑危险性大,就说:"就请先生先医上体吧!"

"一言为定!"尊生先生说。

于是他叫人买来葱十斤,生土木香三斤,搞成泥,再用黄土、人尿调匀成泥状,叫病人亲属把病人抬到黄土山上,挖一坑让病人坐到黄土坑内,上身敷上葱泥,他自己在一旁等候。

过了两个时辰,只见病人脸上浮肿慢慢消退,并且有了血色。这时医官们陆陆续续地溜之大吉了,只有广州和武汉的几位不好意思走,还待在一旁看着。

又过了一刻,病人开口"哼哼"起来了。等浮肿消退后,尊生先生才叫人把病人从坑内抬起来。清洗后,尊生先生再次把脉说:

"已无大碍了。"然后开出药方交给了主人,准备告辞。

可是主人硬是留着他不让走,因为病人两条腿只褪黄色,还是冬瓜般浮肿,并已透明。

尊生先生说:"我和他们这些名医有诺在先,我负责治上体,下体还是留着他们治吧!"

在事实面前,名医们先前的医官架子荡然无存,只得拱手求方。

尊生先生见状才说:"看在病人痛苦上,就叫亲属们,用独活、紫苏、艾叶(连茎)、地夫等煎水给病人洗澡,不久就会药到病除。"

待病人痊愈后,主人送一匾额给尊生先生作谢,至今此匾尚存,昭示着其医术之高明。

(口述:朱艾全;地点:江西省修水县上杉乡塔头村;整理:王洋、周庆峰)

黄庭坚镇"鬼"

黄庭坚(1045—1105),字鲁直,自号山谷道人,晚号涪翁,又称豫章黄先生,洪州分宁(今江西省修水县)人。北宋诗人、词人、书法家。黄庭坚幼年就机警聪明,读书数遍就能背诵,在乡里颇有名气。

相传黄庭坚少年时候,在修水洞上读书。有一段时间,村里闹鬼,人们都十分紧张和恐怖,说将有灾祸降临。有几个人还说亲眼看见穿着白长衫的鬼,披头散发,在他们家窗前跳来舞去,发出凄惨可怕的叫声。村里长者在一起合计,为了消灾除难,打算花重金请村西的巫婆来驱鬼祈福。

黄庭坚听说后,不相信真有这等事,竭力劝阻大家不要请巫婆驱鬼。村民们左右为难,一时拿不出什么好主意来。

这天晚上,时值子夜,黄庭坚的书房里还亮着灯光,四周静的怕人。他坐在案前专心练书法,案上一叠纸上密密麻麻地写满"山"字,真把这个"山"字练得力透纸背,入木三分。这时,黄庭坚突然听到一阵尖厉的怪叫声,随着一阵阴风,由远至近,一会儿,就在窗户外面叫着,并且透过薄薄的窗纸,可以隐约看到有个影子在晃动。黄庭坚这才吃了一惊,身上突起一层鸡皮疙瘩,心想这莫不就是村里人议论的"鬼"吗?

"扑哧"一声，窗纸被捅破了，外面慢慢伸进一只手来，这手枯瘦如柴，苍白如雪，几个爪子又尖又长，在空中上下乱抓乱舞着。黄庭坚更加紧张了，大气都不敢出。接着又见那手乱抓着什么，却没有要闯进来的样子，他这才稍稍镇定下来，他想，不管是什么妖魔鬼怪，我还害怕这些？今天定要揭他的底！于是轻轻起身，一时寻不到器具，便掏起案上的朱砂大毫，屏住呼吸，悄悄走近窗前，突然大笔一挥，在那只手掌上飞快地写了一个"山"字，只听得窗外"哎呀"一声大叫，那只可怕的手就动弹不得了，好像有一座大山压着似的，进也不能，退也不可。窗外的声音还在拼命地叫着："哎呀，痛死我了！"

黄庭坚听出这分明是人的声音，于是厉声地喝道："你是何人，因何来此作祟，还不快快讲来！"

这时，附近邻里也被惊醒起来，围着一个穿长衫的怪物，叫嚷着要打。黄庭坚提灯开门出来，对着那厮一照，原来是村西那个巫婆。她站在窗下，手卡在窗格里，颤抖地说出了自己装神弄鬼的原委。

原来，这个巫婆早就编好了一个骗钱的圈套。前些日子，就深夜披着长袍出来，装神弄鬼，并放出有灾祸降临的谣言，搅得村民不得安宁，想让村民花钱请她去驱鬼消灾。后来听说黄庭坚劝村里人不要信她的巫术，如意算盘打不成，便企图给少年黄庭坚一个下马威，把他吓倒，可曾谁想"偷鸡不成反蚀把米"了。

村里人知道内情后，都气愤极了，一齐说要揍死她。巫婆吓得脸无血色，直向黄庭坚讨饶："饶过我吧，我知道错了，我该死，财迷心窍，求求你们放过我吧，我以后再也不敢了。"

黄庭坚气愤地说："你装神弄鬼、扰乱人心、骗取钱财，真该揍揍。"他转身对村民们说："不过嘛，父老乡亲们，我看这次就给她一个改过自新的机会，下次如若再犯，决不轻饶，大家看可好？"

村里人虽说心里还有气，但听黄庭坚这样说，也就罢了。于是黄庭坚回房重又操起朱砂笔，走到巫婆跟前，说了声："滚出去吧！"话音未尽，笔尖已落，在那只手心原来的"山"字上又写了一个"山"字，刚好合成了一个"出"字，说起来也真神奇，好像立即搬走了一座大山似的，那只手不用费力一下就缩出去了。村民们都惊奇地看着，连巫婆自己也吓呆了，醒过神来后，就跌跌撞撞地跑走了。

从此之后，村里许多人都再也不信那骗人的巫术，巫婆再也得不到什么机会行骗,自那之后再也不敢作恶弄邪了,只能老老实实的自己下田务农。

　　黄庭坚书"山"镇"鬼"的事就远远传开了,村民们都说他是神仙转世,能帮助他们排忧解难。附近的村民再有什么闹心的事,都会问黄庭坚的看法,听他的意见,黄庭坚也尽力帮助他们。

　　(口述:黄老板;地点:江西省修水县杭口镇双井村黄庭坚故居对面商店;整理:王洋、周庆峰)

赭砚的发现

"赭砚",因石质以赭色为主而得名。清代道光皇帝侍读、修水人万承凤曾将该砚呈道光皇帝,皇帝非常高兴,视为珍品,后被列为贡品,所以又称"贡砚"。

修水赭砚以赭色为主体,翠绿为镶嵌,并有少量的鸡血纹理,而且发墨易液,贮水不涸,历寒不冰,墨书解久,不损笔毫。甚为书画家所赞赏的赭砚,分素砚、雕砚两大类。1987年,中国书法家协会副主席黄倚教授为修水赭砚题词为"触笔细而不滑,发墨速而不粗"。这闻名后世的贡砚却是得益于黄庭坚的一次偶然发现。

相传,当年发现贡砚的地方重峦叠嶂,山明水秀,盘旋屈曲的北坡小路边有座书院,书院里主事的是李姓院主。那时,黄庭坚年纪虽轻,却有点名气。他听说许多人纷纷到李院主处拜师求学,便也想前去见识一下。

一天,风和日丽。一清早黄庭坚就从家里动身来寻李院主。走到山上,时近中午。放眼一看,山上青松苍劲,山下梅花争艳,心情好不舒畅。他无意流连景色,径直来到书院门口,求见李院主。门僮见他年纪轻,派头也不大,说什么也不放他进去。黄庭坚生气地说:"今天见不到院主,我就不走了。"说着就在门前的石阶上坐了下来。

门僮无法，只好进去禀报院主。"一个少年，有什么可谈？不见不见！"李院主刚吃完午饭，正坐在太师椅上打盹，懒得动弹，一口拒绝了接见。话刚出口，又觉得不太妥当，于是对门僮说："你对那少年说，现在上课，没有工夫见他。"

门僮照说了。黄庭坚听后气呼呼地说："时已过午，还上什么课！想是你家主人瞧不起小生吧？"门僮不防他一语道破真情，支支吾吾答不出来。黄庭坚又说："既然院主门缝里看人，不肯与我面谈，那么就请将笔墨借我一用，我要写几个字送给他。"

"算了吧，书院里各方学士云集，你也配用书院的文房四宝？"门僮正为刚才的事懊恼，讥嘲地说："不要污辱斯文，嘲弄圣贤呵！"

"嘿！"黄庭坚冷笑一声，转身就走。他悻悻地来到书院前一个凉亭旁的小溪边，默默坐下。这儿潺潺的溪水声和哗哗的松涛声交融在一起，是那么美妙动听。心情不快的黄庭坚顿时感觉心胸开阔，他望望堆青叠翠的山峰，盘旋屈曲的山路，盛开的垄垄梅花……浮想联翩，诗兴大发。忽一眼发现身边有块巨大的赭色石头，于是顺手从脚旁拔下一束菖蒲，蘸上堆在溪边用来修屋的石灰浆，就在大石上写下了一首诗：

> 一峰佳胜处，上结古招提。
>
> 院僻风铃语，山空梵呗迷。
>
> 梅花开曲径，枫叶落幽蹊。
>
> 烟外停双屐，苔痕觅旧题。

黄庭坚写完后，当即在诗后署上了自己的大名：双井黄庭坚。他读着自己的诗，一回味，觉得眼前这石头石质细腻，色彩独特，心中一动，顺手拾了一块回家去了。

这天傍晚，李院主散步来到亭前，一眼发现石头上黄庭坚那笔迹，于是便问门僮："黄庭坚何时来过？"

门僮回答说："就是今天中午来的。"

"啊！"院主见说起中午的事，十分遗憾地说："唉，失之交臂，失之交臂！真后

悔。"他盯着那诗左看右看,越看越爱。吩咐门僮道:"快取文房四宝,把这首诗摹下来。这块石头也抬去嵌在书院墙壁上。"

书僮不解地望着院主,见他脸色不好,也不敢多问,便不作声地请人照院主说的办了。

自此后,李院主有事没事常在嵌好的诗碑前沉吟徘徊,深悔自己以前的浅薄。因黄庭坚的诗中提到此地的梅花,他就把书院改成了梅岭书院。从此,这里的地名也就渐渐叫成了梅岭。

据说黄庭坚回家后,将捡来的赭色小石琢成了一块石砚,发墨效果好,贮水久不枯,传开后文人们纷纷仿效,渐渐有了专门的作坊。到后来被道光皇帝赐名"赭砚",民间才称"贡砚"。

当年黄庭坚曾以此砚馈赠苏东坡和京师好友,此砚质不坚不燥、温润细腻、滑而不涩、发墨速而细稠,贮水久而不涸,被历代文化墨客所喜爱。

(口述:黄本修;地址:江西省修水县宁红茶叶厂;整理:樊马龙、周庆峰)

"错改"休书

在今江西上饶市水南街天官巷内,静静地伫立着着明朝嘉靖年间的花大门,这个曾经气势宏伟的花大门是当时著名官员杨时乔的府邸。杨时乔,字宜迁,号止庵,信州上饶人,自幼家境贫寒,但聪明过人,再加上勤学苦读,于明嘉靖四十四年考中进士,族人称其为"杨天官"。

杨时乔二岁时,父亲去世了。四岁时,母亲病故。他和姐姐是由祖父亲手带大的。那时候,杨时乔读书都是早出夜归,十分刻苦,他的祖父每晚都会站在花大门那等他回家,而神奇的是,祖父可以看到每晚归来的时乔的头顶都闪着两盏鲜艳的红灯。这两盏红灯为时乔照亮了回家的路,同时也为他照亮前程。

有一天晚上,杨时乔像往常一样读完书回家。当走到刘家丁的时候,隐隐约约听见附近一户人家有争吵的声音,他走到那户人家的家门口一探究竟:"大哥和大嫂为何事争吵?"

"唉,你有所不知,因为和妻子实在不能和睦相处,准备写休书各自分开,可这一纸休书却因一'休'字之差,不起作用呢!"那男子叹气说道。

时乔走上前去,有礼貌地问道:"大哥若不嫌弃,小弟可帮助你写好那'休'字。"话音刚落,男子便将纸笔递上。只见一旁的

31

女子用手帕默默地拭着眼泪，也没有抬头看一眼。时乔将"休"字写好后，想到年老的祖父还在花大门那等着自己，于是就匆匆往家赶。

祖父远远地就看见了那亮亮的红灯，心中不禁一喜，想着孙儿终于回来了；但很快，祖父扬起的嘴角又落下了，因为这次和往日不同，时乔孙儿头顶的两盏红灯只剩下了一盏。这让祖父十分惊奇，但更多的是忧虑。

"祖父，孙儿回来了。"时乔向站在花大门口的祖父挥手。

"我的乖孙儿，你终于回来了，今天有做什么特别的事吗?"祖父语重心长地说。"没什么特别的，也就读读诗书，写写字罢了。"时乔扶着祖父一起进了宅子。

祖父心想：孙儿今天一定做了什么不好的事，头顶的红灯才熄灭了一盏，于是继续追问："你再仔细想想，今天是不是做了什么坏事?"

听着祖父那焦急的语气，时乔低头细想，"哦，对了，就刚刚回来的路上，我帮了刘家丁的一户人家写了一个'休'字，那家的男子正在写休书，可偏偏这'休'字不会写，我就顺便帮他们写了。"

听到时乔帮别人写休书，祖父急得直跺脚，"啊呀！我的好孙儿，你怎么在这上面犯糊涂了呢？这休书岂是你能帮写就写的，你这一写可是破坏了人家的姻缘啊！"

"可祖父，我也是看他们吵得厉害，顺便帮帮他们，怎么就破坏姻缘了呢！"时乔惭愧地自责着。

"你也不要着急，明早赶到那户人家，就说那'休'字你也写错了，那一纸休书还是不算数，没有任何效果的。"

时乔听后，点头回答："好，祖父您放心，孙儿明早就去。"

第二天一大早，杨时乔赶到了那户人家，见昨晚的那女子正拿起包袱准备离去，女子眼睛红红的，看得出一宿未眠。时乔请她留步。女子看见是时乔，没有理会。时乔赶忙告诉女子昨晚那一纸休书是无效的，并让女子将休书拿出，说他有办法让她留下。

女子从袖口掏出折皱的一纸休书，时乔接过休书，并用刀片将昨晚写的"休"字切掉了。就在这时，男子走了出来，看见是时乔，走向前来打招呼。

"这位大哥，实在不好意思，昨晚我帮您写的'休'字其实是错误的，我已把那错字切去，所以这一纸休书还是无效的，大姐还是得和你一起生活。"

听时乔这么一说,女子忧伤的心终于有些些平缓了。虽然时乔"错改"了休书,但这次错改却挽救了一段濒临危亡的婚姻。就这样,刘家丁的这户人家又过上了安定的日子。

当天晚上,杨时乔的祖父远远地就看见,杨时乔头顶的两盏红灯照耀着他回家,不禁满意地点了点头。

(口述:杨浒;地点:江西省上饶市水南街天官巷;整理:郑伊红、邱泳明)

杨时乔训鬼

　　杨时乔刚正不阿，廉洁奉公，不结党营私，一心为百姓排忧解难。万历皇帝对他放心，大多数官员称赞他，民间的老百姓也拥护他。

　　有一次，杨时乔带着妻子回家省亲，他走访当地居民，和百姓们谈心，了解到凡是有小孩的人家都苦不堪言。百姓们告诉杨时乔，不知道什么原因，半夜里总会听见恐怖的叫声，每隔三天就会有一家的小孩莫名其妙地消失不见，不知道今晚又是哪家的孩子要遭殃啊！

　　杨时乔听了百姓们的苦衷后，自己又不能帮上什么忙，心里头很不是滋味。半夜的时候他在床上辗转反侧，左右思忖，怎么也睡不着，"莫非村里头有鬼？"他在心中默默地想着。

　　到了夜半三更，杨时乔点上蜡烛，拿着烛台，起床去上厕所。夜很深，外面除了蜡烛昏黄模糊的光线以外，其他都是漆黑一片。厕所离卧室并不远，杨时乔推开厕所门，像平时一样走了进去，他将手中的蜡烛台随手放在了脚边的石凳上。

　　就在他放下蜡烛的那一瞬间，忽然一声惨叫："哎哟！天官大人饶命啊！"杨时乔一听，赶忙转了个身，义正词严地问道："你是何方妖怪？怎敢在我府撒野？快快报上名来！"

"小的是无处安身的大头鬼,来您府上方便方便,原以为这半夜三更的不会打扰到您,没想到天官大人您还没有睡觉啊,您这一来,小的还来不及逃走就被您给困住了。"

"怎么我一来,你就困住了呢?"杨时乔甚是惊奇。

大头鬼一五一十地向杨时乔交代:"我们大头鬼什么都不怕,怕就怕遇上像您这样刚正不阿,一心为百姓着想的天官啊!"

"哈哈哈!"杨时乔放声大笑:"原来这鬼也怕正直啊! 那你快快现身吧!"

"哎哟! 哎哟! 天官大人,小的就是因为现不了身,才逃不了的啊!"大头鬼无奈地哀求道。"小的因为来不及逃走,索性就变成了厕所里的石凳,没想到天官大人您把蜡烛台放在了我的身上,压得我好苦啊!"

听到大头鬼这么说着,杨时乔准备去拿蜡烛台,突然想到:"莫非村里头小孩莫名其妙地消失就和你这大头鬼有关?"于是他严肃地对大头鬼说:"拿开也行,不过你得老老实实地回答我几个问题。"

"好好,不要说一个了,若是我知道的,一百个也不嫌多啊!"大头鬼应声答道。

"这些日子,我们村子里小孩子隔三岔五地消失不见,是不是你所为?"杨时乔的语气更严肃坚定了。

大头鬼忙道:"是,是小的所为。"

"岂有此理! 你这小小大头鬼竟给村子的百姓带去那么大的麻烦,你可知罪?"

大头鬼起初并没有认罪的意思,"小的只不过是一方孤魂野鬼,哪还要认什么罪呢?"

"大胆! 既然你这么说,那你今天就休想逃走了。"杨时乔很是生气。

大头鬼看见杨天官火冒三丈,想到若是自己在天亮以前还没有找到黑暗的地方安身,那不要落个灰飞烟灭的下场? 一想到这,大头鬼连连向杨天官求饶,"杨天官饶命,杨天官饶命啊! 小的一时糊涂,再也不敢做这种祸害百姓的事情了,恳请天官大人有大量,就饶了小的这一回吧,小的再也不敢了!"

杨时乔喝问道:"那你要用什么实际行动来弥补你之前所犯下的错误呢?"

"不瞒天官大人,之前所犯错误已无法弥补,小的只能向您保证以后不会再犯

了。"大头鬼低声下气了许多。

"那你得把丢失的孩子还给他们的父母,还得保证以后再也不会出入我们村子,再也不会踏进广丰路口,同时村子边上的四面八方都不得入内,你看如何?"

"好,好的,就按杨天官说的做,小的绝对牢记在心。"听到大头鬼潜心悔改的声音,杨时乔也就放心了,他弯下身子,小心翼翼地拿起蜡烛台,"咻"的一声,杨时乔只是看见石凳消失了,然后听见一声:"多谢天官大人救命之恩。"至于大头鬼的原身,杨时乔是看不见的。

天很快就亮了,公鸡啼鸣,人们惊喜地发现,丢失的孩子们各自回到了自己的家。从那以后,夜晚村子里再也没有听见过恐怖的叫喊声,小孩子也没有再莫名其妙地消失了,家家户户都过上了安宁祥和的生活。

(口述:杨浒;地点:江西省上饶市水南街天官巷;整理:郑伊红、邱泳明)

一心为民

　　明嘉靖年间,江西广信府诸邑大旱。上饶县望仙乡杨于村扶老携幼,去白谷峰养直岩和石人峰下的石人殿,向胡昭和李胜德两位仙人求雨。

　　是日大雨滂沱至子夜。旱情解除,民生有望,村民们又在家中摆供焚香。丑时刚过,雨后的天空,月明星稀。忽然,村子里人声四起,传来一个令人快慰的声音:"杨家媳妇生儿子啦!"

　　生老病死,这是人间常有的事,为什么杨家媳妇生儿子一事会使整个村子沸腾呢? 原来这些年,杨于村都未添一男丁,再加上大旱逢甘霖,确实是令人兴奋的好事啊! 更令村东那位老者高兴的是,正当那男孩呱呱坠地之时,村里的公鸡齐鸣。老者眼望长空,喃喃自语道:"受天命降生之人必有异状。此子生于甘霖之后,时也;生后金鸡提前报晓,命也。他日后必金榜题名,官职如莺迁乔木,步步高升。"于是时乔的名字就这样得来了。

　　杨时乔家境贫寒,祖孙三代五口人,全靠父亲租佃为生。在灵山北麓那地无三尺平,天无半亩大的地方,佃农的生活之苦就可想而知了。时乔两岁丧父,四岁丧母,留下年迈的祖父和比自己大两岁的姐姐三人。

　　杨时乔先后在馆塾、书院和儒学苦读,学业优秀。明嘉靖四

十四年(1565),他名标龙虎榜,中了进士,这真的被那位老者说中了。其时祖父已故,姐姐在家操持家务。遵祖父遗嘱,在杨于村后有一个杨氏宗祠,摆放着杨氏列祖列宗牌位。杨时乔回家省亲,姐姐先让他带进祠堂,行过跪拜之礼后,姐姐对时乔说:"时乔啊!你要做官了,要记住父母的苦,父母的爱;祖父的苦,祖父的爱,要记住全天下人的苦,当个清官,当个会为百姓办好事的好官啊!"

姐姐的这一番话,杨时乔受用一生。

有一年,中原大雨成灾,黄河决堤,淹没五府二十一县。朝廷一拨一拨下派救灾治河官员,可他们一个个如狼似虎,鲸吞治河和赈灾粮款,旷日持久,灾情日益加重。一日早朝,权相严嵩出班奏道:"杨侍郎德才超人,派他去治河赈灾,可为皇上排忧。"皇帝欣然准奏曰:"杨爱卿是我朝的中流砥柱,他日必奏凯歌还朝。"

但是严嵩真的是知人善任吗?他可是万历朝的大奸臣,昏庸的万历皇帝受他摆弄已久。前些日子严嵩举荐其死党任兵部尚书要职,因杨时乔极力反对作罢。他深知治河赈灾是天下第一吃力不讨好的苦差事,易出纰漏,想到这里,便恶狠狠地自语道:"哈哈,杨时乔你上当了!"

杨时乔走马上任,一来到灾区就深入到灾民中去。他一方面勘查黄河决堤原因,集思广益,寻找根治办法。另一方面细查灾情,安置灾民,并组织灾民生产自救。时乔历时两年,栉风沐雨、风餐露宿,与河工、灾民一起,终于把河道疏通,河堤筑好加高。此后的百余年间,这段河堤再也没有溃决过。

杨时乔治河赈灾成功,万历皇帝十分欣喜,立即召回杨时乔,在早朝时命太监对群臣宣读圣旨:"杨时乔治河赈灾有功,赐黄金五千两,缎百匹,御酒五十坛,回故乡省亲三月,期满回京受命。钦此。"

杨时乔回家省亲期间,平时会独自一人行走在民间。他发现水南街的滩头村,地势低洼,村民以种菜为生。春夏之交,丰溪河集武夷山脉十万大山之水涌至滩头村外,因此处三江汇合,龙潭塔出口狭窄,水泄不畅,该村的民房及其菜地易涝受淹。杨时乔有治理黄河的经验,经过一番考察后,决定将自己府邸面积减少一半,建筑规格降至与府、县官员相同,省下来的钱用来治理丰溪河。前来参观杨天官府邸残留的门楼和花厅者无不感叹:"难道这就是杨天官的府邸吗?这门楼和花厅还不如我们那的一个财主的家哩!"

杨时乔省下皇上的赏赐,为乡亲疏通了河道,堆筑了河堤,免除了春夏之际的水患。正当百姓们感恩戴德之时,严嵩派来密探却如获至宝,他将这一情况告知严嵩。万历皇帝依靠严嵩的程度日盛,此时严嵩在朝的党羽众多,他同部分官员突然发难,各具一本,参奏杨时乔在家乡私开运河,图谋不轨之罪。皇上还没来得及看奏折,严嵩便挟众逼问皇上:"万岁,按大明律法,私开运河者该当何罪?"万历皇帝信口答道:"按律当斩!"严嵩"遵旨"之音刚落,便亲自带人去了杨天官的家中,将他斩首。

万历皇帝虽然昏庸,但谁奸谁忠他还是能够分辨的。在严嵩前去奉旨办事不久,他醒悟到,当初自己是以口谕的方式答应过杨天官可以开运河为百姓造福的,于是,万历皇帝火速派人前去阻拦,可还是没有赶上。皇帝为此十分愧疚,他追悔莫及,遂下旨追封杨时乔为吏部尚书,谥"端洁",使后人效其清正廉洁。又命内务府铸造重五斤四两的金头三十六个,加急运至广信府杨天官府第,择日安葬。

出殡前的那天晚上,杨天官府内人头簇拥,官员们以品级高低向灵堂上的天官遗像默哀,读祭词,吟哀诗,颂天官的功德人品。

第二天凌晨,金鸡报晓,近百名由府县文人学士组成的"礼生"队伍,用白布牵出三十六口红木棺材,每口棺材放有一个金头及一对金童玉女。棺材由二百八十八名青壮年后生扛抬,上饶风俗称抬棺材的人为"将军",因为杨时乔是奉皇命安葬,故称这些抬棺材者为"钦命将军"。因为三十六口棺材中放有金头,为了防止抬棺材的"钦命将军"们有二心,于是在出殡前每口棺材都转了好几圈,至今,人们依旧没有发现杨天官的三十六口棺材。

（口述:杨浒;地点:江西省上饶市水南街天官巷;整理:郑伊红、邱泳明）

千年铁树的传说

　　自古名山出古刹,而古刹常栽苏铁。上饶七峰寺内,在岩前天井中,生长着一株奇异的同蔸铁树,至今已有千年。它仍然静静伫立在寺内,似乎在讲述它一生的故事。

　　大约在一千四百多年前,在一片碧水青山间,有一位松月禅师云游四方,从四川的峨眉山到江西的上饶,途经七峰岩(位于距上饶市的丰溪河畔,因有七座形状各异的峰峦拱围一起而得名)。

　　相传,释迦牟尼佛证悟无上正等正觉后,传教时发现了世界东方有祥光出现,就派弟子化成一只天白鹤,衔着舍利子飞往东土传教,天鹤在飞途中发现这里风光秀丽,不禁张口叫好时,一粒舍利子便从口中遗落地下,随即化成一朵七瓣的莲花;不知过了多少年后,就成了七座山峰。

　　七峰寺正位于莲花的中心。洞背负鹤山,前眺信水,有龙井、神岩毗连其东,山林幽静,古木参天,主峰下有一岩洞,宽敞明亮,可容数百人,正是"妙在一石补天",岩外七峰各异,曲径通幽,翠竹古树,遮天蔽目,可谓福地洞天,岩洞内冬暖夏凉。

　　松月禅师不由心生欢喜,好一悟禅布道的灵山宝地,遂结草堂于岩前,于此处修行布教,他的声名一时间传遍了江南,无数百姓士子慕名而来;刚刚即位的唐玄宗也听闻了松月禅师,对其御封和赞赏。清代有文人作"老佛前经唐帝赞,高僧本自雪山来"一联,刻于雄伟的七峰岩的山门前。

铁树伴随着松月大师历经寒暑,春去秋来,铁树在沐浴佛法同时,也开出了灵智。虽然它不能说话,每当松月禅师在皎洁的月光下静坐参禅,它就默默地轻摆枝条,似乎想要为禅师带来一丝凉风,可又怕打扰到禅师。一人一树,就这样的星空下交流,此时,无声胜有声。

一切有为法,如梦幻泡影。如露亦如电,应作如是观。花开花落又一年,花无百日,铁树千年。松月禅师早已圆寂,铁树在院中看着香客们虔诚的祷告,有祝愿家宅平安的,还有子孙繁茂的。每年它花开五朵,花似宝塔金黄色,象征着禅宗"一花开五叶,结果自然成"。每逢铁树开花,预兆佛法无边,国泰民安,众生安乐,喜庆连连⋯⋯

世事变迁,战乱和岁月踏破了碎玉琼浆,徒留落英化泥,铁树还是坚持着;有朝一日佛光再现,或许它能再次等到,等到松月禅师。虽然后来陆续有福建雪峰寺静室禅师至此重修古刹,也不能慰疗它孤寂的心,它到底没有庇护住七峰寺。

清道光年间永修大师又重新修整古刹。其后不幸两次失火,至民国年间原有建筑已所剩无几。难过吗? 常与无常是二,佛性是不二。诸行无常,是生灭法。铁树似乎感悟到当初松月禅师对它讲述的佛法,似乎悟到了什么。一切有为法都不能逃脱生灭变化的规律,不管是它,还是谁。它似乎陷入一个死结。

沧海桑田,当初在树下听着师傅念经的小沙弥已经白须飘飘,铁树照常伴随着太阳醒来。"师傅,它好丑哦!"

师傅手扶铁树,轻声道:"丑陋与美丽,常与无常。"望着小和尚似懂非懂的面庞,老师傅笑了笑,摸了摸小和尚头上的戒疤。自古今而不变,历万劫而常新。铁树似乎想起了,那个夜空下,松月禅师对它讲述的世界,如梦似幻,诸行无常。

(口述:庐陵僧;地点:江西省上饶县七峰岩七峰古刹;整理:李婉依、邱泳明)

南宋名臣施师点

施师点（1124—1192），字圣与，上饶永丰（今江西广丰）人，南宋著名的政治家和文学家。宋绍兴十七年（1147）进士。拜官参知政事兼同知枢密院事。淳熙十四年（1187），拜官知枢密院事。又以资政殿大学士之职任泉州知州，拜官提举临安府洞霄宫。绍熙二年（1191），施师点拜官隆兴府知府、江西安抚使。施师点与当时的左宰相周必大同辅朝政，徐图恢复，北伐雪耻。绍熙三年（1192），施师点病逝，终年 60 岁。

施师点在京城为官时，常常是伴君左右。徽宗皇帝八抬大轿出宫巡访，施师点是不可缺少的随君官员；皇帝若有什么问题，往往是喊"停轿"，让施师点直接上龙辇，解惑释疑。

其实，刚开始施师点是不被重视的。在乾道元年，鉴于当时连年战乱、民生凋敝的经济社会状况，他直言上奏宋孝宗说："皇上布施恩泽有未顾及百姓之处。现今百姓苦于朝廷征敛太重，因而多有拖欠赋税的情况发生。恳请皇上发布诏谕豁免所有积欠的赋税。"宋孝宗闻奏，非常感慨这名低级朝臣为民请命的政议，说："如果不是卿家的话，朕怎能听到这样的意见！"

于是，宋孝宗下令颁布诏书，实行施师点所提议的政策。从此颇得朝廷关注，屡应宋孝宗之诏参与讨论内外政事。此时，南宋王朝偏安江南,国力日衰,而国运中兴尤其需要有用之才,施师点专门上呈奏章请求广揽各方人才以备朝廷待用。宋孝宗阅毕奏章,称赞有加:"朕从卿家所奏可以看出,卿家确确实实是社稷的辅佐之器啊!"并采纳实行了施师点的意见。

同年,施师点在皇帝的授意下,凭借翰林学士、知制诰兼侍读(备皇帝顾问经史,为皇帝草拟诰命)的身份出使金国。当时,金国不断吞并北方小部落,势力日渐强大,对偏安一隅的南宋朝廷并不放在心上,所以出使的使臣并不像以前国势强大的时候那么威风,常常要受到金朝官员的嘲讽和挤兑。

但施师点依然临危受命,出使金廷。一次,在金国朝廷大殿上,施师点按照朝廷使节的位置站定在金廷,然而金国君臣有意看南宋朝廷使节的笑话,司仪官员便对金朝上帝说:"陛下,您的弟弟亲王殿下待会也要上朝聆听圣训,按照朝廷礼仪,当指命南宋使节施大人从已经站好的位置上退下。"

金朝国王说:"甚善,还望施大人遵守。"

施师点知道这是金朝君臣为了羞辱自己而故意说的,施师点心想此时我代表的是南宋朝廷,代表着南宋千万的百姓,万万不能屈服于金朝。所以,施师点昂首挺胸,站立道:"金朝陛下,自古朝廷礼仪乃国之重典,岂可更弦易辙。上朝之事原本就由皇帝预定,然后由臣下安排。如今贵国亲王都肆无忌惮、无视朝廷法度,连上朝礼仪都不管不顾,又岂能服众?更何况,臣乃大宋使臣,贵国无故刁难,不是让别的国家笑话吗?"

在场的金国君臣面面相觑,非常惊愕施师点的临朝辩解,而且觉得施师点言之有理,最终还是慑于施师点的凛然正气,不敢再声言让其退廷。

至乾道九年(1173),施师点率使团归宋。得知施师点坚持外交礼仪而不受欺辱的情况,宋孝宗十分嘉许,并且感叹不已。这以后,就连金国使臣到南宋来,见了施师点也都非常敬佩,回顾其左右随从说:"一见正人,令人眼明。"

由金返宋不久,宋孝宗即擢升施师点担任参知政事(即副宰相,官阶二品),兼同知枢密院事(枢密院是中央的军事领导机构,同知枢密院事为枢密院之副长官),参掌朝廷大权,后来官阶进至从一品,成为南宋前期的重要政治家。

后来,朱熹曾在南京题词,颂扬施师点:忠孝廉洁。该题词现藏于上饶市信州区博物馆。

(口述:李之耀;地点:江西省上饶市双塔公园;整理:郭国祥、邱泳明)

灵山的由来

灵山风景名胜区地处江西省上饶市上饶县北部，是国家级风景名胜区。灵山被道家书列为"天下第三十三福地"。据清同治十一年的《上饶县志》所记，灵山共有 72 座山峰，主峰海拔 1496 米。因灵山山脉连绵起伏，犹如一位侧躺着入睡的江南美女而被世人赞誉为"睡美人"。

很久以前，上饶县北部的一座大山脚下住着一户淳朴的人家，家中只有三口人——山子和他年迈的父母。山子自幼聪明勇敢，十几岁就学会了狩猎。几年后，山子长成了一个英俊的小伙子。那时候到他家说媒的媒人很多。

在一个风和日丽的午后，郝媒婆到山子家介绍，西村一个叫灵儿的姑娘，那姑娘不仅长着一双水灵灵的大眼睛，而且心灵手巧，刺绣技艺高超。听了郝媒婆的介绍后，山子的父母都很满意，山子对灵儿早就满心喜欢，听郝媒婆这么一说，更是腼腆地点了点头。

灵儿的父母都是勤恳朴实的庄稼人，如今已年过半百，再加上常年在田地劳作，身体状况一直欠佳，做很多事情都不太方便，于是他们想招一个上门女婿，帮助料理农家粗活。山子是个孝顺的孩子，得知灵儿家里的实际情况后，也爽快地答应了。

不久过后,两家便吹吹打打办了喜事。婚后第二年,灵儿的父母不幸都相继去世,由于家庭贫困,父母的后事都是靠亲朋好友的帮忙办完的。从那以后,山子和灵儿的生活就更加苦涩了。灵儿夜以继日地为有钱人家绣花,以此来补贴家用。

村里有个大商人的儿子,名叫阿水,因小时候被癞蛤蟆在身上撒了尿,所以大家都叫他阿癞子。他是一个无恶不作的好色之徒,而且他早就迷上了灵儿,过去多次请人到灵儿家说媒都没有成功。灵儿和山子相亲相爱、忠贞不渝,发誓生生世世永不分离,他也只能暂且收手,但他心里还是没有放弃对灵儿的喜爱,想方设法加害山子,看准时机就下手。现在,眼看着灵儿家的日子一天比一天紧张,阿癞子和他的随从商量后,想出了一条恶毒的计策。

那时刚好是炎炎夏日,想到计策后,阿癞子二话没说赶到了山子家。看见灵儿正在绣花,阿癞子的心中十分激动,连连称赞她的刺绣技艺无与伦比,可他的眼神却出卖了他——刺眼的阳光下,阿癞子的眼睛上下打转,结结巴巴地问她山子是否在家。灵儿觉得他很可疑,于是便追问:"阿癞子,你找山子有什么事?"

阿癞子慌忙应着:"嗯,有点要紧事。"

"明天你再来吧,山子不在家。"说着,灵儿放下手中的针线活,便把阿癞子推出门外。

可就在这时,山子背着柴火回来了。阿癞子便跑上前去说:"山子兄弟啊,我等你等得好苦呢!我这可有好事给你留着呢。"说着硬是推推拉拉把山子拖到一家小酒店,阿癞子死皮赖脸地劝酒:"山子老弟,你的日子不好过吧,跟我出去跑生意吧,保你赚银千两。怎么样,大哥我可是和我那老爸打好招呼了,就等你去了。"

起初山子怎么也不肯,后经阿癞子一再劝说,又想到不久之后自己的孩子就将出世,家里的生活肯定会更拮据,于是他也就点了头,"那我们什么时候出发?"

"就明天。"阿癞子心里头十分得意,山子这一点头也就意味着他的计策成功了一半。

山子觉得时间太仓促,有点为难。阿癞子看出了山子的心思,便假装关心地问道:"山子老弟是舍不得家中的妻子吧?不要紧,最多一个月就回来了。"

"可她肚子里已有孩子,没有人照顾……"山子叹着气。

"不要紧,叫你老母亲帮助照顾一下,等赚了钱回来,他们就能过上好日子

了!"阿癞子唯恐山子改变主意,"好了,兄弟就这样一言为定,明儿去。"

山子站起身,"那我回去跟灵儿商量一下吧。"说完转身回家去了。

晚上,灵儿低着头在油灯下缝补着衣服,语气十分平缓:"我们穷也能将就着过,不要去了吧。"

"不,你想想等孩子出世了,家里不就更困难了吗?"山子语气坚定,他躺在床上想象着他们美好的未来。

灵儿见山子主意已定,只好说:"那你答应我,不管赚没赚钱,一个月后必须回来,今晚早点睡吧。"灵儿难过地为山子拉拉被子,山子渐渐进入梦乡,灵儿却还在为山子准备明天启程的行李,一夜都没合眼。

天很快就亮了。"山子,我们走吧!"山子还吃早饭,阿癞子就来催促。山子匆忙吃完饭,背起灵儿连夜准备的行李。

"等一等!"灵儿从厨房拿出用手绢精心包好的馍馍,塞到山子手里头儿,深情地望着山子:"想想孩子,你也要早些回来呀! 走吧,我再陪你走一程。"一路上灵儿千叮咛万嘱咐,从村西一直送到村东。"灵儿,回去吧,保重身体呀!"

山子依依不舍地安慰着妻子,"灵儿,放心吧,我会很快回来的。"说着转身和阿癞子走了。灵儿一直目送山子消失在晨曦中……

山子走后,灵儿每天算计着日子,每过一天细心绣上一幅,转眼过了二十天,却没有任何山子的消息。灵儿每天缩衣节食,为没出世的孩子做衣裳。她盼着山子早点回来,她知道山子一定会回来的。

可是,一个多月后,山子还是没有回来。灵儿越来越着急,她托人四外打听,有的说山子赚了大钱,在外地又娶了一房妻室;有的说山子因为没赚到钱,投江自杀了;还有的说被阿癞子害死了。各种各样的猜测在灵儿的耳边一遍又一遍地重复着,可灵儿心里一直相信山子曾经的山盟海誓。

又过了一个月,还是没有消息,在一个雨后初晴的傍晚,灵儿的孩子出世了,灵儿始终不愿相信山子会变心,她只担心山子被阿癞子害死,可阿癞子也不知道去了哪里。

灵儿天天跑到门前大山顶上,向远处眺望,每一次都会用尽全力向远处大喊:"山子,快回来,回来看我们可爱的小山子!"就这样灵儿每天在相同的地点,相同的时间,用同样的话语一次又一次地呼唤着山子,可就是没有见到山子的踪影。

渐渐地灵儿疲倦了,但她心中对山子的爱和信任依旧没变,于是她索性就躺下来等着,她美丽的眼睛望着蓝天白云,自言自语道:"山子你会回来的,你会回来的,是吗?"时间一天又一天地过去,灵儿就变成了一座美丽起伏的大山,再也没有醒来。

后来,山子回来了,当他刚进村听到这个消息时,立即悲痛欲绝地跑到山上,抱住灵儿的脚,哭诉自己的哀思。

原来,山子在阿癞子的"帮助"下,在阿癞子的父亲底下干事。因为正好是雨季,由山子负责的粮食在河道运输中出现意外,装粮食的袋子破裂,谷子沉入河中,山子没能按期交货,交易双方都要求山子赔偿,并把他交给了衙门。山子没有多余的积蓄,况且他觉得这次事故绝非意外,他把带去的所有盘缠都送给了县太爷,恳求他调查事情的原委。幸亏县太爷是个清官,他经过几个月的周折,终于查出真相——粮食沉入河底并不是意外,而是阿癞子派人有意为之,于是山子无罪释放。

得知妻子已不在人间的山子痛苦得发了疯,他常常跑到由灵儿化成的大山那里痛哭。后来人们为了纪念这对夫妻,就把这座山叫作"灵山"。

(口述:季月仙;地点:江西省上饶市上饶县灵山;整理:郑伊红、邱泳明)

蜂 窝 山

　　上饶铅山河口,历史上的江西四大名镇之一,也是重要的水运枢纽。这里是几条河流的汇源地,货聚八闽川广,语杂两浙淮扬。福建的桂圆荔枝通过河口被送到全国各地,茶叶棉花布匹在这里贩运。在河口山上,有好几处蜂窝似的大坑,这是战争留下的,还是自然风光呢?

　　古时,这里住了一家财主,经营些买卖,家中也染了些书香;这家老太爷望着家门,沉思不已。天色渐渐昏暗了下来,老太爷牵着小孙孙到市集看花灯,望着河边灯火辉煌的盛况,他在想自己年轻时,凭着自己的聪明才智,走南闯北,打下这份偌大的家业,满堂子孙能将家业传承下去吗?

　　秋天到了,来往的路人也顾不上怜惜残败的花枝,匆匆而去。老太爷的病愈发的重了,一家人都围在身边,神色焦急。

　　"大夫,老爷子什么时候才醒啊?"大儿媳尖锐的嗓音如同锥子一般,她心中正考量着大房分家能得多少;按道理来说,长子得主宅,继承家业理所应当。

　　"呸,别以为我不知道你想什么,也不看看自己吃几两米,就敢拿秤砣。"说话的是性烈如火的二儿媳,"大哥,你也不管管她,再这样,这宅子都不知道姓什么了。"

"你说什么？你再说一遍！我进门比你早，又是长媳宗妇，你竟敢这么对我说话？"

"哟，大嫂，真是不好意思了，谁要外面的生意都是我家夫君打理，大哥身子弱，还是由我们代劳吧！"

"你，你们……"

"够了。"一声威严的声音喝止了这场闹剧，老太爷其实早就醒来，不过是太累了，他还没死呢。

老太爷看了看老实温良的长子，又看了看看似精明却被老婆管得死死的二子，孙儿们都年幼，看着也算聪明，但今后的事，谁又说得准呢？"儿啊，你们过来，其余人都退下吧！"二儿媳恨恨地瞪了一眼大嫂，不甘心地尾随而去。

老太爷似乎是回光返照，精神倒不同前几日的油尽之相，格外精神。老太爷叹了口气："我恐怕就在这几日了，你们也不必说什么，生死有命，我这一生，享的福也足够了，只是有一件，我放心不下。"说着，父子三人眼眶都红了，相对无言。

"爹，别说什么丧气话，别听那婆娘胡诌。"二儿子率先打破了沉默，大儿子也握着老父亲的手，默默流泪。

老太爷抬了抬眼皮："我知道，我都知道，你们都是好孩子，关于分家的事，我已经嘱托过族里的叔公，我只有一件事放心不下。"

"爹，您说，就算让儿子上刀山，儿子也去。"大儿子急匆匆说道。

"我有一事未了，"老太爷看了看窗外的落叶，又转过头说："我死后不用棺木，只需火化，用火铳把我的骨灰打到对面的山上去。"儿子们都大吃一惊，这种行为令人难以接受。老太爷解释，那是因为在对面的山正处于码头对岸，白日里拉纤贩货，傍晚有妇人在此跪坐洗衣。正所谓"日受千人拜，夜朝万盏灯"。子孙后代便能受其福荫，兴旺发达。

不久，老太爷便登往极乐净土，两个儿子依言将其骨灰放入火铳打到对面山上去。于是，在河对岸的山，出现好几处蜂窝似的大坑，人们把它叫作蜂窝山。

（口述：孙河清；地点：江西省上饶市铅山县河口乡二堡街；整理：李婉依、邱泳明）

大 枫 树

在瑞金市瑞林镇廖凹村,村口有棵大枫树,树心是空的,据说是被雷劈的。

相传在很久很久以前,村里有个老婆婆,她有两个儿子都娶了媳妇,大儿媳对婆婆很孝顺,可是小儿媳却对婆婆很苛刻。

有一天,婆婆叫大儿媳去庙会买点盐巴回来。大儿媳高高兴兴地去庙会买完盐巴,在回来的路上,她看到了她特别喜欢吃的糯米糕,而且糯米糕也是婆婆喜欢吃的东西。

"老板,请问糯米糕多少钱啊?"大儿媳亲切地问。

"五文一块。"老板爽快地回答。

大儿媳准备买两块,一块自己吃,一块婆婆吃。当她把手伸到钱袋时,发现就剩五文钱了。她立刻掏出那五文钱买了一块,自己咽了一口口水。"老板,请把它包起来。"大儿媳决定把糯米糕带给婆婆。

回家的路上,天气越来越暗,走到村口时,天空下起了大雨。大儿媳就在村口的枫树下躲雨。突然一声巨响,一个雷就把枫树劈开了,从里面滚出很多金锭!大儿媳高兴得不得了,把金子全部带回了家。

回到家,婆婆和小儿媳都很奇怪:"嫂嫂,你的金子是怎么来的啊?"平时都不叫"嫂嫂"的弟媳,今天变得格外客气。于是,大儿媳就把她回来的经过告诉了她的婆婆和弟媳。

弟媳听后心想:明天我也要去庙会,然后也去大枫树下,我要等大枫树也给我滚出金锭来。等我有了钱,我就不和那个死老太婆一起住了,我要去县里买个别苑……小儿媳想着想着笑出了声。

老婆婆的小儿子是个木匠,每天要工作到好晚,每次回来的时候他的媳妇都睡着了,可是大儿媳捡金锭那晚,小儿媳却没有睡着,原来她在想象明天捡金锭的场景呢! 当她丈夫一走进房间,她便跳起身,把大儿媳捡金锭的经过告诉了她的丈夫。"我明天也要去庙会,去完庙会我就去大枫树下等金锭,等我们有钱了,我们就离开这里!"小儿媳兴奋地说道。"给我一吊钱,明天我要先去逛庙会。"

第二天庙会,小儿媳很早就去了。但是她自己在庙会上吃东西时,没有想过给婆婆带任何的东西,当她把一吊钱都花完时,她就高兴的往大枫树赶了。在回去的路上,天空也下起了大雨,小儿媳也赶快躲到了枫树下。突然一声巨响,雷劈到大枫树旁边的大樟树上,大樟树被劈掉了一枝大树杈! 小儿媳既害怕又高兴地在大枫树下等着,只想着金锭能从大枫树下滚出来。雨越下越大,雷声也越来越大,突然间一道巨亮无比的闪电劈向了大枫树,当时村里的人几乎都看到了那道闪电。一声巨响,大枫树烧着了,小儿媳也倒下了。

小儿媳没有等到她想要的金锭,等到的却是生命终结的一刻。很快,空心大枫树的故事就在十里八村传开了。

(口述:陈春明;地点:江西省瑞金市瑞林镇廖凹村;整理:洪卫斌、李传利)

樟树下的由来

在很久以前,皇帝要求泰和县选派一名官员去九堡视察。由于泰和到九堡的山路崎岖、路途遥远,谁都不想去,只有一位姓欧阳的县丞为了体察民情,主动请缨。

时间紧迫,欧阳带上两个家仆,收拾好简单的行装就上路了。他们日夜兼程、风餐露宿。欧阳本身就是一介书生,身体羸弱,再加上连日来的风吹日晒,很快出现了身体不适的情况。欧阳对家仆一向很仁慈,因此当家仆看到老爷这样,便到附近的集市上买了一把竹椅——他们要抬着老爷赶路。

眼看就要到九堡了,天色已晚不说,欧阳的身体已经经受不住路途的劳累,两个家仆只好把欧阳放在了一棵大樟树下休息,一个照看老爷,一个煮饭。

突然,他们闻到了一股淡淡的樟树香,面前出现了一个绿衣女子,两个家仆都惊呆了,那女子身体周围微微泛着绿光,移步生莲,肤若凝脂,向着欧阳躺着的地方径直走来,给欧阳不知道吃了什么东西后就消失了。当神仙般的女子消失之后,两个家仆才反应过来,向女子消失的地方望去。

第二天,清脆的蝉鸣叫醒了欧阳。他慢慢睁开了眼睛,觉得自己像没有生过病一样,浑身充满了力气,比以前还要健康。于

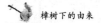

是他伸了个懒腰,转身说:"我们要赶……"话说到一半,只见家仆在不停地朝一个方向叩首,那就是女子消失的方向。

欧阳连忙上前问个究竟,两个家仆便将昨天晚上发生的事情一五一十地说了一遍。欧阳也十分震惊,这才仔细观察周围的景象。原来这里这么漂亮,长满了樟树,依山傍水、风景秀丽,总感觉自己以前来过这里。他认为自己就应该属于这里,因为一切感到无比亲切。

欧阳视察完九堡后,阖家搬迁到了这里。由于这里到处长满了樟树,人们在樟树下生活作息,因此取名为樟树下。如今欧阳家的后代仍然在这块神奇的土地上生活繁衍,过着幸福美满的生活。

（口述:欧阳克萌;地点:江西省瑞金市洁源村;整理:姜宏、刘国焱、李传利）

老 渔 夫

　　站在瑞金罗汉岩的望龟石上，我们可以看到对面三座山组合起来形似一个乌龟。这其中，乌龟的尾巴还有一段传奇的故事。

　　很久很久以前，罗汉岩有一泓很漂亮的水潭，叫油萝潭。中潭村就依傍在这潭水边。油萝潭里有各种各样的小鱼，而且数量很多，中潭村的百姓大部分靠打鱼为生，可以说，是油萝潭养育了中潭村的百姓。

　　中潭村有一位德高望重的老渔夫，以助人为乐。如果村里哪两户人家发生了冲突，找他来评理，他都客观公正，从不偏袒。但是，老人却没有老婆，不是讨不到，而是每当有好心人给他介绍的时候他都是婉言拒绝，没有人知道这是为什么，他也从来不和别人说原因，这便成了一个谜。

　　一天，老渔夫在油萝潭里打渔的时候，网到了一条非常漂亮的小鱼。老渔夫打了几十年的鱼，从来没有见过如此漂亮的鱼，他又不忍心将它卖掉，就把小鱼拿出来放生了，小鱼落到水里之后绕了几圈，便消失在了水潭中。

　　第二天，老渔夫像往常一样，还来到这片美丽的水潭边打鱼，但是让他意外的是，昨天他放生的小鱼游到了他跟前，轻轻摇晃着尾巴，好像在给他打招呼，老人喜出望外。从此以后，只要老渔夫来打鱼，小鱼就一定会游出水面跟着老渔夫，而老渔夫也像对待自己的孩子一样对待小鱼,有什么好吃的东西都会带点来给它尝尝,有什么心里话都会说给小鱼听。小鱼现在对老渔夫来说,已经不再是一条简单的小鱼了,而是不可割舍的亲人。日子就这样平淡而又充实地过着,老渔夫觉得这也就足够了。

但是一天不幸突然来临了。他的小鱼不出现了。他看遍、捞遍了整个潭,几乎喊破了喉咙,他最亲爱的小鱼儿还是没有出现。回家之后,老渔夫茶不思饭不想,一心想着他消失的小鱼,再也无心打鱼,人日渐消瘦下去。

村民们来劝他,说:"不就是一条鱼吗? 没有就没有了嘛! 以后再打一条不就好了?"

老渔夫没有回答他们,在心里默默想:"你们知道吗? 它对我来说早就不再是一条简单的小鱼了。"

天刚蒙蒙亮,老渔夫就急匆匆地朝油萝潭走去,要去找他的小鱼。他要潜到潭底去看个究竟。他脱掉身上的外套,一头扎到水里,费力地潜到水里,仔细寻找着。突然在他眼前出现一个洞,他便慢慢向那里潜过去。潜到洞口看到的景象使这个经验丰富的老渔夫差点呛到水,原来是一个他从来没见过的大水怪,它长得奇丑无比,正在睡觉。

老渔夫连忙往岸上游。当他颤巍巍地游上岸,已经筋疲力尽,满脸的泪水。他不是被怪物吓到,而是他无法接受他的小鱼可能被那个怪物吃了。他的悲伤充斥了身心。

就在这时,一个白须白发的老者笑着走过来对他说:"不要伤心了,你很快就要见到你的小鱼了。"

老渔夫说:"我的小鱼没有了,那个怪物肯定会再伤害其他的鱼,甚至会伤害到我们的村民哩! 这可怎么办好哇!"说着又哭了起来。

老者向潭边走去,用手指一指,水怪出没的洞口不见了。老者转头对老渔夫说:"你看这样,它再也过不来了。"在老渔夫惊诧的时候,老者大笑而去。

当老渔夫再到潭边打鱼的时候,小鱼儿欢快地跳出水面,溅了老渔夫满脸的潭水,好像在撒娇一样。油萝潭变得越来越美丽,鱼苗竟越来越多。

中潭村的村民世世代代都在油萝潭边幸福地生活着,而老渔夫的故事也祖祖辈辈流传了下来。

(口述:郭显来;地点:江西省瑞金市中潭村;整理:姜宏、张瑞、李传利)

比医招亲

　　大家都听说过比武招亲,这比医招亲是不是第一次听说呢? 这故事就发生在闯王李自成的宝贝女儿翠微身上。

　　据说,李自成的女儿翠微性情温婉漂亮,生得一副沉鱼落雁、闭月羞花之貌,琴棋书画也是样样精通,可谓是倾国倾城的大美女。那么如此难得的美人为何迟迟没有出嫁呢? 这是因为翠微找女婿的要求很高——要求男子身高八尺、才高八斗、英俊潇洒、风流倜傥。但是自从跟着父亲李自成来到这鸟不拉屎的莽山,想要找到这样一位实在是难上加难。

　　也许天上的月老都替这位美人感到惋惜,于是为她找了段姻缘,牵了根红线,但是得到这段姻缘之前,翠微却经历了巨大的痛苦。

　　一年之计在于春,又一年的春天来了,春暖花开,莽山到处都洋溢着春天的气息。可是翠微却病了,病得非常严重,她长了可怕的背花。嫩白的肌肤上长了许多又难看又痒的痘痘,翠微每晚都难以入睡,看着自己的身体,她难过极了,想着谁要是能治好她的病,她就以身相许,可是这人究竟在哪儿呢?

　　一个月过去了,还是无人能治好翠微,李自成看着自己的女儿痛不欲生,他的内心如刀割一般难受,经过女儿的同意后,他向外发布了一个诏书,诏书的意思就是谁能将翠微的背花治好,谁就是女婿。这条消息吸引了各地的才子前来为翠微治病。

有一天,一位相貌堂堂的年轻男子来到这里,他就是黄法贵。见到李自成后,他自信满满地说:"主公,请您放心地把姑娘交给我,我定能将姑娘的病治好,并且不留疤痕。"李自成这时已经毫无办法,也只能让他试试了。

黄法贵能够这样说,当然是有足够的把握的。他在家已经潜心研究了一个月之久,最终研究出一种药膏,只要将这种药膏涂抹在病人身上,再通过内服一些中药,便可痊愈。翠微经过了两个星期的治疗,背花已经好了一大半;其实在治疗期间,翠微对这位英俊无比又举止潇洒的公子暗生情愫,陷入情网不能自拔。一个月后,翠微的病真的痊愈了。

看到黄法贵将翠微的背花治好了,李自成高兴得不得了,对黄法贵的医术也很钦佩,问黄法贵:"你今年多大年纪? 家里还有什么人?"

黄法贵回答:"我今年二十八岁,家中已无父母,只有兄长两个。"

李自成说:"我说过谁将我女儿的病治好,谁就是女婿,选个良辰吉日,把你们的婚事办了吧。"

"谢主隆恩,法贵定将好好对待翠微。"黄法贵激动地叩谢李自成。

就这样,翠微经历一场大病,幸运地遇到了自己的如意郎君,从此过上了幸福的生活。

(口述:谭相吉;地点:湖南省宜章县天塘乡天塘村;整理:张凯、萧云岭)

闯王的宝藏传说

在湘南粤北的交界处莽山，几百年来，一直流传着一个神秘的宝藏传说。

当地人相传，闯王李自成兵败后，带着"九驴十八担"的金银珠宝来到了湖南郴州莽山，将宝藏藏到了莽山某处不为人知的地方。"九驴十八担"是什么概念？有人通过研究，估算出了一个惊人的数字：两亿！

传说当年李自成率领几十万大军发动农民起义，推翻了腐朽的明朝末代统治，后因吴三桂带领清军入关，李自成节节败退，一路逃到了莽山。他带的金银珠宝是用九头驴拖，十八个人抬的。李自成来到莽山后，四处细细观察，最终将宝藏埋到了一个不为人知的秘处。离世前，李自成把知道埋藏宝藏地方的人全部灭口了。

这笔宝藏吸引了很多爱财之人前来莽山，一直以来都不乏来此挖掘宝藏的人，甚至有人为此付出了生命。

在莽山脚下的天塘村，流传着这样一句口诀："石岩冲，三座桥，慢行百步走，三窑金。"传说谁能看出这句话背后隐藏的玄机，谁就能发现这笔巨大的宝藏所在之地。

有五个年轻力壮、自认为很聪明的男子秘密结成同盟，多年苦苦研究宝藏所在地,终于有一天,他们觉得已经大概确定了宝藏的隐藏之处,可以去挖掘了。

在一个月黑风高的夜晚,他们出发了,找到了他们研究认为的地方开始挖掘,一直挖啊挖,那个地方很深很深,仿佛一直挖不到头似的,所以他们更加坚定地认为:那里一定就是宝藏所在的地方。每天晚上三更的时候他们都会去挖,传说在他们快要看到希望的曙光时,突然电闪雷鸣、天降暴雨……

紧接着,恐怖降临了。挖宝藏的这五个村民竟然同时患上了一种奇怪的病,都一病不起,不久便接二连三地离开了人世。当地人说他们是遭到了守护宝藏的亡灵的死亡诅咒。村民死后,恐怖却并没有因此而结束。

有很多天塘村村民说,晚上看到了一个披头散发的鬼在村里飘来飘去,山上还亮起了鬼火,小孩大人晚上都不敢出门了。披着长发的诡异身影,突然亮起的鬼火,这一切好像预示着将有什么要发生一样。参与过挖掘宝藏的村民惴惴不安,恐怕有什么灾难降临。

村民们白天去山上观察,发现好多土堆都被移动了,还有很多挖掘出来的陶器和瓷器的碎片。这引起了人们的思考。

经过一些大胆勇敢的村民调查发现,土堆的移动和文物的挖掘是盗墓人干的,装神弄鬼的事也是盗墓人干的。原来,这些装神弄鬼的盗墓人也是在寻找当年闯王的"九驴十八担"的宝藏。

(口述:谭相吉;地点:湖南省宜章县天塘乡天塘村;整理:张凯、萧云岭)

相 思 坑

在湖南省宜章县南部的五岭群山中,有一座林木叠翠、风光绚丽的绿色宝库。这就是素有"第二西双版纳"和"南国天然树木园"之称的莽山。这片世外桃源般的大森林有着无数真假难辨、耐人寻味的故事,相思坑的传说就是其中之一。

相传太平天国农民起义领袖洪秀全的妹妹洪宣娇及其丈夫萧朝贵屯兵广东坪石金鸡岭,招兵买马、囤积粮草、日夜操练,准备出兵攻打清王朝。起义军在驻地劫富济贫,拯救黎民百姓于水火之中。后来由于内部矛盾激化,太平天国领导人争权夺利、互相残杀,以致起义军纪律涣散、军心不稳,导致出征失利。不日后,洪宣娇夫妇从金鸡岭撤出,带兵来到宜章莽山大森林之中养精蓄锐,准备东山再起。

那时的莽山人丁稀少、山势险恶、林木茂密,四面都是悬崖陡壁,茫茫原始森林缺少阳光、阴暗潮湿,常年毒雾弥漫瘴气烟云,有经验的行人谁都不敢轻易在这一带歇息片刻,因为一坐就会受到瘴气的侵染,严重者甚至中毒窒息身亡。

洪宣娇夫妇在这里安营扎寨之后,士兵们毒雾缠身,加上粮草短缺,身体渐渐虚弱。据说洪宣娇的丈夫西王萧朝贵也被瘴气侵染,深受其苦,但身为一军统帅不得不带兵出征,在一次战役中不幸病情加重去世。洪宣娇与萧朝贵十分恩爱,她得知丈夫阵亡的噩耗后承受不住打击,一病不起。过了几个月,洪宣娇的身体渐渐好了起来,但她每天还是眉头紧锁、唉声叹气,甚至用膳的时候都会悲从中来,潸然泪下。

哥哥洪秀全见妹妹郁郁寡欢,费尽心思安慰她也不奏效。有人给洪秀全献计说:天王御妹如此伤心也不是长久之计,只不过是丈夫去世,她感到身世浮沉、没有依靠,天王何不再为令妹选一贤婿,一来借此冲喜,没准令妹的病也就好了;二来她接受新夫君,忘掉伤心往事岂不更好。洪秀全觉得这方法可行,暗地里派人为妹妹选新君、置办喜事。

有一天,洪秀全来到洪宣娇居住的别院邀她出门散心,洪宣娇看哥哥亲自来陪她,也不好拒绝,兄妹俩走走停停来到了一处山坡,洪秀全开口劝道:"妹妹,哥哥今天叫你出来散步,是有好消息要告诉你,你不要整日哀伤、哭哭啼啼,我实在看不下去,为兄已帮你另选了一位贤婿,择吉日你们成婚便是,你也好重新开始……"

洪宣娇一听又羞又怒,又不好当面发作,只好委婉地说:"怪不得哥哥今日专程来看妹妹,我说这几天院子里怎么那么热闹,让哥哥费心了,你的好意妹妹心领了。但是哥哥知道我与萧郎情投意合、恩爱非常,他如今尸骨未寒,我怎么能再嫁他人,传出去岂不被人耻笑我洪宣娇轻薄无情?我的身体我自己心里有数,死者已逝,我会照顾好自己,至于另择良婿一事,哥哥莫再提起。"洪秀全看妹妹态度坚决,只好作罢。

从此,洪宣娇每天早上一个人来到这里,朝着丈夫战死的山谷,喊着丈夫的名字,悲痛不已。后来,当地人就把雷公岭那个山谷叫作相思坑,恋爱中的青年男女经常在那里相会,希望他(她)们自己的爱情能像洪宣娇夫妇一样生死相随。

(口述:谭相吉;地点:湖南省宜章县天塘乡;整理:曹静静、萧云岭)

寡婆桥的传说

在湖南宜章县有一条奇特的河流,它自东向西把县城分成两半,但到了彭家湾却急速南拐,这就是玉溪。令人叹为观止的是,就在这个凶猛的、湍流的转弯处,却架着一座单孔的石拱桥(后经测量高 18 米,跨度 34 米)。每到夜幕降临的时候,半拱形的桥墩在月光的倒影下形成一个正圆,远远望去,甚为壮观。尤其是农历十五的晚上,天上的圆月、河里的月亮以及石桥的倒影相映成趣,尤为人们所称颂,人们称其为"福星桥"。然而在宜章却又有人把它叫作"寡婆桥"。据说这里流传着这样的一个故事:

相传清乾隆年间,在玉溪还没有桥梁,河岸两边的百姓只有靠小船来联系。住在河岸边的一户王船夫正是靠摆渡来勉强维持生计,虽然生活艰辛,但一家人倒也其乐融融。

有一天,这一和谐的状况却被打破了。原来城西的黄员外见河两边来往甚繁,便勾结当地的恶吏霸占了河两边的摆渡,并明令禁止其他人摆渡。更为可恶的是,恶吏居然提高渡费,这给河岸两边的百姓生活带来了极大的不便。人人怨声载道,但由于黄员外平常欺善怕恶,加之又有恶吏撑腰,百姓都敢怒不敢言。

由于摆渡被霸占,依靠摆渡才能勉强维持生计的王船夫一家顿时陷入极大的困难,家里的生活一天比一天难过了。

一日，阴雨绵绵，王船夫由于过于苦闷，出来借酒消愁，不慎跌入湍流的河水中，一命呜呼，留下了孤儿寡母在家中。此后雨越下越大，河水暴涨。不可思议的是这暴涨的河水却迟迟不肯退去，人们都说那是因为王船夫冤魂不散，并说在夜晚时候能常常听到哭声。黄员外也听说了这件事，对此却不屑一顾。

又一日，天气晴朗，黄员外应邀赴宴，欲渡玉溪，船行到河中时，忽然狂风骤起，乌云密布，顿时大雨倾盆，结果船翻人亡。此后河水才慢慢地退去。人们都说这是王船夫亡灵报仇来了。

黄员外死后，留下遗孀周氏，周氏见此情形后，噩梦连连，甚是害怕；于是昼思夜想，决心以行善来平复心中的不安。

周氏与夫弟商量后，欲在这玉溪上修一座三拱之桥，却又吝啬金银，便邀百姓集资建桥，周氏愿出一拱之资。建桥工匠深知民众捐资之苦，也厌恶黄员外人品，巧妙地设计了一种单拱石桥，即一拱到对岸。然而这桥修到最后，所购石料都已用完，偏偏缺了一块石料，工匠正急切间，见那王船夫家人抬一石块来，正不偏不倚，放进缺口分毫不差。

众人惊异，询问王船夫妻子。王船夫妻言，中午时来了一个男子，头戴斗笠，放下这个石块，即不言语，也不逗留，转瞬便不见了人影。她听闻建桥缺石料，便想把这石块带来试试，不想正合了规矩。大家都说，这是"福星高照，得天相助"。桥建成后，周氏一看傻了眼，按照承诺，也只好掏出了建桥的全部银两。

因此桥有神人献石，宜章百姓称之为"福星桥"。又因桥为周氏独资建造，故又称之为"寡婆桥"，或也有怜惜那王船夫家孤儿寡母之意。

（口述：蔡得利；地点：湖南省宜章县文化局；整理：陈元魁、萧云岭）

脚 盆 井

话说在很久以前,吕洞宾云游四方,一天来到郴州城里,听城里的市民说有一家酒店老板,不但专卖假酒,坑害顾客,赚昧心钱,并且倚仗权势,勾结官府,欺压来往过客,无恶不作。市民切齿痛恨,但又奈何不得。

吕洞宾听罢愤愤不平,决心要为这里的黎民百姓打抱不平。随后他就来到这家酒店,施展仙术,制服了酒店老板,使之再也不敢作恶了,真是大快人心。

吕洞宾制服了酒店老板以后,在城里转了一圈,就佯装乞丐,一路走上郴州附近的苏仙岭。苏仙岭上有一寺庙,唤作苏仙观。苏仙观平日里香火很是旺盛,有大批的信徒教众。吕洞宾一路走至苏仙观,也有些疲倦困乏。

这天,苏仙观内热闹非凡,和尚与来烧香的善男信女正在打斋。虽说是斋饭,却也色香味美,令吕洞宾也难耐口舌之欲,但又身无分文。正踌躇间,念起自己化身乞丐,于是吕洞宾上前施礼,说道,"小人路过这里,甚是饥饿,高僧可否施舍一些斋饭?"那打斋的大和尚,见是破衣烂衫的乞丐,甚是不喜,嘴里"哼"了几声,又不便呵斥,便唤来一个小和尚,使了一个眼色。

小和尚会意,不情愿地端来了一碗残羹剩饭递给吕洞宾:"你端着饭去树下角落里吃吧,别在这里碍大家眼。"

吕洞宾也不介意,来到树下,三口两下就把菜饭吃得精光,吃完后,把碗还给小和尚。觉口中干涩,又向小和尚讨口水喝。

小和尚见乞丐如此啰唆,很不耐烦地说:"你这叫花子真是令人讨厌,讨了吃又讨喝的,我哪有这么多闲工夫跟你磨蹭……"

就在这时,有个和尚端着一盆洗脚水去倒,路过两人旁边,小和尚气愤地说道:"你要喝水,就在这盆里舀一碗喝吧!"

吕洞宾见小和尚如此无礼,忍无可忍,气愤地一脚踢去,将脚盆踢翻在地,这脚盆顺着苏仙岭的陡坡,滚呀滚呀,滚到半山腰一个山窝窝里稳住了。顷刻间盆子变成了一口水井,井里涌出清凉甘甜可口的泉水。

就在同一时间,苏仙观侧门边水井旁打水的和尚突然间发现水井干枯断流了,急匆匆地跑到寺院里,把这个事情告诉了老和尚。经过询问,老和尚弄清了真相,急忙去寺外追刚才的"乞丐"。只见前面有一个头戴纯阳巾、身穿青色道袍的道人,走得不快不慢,后面的几个和尚却怎么也追不上。吕洞宾边走边大声笑道:"都回去吧,以后再这般无礼,山下脚盆井里的水也没得喝了。"说罢,乘风归去。和尚们知道是遇到仙人,顿首膜拜后,回到寺观。

几天后,听山下来的信众讲,吕仙在郴州城行善惩恶,寺观里的和尚才知道是吕洞宾化装成的乞丐,后悔不已。那天以后,苏仙观里的和尚吃水、用水,都要派和尚成群结队轮流下山,从半山腰的脚盆井去挑水。这"脚盆井"就因此得名。

(口述:高明如;地点:湖南省宜章县南关古街;整理:陈元魁、萧云岭)

苏仙传说

在湖南郴州城东门外有一鸭子塘,在这里流传着这样的一个美丽动人的故事。

传说,在西汉文帝时期,这里住着潘姓姑娘,她美丽善良,勤劳能干。一日,天气晴朗,潘姑娘像往常一样,早早地提着衣服来郴江边洗衣服。突然从上游漂来一条五彩丝带,隐约闪烁着彩色的光芒,众人皆欢呼,但只见这彩带飘到潘姑娘那就停住了,潘姑娘又惊又喜,连忙用蛮锤去捞来,正待细细观赏。不料,五彩线却从手中挣脱,直接滑到潘姑娘的嘴里,潘姑娘还未反应过来,却发现已经咽到腹中。众人皆异。

原来这日,南海观音来郴州这边游玩,见河水清澈,便对着郴江梳起头发来,又见下游洗衣裳的潘姑娘很有善缘,便扯下一根头发化作彩带漂向下游。

潘姑娘回家后便有了身孕,又羞又怕,但又没有办法,只好一直拖到足月临产时,躲到牛脾山桃花洞中,生下一个男婴。由于不敢把孩子带回家,只好丢下孩子,一个人痛苦地回到家里。

回到家的潘姑娘内心里却十分牵挂着山洞里的孩子,日思夜想,但仍忍不住对孩子的思念。七日后,决心上山看看她昼思夜想的孩子。

走到洞中的她却看到了一个不可思议的现象:只见一只白鹤,张开它那雪白的翅膀,抚盖在孩儿的身上;一只母鹿正以其甜蜜的乳汁喂养着她的孩子,孩子那圆圆的脸蛋儿,显得非常红润。潘氏顿觉又惊又喜,眼泪充满了眼眶,连忙将孩子紧紧搂在怀里,抱回了家中抚养。不久,关于这孩子的神奇故事便在乡里四邻八方传遍了。人们都说这孩子长大了肯定了不得。

见孩子没有名字,潘姑娘也只好请村里的教书先生帮孩子取个名字,先生见路边一人用草串着鱼,伸手把鱼挂在树上,就枕在树下睡大觉,便说道:"禾草串鱼,是个'蘇'(苏)字,枕树而卧是个'耽'字,那就姓苏名耽吧!"从此孩子便有了名字——苏耽。

苏耽从小就明事理,对母亲非常孝顺。

一次,潘氏生病卧床,不想吃任何东西。苏耽知道母亲爱吃臭豆腐,而郴州城没有。苏耽便花几个时辰从桃花洞里走近路到湘潭买回臭豆腐给母亲吃(据说凡人在桃花洞是走不通的)。

还有一次,潘氏生病想吃桃子,懂事的苏耽就到牛脾山顶摘了满满一筐桃子回来。为了尽早让母亲吃到桃子,下山时走得急切,在半山腰被石头绊了一跤,结果桃子滚落得满山都是,苏耽顾不得捡起全部散落的桃子就急急赶回家了。后来,那些未捡起的桃子都化成了石头,当地人都管它叫桃石。据说,如果幸运的话,你还可以在牛脾山中庵附近捡到这种状如桃子的石头。还有人说,如果小儿腹疼,抹上用桃石磨成的粉调制的药剂就可治疗,还很灵验。

由于家里穷,苏耽自小就到牛脾山上放牛。据说有一次,苏耽在山下小桥碰到一个仙翁,仙翁什么都没说,给了他一本医书就飘飘然而去了。此后,苏耽放牛时就认真看医书。说也奇怪,别的小孩的牛总是乱跑,而苏耽的牛不用管,自己吃饱后会自己回来。很快,苏耽便无师自通地掌握了医术,而且免费的为乡亲采药治病,药到病除,无不灵验。附近的村民无不感谢苏耽。再后来,人们将遇到仙人的这座小桥叫作"遇仙桥"。

由于从小积德行善,苏耽很快就得道成仙了。在成仙前,对母亲说,郴州不久将发生一场瘟疫,只要用屋前井旁橘树树叶和井水一起熬汤药,就可治病。此后不久,果然郴州发生瘟疫。苏母潘氏用井水熬橘叶,平息了瘟疫。事后,便有了"橘井泉香"这个典故。

苏耽成仙的传奇故事一直在郴州当地广为流传。人们还把风景秀丽的牛脾山改为苏仙岭,把桃花洞改为白鹿洞,以表达对苏耽的怀念。

(口述:吴统华;地点:湖南省宜章县南关古街;整理:陈元魁、萧云岭)

燕 子 泉

在湖南郴州市的东南面,有一口清澈的泉水井,名叫燕子泉。从燕子泉通往市里的路,名叫燕泉路。

很久以前的一年春天,一对可爱的小燕子飞到郴州,落在知府家的屋檐下,衔草啄泥,垒巢筑窝,忙得不亦乐乎。这天,知府听见厅堂外燕子叽叽喳喳的叫声,出门见禾草树叶遍地都是。看见屋檐下还没有建好的燕窝,勃然大怒,命令下人用竹竿捣毁了燕窝,赶走了燕子。

这对可怜的小燕子看见还未建好的家被可恶的知府拆掉了,悲伤地飞离了这里,在一处偏僻的小村子落了脚,将新家筑在了一户穷苦人家茅屋的屋檐下。这家住着一位老汉,姓刘,平日里靠卖茶水勉强维持生活。这对燕子每天在屋檐下唱歌,给刘老汉孤单的生活带来了乐趣。刘老汉非常善良,每天都要撒点米给小燕子吃。刘老汉生意不旺,家境贫寒,有时无米下锅,只得去挖野菜充饥。他虽然吃的是野菜,也没有忘记那对燕子。

这天晚上,老汉熟睡之后,做了一个奇怪的梦。梦见屋檐下的燕子会说话了。燕子落在他家屋门口的一丛野菊花上,对他说:"善良的老人家啊,感谢您一直的照顾。您在这菊花下面挖一口井吧,这里有一股好泉水,用这水泡茶很香呢。就当是我们对

您的报答了。"

第二天，老汉醒来，想起梦中燕子的话，便拿起锄头，在长着野菊花的地方挖井。才挖了几锄头，泉水就涌了出来。老汉取了泉水烧开，泡上茶叶，香雾袅袅，茶水果然芳香扑鼻，令人惊异的是水中居然还出现了一对翩翩起舞的燕子。

这消息不胫而走。慕名而来的茶客络绎不绝。老人家家境渐渐地好起来，并且把卖茶赚来的钱，救济周边穷苦的百姓。为了铭记燕子的好心，老汉把新挖的那口井取名为燕子泉。

燕子泉的事情传到了宫里，皇上感到很是惊奇。派钦差到燕子泉刘老汉家一探究竟。钦差见那里茶客拥挤，品了一碗茶，果然名不虚传。便取了一些泉水带到宫里，向皇上汇报了燕子泉的所见所闻，并将带回的泉水泡茶，端给皇上。茶水香气腾腾，扑鼻而来，水中茶叶好似燕子翩翩起舞，一口下肚，异香缭绕心肺。皇帝龙颜大悦，赞不绝口，当即下了一道圣旨，命刘老汉适时进贡燕泉新鲜的泉水。

以后，刘老汉每年都要上京城进贡燕泉水。每次进贡，皇帝都要赏赐他一些黄金白银，当然老汉照常把钱财用来接济穷苦的人们。这事给郴州知府知道了，眼红不过，懊悔不已，下令不准刘老汉进京，而由他自己代替刘老汉进贡。

知府打了一壶燕泉水，上京去拜见皇帝。皇帝揭开壶盖一看，不见腾腾香雾，不见水中燕子双飞，喝了一口，又苦又涩。顿时龙颜大怒，打了知府三十大棍。还摘了他的乌纱帽。皇帝依然要刘老汉进贡燕泉水。

说来也怪，刘老汉挑去的燕泉水泡茶，依然是味道香浓，燕子双飞。皇帝十分高兴。就下旨要刘老汉当郴州州官。刘老汉一听，惊慌失措，连连摇头，不敢就任。皇帝想了一想，说："那就当看水官吧，命你看好泉水。"

刘老汉回到郴州之后，将皇帝赏赐给他的黄金白银捐献出来，重修了燕子泉。为了让州内的百姓好去挑水，便修了一条大路，直通燕子泉。当地人感恩刘老汉的施舍，给这条路取名燕泉路。

知府被罢官后，穷困潦倒，沦为街头乞丐。却坏心不改，看着刘老汉的富足生活，顿时又起了歹心。这年，刘老汉又去进京上贡泉水。知府留到老汉家里，捣毁了燕窝，小燕子很愤怒，追着乞丐，将其啄瞎了眼睛。然后飞走了。

刘老汉回到郴州。才知道那个乞丐不但毁了燕子窝，赶走了燕子，还往燕子泉里吐了三口唾沫。从此以后，刘老汉的燕子泉就再也泡不出燕子双飞、香雾腾腾的茶水了。皇帝得知此事,到处通缉那个乞丐。乞丐瞎了眼睛,被追到悬崖边,掉下去摔死了。

虽然坏心的乞丐得到了应有的报应,可是燕子泉再也泡不出双飞的燕子、香香的茶水了。燕子泉也只留下了这段美丽的传说。

(口述:吴统华;地点:湖南省宜章县南关古街;整理:陈元魁、萧云岭)

"放阴箭"的辰州符

距今五千年前,湖南辰州处于巫术文化发达的地区。久而久之,当地巫师形成了辰州地区独有的巫术和法术。辰州符便由此而诞生。

辰州符,又称为"神符"和"灵符",可见,在当地人看来,辰州符被赋予了一种神灵的韵味。从古至今,辰州符的用途极为广泛,与人们的日常生活密切相关。山上除草,划一道符,定住云朵,留住阴凉;家畜饲养,场地贴符,六畜兴旺;禾间稻谷,贴符于田,五谷丰登……威力巨大的辰州符不仅神奇在它的辟邪保平安,更神秘在它会"放阴箭"。

相传,在辰州地区的乡间,有一老者,年过七旬,年轻时曾做过巫师。他非常擅长于使用辰州符,每次画符念咒,如三秒钟后未收回成命,必见成效。年老的他,一个人生活在山脚下的一间破茅屋,一生与世无争,不逐名利,平平淡淡,清清白白。

这一天,老者吃完早饭,照常山上打猎。如此寒冷的冬天,放眼望去,整座山裹上了银装,四周寂静无声,早已不见猎物的踪迹,可他却不慌不忙。在一处猎物经常出没的地方,老者慢慢地蹲下身来,拿出藏在身后的辰州符,轻轻地放在地上,再念上几句咒语,然后静悄悄地离开。不一会儿,老者再赶到那里,原来什么也没有,现在却出现了乖乖束手就擒的猎物,轻而易举,不费劳力。寒冷之季,老者却满载而归。

傍晚时分,忙碌了一天的老者踏上了回家的路程。老者一路欢唱着,心里美美地想着今天的猎物。大寒冷天,烹饪出香辣辣的一份晚餐,想想都美味无比。老者心情愉快,迈着轻松的步伐,一会儿,已经到了山脚下自己的家门口。

老者放下手中的猎物,把它们倚靠在门上。正要伸手去推门时,往窗子上看了一眼,眼厉的老者一下子发现早上放在那里的辣椒不见了。"这可怎么办? 没辣椒,根本无法做出美味的晚餐。"老者说道:"不行,我得惩罚一下如此大胆的小偷。"

老者立马拿出辰州符,在被偷辣椒处放上辰州符,念上咒语。完成之后,老者才渐渐松了一口气,但心里却总有一种不对劲的感觉。"管他呢,谁叫他偷我的辣椒呢。"老者在心里自己安慰自己道。

推开门后,门口的猎物被老者全部拿了进来。等他一转身,却看见了屋子里的床上放着刚刚织完的毛衣。他突然想到:前几天女儿说天气冷了,要给自己织一件毛衣。今天,难道女儿回来过,那些辣椒难道是女儿……想到这些,老者一下子便瘫倒在地。

果然,没过多久,女儿猝死的消息传回了娘家。当地的人们甚是惊讶,也甚为好奇,一个大活人,怎么会在吃饭的时候突然倒在地上停止呼吸? 村里的人们对此感到非常困惑,而作为父亲的老者却一声不吭,表面是无尽的伤痛,而内心更多的却是痛悔。因为只有老者才知道,是自己一念之间,用"放阴箭"的辰州符亲手害死了自己亲生的女儿。

女儿逝世之后,老者对天发誓:从今往后,自己永远不会再用巫术,不会再使用辰州符……

万灵的巫术,"放阴箭"的辰州符,关于辰州符的一切,如今,仍显得那么神奇,又那么神秘,让人不可捉磨,又不可探寻……

(口述:黄辉毅;地点:湖南省张家界市永定区土司城;整理:林川、杨婷)

情　蛊

　　湘西土家族苗族夫妻很恩爱，一旦结为连理便不会离婚，丈夫非常疼爱自己的妻子，不仅家里都是妻子当家，而且丈夫的工资全都会主动上交到妻子那里，从古至今如此，为什么湘西女子能有如此的魔力呢？

　　传说苗族和土家族的情蛊之术代代相传，并且传女不传男，女子会在新婚后将蛊毒沾在指甲上，早上给丈夫敬茶的时候，将指甲伸进去化开，再给老公敬茶，这就是给自己丈夫"下蛊"；若是丈夫要出远门，三个月之后必须回家，由妻子给其解蛊，不然丈夫不听话或者在外出轨，就会因中蛊毒无解药而痛苦致死。

　　原来每年七月十九日是他们的情人节，年满十六岁的男女会来到一个特定的地方对唱山歌，以歌传情；女孩子穿着绣花鞋，男孩子若是看上了女孩子，便会在她的鞋上踩一脚，女孩子脚被踩肿了的话，就说明这个女孩子非常受欢迎。女孩子也看上了男孩子，就会跟着男孩子走。女孩晚上不归家，父母就知道是自己女儿找到了意中人。他们会在山洞里搭个草棚子过夜，女孩父母会打着灯笼去找自己女儿；而他们就在山洞草棚子住上三个月，由父母每天按时送饭过来。三个月后，女孩子要是怀孕了，双方便结为夫妻，然后大办七天宴席……若是女孩子没能怀孕，便只能一生"守寡",男孩可以继续"试婚"。

就有这样一个女孩子,十九岁那年,因为三个月后没怀孕,成了"寡妇",不可以嫁人。她三十二岁那年,在山上玩不小心摔了下来,被一名道士所救;在道士的悉心照料下,慢慢地与其产生了感情,并怀孕生下了一个女儿。

纸包不住火,这件事很快被当地土司知道了,便把她和孩子抓走,并要将她放入猪笼沉塘。道士去找土司求情,可是制度严格,不能有例外,否则土司的威信难存;最后商量出结果,让道士替他老婆死! 道士在临死之前教会了老婆蛊术,老婆便传授给了自己女儿。

女儿十八岁那年,将多种带有剧毒的毒虫如蛇蝎、蜥蜴等放进同一器物内,使其互相啮食、残杀,最后剩下唯一存活的毒虫便是蛊。然后,女儿必须每天用自己的鲜血喂养蛊,并让蛊与自己合为一体,而且百毒不侵。为了套住自己的情郎,女方就给他下这"情蛊",男方若是出轨或者对女方不好,就会被毒死。

情蛊之术代代相传,传女不传男。如今虽已渐渐失传,土家族苗族男人仍然将妻子视为中心,一旦结婚就不会背叛妻子,除非女方说要离婚,男方才会答应;男方也会把自己的工资全部上交,身上所带钱的数目由妻子决定,两个人十分恩爱,一直到老。

(口述:黄辉毅;地点:湖南省张家界土家风情园;整理:林滟、杨婷)

天子山上的"天子"

　　素有"扩大的盆景，缩小的仙境"美誉，云集千峰雄峙、密集而陡峭的峰林石柱、云海飞瀑等自然景观的天子山，坐落于武陵源区北部，与张家界、索溪峪景区紧邻，为武陵源区四大风景之一。

　　天子山地貌造型奇特。烟云缭绕，巨石奇峰，飞流瀑布，造就了天子山的鬼斧神工。天子峰，天子洞，天子庙……在天子山上，"天子"二字命名的景观随处可见。人们便不禁产生疑惑："天子"从何而来，为何命名为"天子山"？

　　那是发生在明朝的一件事儿。

　　明朝之前，在湘西一带，并不存在天子山，这里叫青岩山。山青林茂，涓涓细流的青岩山下，聚居着善良勤劳的土家族人民。他们依山而生，靠水而活。虽然贫穷，但衣食无忧，安定平稳，相安太平。

　　元末明初，天下大乱，动乱波及青岩山下的土家族人民。土家族的领袖向大坤见此状况，率领随从上了青岩山，占山为王。与其他土匪霸王不同的是，向大坤占山为王之后，却处处为人民做事，为民除害，路见不平，拔刀相助，劫富济贫。不久之后，当地人们大多拥护领袖向大坤，也愿意追随他。于是，在青岩山上，向大坤自建队伍，揭竿起义，自称为"向王天子"。

洪明武十八年,向大坤率领农民起义,出于湘西一带,神出鬼没的踪迹、毫无破绽的用兵,当地官兵几次出兵都拿向大坤没有办法。最终无计可施的当地官府只好一次次请求朝廷指派精兵来围剿诡计多端的向大坤。

请求送到了朝廷。朝廷担忧农民起义会引起天下越来越大的暴动。朱元璋立即下令:命令楚王桢率领数万精兵,前往湘西,拿下向大坤,降服农民起义。

千军万马刻不容缓地奔赴湘西一带,危险正一步步地接近向大坤……

"报,向王天子,数以万计的官兵正在靠近我们的山寨。"

"你快去看看情况,之后再报告给我。"

向大坤一下子想到了是朝廷的增兵,他们千里迢迢赶来,想必是做好了充足准备,这是想把我往死路上逼啊。与官兵对抗了几个月,现在我们的队伍早已不剩几千人了。如今……

"不好了,向王天子,官兵马上就要到山脚下了,怎么办?"

"我们也没有其他的办法了,我们在山上,也没有了退路。兄弟们,拿起武器,和官兵拼了。"

战声震天,血雨腥风。一阵拼杀,终因寡不敌众,向大坤的农民起义队伍接连失利,一次次地倒在了战场。无奈之下,向大坤只好率领残兵退守到了山上。

退守之后,向大坤无路可走,想当初拉起队伍,揭竿起义,为的是和兄弟们干一番大事,可如今一切都完了,身边的寥寥数人岂能东山再起,成者为王,败者为寇,我,向大坤,到底还是输了……

"兄弟们,我们宁死不屈,如要接受俘虏之屈,我们宁愿现在就去死。"

"天子,没错,手下宁愿死,也不做他们的俘虏。"

"那我们来生还做兄弟,我先走一步。"说完,向大坤眼睛一闭,向前一冲,跳入了万丈深渊的神堂湾。将士们一看,二话没说,纷纷跟着跳入了神堂湾。

可见,"天子"并不是空穴来风,天子山,天子峰,天子洞,天子庙,也是如此而来。如今,在天子山上,一代土家族农民起义领袖的向王天子将长伴着天子山,传史于人,载史于世。

(口述:胡鹏志;地点:湖南省张家界市永定区;整理:林川、杨婷)

鸳鸯峰

　　《诗经》云："鸳鸯于飞,毕之罗之。君子万年,福禄宜之。"美丽的鸳鸯,美好的祝愿,鸳鸯双双,吉祥如意,恩爱百年。鸳鸯峰,相邻相对,此生不移……

　　聪明伶俐的土司女儿覃兰芝,勤劳淳朴的放牛娃曾仙娃,两人曾经有一段纯洁、坚贞的爱情,鸳鸯峰便是覃兰芝和曾仙娃的岩石化身。

　　从小生活在富贵家庭里,兰芝衣食无忧,饭来张口、衣来伸手,但懂事的兰芝从不娇生惯养,从一个让人怜爱的小女孩到如今的黄花大闺女,兰芝从没让家里人操过心,家里人也对她疼爱有加。

　　在离兰芝的家不远的一个村里,每天夕阳西下之时,村间的小道上总会出现一个衣衫褴褛、眉清目秀的放牛娃,这个放牛娃叫作曾仙娃。曾仙娃在村里可出了名,做事认真,为人友善,早出晚归,勤勤恳恳,对乡里邻里的人照顾有加。更让人敬佩的是,一个放牛的曾仙娃竟然会吹得一口远近闻名的好笛子。

　　这一天,闲得无聊的兰芝征得父亲的同意,带上随从去村里转悠。一到村,突然从不远处传来了一阵笛声,这笛声悠扬美妙,让人回味无穷。平时喜欢琴棋书画,对笛子别有一番爱意的兰芝,听出了这笛声的独特,认为能吹出如此笛声,必非平凡之辈。于是,兰芝立马随着笛声,跑了过去。

走到跟前,只见吹笛子的是一个衣衫破旧的男子。兰芝没有任何的嫌弃,走上去跟这个男子交谈了起来。一谈一指,一言一语中,两人互表羞涩,顿生爱意,一见钟情。而这个幸运的男子正是曾仙娃。

自打那之后,情投意合的两人,常常私会,久而久之,两人决定私订终身。

可就在这时,两人私订终身的大事被兰芝的父亲发觉了。堂堂一个土司的女儿竟要跟一个放牛娃定下终身,简直有辱门风。于是,父亲立刻请来媒人,要给女儿另选高门。

兰芝一听,誓死不从,哭着让父亲同意她和曾仙娃的婚事。父亲站在旁边一声不吭,并没有理会她,而是叮嘱仆人看住小姐,直到小姐出嫁的那一天,并告诉兰芝这败坏门风的事绝不能再次发生。

出嫁的时间一天天接近,兰芝心急如焚,如不能逃出家,把出嫁的事告诉曾仙娃,则一辈子的婚姻幸福就毁了。于是,在出嫁的前一天晚上,兰芝不顾一切,逃出家门,找到了曾仙娃。

兰芝把父亲逼她出嫁的事告诉了曾仙娃,可曾仙娃作为一代草民,无权无利,眼下并不能改变什么。事到如今,两人只有下定决心,一起私奔。

正当两人在屋子里收拾随身衣物之时,村头传来了阵阵声响。兰芝意识到自己出逃的事被父亲发现了,父亲肯定派人搜寻,现在找到了这里。

"不行,仙娃,他们已经找来了,没时间了,我们现在必须跑了。"

"走,我们往后山走。"曾仙娃拉上兰芝立即动身。

一路奔跑,好不容易跑到了山上。可两人往前一看,前面是悬崖,往后一看,山下一片火把,密密麻麻的尽是搜寻的人。

"要是被抓回去,我父亲一定会让我嫁给其他人,如果是这样,我情愿去死。"兰芝一脸哭泣。

"兰芝,是我连累了你,我无所谓生死,只是你,千金之躯,不可葬送了性命。"

"在天愿作比翼鸟,在地愿为连理枝,我们今生的缘,来生再续。"话刚说完,兰芝拉着曾仙娃跳下了悬崖……

覃兰芝和曾仙娃在天没有做成比翼鸟,却在地化成了一对岩石人,岩石高耸

入云,状如鸳鸯,成为"鸳鸯峰"。

鸳鸯峰,相邻相对,此生不移,誓守着覃兰芝和曾仙娃的此生未续之缘。鸳鸯双双,吉祥如意,恩爱百年。

(口述:舒训军;地点:湖南省张家界市慈利县零阳镇;整理:林川、杨婷)

猿父虎母

　　古时有俗语"无湘不成军",意思就是没有湘西士兵的军队是没有战斗力的。湘西是土家族与白族的聚集地,在土家族中流传着他们的祖先是喝着虎奶长大的,所以土家人有着老虎的勇猛与顽强。

　　相传古时候在大庸城(即现在的张家界市)城外有一个山寨叫袁家界。山寨在一位将军的带领下一步步繁荣昌盛,但也招来了其他山寨的嫉妒。一天,将军奉朝廷之命带领寨里士兵去外面平定叛乱。

　　将军带走了寨里的青壮年,寨里只剩下了老幼病残,周边的几个寨子听说袁家界防守空虚,便联合起来发兵攻打山寨。

　　敌人将袁家界抢夺一空,并将山寨烧成一片废墟。战乱中,只有一位怀孕的女人逃了出来,在大山的一个山洞里生下来一个男孩。由于没有食物,那位刚当上母亲的女人生下孩子后就饿死了。小男孩饿得一直哇哇大哭,哭声引来了山里的母老虎。巧的是这只老虎也在不久前生下来一只小老虎,母老虎看到小男孩后,叼着他回到了巢穴。母老虎想叫小老虎学着自己捕食,将小男孩吃掉,然而小老虎看到四肢晃动的小男孩,便把他当成了自己的玩伴,没有吃他。小男孩不经意间碰到了母老虎的乳头,张

嘴就吸,使得母老虎心底涌出母性的关爱,将小男孩看成自己的孩子。

虎洞旁边的山崖上住着一只巨猿,巨猿的孩子出意外死掉了,当他看到小男孩后,将其看作自己的孩子,每次都给小男孩带好多食物。

小男孩在巨猿和母老虎的精心喂养下茁壮成长,不过由于长时间进食生的食物加上环境作用,小男孩身上长有长长的体毛,还有一副尖牙利齿。

眨眼间十二年过去了,将军终于平叛归来,身上挂满了勋章。然而寨子里已长满野草,一片荒芜。看到眼前景象,将军心里顿生一种悲凉感,在回去的路上,有士兵报告说路上有一只巨猿和一只老虎挡路。将军心情烦躁,便下令将巨猿和老虎全部杀掉。在山下,小男孩被士兵们活捉。士兵将小男孩送至将军那里,将军发现其脚底有七颗痣,但小男孩一句话也不会说。将军将其放在自己身边培养,一年后,小男孩说出来自己的身世,并且把山寨的事情也告诉了将军。

将军听后,命士兵将巨猿与老虎合葬,并让小男孩认猿为父,认虎为母。

现如今,在张家界市永定区大庸府城前有一个巨大的铜雕,雕有一只老虎,老虎的乳头下有一个小虎仔和一个小男孩,生动形象地表现了这个神奇的故事。

(口述:黄辉毅;地点:湖南省张家界市永定区土司城;整理:李智康、杨婷)

早到一天的新年

　　农历腊月三十日,是一年里来最为重要的日子。贴春联,放鞭炮,吃团圆饭,成为从古至今人们辞旧迎新的一种习俗。而在农历腊月二十九日这一天晚上,土家族人民却提前一天接触了新年的欢乐时刻。他们把这一天称为"赶年"。

　　土家族人民为什么要提前一天过新年? 土家族的"赶年"从何而来? 这一切得从抗击倭寇说起……

　　嘉靖年间,东南沿海一带的海防设备久遭破坏。邻国日本的百姓大多由于失业,无所事事,沦为寇盗。于是,在东南沿海一带,时常出现寇盗的身影,他们奸淫掳掠、烧杀抢夺、剖腹取婴……当地人们水深火热,对倭寇恨之入骨。倭寇动乱在东南沿海一带越演越烈。

　　而在湘西一带的土家族地区,倭寇动乱显得是那么的平静,当地人们并没有受到动乱太大的影响。恰恰相反,土家族人民这几天正忙上忙下,赶里赶外,即将要迎接新年的到来。当地热闹非凡,喜气洋洋。

　　大年二十九日,村口迎来了一批官兵,原来是圣旨下来了……

　　只见公公宣道:"奉天承运,皇帝诏曰:今东南沿海一带,倭寇

动乱严重,扰乱市民,民生怨道,特派遣湘西土家兵火速前往东南沿海一带抗击倭寇。钦此。"

一道出征圣旨的到来,打破了土家族人过年的欢乐氛围。按当地习俗,士兵应于腊月三十日过完新年再出发至前线。可圣旨在前,每一个人都不敢违抗,若有违圣令,则一律罪行不轻。

一道难题摆在了土家族人民的面前,正忙乎着过年的大家根本没有想到在新年到来的前一刻,出征命令会突如其来。这可难住了土家族全族的人,怎么办?怎么办?一时之间,全族的人都在着急地想着办法。

时间一分一秒地过去,还是没有一个好的办法。这时,土家族里有威望的老人们临时聚集在一起,商讨着对策,最终达成共识,作出了一个土家族前无古人的决定:土家族人民提前一天过新年。提前一天,意味着今天土家族人民就可以过新年了,土家族士兵也可以高高兴兴地过完新年再上前线。两全其美的办法,土家族人民听到,一个个都拍手叫好。

奉命出征的永顺土司工彭翼南听到了这个消息,更是激动不已。他走出房屋,顺手拿出一大坛子酒,走到士兵的前面,大声地告诉士兵:"兄弟们,如今我们提前一天过年,今天,也就是新年的第一天,我们要痛痛快快地大喝一顿,等我们吃饱喝足了,一起奔赴前线,拿出我们土家族士兵最英勇的一面,把倭寇赶出去,兄弟们,干杯,给我举起来。"士兵们一听,热血沸腾,吃饱喝足了之后,明天,上前线保卫国家!

大年三十,土家族士兵奔赴前线。面对倭寇,土家族子弟兵毫不胆怯,在战场上一个个浴血奋战,奋勇杀敌,最后大败倭寇。土家族士兵凯旋之时,明宪宗皇帝亲赐"东南第一战功"御匾,以此来彰显土家族士兵的赫赫战功。

自那以后,为了表达对抗击倭寇将士的敬佩,纪念土家族子弟兵的英勇战功。几百年来,土家族人民一直把提前一天过年的习俗沿袭了下来,而这就是土家族现在的"赶年"。

(口述:李健清;地点:湖南省张家界市慈利县紫霞社区;整理:林川、杨婷)

湘西赶尸

在湘西,流传着这样一个传说。如果你在夜间赶路,就可能遇到一队神秘行人,他们口中念念有词,边走边敲阴锣,跟在后面的人身穿黑袍、头戴斗笠,走路悄无声息。确切地说,他们不是人,而是一群没有生命的尸体,这就是神秘的湘西赶尸。

这个传说可以最早追溯到几千多年前。苗族的祖先公公(苗语)蚩尤率兵在黄河边与敌对阵厮杀,直至尸横遍野,血流成河。打完仗后他们要后撤,士兵们把伤员都抬走后,蚩尤对身边的军师说:"我们不能丢下在这里战死兄弟的尸体不管,你用点法术让这些兄弟回归故里如何?"

阿普军师说:"好吧,我们俩换一下装扮,你拿符节在前面领路,我在后面督促。"

于是阿普军师装扮成蚩尤的模样,站在战死弟兄们尸体之间,在一阵默念咒语祷告神灵之后,对着那些尸体大声呼喊:死难之弟兄们,此处非尔安身毙命之所,尔今枉死实堪悲悼。故乡父母依闾企望,娇妻幼子盼尔回乡,尔魂尔魄无须彷徨。急急如律令,起!果不其然,原本躺在地上的尸体全都站了起来,跟在阿普军师的符节后面,规规矩矩地向前走。

敌人的追兵来了,阿普蚩尤和阿普军师联手做法,引来五更大雾，将敌人困在迷魂阵里，因此脱险。由于阿普军师所司之法术让大家脱险，大家自此又把他叫作老司；又由于阿普军师最后所用的御敌之术乃是大雾，而雾字太复杂难写，于是改成巫字取而代之，这巫字是个象形文字，上面一横代表天，下面一横则代表地，而中间那一竖就代表符节了，符节左右两边则是代表两个人，这两个人自然就是蚩尤和阿普军师，也就是两人合起手来才能作巫术。

这便是古时候湘西赶尸的渊源。流传到今，其中心也就是这样。

相传在现在的苗族聚集地，也就是湘西地区，赶尸之风盛行。据说某家有一个人死于非命，这家又不希望永别于这个人，便请一些会做巫术的大师做一场法事。同样，做巫也是由两个人来完成，其方法宗旨也不外乎于以前蚩尤和阿普军师的方法。大师给这个人做了巫术后，就在夜间驱使他跟着大师走，显而易见，这个人是没有了生命的尸体。

家人们这样做也就是宽慰自己的心理。死去的这个人在自己身上巫术解开之前会一直跟着两个巫师，似乎也是在完成自己生前在世上未完成的心愿。最后再看一眼这大好山河。而家人们也在这个过程中一直跟进，最后再看一眼这个能够"活"着走动的人。

众所周知，苗族地区的人们晚上是很早就睡觉的，似乎也是知道赶尸之风盛行，怕自己走夜路碰到"鬼"。所以做法事的这些人们很少担心晚上遇到路人，就算遇到了，路人也是避开走得远远的，大师和死人的家人们也是包围在这个人身边，不让外人看到，避免接触后会发生意想不到的事情。这些在人们心中早已成为人人皆知的规则。

湘西赶尸，这是湘西地区苗族同胞们特有的文化，并且在一代代地传下来后，广为众人所知，同时也为人所尊重，并没有人说这是迷信之类的东西。从某种意义上说，这就是这个民族的传统，在中华大地上，这一颗异星闪耀着其特有的光芒。

（口述：熊功发；地点：湖南省湘西保靖县拱桥村；整理：龙雨嫣、王文礼）

鸳马识虞姬

绍兴西部山区与诸暨市交界的地方,有两座山,一座叫项王山,一座叫美女山。相传它们是楚霸王项羽与虞姬娘娘的化身。所以,远远望去,恰似一双情侣在窃窃私语,相对叹息。

山间有个村落叫塔石。美丽的虞姬就出生在这个小山村里,她从小跟随阿爹打猎,不但熟悉刀剑弓戟等十八般武艺,还练就了一身轻功。从山上跳下来,好比四两棉花落地,悄然无声。

有一天,父女二人上山打猎。发现一头大野猪正在咬竹笋。阿爹"嘭"地一箭,没有射中野猪的要害;只见那头带箭野猪,两眼火红,狠命地朝着虞姬反扑过来,俗语说:"伤箭野猪猛似虎",这时的虞姬正处在一条狭窄的险路上,无处躲闪,真把爹急死了。可是她毫不心慌,只见她一个转身与那野猪同时向山下倒去。

阿爹被这突如其来的险情吓得"啊"地尖叫一声,出了一身冷汗。他一面寻路奔下山去,一面高喊,"虞姬! 虞姬!"老人边哭边喊,边哭边跑,到了山脚下,只见那只野猪血肉模糊地躺在一块大岩石上,可就是找不到女儿,他伤心极了,正在号啕不已的时候,忽然听的半空中传来了虞姬喊声:"爹! 我在这里!"

原来,虞姬在跳崖时,瞅准了岩壁上的一根老藤,就势一抓,便轻轻地随藤荡起,稳稳当当地站在山腰上了。阿爹找到了虞姬,少

不得责怪她几句,其实,他的心里更爱这个宝贝女儿了。当下,父女二人抬着野猪,笑盈盈地回到家里,村里的人莫不个个称羡,从此之后,人们对她更钦佩了。

日子一年年过去,这虞姬出落得一年更比一年漂亮。村里的公公婆婆叔叔嫂嫂都撺掇阿爹该给虞姬找个女婿了。老人总是微笑着摇摇头,要求可高着哩,周围村庄的小伙子,她都嫌欠好。虞姬的终身大事就一天一天地耽搁下来了。

这天,虞姬正在山脚下晒兽皮,忽听得山那边传来疾马奔腾的声音,还夹着一个粗大的呼喊声:"帮我勒住! 帮我勒住!"瞬间,一匹无鞍无辔的野马,驮着一个黑脸汉子狂奔而来,那黑脸大汉已是精疲力竭,要不了多久,便会从马背上摔下山去,说时迟,那时快,虞姬三脚两步赶上前去,轻舒猿臂,一把抓住野马的顶鬃,喊声:"吁——"那匹乌黑铮亮笨得性起的野马便乖乖地停了下来。

原来,这黑脸大汉便是后来的楚霸王项羽。项羽自从丧了父母,随着叔父项梁住在山阴项里,他生得虎背熊腰,力大无比,平素不喜诗文,单爱结交英雄义士,整日舞枪弄棒,准备有朝一日推翻荒淫无道的秦二世。项羽样样如意,独有一件事情很不称心:缺了一匹好坐骑。

项里村口有座古老的土地庙,庙里塑有一匹高大的乌骓马。这年土地庙四周的禾苗常常无声无息地被牲口啃掉,今天这里一片,明天那里一块,大家都觉得奇怪。消息传到项羽的耳朵里,也闹不清是什么糟蹋了庄稼。事有凑巧,这天,因为天气闷热,项羽酒醉饭饱,想到土地庙里去睡个午觉,进得庙门,瞥见那匹泥塑乌骓马的嘴里含着一蓬禾苗,顿时明白了:"噢,原来是你。"

当天黄昏,项羽悄悄地隐伏在土地庙背后,偷偷看着庙内的动静。忽然,风声大作,不一会,电光闪处,从庙里腾空跃出一匹黑马,落入附近的一丘田里大嚼起来。项羽方才知道这是一匹神马。心里想,我要是能把它降服,成为自己的坐骑该有多好。项羽便轻轻地向神马走去,谁料到,没等他走近,那神马一声嘶叫,就往山坳里奔去,一眨眼工夫,连个踪影都不见了。

项羽逮不住神马,心里十分懊恼,回到土地庙一看,那泥塑的乌骓马依然昂首自立,而那四个蹄子还沾着湿漉漉的泥巴。项羽看看神马还在,不禁兴奋起来,他一边抚摸着马背,一边思考着逮马的方法,过了好一会儿,一个妙计成熟了,项羽情不自禁地哈哈大笑起来,那笑声震动屋瓦,把屋顶上的尘土索索地抖落下来,足有一寸多厚。过了一天,天刚擦黑,神马跃出庙门正想去吃禾苗,看见那人还在原地站着,神马只得再回庙来。

第三天,月亮升到了半空中,神马才出来。远远望去,那人还在原地站着,一动不动。神马正在纳闷,忽然来了一阵狂风,把那个人吹倒了,哈,原来是个欺骗鸟雀的稻草人。神马这才放心地下地吃禾苗去了。第四天,稻草人又站在田边了,这次神马毫无顾忌,款步走近它的身边,正准备下田去美餐一顿,突然,被稻草人骑在背上,还紧抓了鬃毛不放,这才知道今天的稻草人是几天前那个黑脸大汉扮的,上了他的当了。

神马毕竟是神马,项羽虽然用尽全力,仍不能使它驯服,一连跑了九十九座山头,跑到了塔石村,那神马还是不肯缓下步来,谁也没有想到神马竟然被这么美丽的姑娘轻轻一拢给牵住了。

再说那项羽,下得马来,正待拜谢勒住神马的那位英雄,定睛一看,原来是一妙龄少女,顿时三分佩服,七分不服。一面拱手致谢,一面瓮声瓮气地说:"要不是你把它拦住,我还要再跑九九八十一个山头,非把它制服不可。"

虞姬看了项羽那英雄的气概,实在是打心眼里喜欢他,不过对项羽那高傲自负的脾气也觉得好笑。便故意激他,"既然你有降服它的能耐,那么刚才求人作什么呢?"

项羽是个不肯轻易认输的人,何况面前是个纤纤淑女,岂能丢脸,就硬要与虞姬比试比试武艺。虞姬笑道:"好吧,只是小女子不敢占先。"

于是,项羽毫不客气,一伸手把神马夹在腋下,"呼呼呼"几步就跨上岭去,再几步跨下岭来,脸不改色,气不喘,铁塔一般地站在虞姬面前,躬身作揖,要虞姬也露一手。

虞姬谦恭地说:"英雄确是力大无比,小女子万分钦佩,寒舍备得几杯薄酒,请英雄上马,随我回去,一来替英雄洗尘压惊,二来也可让家父拜识英雄一面。"话未说完,将身跳进盛兽皮的箩筐里,双手随即提起萝环,飘然离地而去。

那项羽,从未见到过此种轻身功夫,惊愕地瞠目结舌,呆若木鸡。看看虞姬已经远去,连忙翻身上马,追上前去。当天,由邻居做媒,阿爹就把虞姬许给了项羽。

后来,由于项羽刚愎自用,终于在楚汉之争中失败了,他们夫妻二人先后自刎。从此塔石村前面就生出项王与美女山来了。

塔石村的姑娘都替项羽惋惜,至今她们的名字中还忌讳用一个"翠"字。因为翠字拆开便成"羽"字和"卒"字。羽卒是项羽死了的意思,拿"翠"字起名,于心何忍呀。

(口述:熊功发;地点:湖南省湘西保靖县拱桥村;整理:龙雨嫣、王文礼)

状 元 洞

天台山，是湖北红安城北鄂豫交界的群山间的一座山，它连绵数十里，风景秀丽，因其峰顶似台，势若接天而得名，史称"淮南第一峰"。在那里，有一个天然生成的状元洞，流传着一个状元洞赵秀才求学的故事。

红安县家有孩子的人家都会去状之洞走上一走，不是说到过这里就会成为状元，只是说去那里感受一下古代人学习的艰苦，从而让孩子有学习的动力。大人们也会经常讲状元洞的传奇故事给孩子们听。

话说唐朝某个时候，朝廷为了广纳贤才，颁布了科举制度，科举制使门第不高的有才能的人可以参加到政权中来，统治者得以进一步笼络士人，同时它也推动了教育事业的发展，使唐朝的学校制度完备。因为不限门第，乡才纷纷进京赶考。

这时，天台南乡有一位姓赵的秀才，虽然满腹文章，但穷困潦倒，穿着单薄的衣服进京赶考。当时，从鄂东进京有一条山道，能路过天台山以后，再往北走，到达中原，然后进京，这是一条便利的近道。然而赵秀才进了天台山后就冻病了，加之盘缠很少，早已是囊中羞涩；他实在是有心无力，看见天台山半山腰有一个山洞，他想到现在这种体力，肯定也过不了天台山，就决定在山洞里住下来。白天出门到山下的寺庙道观讨点吃的,晚上用松节油当灯做文章。时间长了,当地人就叫他叫花子,这个山洞就叫"叫花子洞"。

赵秀才住了几个月,病依然不见好转,他想,天台山还没过就病了,到京城还有千山万水,那怎么到达得了呢? 只怕自己没有高中的命。秀才有点泄气,想到在此常住也不是办法,还是回家再作打算才是,所以准备拖着病重的身体返回故乡。

一天傍晚,一位道长飘然而至,拦住了准备下山的赵秀才说:"秀才你怎么可以半途而废呢?"

秀才说:"我不下山又如何呢?"

道长说:"你站在这里向上看看。"秀才就站在那向山上看,有些茫然。道长说:"你住的那个山洞对着山顶,山顶有什么? 山顶有一条龙,那是真龙地,那条龙就望着你的山洞呢,你看龙角龙须哪点有假,这不是说你与天子有缘么?"

秀才说:"我现在可是个叫花子,这山洞因为我背了个叫花子的名。"

道长说:"这就更应验了这个洞的仙灵宝气了。你有所不知,三百年前叫花子李铁拐还住过这个山洞哩。"说完又飘然而去,留下的只有缠缠绕绕的几圈云头。有人说那就是青龙观的青龙道长。

赵秀才于是又打起了精神,面壁山洞,借月为光,刻苦学习,一月两月后,赵秀才的病竟然好了。他又沿途乞讨到了北京,刚好赶上次年的科举考试,果然状元及第,后来,赵秀才打马还乡,三跪三拜叫花子洞。这件事在天台山口耳相传传开了,那个叫花子洞就又有了个好听的名字:"状元洞"。

据说,过去有名的楚人都会慕名去天台山,沾点状元洞的仙气,然后才去参加科考,连大明时期黄安名士耿定向、耿定理俩兄弟都在状元洞里住过。

(口述:陈俐;地点。湖北省红安县茶馆;整理:魏莉莺、张保和)

闯 麻 城

天上一朵云,地下闯麻城,
麻城闯不开,带个小伢来!

天上满天星,地下闯麻城,
麻城闯不破,是个孬家伙。

这是当地广为流传的关于闯麻城的儿歌。

闯麻城是湖北东北部地区流传甚广的一种游戏,这种竞技游戏要求一群人分成人数相同的两组人,然后各组相向横的排成两排,各排用手拉成人墙,由一方先齐声喊出"天上雾沉沉,地下闯麻城,麻城闯不开,河那边的哪个敢过来?"然后对方回应:某某前来应战。紧接着对方阵营里突然冲出一个人冲入对方人墙,如果人墙被冲破了,则可以从对方队里抓走一个人,如果没有,就要被留在对方阵营里,就这样直到游戏结束,最后依据哪方的人数多哪方就是获胜方。这种竞技游戏要求擅于把握时机,选择好的突破口,否则难以取胜。闯麻城这个游戏一直流传到现在依然受到当地小孩子们的喜爱。据说这个游戏还是来源于一个有趣的传说。

　　元朝末年,天下大乱,两大枭雄朱元璋与陈友谅各自为战,割据天下,一次两支大军来到了湖北,决定一决雌雄。当时几十万的大军交战,杀得湖北荒无人烟,民不聊生,老百姓们为了躲避战乱,纷纷舍家逃难,最后逃到了湖北的边界城市麻城。

　　然而没过多久,朱元璋的大军就打到了麻城,他倚仗人多,把麻城团团围住,只见城外都是朱元璋的部队,黑压压的一大片。老百姓们见此形状,都不知如何是好,好不容易才找到一个相对比较安定的地方,没想到朱元璋的大军那么快就来了,眼下走也走不掉了,也无处可去了,大家都苦不堪言。

　　恰巧此时玉皇大帝正在巡视人间,玉帝见这人间最近烟火不断,到处都民不聊生,心中好不内疚。当他来到麻城,看到麻城老百姓那一张张痛苦的面孔,心中更是愧疚万分,他不愿看到麻城生灵涂炭,于是急忙招来了张七相公,派他前往解救麻城百姓,还老百姓们一个安宁的日子。

　　据传这张七相公为宋西蜀人,曾游历麻城,见城内瘟疫横行,百姓苦不堪言,便化身至麻城西北五脑山,来守护城内百姓。此时朱元璋的部队已经开始攻城,攻城的战士密密麻麻的,一波又一波地冲向麻城。据守麻城的将士们为了保护城内的百姓,面对强势的敌人,毫不畏惧,依然固守城楼。怎奈朱元璋的军队人数众多,又有备而来,只见城楼上的兵士一个个倒下,敌军越来越多地涌上了城楼。

　　见城内守军气数已尽,朱元璋正准备进行一次总攻,一举拿下麻城。然而就当朱元璋的军队冲上阵地时,天空突然大放异彩,夹杂着雷声呼啸而来,紧接着城楼之上金光一闪,只见一个老者慈祥地端坐在城楼上,他的身子足有近八丈高,脚穿着两丈五的大草鞋。他正把脚放在护城河里在那里玩水,手里还拿着一支三丈长的旱烟杆在那里悠闲地吸烟。兵士们看到,都吓昏了头,哪里见过这样高大的人物? 兵器也不要了,就往回跑。朱元璋看到兵士都往回跑,还以为他们临阵怯逃,大发雷霆,正欲说话,却见一个兵士慌慌张张地前来报告说,城墙上惊现一巨人,将士们都畏惧而不敢进攻。朱元璋打了那么多胜仗,哪里相信这话,马上叫人牵来战马,前往观战。然而还没到城楼下。朱元璋就慌忙下马惊呼:"好大的一个人!"

　　此时张七公依然静坐在城楼上,他对着朱元璋一笑说"我只是小伢。我家大人还在家里睡觉呢。"朱元璋一听倒吸一口凉气,他心里清楚这仙人显然是冲着麻

城来的,看来这麻城是打不得,于是他急忙命令兵士退兵,从此再不敢攻打麻城。麻城就这样戏剧般地保住了。

麻城保住了,来到这里的老百姓们不用再遭受战火的煎熬,可以在此安居乐业了。老百姓们感念仙人对他们的眷顾,于是为张七相公建庙供奉,并且当地的能人由这场战事产生灵感,还设计出了这种有趣的游戏"闯麻城",通过游戏的代代相传,让后人永远都铭记张七相公。

当地还有这样一句话"闯了麻城,吃麻糖"。据说麻城的特色小吃麻糖也是来源于这次战役。麻糖是以糯米芝麻白糖为主要原料,并拌以桂花等成分精制而成,具有香而不艳、甜而不腻的特点,深受当地人的喜爱。当时朱元璋围城,城里将士们因为战事繁忙来不及做饭,甚至连吃饭的时间也没有。为了让战士们吃饱来,当地的老百姓想尽方法,最后一位农夫的麻糖受到了大家的一致赞同,麻糖不仅可以增强体力。同时方便携带。麻城之战的胜利,其中的麻糖也起了很大的作用。

(口述:陈俐;地点:湖北省红安县茶馆;整理:林凯霞、张保和)

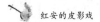

红安的皮影戏

　　皮影又称"影子戏"或者叫"灯影戏"，是一种以兽皮或纸板做成的人物剪影，在蜡烛或燃烧的酒精等光源的照射下用隔亮布进行演戏，是中国汉族民间广为流传的傀儡戏之一。表演时，艺人们在白色幕布后面，一边用手操纵戏曲人物，一边用当地流行的曲调唱述故事，同时配以打击乐和弦乐，具有浓厚的乡土气息。由于红安地处边远山区，人民生活水平普遍比较落后，又加上封建思想的禁锢，使得皮影直到清朝末期才传入红安。然而皮影戏却在红安得到了极好的发展，成为当地特别具有代表性的一种文化遗产。皮影戏作为一种民间艺术在红安的兴起和延续，这其中还要说到一个人。

　　光绪末年，红安县丰岗乡王贵轩宛有个叫王凤鸣的秀才，多才多艺，能写会画，吹拉弹唱样样精通；他有一个特别的嗜好，就是喜欢研读各类古书，凡是他所知道或听说谁那边有古书的，他就要想方设法地拿到手。有一次，他偶然从一本古书中看到了一个关于皮影的传说，并且被它深深地吸引了。

　　相传皮影戏兴于唐朝，那时太宗皇帝李世民精于治国、爱民如子，使得国家一派繁荣富强。天下太平，国家富裕，太宗皇帝便开始有了更多的心思去欣赏各类民间艺术。于是各种娱乐文化

便开始兴起。

朝廷内也大摆戏台,彩女宫娥擅长皮影戏,每一次表演都获得各类官员们的大加赞赏。太宗皇帝听到这种情况甚觉有趣,于是前往观戏,当天御花园里人山人海,彩蛾精彩的表演使得太宗皇帝和宫里的人流连忘返,使得皇太子无人照看,他坐到聚宝盆中吃玉米,不料却被噎死了。太宗皇帝得知后,龙颜大怒,下旨赶走宫女彩蛾,并且从此不允许在御花园表演皮影戏。于是这种民间艺术便跟随着彩蛾传到了民间。由于皮影精彩的表演,在民间受到人们的热烈欢迎,于是人们纷纷效仿,并对皮影进行改进演变。

王凤鸣看完这个传说后,不知不觉地就对这种民间艺术着了迷,甚至想要把传说中的皮影制作出来;为了研究皮影,他毅然决然放弃了功名利禄,并且到各处实地走访和收集相关书籍。根据相关书籍的记载和自己的调查所得,他慢慢对皮影有了一个更加全面的认识。他结合书籍上的介绍,便开始进行了皮影的制作试验。

在试验中,他渐渐地摸索出了一整套制作皮影的工序。他首先勾画出男女老少的形象,再装饰上各类色彩,设计出各种道具,然后他用牛皮把人物一个个剪了下来,经过精心装饰和修理,这些人物形象可以与戏曲舞台上的各类角色相对应。皮影虽然制作出来了,然而该怎么将他们呈现在观众面前呢?他想到了当时流行的《西游记》和《封神演义》,决定将书中的故事制作成自己的剧本。这些故事情节本来就特别的生动形象,再经过他对故事情节叙述的改进,使得剧本的内容更加精彩;后来他还采用独特的唱腔配上二胡等乐器进行伴奏。他对自己的创作感到满意后,决定创立皮影戏班。

为了自己的皮影戏班,他跑遍全县,去寻找和自己有相同爱好的人,并且招收了一批弟子,手把手地教他们如何把影子舞动起来。如何制作皮影,如何去唱,就这样不辞辛劳地一个个地传授,使得他的徒弟们很快就熟悉了皮影的制作和表演方法。在对弟子传教中,王凤鸣对皮影也更加熟悉,并不断改进。经过长时间的提高后,他的皮影终于走上了舞台,演出了红安的第一台皮影戏,可以说是一炮打响,迅速得到了广大人民的喜爱。由于皮影戏戏班花费不高,农民们也负担得起,易于接受,又进一步扩大了皮影的传播。

红安皮影的诞生,王凤鸣功不可没,后人承前启后的改进也是不可或缺的。

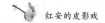

正是红安人民对于艺术的热爱,使得皮影在当地得到了极大的发展,最终成了当地的一种习俗。凡有重大的节日庆典就一定少不了皮影,而且每个乡镇还会定期请人来演戏;只要有皮影戏演出,周围十里八乡的乡亲们都会早早地赶来抢位置,那时的演员就像现在的歌星一样,受到老百姓的喜欢,演得好的,几乎全县人都知道他。

随着现代科技时代的到来,出门去看皮影戏的人们越来越少了,当年庞大的皮影戏团,现在也落得后继无人。红安县委对于皮影文化进行文化遗产保护,希望通过大家的努力,这一富有民族特色的文化艺术可以代代相传。

(口述:陈俐;地点:湖北省红安县茶馆;整理:何文平、张保和)

黄 牛 滩

很久以前,在村子里有一个长工,自小家贫,取名赵二。这个赵二是个单身汉,一家吃饱,全家不饿。

赵二父母早亡,只留下一头老黄牛与他朝夕相伴。他每天劳作完,就与老黄牛待一会儿,说上几句话。渐渐地与牛建立起深厚的感情。

这天,劳作辛苦的他回到卧室,倒头就睡着了,做起梦来。梦里他家的老黄牛开口对他说话了。那牛说:"主人,明天夜里,村里那个好吃懒做又爱偷鸡摸狗的张几会上门来,想把我偷去卖了,我不想遭遇厄运,所以,明天夜里请主人务必与我同住一间屋子,防止那张几偷我去卖,您可千万别忘记啊! 如果您不信,等您醒来会发现枕边多了一块石头,这就能证明我说的是真的了。"

赵二醒来后,有些难以相信。他起身看着枕头边,果然发现在那里多了一块石头。于是,赵二对梦里的场景将信将疑。爱惜老黄牛的他,宁可信其有,明天不去街头喝酒,早点回去看着老黄牛。

傍晚,赵二正要转过牛棚去,突然酒友王大叫去喝酒。赵二本不愿意去,后便心想:"去喝酒也成,大不了喝一点就回去了。"赵二不再推辞,又往街头去了。几杯酒下肚,喝得兴起的赵二早就把老黄牛的嘱托忘得一干二净了。回到家已晚了,醉得一塌糊涂的他倒地就睡了。

第二天醒来一看,老黄牛竟真的被偷走了。又愤怒又懊悔的他跑去张几家里,让他把牛交出来。张几说:"赵二,你个酒鬼,跑来别人家里发什么酒疯!自家的牛不见了,来我这干吗?你哪只眼睛看到了我偷了牛?说话要讲证据,再这样蛮横,我可不客气了!"

赵二哪是张几那个无赖的对手,就算认定是他偷了牛也无能为力,懊丧的他只好回去了。

夜里,辗转难眠的赵二又梦到了老黄牛,他后悔莫及地对着老黄牛哭道:"都是我的错!你被那无赖藏哪了?我去救你。"

老黄牛叹了一口气道:"没用了,我早就被那小偷卖给了屠宰场,明天一早就要成为盘中餐了,来不及了。你也无须后悔,是我自己太痴心,妄想能改变一下命运。我本是天上的神仙,因犯了错误被贬下凡,这一世只能历经悲惨的命运。这一切没有你的失误也还是会发生的,只是可气的是,那可恶的小偷竟然把我卖给了屠宰场,让我受那屠宰之痛,不留全尸,从此再也不能轮回!"愤怒的老黄牛说完也一阵叹息,过了一会儿又缓缓说道:"但事已至此,我也认命了,也请你不要懊悔了,只需听着我接下来的话就好了。"老黄牛看到赵二点了点头,又开始说道:"这个村子即将要发大水了,本来我在此地还能帮助一二,但是我现在遭此厄运,无能为力。只能嘱托你把消息告诉大家,让大家提前逃走就好了。如果,你看到庙前的石狮子的眼睛流出了血泪,那就说明洪水不久就要发生了,切记!"

已经接受教训的赵二对老黄牛的话深信不疑,每天傍晚不再喝酒,只去看一看庙前的石狮子。人们好奇他的举动,便问道:"赵二,这石狮子的眼睛有什么好看的呀,难道它还会流泪不成?"

赵二说道:"还真被你说对了!不过不是流泪,是流出血泪!如果石狮子流血泪就预示着要发大水了!本来我想早告诉你们的,怕你们听了恐惧!"周围的人哄笑一阵,都笑这赵二自从丢了牛之后,人变得奇怪了,酒也不喝了,还天天跑去看石狮子,说些奇怪话。人们都不信他的话,走了。

这些话传到小偷张几耳朵里,游手好闲的他想戏弄这赵二一番,眼珠子一转,想出了一个妙计。于是趁着半夜没人,偷了一只狗,杀了之后,把狗血抹在了石狮

子的眼睛里。

第二天，有人早起发现石狮子流血了，跑去跟赵二说。赵二一听跑去看，果然是这样。慌张地对着大家说："快逃啊，乡亲们！要发大水了！"

村民们有些不信，不过看赵二那焦急的眼神又有些担心是真的。赵二接着说："这种事，宁可信其有，不可信其无啊！万一是真的，就没命了！"村民还是半信半疑的。

焦急的赵二把老黄牛的故事告诉了他们，人们开始动摇了，于是便纷纷赶回家，简单整理一番就拖儿带女逃到了山上。

看到大家信以为真地在忙活着搬家，小偷张几哈哈大笑，他在村里走来走去，看着忙活的人们，优哉游哉的。有一个村民见他，好心地劝说道："还不走！发大水了！"

小偷不屑地说："只有你们信那傻子的话，我可不信！"说着，又到处逛了。

那天中午，刚逃了不久的人们还没安顿好，就发现村里果然发大水了。看着一片汪洋，都在为自己的死里逃生而庆幸。可是，有一个人却遭殃了，就是那个小偷张几。

原来啊，本来那血是小偷张几涂上去的，洪水本来也没那么快来。但是愤怒的老黄牛为了惩罚那坏心的小偷张几，于是用尽残留的最后一点仙力，让洪水提前到来了。而那自以为聪明的小偷张几，肯定不会逃走的。

至此，老黄牛先后说的两桩预言都应验了。而那怀着悲愤死去的老黄牛，最后也化成了一个小湖，后人们为了纪念老黄牛，把这里叫作"黄牛滩"。

（口述：熊芷萱；地点：湖北省洪湖市瞿家湾；整理：赵倩、丁功谊）

刘心源妙答

　　在湖北洪湖历史博物馆里面,有一个"奇觚室",里面端坐着一个正在认真书写着什么的铜像。这铜像纪念的正是清末民初的著名书法家、金石家、文学学家——刘心源。

　　刘心源是湖北嘉鱼县龙口塘人(今洪湖市龙口镇人),幼年丧父的他,家庭生活极为贫困。12岁那年,一直勤勉读书的刘心源乘船赶赴嘉鱼县城参加童子试。

　　同船的有一个叫张甲的人,家境颇为富裕,年少的他颇有几分才华。可是这人有一个毛病,就是平时爱炫耀;看到家境不如他的人,就爱上前搭话,以求对方的艳羡恭维。张甲见那刘心源面黄肌瘦的,身上也只穿着旧衣服改装的行头,心里有些看不起他。张甲心想:"这人家境贫寒,看来也没时间认真读书,恐怕学问也不怎么样吧,我且来看看他的情况。"张甲走到正在眺望着岸边的刘心源身边交谈起来,互相报了姓名后,张甲问道:"请问,刘兄弟家境如何?"

　　刘心源颇有些奇怪:"哪有初次见面就问人家家境的呀。这人,可真是怪了。"不过,从来待人有理的刘心源也不表示尴尬,笑着答道:"家财万贯。"

　　张甲听了,颇有些吃惊,想道:"自己家里颇有些钱,但也不敢

自称有家财万贯啊！难道我竟看错了他？"再仔细打量了刘心源一身上下,心里又有些不信。于是追问道:"敢问是何产业呢?"

刘心源眉头一皱,随即坦然答道:"乃一车二船也!"

张甲暗自想道:"有一车二船,这样也算得富贵之家? 看来这人不太实诚! 看他一身破旧衣服,假如颇有些钱,也不至于如此一身打扮就去赶考吧! 也许他连一车二船都没有呢!"于是一副不信的样子,想继续追问他,让他承认家境的贫寒。张甲问道:"那一车二船作何运载呢?"

刘心源一本正经地回答道:"一车转柴米,二船跑油盐。"

张甲听完,以为他说的是"一车赚柴米",联想到很多富商人家都喜欢不显山露水,为了不被打劫,常常打扮得很普通。于是,张甲猜想他是富商之后,觉得自己可能小看了他。于是便不再小瞧他,与他又谈天说地起来。过了一会儿,较真的张甲又觉得不对,想来那富商的家小们虽然有钱,但是最为遗憾的是地位名望不够,于是便喜欢求取些功名来弥补缺憾。而今天是去县城赶考,那可是应该体面有加的事,这刘心源穿得如此破旧,未免有些不合适吧!

这时候,张甲觉得要想知道这刘心源的家境究竟如何,就只能在"车"和"船"两字上做文章了。"究竟是什么车,什么船呢? 是轮船? 鸭划子? 是马车? 牛车?"好奇心被激起的张甲一时没忍住脱口问道:"什么车?"

刘心源抬起头,爽快坦诚地回答道:"那是我妈妈的纺线车!"

"哦——"张甲这才恍然大悟,醒悟过来之后又很是吃惊,结结巴巴地又问道:"那……那……船呢?!"

刘心源突然朝他哈哈一下,看着结巴了的张甲,说道:"那是——"停顿了一下的刘心源突然调皮地朝他眨眨眼睛,一字一句地说:"两——只——鸭——子!"

原来啊,刘心源所谓的"一车二船"就是指他母亲为维持生计,每日摇得叽里咕噜响的纺线车,赚来的钱用来购进柴和米;而那两只在水上划的鸭子,下来的蛋用来换油和盐。而他如此自豪地说自己家财万贯也不是吹牛好面子的,那是指她母亲勤俭节约的高尚品格。

此时的张甲已知道刘心源的家境正是如他所想那般普通,但是此时的他已经不想再嘲笑刘心源的寒酸穿着了,几番问答下来,知道刘心源除了家境不如自己,才思已大大超过自己半截,轻视之心再也休提起! 知道山外有山,人在有人,自己以貌取人、自恃才高是有些过了。

张甲根据刘心源对他的家境描写,写了一个对子给他,拜服地对刘心源拱手道:"在下唐突了! 刘兄真可谓是'一车二船寒门子,治国安邦济世才。'"

(口述:熊芷萱;地点:湖北省洪湖市瞿家湾;整理:刘玉玲、丁功谊)

三兄弟分家

　　很久以前,在洪湖有一个家财万贯的员外郎。员外郎早年靠赚取不义之财起家,后又花钱买了官,在当地也是个没人敢惹的人物。员外有两个老婆,早年和大老婆生了两个儿子,但由于管教不善,这俩儿子在当地也是欺贫凌弱、横行霸道。

　　不久,大老婆死了,员外请一个法师来超度,法师对员外说:"你和两个儿子罪恶滔天,财富权势也只能是过眼云烟,再不积德行善就晚了。"

　　员外听法师这一说,心里一惊,立马说:"我改我改!"

　　法师又说:"那我便赐你一个石猴,今后,如若遇事,可留一线希望。"

　　之后,员外和小老婆又得一个三儿子,由于员外改邪归正,对三儿子的教育也颇好,老三越发温文儒雅,心胸开阔。

　　由于性格脾性的不同,老大和老二总是不把老三放在眼里,但由于员外分外疼爱老三,也倒相安无事。三个儿子逐渐长大,员外也渐渐老了,他生怕自己死后老大和老二会对老三不利,于是在临死前将石猴交给老三并嘱托他好生保管。老三便把石猴藏在了自己在山林里的木屋里。

　　不出所料,员外一死,老大和老二便把老三赶出家门,独占了遗产。老三只能跑到自己在山林里的木屋过夜。

这天夜里,老三抱着石猴睡着了,睡梦中,他隐约听见争吵。是自己的石猴在和一只鲤鱼精争吵。只听石猴说:"你这个忘恩负义的鲤鱼精,李家给了你栖息之地,你却恩将仇报,残害李小姐……"争吵了很久,老三醒了,他觉得自己在做梦,又觉得梦太真实。索性洗洗脸,到县里去找工作了。

谁知一到县里,就看到菜市场口围了一群人。老三走近一看,原来是李家小姐得了病,四处寻医不得,现在张榜寻医呢。这李家也是当地有名的财主,而且待人向来宽厚,李小姐是李家唯一的女儿。现在女儿得了病,李财主张榜宣言要用一半家产来换李小姐平安。

老三犹豫了一会儿,便把榜给揭了下来。管家随后引着老三就往李府走。到了李府里,老三也不急于去给李小姐看病,而是要管家引着自己在李府里转一圈。管家虽然诧异,却也不敢多问,于是就带着老三在李府里打转。走到后院时,老三看到一口井,便对管家说:"你快命人拿石灰把这口井堵住。"

管家不禁问道:"这是为什么,少了这口井,这一家上下可没水喝了呀!"

老三解释道:"井可以再打一口,总是有办法的,但这口井里面住了一只鲤鱼精,就是它害小姐得了这个病,只有拿石灰堵住,它才不能再兴风作浪。"管家于是照办。

第二天,小姐果然吐出一口黑血,渐渐恢复了起色。李财主大为高兴,就宴请老三,并要实现自己的承诺,给老三一半家产。哪知老三说:"这也是小姐的造化,不是我的功劳,我不求您的一半家产,只要能给我谋个差事,够我安身立命就行。"

小姐好了以后,想看看自己救命恩人的模样,便让丫鬟引着偷偷看了一眼。李小姐看到老三举止谈吐不凡,长得也俊秀儒雅,于是有意。最后在李财主的主持下,两个人喜结连理。老三也搬进了李府,并把石猴也搬到了李府门口辟邪。

就这样,两人甜甜蜜蜜地过了两年。一天,李小姐问老三,"你当时是怎么知道那井里有鲤鱼精的呢?"老三便将石猴的来历以及石猴在梦里的话说给妻子听。结果这话被一个丫鬟偷听到了,于是一传十,十传百的就传开了,最后传到了两个哥哥的耳朵里。这两个哥哥这两年把家产差不多败光了,现在一听见石猴的事儿,就慌忙派人来抢。

老三也不甘示弱,命家丁守住石猴,哪知在两边的人争抢时,石猴掉在地上磕

碎了。老大老二看到这个情况，就说："反正我们得不到，你也得不到。"于是大笑着走了。老三万分心痛，就把石猴当人一样厚葬了。

不久，老大、老二便得了不治之症死了，而老三和妻子快快乐乐地一直生活下去。所谓"善恶到头都有报，只争来早与来迟"，与人为善才是最重要的。

（口述：熊芷萱；地点：湖北省洪湖市瞿家湾；整理：赵倩、丁功谊）

庞统测字

　　庞统师从水镜先生,学成下山时年纪尚轻,可惜怀才不遇,穷困潦倒。在荆州时,庞统常借用测字为人出谋划策,排忧解难,在荆州地界颇有些名气;他眼力非凡,善于察言观色,有识人之才,测字不但给他带来些收入,也为他暗寻明主带来不少方便。

　　刘表初到荆州时,下去体察民情,听说有一个叫庞统的给人测字,言必有中,非常了得,他不太相信,有心一试。这天闲来无事,刘表一时兴起,化装成庶民模样,来找庞统测字。

　　庞统见来人器宇轩昂,恐非常人,且不声张,只淡淡的一句:"先生要测个什么字呢?"

　　刘表提笔随意在手背上写下一个"人"字,说道:"就测一测我是个什么样的人吧。"

　　只见这个"人"字写得左撇如刀,右捺如敲,撇捺之间不拘而透着一股得意。而写字的手也细皮嫩肉,掌阔且厚,是一只翻可遮云覆可为雨的手。庞统略一思忖便道:"先生可是官场中人?"

　　刘表听完心里一惊,觉得此人果然有些法门,但是转念一想,自己毕竟主政一方,被治下百姓认出来也不足为奇。于是又对着身后的一个年轻人说:"你也让庞先生测个字吧。"

　　年轻人走上前来,二话不说,在手心写下一个"人"字,庞统

见来人浓眉大眼，面有刚毅之色，不怒自威，必是久经沙场之人。庞统在他手上来回看了两眼，说道："'人'字笔法简单却刚劲有力，筋骨分明。你必是一位将军。"

年轻人正是刘表长子刘琦，他略低头一叹，却并不多说。

刘表暗暗称奇，一时语塞，过了一会，跟身旁的刘备说道："来都来了，你何不也测一个？"

原来刘备兵败，此时暂居刘表帐下，以谋后动，这是后话，暂且不表。话说刘备向庞统说道："先生的大名久仰了，早就想来拜访。今日一见，果然名不虚传。在下刘备，就测个'备'字吧。"说完执笔蘸饱浓墨，在庞统桌上备好的纸上缓缓写下一个"备"字，写字的时候神情专注，旁若无人。只见这"备"字笔酣墨饱，力透纸背而笔法不失婉转，内敛之中透着淡定。再抬头细看此人，双手过膝，两耳垂肩，衣着朴素若庶人，眉宇气概如豪杰，静则气定神闲，动则习习有风，气象不凡，有帝王之相，绝非人下之臣。天下皆传刘玄德德才兼备，有盖世之德，具罕见之才，今日一见，才知所言非虚，不禁暗暗佩服，告诉自己，此人便是自己苦寻之主。

庞统怕惊动刘表，却并不明说，只说每日只测三个字，你们来之前已经测了一个，今日三个字已经测完，明天请早。没等刘表张口，庞统就要送客。三人还没缓过神来就已被送至门口。刘备走在最后，感觉到衣服被人轻轻拉了一把，回头一看，庞统又装作若无其事。刘备心下明白，暗自高兴。

第二天一早，刘备果然一个人来了。庞统非常高兴，同刘备聊起天下大势。两人聊得十分投机，刘备更加欣赏庞统，庞统也越发倾心刘备。日后刘备借得荆州，便给庞统一个耒阳县令练练手，三个月后召回重用，与诸葛亮一样，拜为中郎将。

（口述：熊丁丁；地点：湖北省洪湖市蓝田股份有限公司；整理：卢平、丁功谊）

庞统断案

　　三国是一个充满传奇的时代，英雄辈出，奇人不断。话说当年刘备初得荆州，正是用人之际，招贤纳士，全城皆知。

　　这天刘备午睡正酣，有人来报，庞统求见。庞统能说会道，但也自视甚高，刘备早就有所耳闻，不以为意，碍于面子，只好一见。没想到庞统长相奇丑，不像有什么才干的人，刘备便懒懒地应酬两句，见他谈吐还过得去，于是打发他去耒阳当个小小的县令，也好维护自己爱才纳贤的名声。

　　俗话说新官上任三把火，庞统却反其道而行之。上任三个月来只是喝酒睡觉，不理公务。手下人看不下去来劝，庞统却还是不急，说："莫急，我自有道理。"

　　这日张飞来见，进门就问："庞统何在，叫他来，我有话问他！"原来刘备已经得知庞统在这里的情况，生气得很，派张飞来查一下再作打算，衙门里的人急忙去报，庞统却躺在后院的吊椅里不急不慢地跟门子说："我睡午觉呢，让他晚些时候再来。"

　　张飞是个急性子，还没等到人来回，就赶了进去，见庞统在吊椅里歪着，气不打一处来，说："让你来当县令，你却在这里养尊处优，不理公务，是何道理?!"

　　只见庞统懒懒地坐起来，道："莫急，莫急，才九十九个案子，

还不够半日审的。"

"好大的口气,我这也刚好有个案子,凑成一百件。你说半天都不要。那好,我给你三天,案子审得好便罢,审不好就另谋高就吧,我们不养闲人。"

"好,明日上午我开审。也不要三天,我说半日就是半日。"

"一言为定!"说完,张飞强忍了怒气,拂袖而去。

第二天一大早,庞统果然升堂开审。九十九件案子的原告,被告都来了。张飞也带着他的十个军士朝堂上走来。庞统便悠然问道:"你们谁是原告,谁是被告。"张飞便说:"我是原告,他们都是被告。"庞统说道:"哦,那请张将军退到堂下,国法威严,我们按规矩来。"

张飞触了霉头,心里很不高兴,但是庞统又说得合情理,便先忍着不发作,且看这丑八怪是真有本事还是假有本事。

敲过升堂鼓,庞统随意一拍惊堂木,道:"原告都站左边,被告站右边。你们有什么要说的,都一起说吧,我听着。"

顿时严肃安静的衙门热闹非常,七嘴八舌,吵吵闹闹,有鸡毛蒜皮的小事,也有人命官司。大堂内外变得跟菜市场一样。张飞也被吵得烦了,心想哪有这样审案的。也罢,就听他的,看他是要闹哪样。于是也开始扯着嗓子说:"前天我的丈八蛇矛不见了,每天就只有他们这十名军士在我身边,别人近不得我的身。就是他们其中一个拿走了,请你把他查出来!"

只见庞统在堂上,只是歪在椅子里,也不批断,渐渐地还眯着眼睛打起盹来。

过了半晌,庞统瞌睡醒了,睁开眼睛,说道:"肃静,都不用说了。"说完一声惊堂木,全场鸦雀无声。于是开始提笔写判词。不过一个时辰,一百个案子便判得只剩下张飞的了,并且判得清清楚楚,明明白白,原告被告,没有一个不是心服口服。

张飞在一旁听他断案,越听越高兴,听得目瞪口呆,心想庞统果然是个人才。但是转念一想,这会不会是庞统早就断好了的案子,今日拿出来只是作秀给我看。不行,还要考考他。便说道:"我的案子还没审呢,是不是难度太大,断不出来啊?"

庞统听完,呵呵一笑,说:"张将军莫为难我,你的案子不是不好断,我是怕断出来了你不好意思。"

"不要紧,但说无妨。"

"那我就冒昧了。取巴豆来,让军士们每人都服下一大包,给他们每人一张纸,让他们出去溜达一下,半个时辰后回来。谁留下的纸最少,谁就是偷丈八蛇矛者。"

军士们都出去了,张飞满腹狐疑。庞统看出了张飞的心思,便说道:"莫急,张将军,稍候便知。"

人们都知道,吃巴豆容易拉肚子。不一会儿,军士都纷纷如厕。半个时辰后,庞统让他们把剩下的纸交回来。只有一个人把纸原封不动地交了出来,而其他的军士都说泄得厉害,那点纸根本不够用。庞统便指着那名交回纸的军士说:"丈八蛇矛就是你偷的。"那名军士只得承认了。

张飞听了,高兴地笑了,说:"庞军师,果然是神机妙算!"

自此,庞统得到刘备欣赏,被委以重任。后来他奇谋妙计,用兵如神,名震天下,正应了当时人那句话:"卧龙(孔明)凤雏(庞统)二人得一,可安天下。"

（口述:熊丁丁;地点:湖北省洪湖市蓝田股份有限公司;整理:卢平、丁功谊）

张飞绣花

　　三国蜀汉大将张飞向来凭借勇力征战,名满天下。然而一千多年以来,在天府之国四川,三国时期蜀汉政权的大本营,却广为流传着张飞绣花的故事,让人感到十分意外。

　　人们都只听说过张飞杀猪,张飞在长坂坡前喝退曹操百万兵,却从来没听说过张飞还会绣花。人们不禁要问:张飞是在什么时候学会绣花的? 他为什么要绣花呢?

　　原来,刘备在得到荆州以后,便进军西川。在攻打雒城时,军师庞统不幸中箭身亡。军中不可一日无帅,帅不可一日无军师。庞统一死,刘备只好请诸葛亮到蜀地指挥作战。诸葛亮留下关羽镇守荆州,兵分两路进军西川,一路由自己率领,另一路交由张飞率领。张飞一直给人以勇猛有余而谋略不足的印象。临行前,诸葛亮还是担心张飞粗枝大叶,毛毛糙糙的会坏了大事,于是传令张飞到帐下,道:“张飞听令:今给你绣花针一根,花线一根,三日内穿好。”

　　张飞大惑不解,但是只好接令,收起了针和线,腆着脸向诸葛亮说道:“俺张飞上阵杀敌绝不含糊,但是穿针这活实在干不来啊。不知军师此番何意?”

　　诸葛亮笑而不答。

　　张飞见问不出个结果来，一时也猜不透诸葛亮的葫芦里卖的是什么药。心想：反正也不是赌博，又不输钱，虽然有些别扭，但是军令难违，穿就穿。于是张飞一边琢磨诸葛亮到底是什么目的，一边穿起针线来。他使劲睁大圆眼，一眨不眨地穿呀穿，可就是怎么也穿不进去。

　　诸葛亮看到张飞大眼对小眼穿针，腮帮子鼓鼓的，一副认真执着的神态，笑而不语。

　　张飞感到莫名其妙，不假思索地问："军师此番笑又是为何？"

　　诸葛亮说："我笑翼德你有大眼，有小眼，就是没心眼。"

　　"这叫什么事嘛，我一个大老粗怎么能穿针呢？"

　　"翼德别急，不是给你三天时间嘛。时间还很充裕，今天穿不进，还可以明天穿；明天穿不进，后天再穿。只要你三天之内可以把线穿进针眼，就算你战功一件。"

　　张飞听完大喜，心想穿针虽难，比打仗总要容易得多。我张飞连曹操的百万大军都不怕，还怕这一针一线不成。于是拿着针线满意而去。

　　三天以后，张飞果然把线穿进去了。一向羽扇纶巾、举重若轻的诸葛亮也高兴得呵呵直笑，举杯满酌要为张飞"庆功"，并且实践诺言，给张飞记下一个战功。紧接着又交给他一块白绢，要他用自己穿的线绣花。

　　张飞的高兴劲还没缓过来，急得一时无言。过了好一会才说道："军师这是怎么回事嘛，军情恁般紧急，行军还绣什么花嘛？"

　　诸葛亮说："绣花为了打仗，打仗不忘绣花。"

　　张飞穿针这几天，已把诸葛亮的心思猜了个七八分，这下就完全确定了军师要他穿针、绣花的用意是要他做个有心人。于是低头一笑。心想：军师真是用心良苦啊，我一定不能辜负他。

　　诸葛亮见张飞心领神会，也便会心一笑。

　　出发前，张飞将诸葛亮给他的白绢交给一个亲信，并叮嘱亲信在他冲动的时候就把白布拿出来警告自己。

　　张飞一路上势如破竹，攻城夺池，不在话下。长驱直入，一直打到巴郡，被巴郡太守严颜挡住去路。严颜死守城门，闭城不战。张飞知道自己长途奔袭，粮草有限，拖久了对自己十分不利，必须速战速决，于是打算强攻。

　　正当张飞组织好了强行攻城的敢死队,准备好了攻城的兵器,即将攻城的时候,麾下的一个亲信匆匆赶来叫住张飞,并亮出出发前张飞给他的白绢。张飞见了白绢,恍然大悟,认识到自己冲动了,不到万不得已,不能强行攻城。即使攻下巴郡城,也是杀敌一千,自损八百,这买卖不划算。

　　于是心生一计:佯装粮草已断,军心不稳,溃散而逃。果然,严颜轻信,率轻骑来追。出城不远,伏兵四起,把严颜给活捉了。

　　张飞大胜,轻取巴郡,十分高兴,神气十足地问严颜:"你降是不降? 给句痛快话,俺张飞急着去和大哥会合,没时间陪你浪费时间。"

　　严颜不卑不亢,毫不示弱道:"我虽兵败,绝不投降。敝邑只有断头将军,断无投降将军。"

　　张飞见此人打输了仗还如此傲慢,气不打一处来,一气之下,大吼道:"推出去斩了!"

　　亲信又及时亮出了白绢,张飞见到白绢,重重地拍了一下自己的脑门,后悔不已,忙追出去喊道:"刀下留人! 刀下留人!"跑到严颜身边,亲解其缚,分宾主坐下,平心静气地说:"老将军铁骨铮铮,佩服! 佩服! 刚才是我太鲁莽,请将军原谅。将军如果愿意留下来和我们一起辅佐刘皇叔匡复大汉天下,张飞感激不尽。将军要是不愿,我可以奉上盘缠,将军愿去哪里就去哪里,张飞绝不拦着。"

　　严颜见张飞这般义气,是个英雄豪杰,打心眼里服了。况且张飞的这一番话让他觉得,于公于私都应该留下来。于是连忙跪下:"老夫愿为张将军效力!"

　　张飞赶忙扶起严颜,并向严颜请教攻打雒城之事。严颜说:"此去雒城,沿途俱是老大的守军,现在都是张将军的人了。"在严颜的帮助下,张飞一路高歌猛进,畅通无阻,拿下巴西、德阳,并且一举攻破雒城,在雒城等待诸葛亮的到来。

　　诸葛亮早就听说了张飞智取巴郡,劝降严颜,轻夺雒城等事,一见到张飞就连连夸奖:"翼德的花绣得好,绣得好,胆大心细,粗中有细。"

　　"张飞绣花——粗中有细",自此传为美谈。

　　(口述:熊丁丁;地点:湖北省洪湖市蓝田股份有限公司;整理:卢平、丁功谊)

吕后寻仙救太子

　　据史料记载,两千多年前,秦朝有四位博士为躲避秦的暴政,相约隐居商山长达十六年之久,因为年龄都在八十以上,头发和羽毛都是皓白的,所以被称为"商山四皓"。

　　刘邦即位后,一直遍访群山,想要找到辅助他治理国家的人才。听说商山有四皓居住,得到其中一个人的帮助就可以享有十年太平盛世,刘邦感觉治理国家有了希望,便对张良说:"子房,我想请周术、吴实、崔广、唐秉商山四仙出山,你意下如何?"

　　子房大笑道:"太好了,如果可以得到这四人的帮助,我们就可以十世安康。"刘邦立即派人前往商山圣地,去寻找四仙足迹,可是找了好久都没有结果。

　　　　鸿鹄高飞,一举千里。羽翼已就,横绝四海。

　　　　横绝四海,又可奈何?虽有矰缴,尚安所施?

　　这首诗是刘邦所作,主要讲述的是刘邦意图废掉吕雉之子刘盈的太子之位,而改立戚夫人之子赵王刘如意为太子。

　　公元前 197 年,西汉都城长安,街坊府间,因为刘邦想要废太子而变得危机重重。至于为什么刘邦想要换太子,还要从美貌的

戚夫人说起。

高祖十年，正是刘邦最宠爱戚夫人的年份。戚夫人之美貌，据说刘邦只看一眼便为之倾倒，又岂是沉鱼落雁、闭月羞花所能相媲美的？更何况爱屋及乌，刘邦深爱戚夫人，自然渐渐地喜欢她生的儿子刘如意。

刘邦常对戚夫人说："我感觉如意就是当年在战场叱咤风云的刘邦啊，太子做人太过软弱，一点不像我的风格，还是咱们如意更像我。"说说倒没什么，戚夫人乘机日日夜夜哭泣，请求立自己的儿子赵王如意为太子。

听到这件事，急坏了刘盈的母亲，也就是刘邦的原配夫人吕雉。吕雉深深地知道，自己虽然和刘邦一起打江山，多么艰难的日子都一起熬过。但是现在不一样了，刘邦贵为人间的皇帝，呼风唤雨、美女如云啊，他对妻子的忠诚会改变的。更何况，如果刘如意被立为储君、戚夫人掌权之后，偌大的大汉朝，就很难找得到他们母子二人居住的地方，很可能还会因为权力斗争遭遇不测。母凭子贵，这对一个后宫中的女人来说，可谓极其重要。

吕雉去找刘邦说："臣妾嫁给刘氏已经很多年了，自始至终我看重你的才能和忠诚，我知道您不会辜负我的。"刘邦皱了一下眉头，明白了吕雉的用意。

刘邦："雉儿，你一向都很贤惠，今天是要怀疑孤王吗？"

吕雉急忙说："臣妾不敢，臣妾知道错了。"

吕雉开始意识到：自己已经改变不了刘邦的心意啦。无计可施的她还有绝处逢生的机会，那就是去找足智多谋的大臣张子房。于是，吕雉亲自来到张良的府邸，张良深知吕雉的心思，也知道她的权利欲望早已膨胀，不会甘心这么轻易让大权从自己手上流失。张良是才富五车、足智多谋的一代良才，再加上早已从商山仙人那里得知，以后吕后也是位不简单的掌权者，是非常之人啊。

吕雉见张良道："子房，我们共同辅佐汉王登大位，已经有些时日，我深知你是忠义之臣、股肱之臣。刘盈还年轻，没有什么惊世骇俗的才能，不过太子的路很难走啊，还请子房指点迷津，帮助内子完成大业啊。"

张良故作沉思，不一会儿又说："王后可以到商山寻找仙人帮助，如果能得到仙人的指点，便可以成就大业。"吕雉甚悦，便邀张良第二天一同去商山寻找仙人。

在去商山的途中，吕后和张良时时能听到一首歌谣：

皓天嗟嗟,深谷透迤。树木莫莫,高山崔嵬。

岩居穴处,以为幄茵。晔晔紫芝,可以疗饥。

唐虞往矣,吾当安归。

吕雉感到这歌谣另有玄机,但是也没明白其中的奥妙。

张良微微一笑,他知道有高人在为自己指引去商山的路,便一路上始终说清平淡泊、闲云悠游的生活。不久,来到了商山之脚,吕雉命令侍从原地待命,只身与张良上山,害怕惊动仙人。

只见得商山之腰密林叠嶂,似万川瀑布飞流直下,雾霭迷离,似有仙人对弈。张良说:"汉后吕雉,汉臣子房拜见,还请高人指点迷津。"

仙童按照仙人的旨意对答:"我们都是一些没用的老头,皇后还亲自来拜访,实在惭愧啊。"

吕后说:"大汉王朝,好不容易才有今天的和平安康,不想因为太子权利的争夺而陷入危难啊。"

仙童说:"我们本来不想进入俗世的生活,但是我们早已经推算出:如果这次太子被废的话,会使战火重新燃起;为了天下不再有战火灾难,我们这些老头又怎么能推辞啊。"

吕后非常高兴,感觉心里的巨石终于落了下来。

只见得青狮背着竹简,踏着七彩祥云飞了过来。张良接过圣书,看到是一份密折。东园公说:"把圣书交给汉王,危机就可以化解了。"张良、吕雉遂返回汉都把圣书交予汉王。汉王看完圣书大悦:"天助我大汉,商山四仙愿辅佐我大汉储君!"令太子刘盈速速前去商山迎接。

刘邦对张良说:"刘盈请到了商山四皓出山辅佐,我再执意废太子就是昏庸啊。"张良恍然大悟,原来是商山四皓愿意辅佐太子刘盈,禁不住说:"太好了,太好了!真是好事成双啊!"

汉王对刘盈说:"这四人是我西汉王室兴隆万事的擎天巨柱,赐予黄金万两、良田万亩。"刘盈便立即按照旨意前去准备。四皓听说了这件事,便对汉王说:"臣等乃闲云野鹤,对名利金钱早已无念,只愿能助我储君兴汉刘之隆。"

事后,刘邦便向戚夫人说明原因,彻底打消改立太子的念头。想到吕后凶猛,

想到汉高祖刘邦百年之后母子俩叵测的命运,戚夫人悲从中来,流泪不止。刘邦觉得不能违背天命,就安慰说:"你也不要过于悲伤,要知道人生有命,得过且过吧。你为我跳楚舞,我为你作楚歌。"戚夫人不得不含泪起舞。刘邦凝视片刻,吟成《鸿鹄歌》:

> 鸿鹄高飞,一举千里。羽翼已就,横绝四海。
> 横绝四海,当可奈何! 虽有缯缴,尚安所施!

唱完歌,看到戚夫人如此伤心,刘邦想到给不了深爱的戚夫人之子以太子之位,也感到有些惭愧。

就这样,汉王易储的想法不了了之,而且得到商山四皓的辅助。山不在高,有仙则灵。商山四皓聚商山,吕后寻仙助太子,也在商洛沃土广为流传。

(口述:刘建军;地点:陕西省商洛市商州区;整理:赵倩、丁功谊)

夜里三点灯

从前,在村子里有个姓杨的年轻人,父亲给他取名青云,希望他有青云之志,能够平步青云。不幸父亲死后,家道中落,年幼的他和母亲相依为命。

杨青云始终记得父亲对自己的期望,虽然家贫,却不放弃读书。而母亲呢,则靠着替人洗衣、织布来维持生计,供养着这个仅剩的心尖尖上的儿子。看到因家道中落而受尽委屈的母亲,小青云更渴望将来能让母亲过上好日子,于是更加发奋读书。

终于到了要进京赶考的那年,有一次,青云从很远的地方放学回来,看到在门前孤坐着垂泪的母亲,急忙迎上去问:"娘,您这是怎么了?"

母亲连忙转过头去,用袖子擦干泪转过身子说:"云儿呀,今天怎么下学回来这么早啊?"

青云知道母亲故意转移话题,当初母亲因势单力孤被大伯霸占了房子、赶到这来也没有落过泪。今日要不是自己早回来半个时辰,也不知道母亲如此伤心,他怎能不着急?怎能不再追问呢?

母亲终于道出了缘由,原来,今日母亲去找大伯要回从前父亲在世时合伙做生意获得的那些利息,以便能给进京赶考的青云一些盘缠,可不曾想没要来钱,还被大伯母给羞辱了一顿。回来

后,想着青云进京的盘缠没着落,母亲便急得落下了泪。

青云听了,上前蹲在母亲了面前,握着母亲日渐粗糙的手道:"娘,你为了云儿日夜操劳,儿一定出人头地,教娘不再被亲戚们欺负!"

母亲看着懂事的青云,又是高兴又是难过地叹了口气。

入夜,青云忙完家务又开始苦读了。到了点,母亲按时又进来催了:"云儿,挺晚了,别熬坏了身子,去睡吧!"青云依依不舍地合上了书,抬头对着正进来的母亲笑道:"娘,知道啦,儿这就睡去。"母亲于是拿走了吹灭了的油灯。

青云看着母亲收走了油灯,笑着摇摇头,无奈地睡下。

过了一会儿,青云估摸着母亲该睡了,于是轻轻地起来,摸出枕下的偷偷藏着的那支蜡烛燃着了。翻开书又开始看了,正看到精彩处,青云拿起笔做起眉批来。一手拿着书看,一手就要来摸笔,没想到摸了摸桌子,却没摸着笔。奇怪的他抬头看了看桌子,却发现母亲手里拿着那支笔。原来啊,杨青云看书太过入神,母亲进来正想提醒他夜深了,要休息了,不要偷偷起来看书了。却不曾想看到青云摇头晃脑一副怡然的样子,忍住没出声。看他要拿笔,便想着作弄一下这个傻儿子,悄悄拿走了那支笔。青云不好意思地看着母亲说:"娘,我只是刚想起白天夫子说的一些问题,便起来翻书应对一下。儿这就休息去。"

母亲无奈地看着这个刻苦、日渐消瘦的儿子,叹叹气道:"睡吧,娘起夜看你屋里有光,便来看看你。夜深了,云儿你照顾着身子,别读书太猛,比起出人头地,娘更在意你的身子。睡吧,啊。"母亲收走桌上的蜡烛,走了出去。

仍旧想着刚刚书里内容的杨青云,一会儿又起来,摸出草席下纸团包着的松脂,想法子点燃了。心想着这次母亲该看不到这微弱的光了吧。杨青云又开始沉浸在书里,刻苦学着。

母亲睡在房里,想着最近儿子越临近考试越发是刻苦起来了,看着儿子瘦削单薄的身子,便一阵愧疚。因为担心他又起来看书,熬坏身子,母亲又起来,拿着油灯,看看他那儿子睡了没。这次窗子果然暗暗的,但是依稀还是有书页翻动的影子。母亲叹了口气,拍门道:"云儿,娘进来了。"

青云无奈地放下书,知道又被发现了。看着进来的母亲手里拿着油灯,便道:"母亲,儿错啦,这次去睡了。"

母亲摇头道:"云儿呀,娘不是怪你不听娘的话,娘也不是因为家里穷心疼几个油钱,娘担心你呀。你这样偷偷看书,光又弱,别说身子,就是眼睛也得熬坏了啊!"

说着,母亲把油灯放桌上又道:"油灯拿去用,但是你跟娘说好,每天再多看半时辰,娘不打扰你,过了这半时辰,你就自觉灭了灯就寝去。"

青云又是高兴又是难过地说:"娘,云儿让你夜夜陪着么晚,心里着实难过,儿子听娘的,每天多看半时辰书就休息去。今天娘也累了,快休息去吧。儿子今天也不看了,明天再看。"

就这样,杨青云每天坚持着多看半个时辰书,但是也不再拖延了,母亲收了灯,自己便安静地睡去。

皇天不负苦心人,放榜那天,青云这个贫苦读书人金榜题名了。

而杨青云夜里三点灯的故事,也被大家传开了。

(口述:晏云妹;地点:江西省上高县敖阳镇茶馆;整理:赵倩、丁功谊)

金 锁 记

在过去的长安城里，有一对好友，其中一个姓韩，继承家业世
代行医；另一个是姓骆的书生。两家由于住得近，时有来往。一
次，书生得了重病，幸好得到了韩姓医者的悉心救治，没有耽误了
进京赶考，两人的友谊因此又更深了。后来书生凭借家里及自身
的努力，当上了翰林宰辅。

十多年过去了，那位姓韩的医者有了一个叫韩超的女儿，而
那成了翰林宰辅的书生也有一个十几岁的女儿骆冰，两家交往不
断。后来成了骆老爷的那位便提出接韩超到自己家里来，和骆冰
一起读书，一来两人有个伴，二来家里请了有名的先生，两人一起
学习也不浪费了。那韩老爷子本来不同意，可是架不住好友的一
番热情和女儿的满腔期待与撒娇，于是便答应了。

在骆府住下的韩超对一切都是好奇的，自己家里除了医书就
是药材，挺无趣的。可是骆世伯家里不同，有大的花园，还有人来
人往的热闹。

有一次，骆府来了一位书生，那书生星眉朗目，一表人才，而
且还吹得一手好笛子。被笛声吸引的韩超看到了那书生，芳心已
是一阵喜悦。但是作为闺阁女儿，却苦于没有与那书生的交流之
途。心事重重的她，不小心把一个花瓶打碎了，还没惊醒过来的

韩超立马听到了骆府女主人大太太的埋怨之声。

一阵困窘羞愤的韩超正想辩解几句。突然，一个好听的声音响起了："骆伯母，小侄轩儿过来给您请安了，敢问伯母最近贵体是否安康呐？小侄受家母之托带了些礼物给您。"骆母因生气而不好看的脸色立马堆满了笑，两人开始寒暄起来了。

原来呐，那陆轩是骆母的远房亲戚，骆母与陆母很是相熟，路过西厢的陆轩刚好看到骆母在责怪着谁打碎了一个珍贵花瓶，以为是个毛躁的小丫头闯祸了，于是便想上去给解个围。却不知，这一解啊，却在一位妙龄姑娘心里面留下了解不开的思念。

过了不久，到了骆老爷五十大寿，宴会上热闹非凡，那书生也来祝寿。骆老爷的女儿骆冰因为身体不适便没有出席宴会，于是韩超便应骆老爷的要求坐在了旁边。宴会散去之后，韩超鼓起勇气在府门外等那书生，想与他搭几句话。

韩超好容易等到那书生，便问："请……请问你叫什么名字？"书生被这大胆的姑娘吓了一跳，愣了一下说道："在下陆轩，请问姑娘有什么事？"陆轩本以为那青衣姑娘有什么事，却不曾想那姑娘却掉头跑掉了。看到那一抹绿色消失在了骆府的大门里，陆轩一阵莫名其妙，不过看那姑娘的打扮，好像是骆老爷旁边的那位姑娘，难道他竟是骆伯母那位美丽的小姐？回到家后，那抹青色的影子，还有那位姑娘紧张却又大胆的表情在他脑海里挥之不去，心里一阵喜悦，同时又担心着自己如今的家境，恐怕难以高攀那位姑娘。

逃一般回到骆府的韩超心里一阵乱颤，又是喜又是羞，喜的是自己终于知道那人的名字了，羞的是自己一个姑娘家竟这般大胆拦着一位还陌生着的男子问姓名。就在这一阵喜一阵羞之中，渐渐睡着了。

后来，再次来到骆府的陆轩见到了韩超，两人眼神交汇下有了些默契。一来二去，两人便私下里说起话来了，渐渐地两人便"一日不见，如三秋兮"了。后来，细心的骆冰发现了韩超的异常，一再追问下，韩超告诉了骆冰自己有属意的人了，想问问骆冰如何才能不被大家发现，不然传到自己爹爹耳朵里可是要被打断腿的。虽然惊讶，但是骆小姐还是打算要帮帮好姐妹韩超，于是把偷偷把郊外房子的钥匙交给了韩超，并嘱咐她要小心。接下钥匙的韩超后来把钥匙给了书生陆轩，让他保管钥匙。

骆冰很好奇那位吸引着在她眼里是天不怕地不怕的韩超的书生,到底是个什么样子,于是便来到了郊外的房子那里。事先约好在里面等的陆轩以为韩超来了,没想到转头一看竟是另外一位女子。一番问候之下,才知道这位是骆老爷的千金。骆冰问道:"韩超天天和我在一起,你们怎么会认识呢?"

陆轩答道:"那次骆小姐可能没到场,我初次见韩超是在骆老爷的寿宴上,当时韩超坐在那,我那时还以为那是骆老爷的女儿呢。"

不曾想,那韩超刚好此时也已到了这房门外边,因为是私会,平时两人都未发出很大的声音,所以这次韩超到了,里边两人竟没有发现。韩超听到陆轩的话,认为他当时跟自己在一起都是因为以为自己是翰林宰辅的女儿。想到这,韩超心里一阵发凉,觉得自己所爱非人,自己的确不够好,应该在一起的是里边两个人才对,自己只是不小心成了替代品而已。伤心的韩超没有出声,悄悄地离开了那房子。第二天,韩超找了些托词,便跟骆伯父辞告说,要回家去了。

陆轩来找韩超,被骆冰告知韩超已回到韩家去了。几番周折下,陆轩见到了韩超,便问:"你最近怎么啦? 是身体不适还是家里出了什么事? 怎么走得这样急? 还有呢,上次我等了你几个时辰,你怎么没来? 怎么之后也没找我?"

一阵发问下,韩超却并未为陆轩在意的样子而动容,只是淡淡地说道:"哦,我挺好啊,上次啊,我忘了,所以没去。"陆轩听了,一阵惊诧,不明白韩超对自己怎么突然这样冷淡了。但是无论陆轩说什么,韩超都是那淡淡的表情。几次之后,陆轩渐渐也不再来找韩超了,韩超也以为陆轩大概对自己也没什么心思了吧。两人就这样,一晃一年未见。

却不曾想,虽未见面,其实两人都在假装若无其事,却又探听着对方的消息。又过了两年,陆轩参加科举之后金榜题名。后来,陆轩有一次回到了家乡,便打算着去宰辅家看看骆老爷。骆老爷于是摆宴迎接了这位昔日经常来府拜访的小侄,在宴会上,陆轩应邀挥毫作画,只见一刻钟未到,陆轩便在纸上勾勒出了一幅美女图,细细辨认之下,认识的都觉得那像是至今未嫁的韩超,只见那美女的衣袖上,还画着一把用绳子挂着的钥匙。一见之下,在场的骆冰便明白,那就是自己给了韩超的那把金钥匙啊……

(口述:江文杰;地点:江西省上高县敖阳镇茶馆;整理:刘玉玲、丁功谊)

卢 然 发 迹

很早以前,赣西北一带爆发了一场特大洪灾,百姓生活苦不堪言。有一个名叫卢然的小伙子,也不幸遭遇了这场大难。于是就跟着同乡伙伴前往乌林经商,哪知道屋漏偏逢连夜雨,才刚步入乌林,便遭遇强盗,货物也被洗劫一空。为了生存,卢然不得不在乌林过着颠沛流离的生活,白天找活做,晚上住破庙。

这天,卢然与同伴们分别出去找做工的机会,走到一个人烟稀少的小路旁时,卢然突然尿急。可左顾右盼,也没发现一个茅房可供自己方便,于是他就想在一个大树的隐蔽处解决。方便完,卢然舒坦地转身就走,可没走两步,就被什么东西绊倒在地。卢然爬起来拍了拍衣服,满脸火气地去找刚才绊了自己的东西,这一看不得了,卢然发现了一个蓝色丝绸缎子的包袱。在好奇心的驱使下,他打开了包裹,没想到这包裹里竟然全是珍珠翡翠和黄金。卢然从来没见过这么多的财宝,而货物又被洗劫,此刻,如果有了这笔财宝,卢然便可以和乡亲们回到故乡,衣食无忧了。这样想着,卢然就要把包袱拿走,不顾一切奔向同伴们了。但他的耿直性格和正义之心告诉他不能这么做,失主一定还迫切地寻找这笔财富呢。

于是,卢然抱起包裹,朝容易被发现的地方走去,找了一块空

125

地,席地而坐。中午,日头高了起来,卢然又渴又饿,但仍不见有失主的影子。他就想了一个两全之策,在树根底下挖了一个洞,将财宝埋了进去,自己就去找了些野果来充饥。解了饿,又继续坐在那里等待。

太阳快落山的时候,小路上出现了一个焦急寻找的人影,大概五六十岁的样子。那人见有个小伙子坐在树下,便跑来询问:"小伙子,我今天路过这里方便时,丢了一个蓝色包裹,不知道你有没有看见呐?"

卢然一听,心想,兴许就是这个人,但又担心失误,于是不紧不慢地说道:"那你的包袱里面都装了些什么东西呢?"

这名五六十岁的男子一听,估计卢然是见过自己的包裹,于是将包袱里的东西一一说出,并说:"小伙子,是这样,我姓钱,这个包袱是个蓝色丝绸缎子包的,缎子上还有我的名字,叫钱名士,是我走的时候,女儿担心我,给绣上的。"卢然一想,这人所说的一点不差,包袱上也确实绣有钱名士,于是便从坑里挖出方才那个包袱,交给钱师傅。

这钱名士看到卢然这般细心、善良、拾金不昧,便说:"我是这县城一家钱庄的老板,今儿也是你我有缘,在此相遇,这个包对我非常重要,没有你,我可能就死在这路上了。我十分感激你,不知道该怎么报答你。你在哪里高就? 可愿来我的钱庄呢?"

卢然仔细想了以后,觉得这是一个千载难逢的机会,但又考虑到自己还有一帮伙伴,便对钱名士说:"这包本就是你的,在此等待失主是我应该做的,不足挂齿。对于您的提议,我很向往,但是我还有一帮伙伴无以为生,我不能扔下他们独自享乐,所以对您的提议,我很抱歉不能接受。"

这样说来,钱名士更加觉得卢然是不可多得的贤才,于是又说:"要不,我同你一起去找你的同伴,若是他们有意,我可以安排他们和你一起去我的钱庄工作;如果,他们不愿意,我就送他们归家的盘缠如何?"卢然一听,自然喜不自胜,欣然接受。

两人一同急匆匆往破庙赶去,哪知破庙里只有一个同伴躺在地上抱着腿呻吟。卢然急忙上前问道:"你这腿是怎么了,他们人呢?"只见同伴像见着亲人一样诉说道:"今天下午听说有船回去,我们想等你,又怕再没有这样的机会,于是就先上船走了,谁知没走多远,洪水又来了,船也打翻了。我拼了命游上岸,腿成了这样,他们全都……全都遇难了……"说着便哭了起来。

卢然大惊,也是悲痛万分。钱名士见此状况,便宽解道:"如今事情已经到了这个地步,你一定要节哀,逝者已不在,生者更要好好活下去。这样,你背着你的同伴,就一起到我的钱庄去工作吧;他的腿,到了县城,我就找郎中给他医好。"卢然止住悲痛答应。

自此,卢然在钱名士的钱庄安定下来,兢兢业业,两年后,钱名士将自己唯一的女儿嫁给卢然,卢然也就自此发迹。

(口述:晏云妹;地点:江西省上高县敖阳镇茶馆;整理:赵倩、丁功谊)

鲁班收徒

鲁班是我国古代一位出色的发明家,是土木工匠们当之无愧的祖师爷。两千多年以来,他的名字和他的故事一直广为流传。

相传,鲁班有无数发明,因此想拜他为师的人几乎要把鲁班家的门槛给踏平了。鲁班的妻子看到这个场面,想为丈夫分担烦恼,便对鲁班说:"天天那么多人找上门来拜师也不是个事儿,不如,你就从中挑一个吧。"

鲁班答道:"可这万一挑了一个之后,其余的人听了再来缠着不放,岂不是更麻烦?"

妻子有道:"这好办,你就出一个很难的题目让这些登门的人去做,这样,不仅可以找一个聪明的徒弟,剩下的人也会知难而退了。"

鲁班认为妻子说得在理,于是,第二天,他就把最常来求师的三个人找来。这三个人一听鲁班来找自己,以为自己终于可以学手艺了,便急忙跑过去。没想到,到了鲁班家门口,却看见一条大狼狗堵在门口。三人都被吓了一跳,眼见这大狼狗向自己奔来,便都想走为上策。

这时候鲁班不紧不慢地走出来,他对三人说:"你们都想拜我为师,但是,刚才你们才看见这狗便被吓得落荒而逃,做一个好的工匠在这种情况下不是应该想方法克服,迎难而上吗? 你们若只是有这点胆量和智慧,那也不能做我的徒弟。"

三人都羞愧地低下了头。

鲁班又接着说:"不过,胆量是可以锻炼的,知识也是可以提升的。今天,我便要考考你们的机智。谁今天能够在不伤害这条狗的前提下走到我的正厅给我鞠躬拜师,我便收他为徒。记住,必须要用你们的技艺和才能!"说罢,头也不回地向正厅走去。

这下可难住三人了,他们各自回到家中,苦思冥想起来。这第一个小伙子回到家中,心想,这鲁师傅真是难为人,引开狗不就行了,还必须用工艺,倒不如拿个肉骨头过去省事。想到这,他便拍下脑袋兴奋地跳起来,"我用木头做个肉骨头不就得了!"于是,就二话不说地做起来了。不一会儿,这骨头就做好了。第一个小伙子就马不停蹄地赶到鲁班家门口,把"肉骨头"向大黄狗扔去,哪知这骨头不仅没吸引黄狗的目光,反而砸到了狗头,只见黄狗愤怒地向第一个小伙子冲过来,他便只能连滚带爬逃回家中,经这一场惊吓,他便再也不敢靠近鲁班家门。

就在大黄狗追第一个人的当儿,第二个人瞄准时机,乘虚而入,快速走进了大厅,进门便兴奋地大叫,"鲁师傅,我进来了,我要拜您为师!"

鲁班从内室走出来,微微一笑,问道:"你是怎么进来的?"

这第二个人略有犹豫,随后镇定地说道:"我用木头做了一块骨头,就把黄狗给引开了!"

鲁班摇摇头,说道:"透过我内室里的窗子,可以将门口的情景看得一清二楚,你没用工艺混进来,还撒谎,我如何能收你?"这第二个小伙子也只能垂头丧气地回家去了。

第二个小伙子走了,鲁班不自觉心忧起来,最后一个人迟迟不来,怕是收不到称心如意的徒弟了。正想着呢,第三个小伙子就来了。只见他在离鲁班家门口还有一段距离的时候,将身上抱着的一块大圆木放在地上,然后勾起圆木中间的挂钩,这木头就像衣服一样撑了起来,小伙子从底下钻了进去,带上自制的铁手套、挺着木架,沉着冷静地向大厅走来了,黄狗看到人来了,又上前叫了起来,但无论它怎么叫,都只能绕在木架旁边打圈,于是第三个小伙子就进了大厅。鲁班万分高兴,小伙子卸掉木架和铁手套,稳稳当当地向鲁班鞠躬拜师。

　　第二天,鲁班举行了拜师宴,宴会上,大家都惊讶鲁班为何收第三个小伙子为徒,鲁班解释道:"第一个小伙子想到用木头做骨头来引走黄狗,想法不错,但并没有考虑到自身可能会受到危险;一个土木工匠如果连自身安全都无法保障,又如何能保证做出来的东西不会伤害到旁人呢? 第二个小伙子机智是有了,但靠投机取巧,没有真才实学,又撒谎,很难会有大出息。只有第三个小伙子,不仅保证了自身安全,又有一定的能力和想法,是个可造之才!"

　　从此,第三个小伙子就成了鲁班的徒弟。

　　(口述:晏云妹;地点:江西省上高县敖阳镇茶馆;整理:赵倩、丁功谊)

花 围 裙

在福建上杭的农村,无论是中年妇女还是大姑娘,都有系围裙的喜好;尤其是中年的妇女,喜欢系各种样式的花围裙。在她们出嫁的时候,家里人都要送她们一条围裙作为嫁妆。

那是一年的阳春三月,春光明媚。有着"圣旨嘴"之称的罗隐秀才骑着骡子在春游。他一路上看看到莺歌燕舞,映入眼帘的是浓浓的新绿,顿时诗兴大发,一边走着一边吟诗作对。

当罗隐秀才转过一个山坡,放眼望去是一片大水田,平整得像一面泛着光的大镜子。只见一个十七八岁模样的小伙子在田里飞快地插着秧苗,转眼间就出现了一排排新绿。罗隐秀才看到后,骑着他的骡子朝着这个小伙子插秧的方向一路小跑过去。正在认真插秧的小伙子听到一阵阵蹄子声传来,抬头一望,只见是爱和别人对对子的罗隐秀才来了。

这时,罗隐秀才已经来到了小伙子的身边,摇着他手里的扇子念出了一对子:"上丘水滔滔,下丘水滔滔,问君一日莳得几几万禾。"小伙子一下愣住了,一时不知该如何回答。罗隐秀才见状十分得意,留下一句:"小伙子,好好想想,认真数一数,我回来的时候告诉我答案吧!"便扬鞭而去。

青年的心里十分着急,不知该如何回答,生怕答不上丢面子。

手里的活也随着心不在焉而慢了下来。

不一会,小伙子的嫂子来给他送饭来了。他嫂嫂是村里有名的巧媳妇。吃饭时,她看到往常活泼开朗的二弟一副魂不守舍的样子,便问道:"二弟,今天发生了什么事情吗?"

小伙子便把刚刚罗隐秀才出对子的事情讲给了他嫂嫂听,嫂嫂听后笑着对他说:"这事有何为难,嫂嫂替你想想。"小伙子知道嫂嫂聪明,便放下心来吃饭。

待小伙子吃完后,嫂嫂对他说:"二弟,等他回来问你时,先不要着急回答他,先反问他一句:'骑骡蹄得得,赶骡蹄得得,问君一日行得几千几万迹。'他听后便不会再为难你了。"

太阳就快要下山时,游山玩水了一天的罗隐秀才回来了,他看到了一丘丘笔直的稻田,心里感叹着小伙子干活麻利,便又骑着骡子一路小跑地来到小伙子身边,问道:"这一日莳了几千几万禾啊?"小伙子也不再像上午那样拘束了,不紧不慢地问道:"久闻先生大名,请问先生'骑骡蹄得得,赶骡蹄得得,问君一日行得几千几万迹。'"

罗隐秀才听后一惊,心想着:这后生好厉害,如此一对,竟然让我不知该如何回答了。不过又转念一想,这小伙子一副老实样,怎么一会不见就变得如此灵活了呢? 便问道:"小伙子,你如此机智,那你的老师是谁呢?"

小伙子心想:嫂嫂如此有才,可以让罗隐秀才哑口无言,对不上来,一定要让嫂子扬名四方,就回答道:"是我嫂子。"

罗隐秀才听后又是一惊,如此的小地方,竟有如此才华的女人,把秀才我都难到了,一定要再出一副对子难住她,保住我的名气。

第二天,他又来到了这个田里,找到了这个小伙子,送了他一块花布,说是奖励他嫂嫂的聪明才智,并嘱咐秀才,记得到时候告诉他,他嫂子用此布做了什么。

过了一阵时日,小伙子正在田里施肥,罗隐秀才路过时,勒住骡子向小伙子招呼道:"你嫂子将那块布做成了何物?"小伙子答道:"做成了漂亮的围裙。"罗隐秀才听后哈哈大笑道:"小伙子,明年这个时候我再来找你对对子。"便扬鞭而去。

当第二年,罗隐秀才来找这个小伙子对对子时,他嫂嫂对不上来了,因为她的心思都被花围裙围住了。相传,早先的女人比男人聪明,但是自从女人系上围裙之后,便只能做家务劳动了。

(口述:李光志;地点:福建省龙岩市上杭县;整理:李响、陈丰)

潘龙状元

明清乾隆年间,百姓心里一直有着很深的状元情节,汀州人也不例外。据说,在汀州潘坊村山脚下有一个长相极丑的男子。他只眼、拱背、独脚,却很有文采。此人便是潘龙。

潘龙也同其他文人一样有着状元情结,他要进京赶考的消息一经传开,四里八乡的乡亲们众说纷纭,多是对潘龙的嘲讽与奚落,就连相伴而居的血缘宗亲也是对他百般阻挠,有恐失脸面。但是潘龙并没有理会乡亲们的讥笑和阻挠,毅然决然地踏上了赶考之路。这些讥笑过他的人便说:你若能中得状元,我们就扯直河田街建十里长街。

潘龙一路辛苦来到了京城,与其他赶考的文人一同来到了客栈里。因为囊中银两所剩无几,店家看他可怜,只好收留他住在猪圈旁的柴房里。其他赶考的人见到潘龙长相如此丑陋,还住在破烂的柴房里,便心生了戏弄之意。他们先是三五个人一起嘲笑瘸脚的潘龙,后又拿猪汁盆放在了潘龙住的柴房门口,阻拦他出门。谁想到潘龙见此景后,面不改色的跨过门口的猪汁盆后说道:"汁(职)上加汁(职)",便不再理会那些人的戏弄,坐在清净的地方开始看书。

几天后,潘龙在殿试的布告中看到了自己的名字,他终于凭借着自己的才华盼到了金銮殿试的时刻。在他赶往金銮殿的路

133

上,他的内心也是十分紧张,不知道该怎么开口说话。

当潘龙来到大殿之上时,就高呼"吾皇万岁万岁万万岁"。乾隆一抬头,见到潘龙如此模样,大为诧异,便问道:"你叫什么名字?"

"草民潘龙。"潘龙答。

乾隆问:"你为何独眼?"

潘龙答道:"独眼看千里。"

乾隆又问道:"为何拱背?"

"背驼驮天子。"潘龙答。

乾隆再问道:"那为何脚瘸(也可谓是独脚)?"

潘龙不紧不慢地答道:"独脚跳龙门!"

潘龙的三次回答分明都寓含着洞察天下、辅佐天子、高攀皇门之意。他如此巧妙的回答让乾隆大吃一惊,同时也博得了乾隆的喜欢。于是,乾隆问起了潘龙的家境,心想一定是出自大户人家。

潘龙回答道:"家住九龙冈,吃在河田,玩在三洲,八十一人做饭,一加一人吃饭,两只龙船送油盐。"

其实真实的情况是,潘龙的家境十分寒酸,他家是住在九根藤条搭起的茅屋里,是家中八十一岁的老母每天为他做饭,一加一只有母子俩相依为命,靠两只母鸭下蛋来换取油盐等生活所需。

乾隆听后又是一惊,心想,寡人堂堂一天子,尚且只居一州,你至多是个大户人家出来的,却身居三洲,好生了得! 便脱口说道:"卿真是天生的状元之才啊!真可安乐死也!"

潘龙听后,遂即双膝跪地,高声说道:"谢主隆恩!"自古皇帝金口玉言,更何况是在这大殿之上、众人面前。潘龙也终于实现了自己的状元梦。

从身居破茅屋的丑陋的残疾人到高中状元的这一路,潘龙无视着人们的讥讽与戏弄,毫不在意地向前走着,坚持进京赴考。如今也可谓是衣锦还乡,被派到赣州任职。这一消息传到家乡后,曾经嘲笑过他的那些人便开始抢修河田街道,一节节的把街道扯直。但不幸的是,潘龙行至汀州宁化县安乐村时,不幸身染风寒,最后卒于安乐村。这正是应验了乾隆"安乐死"的谶语。

(口述:张耀升;地点:福建省龙岩市长汀县;整理:李响、陈丰)

土楼传说

明正德年间,永定湖雷家出了一个品貌出众的女子。但这个女子的童年时光特别的凄惨,一场大灾难带走了她的父母,只留下了相依为命的姐弟两人。在她十六岁的时候,恰好赶上皇帝选秀,而当地的百姓多为南迁的皇亲国戚的后裔,都深知女人身处后宫之苦,都舍不得送自己的女儿入宫,便都花钱买通官人而逃过此劫。

美貌出众的雷家之女却难逃此劫。因为家中贫苦,无钱买通族人给说情,就被举入宫,入宫后被皇上选为贵妃。入宫几年后,贵妃十分想念还在家乡的弟弟,便请求皇上把自己的弟弟接来宫里。几日后,弟弟便被带入了宫中。姐弟相见,一阵嘘寒问暖后,皇上派人安排其在宫里住下了。

住了几日过后,他对皇宫之内的锦衣玉食十分满意,但是毕竟是久居乡野,不习惯于宫中的繁文缛节,对宫中的丝弦管乐也不感兴趣,便准备告辞还乡。

当他启程出宫门时,频频回首,一副欲言又止的样子。皇帝便问他缘由,他说,因家中房屋矮小,没有宫内的宫殿那般高大雄伟,想到回去之后再也看不到了,便回头多望几眼。皇上听后,便恩准他回家后可以兴建高楼宅院。他听后十分高兴,三拜过后,

高兴地踏上了回家之路。

他回家后,便开始着手准备建造自家的宅子。在选址上,他依照这样几条原则:从实际需要出发,风水要好,尽可能靠近同宗同族的居住地,并且依山傍水,避风向阳,还要考虑所建土楼离自家开垦的土地的距离,耕作是否方便。施工是建筑的最后一个环节,通常分为备料、择时、挖基、砌石基、夯墙、分层、封顶、装修这几个步骤来完成,这个环节也是确保工程质量的关键阶段。

经过他精心的设计和施工,最终建成了一座"三堂两横式"的组合楼房。其构造特点是在中轴线上,前、中、后堂与轴线两翼横楼连成一体,前低后高。楼顶歇山从后到前,呈五个层次,层层迭迭。屋角飞檐,形如鸟翅。整楼构造体现了强烈的主次等级观念,显得气势轩昂、典雅高贵。

房子建成后,他便上书邀请自己的姐姐和皇上择时来做客,顺便欣赏一下乡村的田园风光。之后他收到回信,说皇上与贵妃几日后就会动身前来。当皇上与贵妃到来的时候,皇上对他的设计理念大为夸赞,参观了一圈过后,特地批准他再设计建造几座相似的房子。

就这样,他又设计建造了一座圆楼。这种圆楼都由二、三圈组成,由内到外,环环相套,外圈高十余米,四层,有一、二百个房间,一层是厨房和餐厅,二层是仓库,三、四层是卧室;二圈两层有三五十个房间,一般是客房,中一间是祖堂,是居住在楼内的几百人婚、丧、喜、庆的公共场所。楼内还有水井、浴室、磨房等设施。

这就是如今遗留下来的千姿百态、种类繁多的客家土楼的由来。

(口述:陈忠;地点:福建省龙岩市永定县;整理:李响、陈丰)

响　妹

　　从前,在龙岩翠屏山下的后于村里住着一个漂亮、聪明又能干的姑娘,名曰响妹。响妹不仅织布、绣花样样能行,还唱得一口好山歌。但因家境贫困,祖祖辈辈耕种着地主老财的土地,从小就跟父母下地干活;十五六岁后,也和村中其他姑娘一般,上山砍柴了。

　　翠屏山的龙岩洞乃是龙岩十八景之一,洞中通道纵横交错,龙纹密布在岩壁上,栩栩如生。夏天在翠屏山上砍柴回家的姑娘们都欢喜到龙眼洞中纳凉歇脚,渴了便饮洞中的山泉。

　　一天中午,响妹进洞喝泉水,正当她走出洞口时,忽然从侧身的灌木丛中窜出两头灰狼向她冲来,张牙舞爪的样子将响妹吓得栽了一个跟斗!就在这千钧一发之际,只见远方连续飞射过来两支翎羽箭,"嗖嗖"两声,先后射中两头恶狼,恶狼当即倒地不起。

　　远方走过来一个小伙子,生得是眉清目秀,天门开阔,面如冠玉,身似铜铸。小伙子来到响妹面前,拔出深嵌入恶狼身体中的两支箭,收了起来,回身看向响妹:"姑娘受惊了,现在恶狼已死,姑娘还是早些回村,免得再生祸端。"说罢转身离去。

　　响妹感动得说不出话来,凝神看着他的背影渐行渐远。后来,响妹向人打听,这个小伙子名叫凌津,使当地有名的猎手。凌

津从小父母双亡,同婶婶住在一起,替地主家放牛,吃不饱穿不暖,生活艰苦。

自从那日在龙岩洞口认识之后,响妹就经常想念着凌津,千方百计地寻找着机会和他接近,与他一同对唱山歌,和他一起看太阳的起起落落。慢慢地,二人心中都有了一日不见,如隔三秋的感觉。

他们相爱了。他们时常一起上山摘果子,打猎,抓鸟儿,追野兔,还在龙岩洞前的磐石上、大树下唱几句山歌:

> 两人情投不怕穷,再苦再累有笑容。
> 大年三十没米蒸,郎打竹板妹吹筒。

两人对着龙岩洞发誓:今生海枯石烂,永不变心。

但人有旦夕祸福。响妹漂亮的脸蛋,吸引着财主家的三少爷。一天,响妹上山砍柴,半路上遇到嗜酒好色的三少爷,三少爷醉醺醺地拦住了响妹,醉醺醺地抱住响妹就要撒野。"流氓!"响妹骂了一句,愤怒地甩了三少爷一巴掌,挣脱后向翠屏山后跑去。三少爷恼羞成怒,命家丁追赶,欲抓回响妹。家丁追了半天不见响妹的踪影,只好垂头丧气地回到三少爷家中。

但是三少爷不服,叫来了更多的家丁来龙岩洞抓人。而另一边,凌津和响妹又在龙岩洞内相会了,他们俩正躺在龙岩洞中的玉泉旁边的草地上。突然,外面传来一阵吵闹声,洞口外人影绰绰。响妹定睛一看,方知是三少爷带人来了。"津哥,怎么办? 他们追来了!"响妹着急地问凌津。凌津看着响妹:"不用怕,若是老天有眼,我俩自会平安,若是老天无情,我俩也可以做一对死命鸳鸯。"说着,二人眼中都泛着泪花。

凌津也不会让他们这么容易得逞。他将响妹护在身后,拿出弓箭迎敌。这时龙岩洞已经被包围了,凌津不等他们进来,先行张弓搭箭,快速射出箭矢,火光中,好几个家丁惨叫连连。但凌津再曲臂拔箭,箭筒中却已然是空空如也。眼看着成群的人逼近了过来。就在这危急时刻,龙岩洞中心的玉泉发生异象,泉水汩汩流动,突然间,泉水激射,竟然从中飞出一条真龙,这龙金光灿灿,只一摆尾,便将十余名家丁甩出了龙岩洞。与此同时,金龙口吐泉水,将龙岩洞后方击穿了一个洞,示意二人往其中逃避,凌津牵着响妹的手,从中钻了出去。金龙用巨石堵住了洞口,再喷吐出几口泉水,便隐身不见了。惊魂未定的家丁快速找到那个洞口,却无论如何也搬不动堵住洞口的巨石了。

翌日,黎明时分,响妹和凌津在弯弯的九龙江上,悠悠地划着小船顺流而下,清澈的江水倒映着二人幸福的身影。而后,二人在江边安定了下来,过着男耕女织、幸福美满的生活。

（口述:张桂花;地点:福建省龙岩市;整理:张凯、李响、陈丰）

流血的石狮

清朝初年，朝廷将率众归降的清朝的吴三桂、尚可喜等三人分封到福建、云南、贵州三省。他们的势力也就是后来大家所说的"三藩"。三藩在其镇守的省份里权利特别大，远远超过了当地官员，还能掌握当地的军队和税赋，成为实际上的割据势力。康熙十二年，三藩发动叛乱，百姓生灵涂炭、死伤众多，史称"三藩之乱"。

三藩之一的尚可喜有一个儿子叫尚之信。尚之信平日里非常残暴，经常欺压当地百姓，在战争中他的残暴表现得更为明显。在康熙十四年三藩之乱中，尚之信就带兵残酷地屠杀了福建永定全城百姓，史称"乙卯屠城"。

在尚之信屠城前的永定城里，住着一个姓萧的大户人家。萧家有三十多口人，萧大老爷是个疑心极强的人。

有一天，萧家突然丢失了一个大金戒指，价格不菲。萧大老爷让所有家丁到处寻找，可是都没有找到。萧大老爷自然着急上火，他心想这肯定是被哪个家丁给偷走了。于是他召集全家所有三十多号人开会。会上，他发现一个婢女一直低着头，两只手不停地拉扯着衣角。老爷便一口咬定金戒指是那个婢女偷走的。便要求婢女将戒指归还。可是，戒指确实不是婢女拿的，婢女自然归还不出。萧大老爷便生气地将婢女赶出了萧家。实际上那个婢女是一个非常害羞、非常诚实的人。

婢女被赶出后，无家可归，便躲进了当地祭祀文天祥的大忠祠的香案之下。在夜里，藏在香案下的婢女突然听到好像是主客的两个人在大忠祠里的对话。

主人说："您今日忙些什么呀？"

客人答道："此城将遭屠杀之劫，死人无数，我现在正奉命调查应死之人数，故而非常忙。"

主人问道："此劫难何时来？"

客人又答道："永定城西门外石狮流血之时，便是劫难将要发生之时。"

客人问主人："是谁躲在这里？"

主人答道："是附近萧家的一个婢女，她因为被主人怀疑偷了金戒指，而被主人赶出家门，不得已只好躲避在此。"

客人问："那么是不是她偷的呢？"

主人答道："这个我也不太清楚。"

客人说："那么我去查一查。"不久他就回来了，并说道："我刚才问过记录萧家善恶的神，戒指的确不是她偷的。那个金戒指是其女主人在早晨梳洗时，脱落到了脸盆里，后来又随盆里的水倒在他家的后院里，最后被家里养的鹅吞了下去。"

说完后，大忠祠里便静默无声了，婢女知道自己听到了另外空间里两个人的对话。

第二天一大早，她回到萧家，将此稀奇事告诉了萧大老爷，萧大老爷信了她的话，便命令家丁剥鹅验之，果真如此。

从此，萧大老爷便要婢女每天数次到西门外去看石狮是否流血，如果流了，就赶快回来报信，大家好逃命。于是婢女老是去看那石狮。

有人觉得奇怪，就问婢女是怎么回事，婢女很善良，就告诉了大家真相。可大家都不相信，反而嘲笑婢女。其中一个屠夫想看婢女和萧家的笑话，于是就把宰杀的牲畜的血淋在石狮上。

婢女一看石狮流血了，便飞奔回萧家报告老爷，于是萧家全家主仆三十余人赶忙出城避祸。大家见了他们慌张出城的样子，哈哈大笑。有人告诉他们这是屠

夫的恶作剧,要他们回城,他们也不听。他们就是相信:石狮流血之时,就是劫难将要发生之时。

在萧家出城不久,尚之信带兵经过,因为永定城里有人曾向他的部队丢石头,所以丧心病狂的尚之信就下令将永定全城人都杀光。永定遭此大劫,当时在城里的人几乎都被杀害,只有逃出城外的萧家上下平安无恙。

那个屠城的尚之信,在康熙十九年被康熙大帝处死。对于永定屠城惨案中的幸存者,康熙还下旨给予帮助救济。

(口述:谢长水;地点:福建省龙岩市长汀县南山镇桥下村;整理:汪超、陈丰)

龙岩桃花案

　　相传宋理宗年间,龙岩一带民风淳朴,风气古道。但就是这么一个地方,却发生了这样一件案子。

　　宋慈平寇有功,任当地县令。他刚走马上任之时,便微服私访,体察民情。一日,在汀州城西城见到一女子,年方二八,手提竹篮,身着孝衣,可衫角却露出桃红的紧身内衣,脸上有未干的泪痕。宋慈看在眼里,带着家丁走向街边的小贩,向那小贩买了碗当地扁食。小贩是个年逾花甲的老人,便与他闲聊了起来。

　　"请问大爷,这啼哭着的女子是谁家的姑娘,她家又是谁过世了?"

　　"呸!"老汉先是吐了口吐沫以示轻蔑,"她的养父一夜暴毙,她到县衙里告状说,是她那守寡的嫂嫂毒死亲翁,问成了死罪。唉,老天不长眼呐!"

　　"没有实据,哪会判处死刑呢?"这估计是前任县令断的案子,宋慈因此追问道。

　　"单我看啊,那寡妇心地善良,胆小怕事,怎么也不可能做出这等伤天害理之事。"

　　"那这妙龄女子为何如此?"

　　"喏,"老汉把手一指,"她就住在街头拐角处的一棵樟树下。

至于原因,谋地、绝继、争夺家财之事多了去了,管不了哟!"

"她和她嫂嫂和睦否?又是叫甚名字?"

"我哪里晓得许多嘞?"

宋慈回衙,觉得此案件颇有蹊跷,不敢怠慢,当夜便遣人在西城街头拐角处的樟树下蹲守。

这家人灵堂未撤,家中人皆是孝服着身。等到夜深了,西厢房间却有一对男女在窃窃私语,竟还时而夹杂着笑语。天色未明,在后门闪出一个青壮汉子,向四周张望了一会儿,便快步向外走去。

宋慈听了汇报,便多派遣了两个人去她家中打探,得知这丧服人家有个养女名曰桃花,生得俏丽,嫂嫂秀兰前几年丈夫过世,现在不知为何,秀兰毒死亲翁,至今仍被关押在案。

宋慈心中暗自忖度:这寡妇家境还算富裕,何故毒杀亲翁,争夺家产,反而落到个这般下场?且寡妇放毒,毒药亦未验明,此案疑点颇多,需待复查重审!于是,宋慈将此案文档翻案,将关押在牢里的秀兰放了出来,让她先行回到了娘家避避风头。

而后,宋慈一面派出差吏装扮成小商贩,在拐口处日夜观察。果然,一日夜里,约莫三更时分,有个汉子在桃花房前轻轻叩了三次,片刻后,房门打开,那汉子窜进了桃花房中,遂门关灯熄。直到拂晓之时后门才打开,那桃花送那汉子到了门口叮咛嘱咐说:"妾身都是为了你,万望早日归来,切莫负心。"那汉子言道:"千万放心,等事平了,我自会归来。"说罢竟还搂抱在了一起,上下摸捏了一番才肯分开。汉子疾步而行,直到南郊簪喉坝登上篷船,叫船工摆渡开船,跟随而至的衙差眼看机不可失,来不及上报县令,雇船一条,紧随其后。船到了渡口停靠时,两个公差转到那汉子船上,押解过来进行盘问。见那汉子神情恍惚,目光躲闪,言语支吾,便先将其押解到了衙门。经盘问方知,此人乃是那秀兰寡妇的堂弟,名曰石亭。

另一面,宋慈亲自到了秀兰娘家询问了前后经过,来龙去脉,叫他们实说,好为秀兰鸣冤平反。秀兰母女跪地叩拜,接着秀兰说:"爹爹有病,两日吃不下饭,便差我煮了一碗米粉汤,端予他喝,不知怎会把爹爹毒死。"

"那你送点心时,经过何处,遇见何人,发生何事?"宋慈觉得案件突破口就在此处。

秀兰回答道:"经过西厢时,碰见小姑桃花了,她叫我帮她上树上摘朵花儿。"

"你端着碗如何上树?"宋慈知道案件将要水落石出了。

"我把碗放在了一旁的石凳上了啊!"

"哦! 那你小姑可曾与其他男人有过往来?"

"我见过她与我堂弟石亭有过往来,其他的我便不知了。"

"你觉得冤枉,那你为何招认!"宋慈加大了声音。

"衙门大牢里,夹指、踩杠、鞭笞,样样都有,痛得我……呜呜……这般折磨下去,横直都是一死,我便招了。"秀兰说到这里,已经是声泪俱下了。母女二人抱做一团哭了起来。

宋慈此时心中已是有了计划。宋慈起轿,折回到街头拐口处的老樟树下问话桃花。

桃花自以为天衣无缝,一说起案情来,便号啕大哭,一口咬定是嫂嫂秀兰与家翁素来不和睦。问她嫂嫂有无奸情,便遮掩道:"她常回到娘家去,我知之甚少。"

宋慈单刀直入:"那你有无与男人来往?"

桃花停止哭泣,先是一怔,而后镇定地说道:"我年纪尚小,没有男友。"说完又干哭了起来。

宋慈将这两边的情况都看在眼里,记在心中,起轿回了衙门。他回府只是调动了捕快,便又立刻回到了桃花家中,一声呼喝,捕快们便进了桃花房间搜索了起来。

此时,桃花眼不斜视,只是端坐于床,片刻不离,搜了约莫半刻钟,无果。宋慈看出了端倪,下令翻开整个床榻。众捕快敲敲打打,桃花终于露出了惊慌之色。宋慈对其床上的物品一一过目,竟在其竹编的枕头夹层中发现一束草药。宋慈一下认出这是一种剧毒草药,名曰断肠草。只需少许便可使人毙命,于是将桃花缉拿归案。

"威……武……"拍案开堂,宋慈主审,县丞、主簿设座左右。案情终于水落石出。

原来少女桃花与秀兰堂弟石亭明来暗往已非一朝一夕。寡妇秀兰曾婉言相劝,桃花听了心中不欢。一天夜里,石亭溜进桃花房中,不巧被养父看见,养父觉

得败坏门风,一怒之下对桃花家法伺候,并赶走了石亭,声称不准他们再度往来。

桃花自认为是嫂嫂在养父面前多舌,因此对嫂嫂怀恨在心,与石亭商量着先下手为强。石亭便买来断肠草,交给桃花,恰逢那天秀兰送来米粉汤给公公喝,便叫住秀兰帮自己上树摘花儿,桃花乘此间隙,便在米粉汤里放了断肠草。养父一死,桃花便嫁祸秀兰企图霸占家财,与奸夫石亭一起生活。

但人在做,天在看。不是不报,只是时候未到。桃花的丑陋行为终于还是败露在世人面前,最终,桃花与奸夫石亭因故意杀人罪,双双被判处死刑,做了对死命鸳鸯。而秀兰纯属被栽赃,当庭无罪释放。

这个传说一直还在龙岩境内流传,如警世之音回荡在人们的耳边,长存于人们的心中。

(口述:谢丁才;地点:福建省龙岩市;整理:张凯、陈丰)

糁的传说

在临沂，"糁"是当地一道特色美食，自古被誉为"米中人参"。但大多数人第一次见这个字的时候，绝对会说"这是个啥字?"其实你念对了，在临沂方言里，这字就读"sá"。这个名字来源还和清朝乾隆皇帝有关。

相传乾隆年间，山东遭遇大灾，不少人饿死。而一些贪官、奸商、高利贷者却借此大发横财，"一欠等三收"因此而来。

一日，有个老农上街打算捡些菜叶子回家，隔着老远闻到一股的腥味，定睛一看，原来是城里王财主家的下人的，扛着一头刚宰杀好的猪迎面走来。

这王财主是城里数一数二的有钱人，平日为富不仁也就算了，这灾荒年里他更是变本加厉，仗着自己的存粮，抬高粮价，昧着良心发着灾荒财，不少人因为粮价高被逼得走投无路。

老农看着嫌恶，正要绕道走开，不料猪肉味蹿进鼻子，这大半年没进过荤食的肚子不争气地咕咕叫了起来。

王家的家仆听着了，一阵哄笑，那领头的家仆扔了根猪骨头到老农身边，奚落道:"臭要饭的，没吃过肉吧，爷赏你根骨头，不用谢谢爷了。"之后，便大摇大摆走过。

灾荒年间，老农虽心有不忿，但还是不能和肚子过不去，他捡

起骨头回家了。

到家后,老农把骨头上的肉小心地剔了下来,骨头也剁成几块,全部放进大锅,又扔了些萝卜青菜进去,最后放入米,加足水,生起火熬煮。

一切准备就绪,老头一阵疲倦,便去房中小憩。

突然,一阵拍门声,把老农从睡梦中吵醒。"谁呀?"他匆匆前去开门,只见三位富贵人家打扮的人站在门口,中间那位目若朗星、神采不凡,左边那位滚圆的身材,右边那位身形消瘦,后面还跟着几个大汉。

老农正纳闷,右边那位拱拱手道:"老人家,我家老爷路过贵地,闻到府上奇香阵阵,不知是何珍奇美味,可否给我们尝一尝,必有重谢。"

老农寻思:"我一个糟老头子能有什么?这些人好奇怪。"但还是礼貌地请几位进了家中。

此时一股浓香传来,老农猛一拍脑门,想起原来是厨房煮了一锅肉粥,没想到打了个小盹,这粥能熬得那么香。

老农忙到厨中掀开锅盖,一见锅内,顿时傻了眼,熬得太久,只剩下一堆黑乎乎的东西。"这还怎么吃呀?"

堂上那个胖子催了:"老头儿,我们一路走来,已经好几天没好好吃饭了,有什么就赶紧端上来,给我家主公尝尝吧,我们会重谢的。"没办法,老农只好硬着头皮盛了几大碗端上。

那胖子一看端上的是些黑糊糊的东西,大怒,呵斥道:"大胆刁民,我都说了会重谢于你,你还敢端这样的东西给我们,你可知这是当今皇上。来人,给我拿下!"

原来这三位不是别人,正是前来微服私访灾情的乾隆皇帝以及和珅、纪晓岚。

老农吓得扑通跪倒在地上,连连磕头:"大人息怒,你们刚才闻到的应该就是它呀。"

"不得无礼,"乾隆瞪了和珅一眼,"没问清楚,怎么可以贸然抓人……老人家,别怕。"

老农被来人的身份吓出了一身冷汗,此时听到皇帝不计较,连忙解释道,"这是老叟用猪骨、萝卜、白菜、小米熬煮的一锅粥,本是准备自己食用,绝无加害皇上之意啊!"

"原来如此,来来来,那么香,一定要尝尝。"乾隆一乐,自己先行尝了几口。

这一尝,大家都觉得这粥简直美极,味道香浓,入口即化,有飘飘欲仙的感觉。

"好啊好啊,老人家,请问这美味叫何名?"乾隆喝完了半碗问道。

"啊,啥?"老农紧张,偏偏这时又耳背,没有听清,战战兢兢反问。

"哦,这世上居然有叫啥的东西,敢问这啥如何写?"乾隆好奇问道。

"啊?陛下你说啥就是啥!"老农以为自己说错了话,连忙解释,又是一阵小鸡啄米般的磕头。

乾隆此时明白过来怎么回事,笑道:"老人家不必害怕,朕今日就赐名这美味为'啥',纪晓岚,你看这啥应该怎么写啊。"

旁边纪晓岚略微思索道:"禀皇上,此物有米有肉,极为鲜美滋补,有若人参,不如就用米加参合为一字,写作糁,读作啥。"

乾隆龙颜大悦道:"哈哈,好一个米中人参,今日朕便赐名此美味为糁,老人家快快请起,朕有重赏。"

此时,老农却并不起身,又是一阵叩头道:"禀皇上,草民有事请皇上做主。"

得到乾隆恩准,老农便把城中灾情说了一遍,又讲了城中王财主为富不仁、发国难财的事。

乾隆大怒道:"朕没想到灾情严重至此,竟还有如此奸商,朕必诛之,以告诫天下!"当下命人彻查此事,真如老农所说,定不姑息;另外乾隆免了临沂税赋三年,各部加紧赈灾。

老农马上千恩万谢,叩别乾隆爷。

有了乾隆的重视,山东地区的灾情很快得到缓解,民生得以恢复。

而在此中起到关键作用的美味"糁",从此开始在山东临沂一带,伴着这个故事流传至今,每当朋友自远方来,好客的临沂人都会请他们喝一碗糁,客人惊疑,临沂人便会笑道:"不知道这是啥?这是糁!"

(口述:王金铭;地点:山东临沂市;整理:曾敏健、吴丽华)

白猿的孝心

大青山深处,烟雾缭绕,点点红星,若隐若现,一片桃园掩映其中。

相传桃园的主人是著名的鬼谷子先生。鬼谷子先生一直悉心地照料这片桃园。终于,桃树结出鲜红欲滴的果儿,鬼谷子欣喜至极,每天都要跑去桃园看看。可是令他奇怪的是,但凡熟了的桃子总会在第二天消失。纵是鬼谷子先生博古通今,面对这咄咄怪事,也是极为懊恼疑虑。

鬼谷子先生发誓一定要把真相查个水落石出,如果抓到偷桃贼,一定要好好教训一顿。于是他决定守在桃园一探究竟,可是一连几天毫无收获。

一天夜里,月色朦胧,鬼谷子先生继续守在桃园成熟桃子最密集的地方。直到深夜,他听到桃枝作响,赶忙追去查看,发现一个身影正在逃窜。

"这深山老林应该不会有人吧,可谁会来偷桃子呢?"鬼谷子加快步伐,终于赶上,突然那个身影被绊了一下,栽倒在地。鬼谷子走近,借着月光才看到是一人,但身体非常瘦弱,面容憔悴。本想狠狠教训偷桃贼的鬼谷子心软下来,问道:"大胆偷桃贼,看你也不是大恶之辈,为何偷我桃子?"

那人沉默了一会,难为情道:"我叫白猿,我也是无计可施,才担惊受怕地来偷桃。我母亲大病,听说您这里的桃子集天地之灵气、日月之精华,若是给母亲当药膳,就有希望康复,这才冒险来偷桃了。我知道被发现是迟早的事,现在任您处置,但只求您让我最后一次把桃子带回给母亲。我不回去,母亲会担心的。恳请您让我回去一趟吧,我一定会来你这里接受惩罚。"

鬼谷子听后甚是感动,赶紧上前扶起白猿,动容地说道:"你是个大孝子,我怎么会处罚你呢?你的爱母之心,让我很感动。这样吧,你赶快回去,不要让你母亲担心,桃子不够再摘点。你以后也不用偷了,以后这桃园的桃子你随便摘,等过两天,我跟你一起去看望你母亲。"

两天后,鬼谷子跟白猿一起来到一个小山洞,山洞里光线昏暗、条件简陋,只见一位老妇人躺在石头上,瘦骨嶙峋,苍白无力,喘着粗气,不停地咳嗽着。白猿看着日渐消瘦的母亲心疼不已。鬼谷子先生心有戚戚,白猿初衷是好,虽然方式不对,但也无可厚非。

"母亲,这是鬼谷子先生。"接着吞吞吐吐地说:"其实我带回来的桃子就是……"话还没说完,鬼谷子先生便抢先说道:"这桃子是我送给白猿的,以后我桃园的桃子你们随便摘,您就安心养病吧。孝乃第一忠,是做人之根本,真是难能可贵啊!"白猿母亲感动不已。

不久后,白猿母亲痊愈,鬼谷子又对白猿加以点化延年。当鬼谷子矗立山头,看着这美丽的桃园能够救生灵于垂危,仰天大笑,笑声传遍丘壑,传到远方。在这回荡的笑声中,鬼谷子离开了蒙山,继续云游天下。

鬼谷子云游四方,留下无数传说,而桃园的故事依然被临沂费县大青山的人们津津乐道。

(口述:戚兴连;地点:山东省临沂大青山;整理:朱丽萍、曾敏健、吴丽华)

山东状元煎饼

山东煎饼是山东泰安、临沂等地区老百姓的重要主食,清代袁枚在《随园食单》中形容山东薄煎饼"薄如蝉翼,大若茶盘,柔嫩绝伦",用薄嫩的煎饼卷上大葱或蔬菜肉类,咬一口味松酥爽口,香飘四溢,不然清代蒲松龄也不会作《煎饼赋》来赞颂它。在临沂,这一美食又被称为状元煎饼,这是何故呢?

相传古时临沂有位县令作威作福、鱼肉乡里,老百姓虽恨透他,却敢怒不敢言。当时有一位书生刚正不阿、不畏权贵,常为百姓出头,写诗讽刺县令的贪婪。县令视这位书生如眼中钉、肉中刺,不除不快。

这日,县令想霸占老百姓家的一块祖传宝玉,没想到又被这个书生坏了事。

回府后,县令越想越气,抓了一个砚台就狠掷出去,差点砸中走进来的师爷。师爷闪过,轻摇羽扇道:"大人,何事如此气急?"

"还能有什么!"县令气得直吹胡子,"还不是那个书生,又坏我好事,得派人把他抓进大牢,严刑拷打一顿,以泄我心头之恨!"

"大人,万万不可啊!"绍兴师爷眼睛眯了起来,"如果我们没有罪名把他抓起来,只怕会被言官弹劾,于大人反而不利啊!"

"那你说怎么办?此恨不平,本官寝食难安。"县令恨恨说道。

"大人,我有一计……"师爷眼珠子滴溜一转,凑到县令身边,低声道,"我听闻书生两个月后要去参加乡试。我们不如将书生请入府中,好吃好喝招待,不让他接触书籍,耗其心智,败其精神。书生学业生疏,必然落榜。考不取功名,他定会一蹶不振,想必以后也没这气力难为大人,我们还可以赚个礼贤下士的好声名。"

县令大悦,当即命手下抬轿去迎书生进府"做客"。

书生回到家中,也知道县令素来睚眦必报,必不会善罢甘休,正思虑如何应对。突然门口吵闹,正奇怪,只见县令管家上前作揖,请书生到府中做客。

书生知道这是黄鼠狼给鸡拜年,准没安好心,但若不去又有失读书人的风范仪采,略为寻思,也回礼道:"且待我先禀报家慈,更衣便去。"

未几,书生上轿出发。

县令早在府中等着了,他将书生请入席中,书生神态自若,不卑不亢。

连续几日,县令都大摆宴席款待书生,并悄悄把府中书籍一律搬出,对此书生看在眼里,未露出任何不妥之意。

一日,县令午睡刚醒,下人报告书生上吐下泻,无法止住。县令前去一看,果然书生面如菜色,无论吃什么东西,不一会儿就会悉数吐出。县令请来郎中诊断,却也没有效用,如此几日,书生已瘦得皮包骨。

县令不得不找来师爷计议如何处置书生。县令面露凶狠之色道:"师爷,此时正是报仇之机,不如就让书生病死,这也是他自己的命。"

师爷劝阻道:"不可,书生若在府中病死,必遭非议,认为是大人毒害他,祸大矣。"

此时,门子上报有个老妇自称是书生母亲,听闻书生的病情,称只有自家的煎饼可救。县令略微迟疑,命门子传入。

只见一老妪颤颤巍巍走进堂中,县令突然猛一呵斥道:"大胆妇人,可知人命关天,不得擅断。"

老妪连忙跪下:"大人,老妇怎敢,书生是我的儿子,小时候曾请道人算过一卦,知小儿若生怪病,需用老妇自做的煎饼、大葱医治。"县令命呈上老妇带的食盒,果然只是几个煎饼,几根大葱,撕开查验,并无手脚,这才命人送给书生。

书生一吃煎饼大葱，果然没有再呕吐，身体日见好转，县令只得将书生软禁在客房，不让他碰触书籍，每日只给他送去其母做的煎饼大葱。

两月后，书生神采奕奕谢别县令赴考。县令和师爷以为得计，专等看书生落榜的笑话。

一日，县令像往常一样饮酒作乐，突然风云变色，东方一股紫气席卷而来。县令正惊异，突报朝廷御史和新科状元已到府前。

县令赶忙出迎，只见御史铁青着脸，下令拿下县令，当场宣读了县令种种罪状。县令当场汗如雨下，跪在地上起不来。而最让县令惊恐地是御史旁边的新科状元竟然是书生！难道当初的那些准备都白费了，书生两个月不碰典籍诗书居然还可以高中状元！

御史一举拿下县令，全城百姓听闻无不拍手称快，欢喜雀跃。

县令和师爷下狱之后，百思不得其解，举人久未习诗书，尚会失掉水准，为什么书生可以表现超常，破了这阴险的局，莫非真是文曲星转世。

俗话说："一分耕耘，一分收获。"不读书怎么可能中状元。

县令问斩当日，状元郎遣人送来一块煎饼、一根大葱、一根蜡烛、一封信，道破了这个谜底。

原来书生早料到县令心怀歹意，交代家母对策。书生在府中装病便是暗号请母亲送饼来。山东的煎饼薄如纸，用葱汁在饼上抄录的各种典籍，只需微微火烤，便可显现，又卷上了大葱，饼上的葱汁气味也不会让人起疑。因此，看起来书生赋闲了两个月，其实更是加紧了温习备考。因为悉心准备，才得以高中状元。

县令师爷后悔地捶头跺脚，却也无力回天，当日被推出午门问了斩。

吃煎饼能吃出状元，还能惩恶扬善的传说就此传开，因此，在临沂一带，煎饼也就有了状元煎饼的美誉。

（口述：王金铭；地点：山东临沂市；整理：曾敏健、吴丽华）

神奇的四叶草

　　光绪初年,山东大旱,史称"丁戊奇荒"。书中记载那场百年灾荒"饿殍载途,白骨盈野"。当时临沂大青山,旱情也非常严重,流传着"知了尿尿,能湿地皮"这样的无奈调侃。

　　那年,大青山山脚下,住着母子二人,儿子王选与孱弱多病的母亲刘氏相依为命。

　　一天夜里,刘氏浑身抽搐,满身大汗。王选担心母亲病情,赶忙连夜从小镇上请来一位行医多年老郎中,这位郎中医术高超,行踪神秘。没人知道他的真名,只是叫他"活阎王",传说他说救不活的病人,绝对撑不过三天。

　　"活阎王"帮刘氏诊断后,说:"你母亲这是暑气逼心,病不难治,几味清心的药即可……"

　　王选听后,眉心舒展:"太谢谢您了。"

　　"等等,我话还没说完,只是怕这药引子,四叶草,十分难找,若没有药引子,你母亲恐怕……"

　　王选心头一惊,忙问:"何处寻得到这四叶草?"

　　"活阎王"捋着胡须:"我听师傅说过,玉皇顶上他曾见过几株四叶草。"

　　王选救母心切,第二天清早,背着竹筐就出门了,耳边还回响

着"活阎王"的嘱咐："四叶草性清寒,需以真情的眼泪浇灌方可存活,否则出土一刻便会枯萎,天黑之前赶不回来,你母亲就回天乏术了。"

在大青山生活多年,王选没上过玉皇顶,听说那里地势险要,有些不怕死的人爬过,可从没见人活着下来。王选到那一看,通往山顶的路果然凶险,几乎全是悬崖峭壁,但他心中只想着一定要救母亲,怀着这样的信念,竟然成功登顶。

玉皇顶上寒风刺骨,在岩石缝里,王选发现一株青紫色的小草,肥嫩多汁。草的四周结着一层细薄透亮的冰片,仿若一件玲珑的嫁衣。"这和郎中描述的四叶草一样,娘,您有救了!"他喜极而泣,豆大的眼泪滴在四叶草的叶脉上,顺着叶脉,又流到了叶根,这小草仿佛有灵性一般,直昂昂地抖动了几下。王选把脏兮兮的手在衣服上擦了又擦,小心翼翼地将四叶草捧在手心,带下山给娘治病。

俗话说"上山容易下山难"。下山的途中,王选的运气就没那么好了。他踩着的一块石头突然松动,一脚踏空,瞬间整个人从悬崖往下掉。

所幸他快落地时,谷底的一棵老槐树接住了他,救了他一命。可他摘的四叶草却掉进了谷底的水潭,漂浮在水面上。

王选急忙从树上爬了下来,跑到水潭旁边。说来也奇怪,干旱数月,到处的水潭都干涸了,这个水潭的水却格外清凉透彻。不过王选可顾不上感叹这些,他一心只想赶快把四叶草捞上来。

可四叶草落入水中后,水中突然起了一个漩涡,像一张巨大的口,把四叶草吞进肚子里。王选来不及多想,马上跳进了水潭,进去后,他马上被吸入漩涡,一会就没有了知觉。

睡梦中,王选只觉全身寒凉彻骨,但口中却有芝兰之味。当他睁开双眼,看到一位小姑娘抱膝而坐,笑盈盈看着王选。她眼眸像一汪清澈的池水,眉心点着颗朱砂痣。

"我在哪儿,你又是谁?"

小女孩灿然而笑,像朵盛开的百合:"你在龙宫呀,而我是西海龙王的女儿。"

"龙宫?"王选环顾四周,"我怎么会在这?"

"我小时候误食千年寒毒,父王为救我性命,让我住在这玉皇顶下的龙宫里,借助龙宫和玉皇顶中积蓄千年的寒气,以毒攻毒,镇住我体内毒素的扩散。"看到王选脸上写满疑惑,龙女继续说道:"此毒只有四叶草能解,但此草生性苛刻,只有人类的真情的眼泪才能脱土存活。刚才我吃了你摘的幸运草,现毒解了,我又可以自由地到处走动了。嘿嘿……"

听到这,王选抱头痛哭:"呜呜呜……四叶草没了,我母亲这下必死无疑了。"

龙女拍拍王选的头说:"不要担心,我父王早已将你母亲救活了。"

"你父王?他知道我母亲的事吗?"

"对呀,就是那个郎中'活阎王'。他在外行医就是为了找到能摘四叶草的人,此草需要真情的眼泪,虚情假意的眼泪可不行,你落下的孝顺之泪,感动了仙草呀。"

谢过了龙王和龙女,王选欢欢喜喜地回家了,家中的母亲果然大病痊愈。更值得高兴的是,回家不多会儿,大青山就下起了倾盆大雨,王选和他的母亲站在屋里,看着天空,仿佛看到龙王和龙女在云中穿梭,施法下雨,解救苍生。

后来,无论多么干旱的季节,那口水潭也没有干过。人们听说王选跳下去过,就问他下面有什么,王选笑而不语。从此,大青山就流传着:"四叶草可以打开龙宫的大门!"

(口述:戚兴连;地点:山东费县;整理:吕彪、吴丽华)

树　灵

　　在山东临沂市兰陵县农村,几乎家家户户门前都会种一棵槐树,有"福运康来,吉祥如意"之意。兰陵县一个村后头,还长有一棵六百余岁的老槐树,这棵树树干很粗,五个人手拉手都不能完全抱住,但树是空心的。当地的村民管它叫"树灵"。

　　很久很久以前,兰陵县发生特大旱灾,庄稼地里的玉米因为没有水分,只有硬邦邦的玉米棒子,没有玉米粒。村民们没有东西填饱肚子,只能把槐树的叶子放在锅里,加点盐,煮一下,就是全家人的主食。

　　村西有一户人家,男的叫张生,他的妻子余氏已怀胎十月,即将临盆。一天夜里,余氏腹痛难忍,张生急忙请来接生婆。

　　妻子在屋里痛苦地生着娃娃,张生在屋外心急如焚,他感叹这个孩子来得真不是时候,家中没有一点粮食,妻子余氏已多月谷米未进,孩子出世,恐怕母子性命难保。

　　几个时辰后,余氏产下一子。张生抱着刚出生的娃儿,泣涕满面,对孩儿说:"儿啊,不是爹不要你,实在是家里穷,没粮食,养不活你,下辈子你投个好人家吧。"

　　连夜,张生将婴儿放在竹篮子里,挂在村后头的老槐树上,任其自生自灭。余氏醒过来后,问"孩子呢?"张生只能编谎说孩子夭折,余氏听后伤心欲绝。

就这样过了半个月。一日,放牛娃听到槐树上有小孩哭声,爬上树一看,竟然看见一小孩躺在竹篮当中,手中抓着老槐树的叶子。放牛娃觉得小孩很可爱,把他抱回村子。

张生听闻放牛娃在老槐树上发现一个婴儿,心头一惊,无奈之下只得将事情原委告诉村里人,人们听后责怪张生狠心无情,让他抱回小孩,好生养大。

说来也奇怪,一个奶娃娃挂在树上那么多天,不吵不闹的,好不神奇!听说了这件事的村里人,一致认为这棵树有灵性,加之拜龙王庙求雨未果,村长便集合全村之力,祭祀树灵,以求降雨,解此大旱,挽救生灵。

八月九,黄道吉日,村里人准备了祭品,供于槐树根前。村长衣着整齐,神态肃穆,上前祭礼道:"老槐树啊,老槐树,本地大旱数月有余,滴雨未降,草木枯死,玉米都快绝产了。惟望树灵显灵,普降甘露,滋养生灵,解此大旱,感激万分!"

祭拜过后,大家回到各自家中,期盼着树灵能带来雨。村长更是心急如焚,在家里不停地来回踱步,心想:要是再不下雨,村民就没活路了。

一连三天,晴空万里无云,没有丝毫想下雨的迹象,空气中弥漫着一股烤焦的味道。

第四天傍晚,突然密布乌云,豆大的雨点从天而降,焦灼干枯的土地得到了雨水的滋润,细黄的泥土被雨浪冲浮起来。村民纷纷从家里跑了出来,在雨中手舞足蹈,欢呼着:"下雨了,下雨了,有救了!"

村长听到外面下雨的声音,摇摇晃晃走到院子中:"感谢树灵,感谢树灵,村民有救了,有救了。"说完,伏地跪拜,满面泪水。

为什么三天过后才下雨呢,原来槐树树灵也想帮村民解大旱之围,但他没有下雨的法术呀,下雨是归龙王管的。村民祭拜过后,他就急急忙忙去找海龙王,老树灵见了龙王说:"龙王啊,求求你了,必须下雨了,不然地里长不出粮食,百姓都没法活了。"

龙王不禁叹了口气:"我说老槐树呀,不是不帮忙,我近日抱恙,没想到人间就旱成了这样,我年纪大了,腿脚不便,现派人找根木头做拐杖,只是世间木头虽多,但良木少啊。"

老槐树听后,马上说道:"还要找什么木头,我不就是木头吗,你觉得可以的话

拿我的树干去用吧。"

龙王说:"这怎么行,你好歹也修行了百年,这样会毁你道行的。"

老槐树笑笑:"没有关系,我本就是根木头,大树时能给人乘荫,没树荫了还可以给人当柴火取暖,生命本就在乎价值,而非长短。"

龙王很是感动,说:"没想到你为人类有如此心意,那就请你化作我的拐杖,和我一起降雨造福百姓吧。"

随后,槐树强忍疼痛,将自己的树干剥离树皮,化成龙王的拐杖,龙王有了槐树的灵力,也能腾云驾雾,施云布雨。这就是为什么现在树灵的树干是中空的。

常言道:人生有四喜,四喜之中就包括"久旱逢甘霖"。为了感谢树灵的牺牲,村民在树的旁边为这棵槐树立了一块碑,上面写着"树灵"。

几百年过去了,那块碑历经风吹雨打,只残留下一半,上面的字已经看不清楚,槐树也日渐衰老,但每年春天,它还是会长出一些青青的叶子,给村子带来一抹绿荫。

(口述:张小峰;地点:山东省临沂市兰陵县;整理:吕彪、吴丽华)

赶考奇遇

　　古时,在广东省陆丰市有位举人进京赶考。不巧,途中一时电闪雷鸣,风雨交加。举人与书童饥寒交迫,找了半天也没找到落脚之地。恍惚间,他们看见一条小河,河边有一艘船。主仆俩刚踏上船,小船便开始晃动。两人大惊,可是小船已离岸边越来越远。也不知过了多久,小船靠岸停驶。主仆俩慌忙上岸,抬眼望见一个山洞,隐隐约约透出灯光来。

　　他俩循着灯光进入洞口,小心翼翼地走着。不一会儿,便走到了山洞的另一边。果不其然,山洞旁不远处就有一户人家。主人热情地接待了他们俩。吃饱喝足之后,举人与房主聊起天来。

　　原来,房主是一对父女。父亲原是山下村庄一位德高望重的老者,多年前为了躲避战乱,带着自己唯一的女儿来到了山上隐居。女儿超凡脱俗,美若天仙。得知举人要进京赶考,女儿对举人莞尔一笑,说:"小女子看举人仪表堂堂,气质非凡,单单喝茶聊天未免太过俗气,不知小女子可否有幸与您对对子取乐?"

　　举人回答道:"这实在是鄙人三生有幸,小姐但说无妨。"

　　女子凝神思考片刻,说:"小女子有了下联,请举人出上联。"然后看着鞋头绣的含苞待放的菊蕊,缓缓说道:"鞋头菊蕊,朝朝踏露蕊难开。"

举人听罢，心下一惊，心想：深闺女子竟能作出如此佳句，我寒窗苦读十几年，只怕也未必能对得上。古人云：触景生情。对对子也讲究只有在合适的环境中，方能生出情来，作得佳句。举人冥思苦想良久，还是没有头绪，不由得面红耳赤，讪讪地说道："鄙人自诩才华横溢，今日见到小姐，方知人外有人。待鄙人回乡苦读，学成之时再来一试。"

女子急忙解释："举人贬低自己了，对对子讲究触景生情，小女子虽出了下联，但是也未能想出上联。举人只管去应试，以您的才华必能拔得头筹。"

举人心下一动，说道："借小姐吉言。"

第二天，风雨已停，晴空朗朗，老者与女儿将举人送到山洞外。

不久，科试结束，举人顺利地中了进士，进入殿试。保和殿上，皇上检阅了举人与另外两人的试卷后，一时还难以分出状元、榜眼、探花。三名进士十分紧张，汗水浸湿了衣背。这时，皇上摇着手中的梅花扇子，道："朕有一上联，不知哪位爱卿能得出下联。"三人连声应好。

皇上慢慢说道："扇上梅花，日日摇风花不落"。三人听罢皆面面相觑。

举人突然想到那名女子出的下联，朗朗说道："鞋头菊蕊，朝朝踏露蕊难开。"

皇上听罢，良久没有说话，举人如芒在背。突然只听见殿上传来一声大笑，皇上以扇击手，连声说妙极了！就这样，举人高中了状元。

衣锦还乡之时，举人特意到了先前那座山上，只是，再也无法找到船和山洞。那座山周围村庄的人均说从未见到举人所说的景物，更别提那位老者和美若天仙的女儿了。这究竟是怎么一回事，后人也无从知晓。

（口述：刘有鑫；地点：广东省陆丰市龙山中学；整理：易彦呈、刘宁）

丁日昌的仕途

　　丁日昌,原名丁晶,广东潮州人氏。清朝同治年间,官至御史,后来升至江苏巡抚。乡人均叫他丁御史。

　　丁日昌出生时,他的母亲梦到她怀里抱着三个太阳,因此孩子得名丁晶。丁晶幼时便聪明绝顶,小时候他在水边游玩时竟采摘芹英(一种青紫色的植物),乡里的人们认为丁晶十分有才华,"拾青紫如地芥"(青紫即古时公卿服色,借指高官显爵,拾地芥指取之极易),日后仕途必定扶摇直上。

　　可是,丁晶早年却命途多舛,历经百般坎坷。丁晶自幼家中十分贫困,为了养家糊口,他不得不四处奔波,赚取微薄的收入,一直没有大的作为。之后,丁晶在陆丰潭涌乡的私塾谋求到一份教书的职务,全家勉强得以生存。

　　丁晶初到潭涌乡时,恰巧遇见潭涌乡的秀才林竹影在溪边垂钓,两人一见如故,吟诗作对,畅谈一番。这个林竹影,原名林宿,看见丁晶学富五车,口齿伶俐,便聘请丁晶到其私塾教书。两人谈古论今,志趣相投,经常聊着聊着忘记时间,如此,丁晶与林竹影结成了莫逆之交。

　　有一天,竹影问丁晶:"你有济世之才,原本应该飞黄腾达,但是现在你却被困在这样一个小地方,是不是与你的名字有关啊?"

丁晶不理解其含意。竹影解释到:"你看,你名为丁晶,不仅发音不好,而晶字似乎意为日日争昌而不得昌,不如你将晶字拆分成'日昌',这样便妙极了。"丁晶十分赞同,从此改名为丁日昌。

时至年终,日昌忽然想到一个可以加官晋爵的妙计。于是,他辞去原职,到县衙去,申请革去秀才衣冠,以便赤足做贱工(那时有功名的人不能赤足出任贱工)来谋求一口饭吃。实际上这只是日昌为谋求功名的托词而已。

知县疑惑道:"你明明无罪,为何要革去你的秀才衣冠呢?"

日昌回复说:"不这样的话,我怎么生存呢?"

知县本来也是科举出身,懂得身为秀才的苦处,比较看重有才华的人;看到日昌情感真挚,言之凿凿,对他极为同情,于是将他任命为文书。

有一天,知县因为一事要发文给府台,府中师爷及左右写了几遍,知县都觉得不理想,于是请日昌代为书写。日昌写后呈给知县,知县看见后对日昌大为赞赏,呈给府台;府台看见文章写得非常好,心情十分愉悦,想召日昌为己用。知县应允后,日昌来到府台。这个时候,府台同样呈公文到省里,总督看见后,与府台反应如出一辙,于是便提拔了日昌。就这样,日昌连升三级,直达督府。

古语云:"时来风送滕王阁",用来描述日昌的仕途再合适不过了。当总督呈表文给朝廷时,表文也是出自日昌之手。同治皇帝看见后,对日昌赞不绝口,着意封为御史。当时朝中大臣极力反对,因为祖宗规矩没有越级征召的先例。哪想到同治皇帝御批:"越级征召,且自日昌始,日昌以后无此例。"于是,日昌平步青云,升至御史。后来,日昌帮助曾国藩平定洪秀全的太平天国起义。同治对日昌更为器重,任命他为江苏巡抚,烜赫一时。

功成名就后,日昌回乡祭拜先祖,感恩念及竹影劝他改名,就先到潭涌乡与竹影叙旧,流连数日,给予竹影丰厚的财产,后来才回到潮州故乡祭祖。

日昌的仕途之路就此成为一段佳话,流传了下来。

(口述:刘有鑫;地点:广东省陆丰市博美镇;整理:易彦呈、刘宁)

金龙蟠门

佘圣言,清代雍正乙巳科进士,广东省陆丰市光田埔乡人。自幼勤奋苦学,后中进士,雍正帝御赐"金龙蟠门"。

据说,佘圣言的父亲,是一个乡下种田的农民,性情耿直坦率。有一天晚上,父亲突然梦到有一条金龙围绕在他家门前,醒来的时候,他的妻子恰巧临盆,得一男,取名为"圣言"。第二天,父亲毫不避讳地将梦龙与得子如实告诉了左邻右舍。岂料一传十,十传百,不久邻乡以至于县城的人都知道了这件事。

圣言家中十分贫寒,圣言十几岁时其貌不扬,衣着破烂肮脏,终日沉默寡言,两道鼻涕经常挂在嘴上。因此,有好事者时常戏谑嘲笑他说:"金龙没有盘绕在门上,倒是盘绕在了嘴巴上。"圣言的父亲经常听到这种不堪入耳的嘲笑,十分愤怒,却又不好发作,只得积在心中,久而久之难以忍耐,不得已将儿子送到陆城亲戚家中帮忙卖米。谁知道圣言一进城,看到繁华的景象,更加觉得羞愧难当,妄自菲薄,天天痴傻地坐在米箩旁边流着鼻涕。于是陆城人又嘲笑他:"金龙盘绕在米箩旁边了。"

就这样,圣言天天被人们戏弄,日复一日,圣言愈发觉得难以忍受,回乡告诉了父亲。父亲也知道难以堵住悠悠之口,万般无奈之下,只得更加勤俭节约,想方设法筹钱将圣言送到私塾去,并

且鼓励他，希望他奋发图强。

　　圣言本身就是大智若愚，外表木讷，实则内心聪慧无比，果然他不负父望，一心只想着苦读求取功名。然而老师和同学并没有因此对他刮目想看或者待他友善些，而是更加轻蔑、讥笑圣言。读书时，父亲时常询问老师："圣言近来有进步吗？"老师回答："倒是认得几个字。"父亲听罢，十分愤怒，责骂圣言。他也不辩解，只是沉默不语，暗地里更加努力了。

　　到了大比之年，父亲想要圣言上京应试。老师却对父亲说："圣言去应试实在是徒费心机。"

　　父亲十分希望儿子能考取功名，于是说："如果没有中，就当是练练考场胆量了。"意料之外，圣言竟然不费吹灰之力，一下子就进了秀才，父亲十分高兴。

　　老师同学听闻后都说："这不过是偶然而已。"圣言置若罔闻，更加焚膏继晷。

　　到了乡试的时候，父亲问老师："圣言要赴省考，您看如何？"

　　老师说："秀才已经算是侥幸了，难道你还希望他能上进？"

　　父亲说："锻炼一下，未尝不可。"于是圣言不顾众议，又去省考。谁知这次又是如探囊取物一般中了举人。老师同学更加吃惊："这真是偶然啊，像他那样一个愚笨之人，竟能中举，应试官真是有眼无珠。"圣言听了只是笑笑，充耳不闻。

　　到了会试，父亲又问老师："您看圣言还能再高中吗？"

　　老师说："前两次已经是偶然中的偶然了，再高中是不可能的事了。"

　　父亲不予理睬，收拾好包袱，命圣言赴京应试。实际上圣言勤奋好学，兀兀穷年，日后注定能腾蛟起凤。果然，春闱时高中进士。

　　古人云："福至心灵。"圣言买了一副眼镜，去掉玻璃，送给老师。老师收到后，知道圣言是在讽刺自己"有眼无珠"，真是又羞愧又愤怒啊。之后，圣言又去买了十几把扇子，每把都题了一首诗送给同学，扇子上写道：

　　　　偶然偶然又偶然，偶然今日帝王边；
　　　　世上既有偶然事，君等何不效偶然？

　　一次，圣言不负皇帝所托立下大功，皇帝龙颜大悦，立即封赏圣言，圣言婉言谢绝加官晋爵的赏赐，只求在他府门外建造"金龙蟠门"，皇帝准奏。于是，圣言实现了父亲的梦,雪洗了多年的耻辱。

"金龙蟠门"的遗迹至今尚存。佘圣言的故事也成为一段佳话。后人为了纪念佘圣言,题诗一首:

只因一梦惹闲言,激使儒生壮志存。

一砚虽穿人不识,两科已中语犹冤。

买臣不第妻求去,季子多金嫂变尊。

不是世间青白眼,金龙怎会去蟠门?

(口述:朱能钦;地点:广东省陆丰市龙山中学;整理:易彦呈、刘宁)

叶高飘逸事

　　叶高飘，字自根，号大木，广东陆丰螺溪人。生于明代末期，官至礼科都给事，死后被追赠为太常少卿。后人大多不知道他官阶如何，都称他为宰相。陆城"关帝宫"中"乾坤正气"的四字匾额也是出自他手。据老人相传，叶高飘的官位升降，与他祖墓的兴废有很大的关系。

　　叶高飘虽然才华横溢，满腹经纶，但始终怀才不遇，郁郁不得志。后来遇到一位风水先生，叶高飘向他诉说了自己的经历，风水先生说："如果你想平步青云，必须要将祖坟葬在风水好的地方，这样才能求得福荫当世。"叶高飘于是求助于先生。先生说："你必须要答应我两个条件，这样我才能帮助你。一是等你飞黄腾达之后，你我共享荣华富贵，而且我能直呼你的名讳；二是我到你府上时，你必须要亲自端水给我洗脸。你答应吗？"叶高飘当时求功名心切，故毫不犹豫地应允了先生的条件。

　　不久之后，叶高飘果然青云直上，当上了高官。先生知道这件事之后，立即登门拜访，在府门外便直呼其名，当时叶高飘家财万贯，地位又尊贵无比，再加上其门生众多，宾客盈门，被富贵蒙蔽了双眼，听到先生在门外大声叫他的大名，脸色涨成了猪肝色，但碍于礼数，只是微微沉着脸。后来，先生要求叶高飘打水为他洗脸。叶高飘认为自己官位煊赫,受万人景仰,实在是无法给一位无名小卒洗脸,所以吩咐仆人去做。先生看到叶高飘违背自己的诺言,一怒之下,用穿着草鞋的脚踢翻盆子,随即拂袖而去。

先生离去后,叶高飘如坐针毡,深思熟虑之下,给先生写了一封书信,叫他去某县县令那里取三百两银子,作为当初帮助他的报酬。实际上叶高飘早已暗地里安排县令杀了风水先生,了却以后的麻烦。

先生带着书信来到衙门时,谁知县令很是贤明,问清楚先生的来历之后,知道他十分冤枉,于是设法释放了他。这下可好,先生知道真相后十分愤怒,于是派他的门徒去破坏叶高飘的祖坟。

祖墓分为两部分,其中一处名为"罗经活地",另一处名为"飞凤衔珠"。门徒砸破"罗经活地"后对叶高飘说:"'罗经活地'已经进水了,只剩下一块骨头,如果不重新修建,将来一定会有灭顶之灾啊。"叶高飘看到门徒言之凿凿,愿意以头颅担保,便十分已经信了七分,于是派人前去探个究竟。仆人挖开坟墓,果然整个墓穴都充满了水,里面只有一根白骨随着水流转动(这根骨头便是罗盘针)。叶高飘见门徒所言不虚,便更加相信了。

当叶高飘来到"飞凤衔珠"时,墓前有一堆大石,顶端中间有一块石头已经松动。门徒说:"宝珠已经开始松动,必须要夯实它,这样才能永保您的官位。"事实上石头已经被人撬破。但叶高飘对他们的话更加深信不疑,将他们奉为座上宾。门徒们非常感激他的恩德,实在是于心不忍,再次为叶高飘修建了一个"弓地"来弥补(弓地指山形如弓形,前面有一条路弯如弓弦)。这样一来,原来的墓穴已遭毁坏,而新的"弓地"还未建好。不久,叶高飘就因事惹怒皇上被罢职,随即又被重新重用。

先生听闻叶高飘的境况,于是召集门徒询问原委,门徒据实相告,先生严加责备,又派遣门徒去毁坏"弓地"。门徒对叶高飘说:"'弓地'前的'弦'拉得太紧,不能长久保持,一定要松弛一下,就是将路开凿为一条沟渠。"叶高飘当即应允。

"弓地"被损坏后,叶高飘再次被罢官,从此便一蹶不振,再无东山再起之势。

(口述:朱能钦;地点:广东省陆丰市龙山中学;整理:易彦呈、刘宁)

陈炯明状告知府

陈炯明,1878 年生,字竞存,广东海陆丰人,毕业于广东法政学堂。早年追随孙中山参加革命,是广东省的同盟会负责人,后来担任了粤军总司令、广东省长。

关于陈炯明,历史上对其褒贬不一。有人说他军阀作风,贪污受贿,任人唯亲。也有人说他公正廉明,身先士卒,为辛亥革命的成功立下了不朽功绩。

在海陆丰地区,陈炯明具有极高的声誉。他的许多事迹至今仍由人们口头相传,其中有一个便是陈炯明状告惠州知府的故事。

当时,陈炯明担任海丰高等小学校长。一群封建的官员士绅认为陈炯明是革命派,不允许他教书。因为没有兼任教职,所以时间比较空闲,在家闲来无事,他常常走到学校来,帮忙给学生改卷,并因此认识了书生张有仁。

那个时候的陈炯明,家庭贫穷,经常沦落到没钱买米的地步,买个几毛钱的东西都要向别人借钱。因此他对贫苦农民非常同情,对地主乡绅异常痛恨。

有一天,陈炯明与张有仁一同外出办事,路上遇到一件事。由于当时的惠州知府陈太府贪财好色,滥用职权,当地百姓对他极其痛恨。有一些百姓决定联合起来,状告陈太府的恶行。告状书写好后,却无人敢在状书的第一个位置署名。因为大家都知道,在第一个位置署名的人,是要上广州去出庭当面与被告对质的,一旦官司输了,那可是要掉脑袋的事啊!

张有仁知道陈炯明为人好打抱不平,就鼓励陈炯明在状书上写上自己的名字,还说如果写了的话,可以得到一千块大洋作为资助,陈炯明考虑再三,最终答应了。

陈炯明说:"现在我都答应署上我的名字了,总得告诉我陈太府犯了哪些罪行吧!"于是当地的百姓士绅便把罗列了陈太府十大罪状的状书交给了陈炯明,还把掌握的一些人证物证一并交给了陈炯明。陈炯明为增加取得官司胜利的把握,又亲自去搜罗了许多证据。在取得了确凿的证据,一切准备妥当之后,陈炯明打算动身前往广州状告陈太府。

临行那天,当地百姓士绅聚在一起,一来为陈炯明饯行,二来将事先答应的一千块大洋拿给他。没想到陈炯明当即拍着桌子,批评大家:"我本来就是惠州的一分子,这次去广州状告陈太府,绝对不是为了钱,完全是想为惠州百姓尽一份绵薄之力啊!"最终大家决定将这一千块大洋作为广州惠州会馆的建筑费用。

陈炯明来到广州后,直接把状告到了广州提督那里。广州提督为官清廉,没有官官相护,而是接下了这起诉讼。提督大人要求陈炯明与陈太府当面对质。由于事先准备的证据充分,加上陈炯明的严词以对,毫不畏惧,使得陈太府脸色煞白,说不出话来,当即被判撤职查办,打入大牢。

陈炯明打赢这场官司后,名声远扬,受到了百姓的尊重与爱戴。大家纷纷认为陈炯明胆识过人、本领高强、英明廉洁。

(口述:颜维如;地点:广东省海丰县党史研究室;整理:周思卿、刘宁)

智斗黄剥皮

　　清朝雍正年间,广东省汕尾市陆丰甲子地区有一位农民叫老张。老张家世代都是本分农民,家里原靠几亩良田勉强度日,前几年闹虫灾,颗粒无收,只得把田抵给了地主黄剥皮,换得几担谷子维持生计。

　　地没啦,老张只得租地主黄剥皮三亩地,一年要付七八成租金,丰收年才有点收入,否则全家人都要饿着肚子。几年下来,他累计欠了黄剥皮三十两银子,黄剥皮经常上门索债。

　　有一天,老张从田里干活回家,遇见一个老道士化缘,就请道士回家吃午饭。道士了解到老张家的窘迫困境,知道黄剥皮经常为难老张家,就寻思帮老张家一把。

　　恰在这时,老张抓来一只狐狸,对道士说:"该死的狐狸,经常上家里来咬鸡,终于让我给逮着了。"道士听后,心生一计。叫老张晚上请黄剥皮吃饭。

　　黄剥皮晚上如约而至,一进门看见老张在吃鸡肉,就和他一起大吃起来。饭后,老张对着狐狸说,今晚去咬一只三、四斤重的大肥鸡来。

　　黄剥皮听了立马说:"这狐狸果真如此听话,还会帮你咬鸡回来?"

老张说:"不信的话,您老明天来了就知道了。"

第二天,黄剥皮真的来了,进门就看见老张在煮大肥鸡,就问昨夜咬来几只大肥鸡。老张说只咬来一只,两人煮后便饮起酒来。席间,黄剥皮对老张说:"你欠我的三十两银子不用还了,用这只狐狸来换吧。"

老张说:"不行啊,家里好不容易得到这么个宝贝,还指望它过日子呢!"

黄剥皮便说:"不换可以,银子还我,地也不租给你了。"

老张听后,装作很为难的样子说:"好吧,您要便让给您吧!"

黄剥皮高兴地牵着狐狸回家了,到家向老婆说明情况,并在当日黄昏把狐狸放回山上。等着,等着,等狐狸把鸡给叼回来,但是两三天过去了,狐狸还是没有回来,黄剥皮这才知道被老张给骗了,顿时雷霆大怒,马上叫家丁把老张捆在后花园的桃树上。

当时正值冬天,天气寒冷,寒风刺骨。幸好树下有块石头,他挣宽捆绳,把石头搬上搬下,经常活动,不觉寒冷,并搬出汗来。这时听见道士在花园外面喝道:"宝衣着体,身不觉冷。"老张顿时领悟。

不一会儿,黄剥皮来了,看见老张完好无恙,心想其中必有缘故,就问老张,老张说:"我穿的这件内衣是宝衣,一点也不觉得冷。"黄剥皮听后大喜,把老张这件内衣抢去,然后把老张放了回去。

过了几天,黄剥皮受邀到老丈人家里做客,黄剥皮寻思天气寒冷,正好穿上宝衣,到老丈人家显摆显摆去。黄剥皮在路上走着走着,越走越觉得冷,最后冻得浑身打抖,鼻涕直流,这才意识到又让老张给骗了,顿时暴跳如雷,气得青筋暴露。立即叫人把老张捆来,吊在麻袋里,准备丢到河里去。家丁劝黄剥皮等吃了晚饭,夜深人静后再来处理,黄剥皮同意了,带领家丁先回了家。

老张被捆在袋子里,不一会儿,有脚步声传来,老张心想,不会是黄剥皮心急,非要现在就置他于死地吧!脚步声越来越近,走到麻袋跟前,解开了麻袋,老张探头一看,原来是道士,道士叫老张别慌,并且告诉他待会怎么做,老张点头答应,道士便走了。

道士走后一会儿,恰逢黄剥皮的岳父驼背经过。老张在麻袋里叫住了黄剥皮的驼背岳父,他装模作样,把后背槌槌,便说:"我以前腰很驼,在这麻袋吊了半日腰就直了。"老驼背听后特别高兴,说:"这麻袋我要啦,卖给我吧。"老张便卖给他

十两银,并听从黄剥皮岳父的请求,把他吊在麻袋里,然后自己偷偷溜走了。

天黑后,黄剥皮带着家丁回来,抬着麻袋,准备扔进河里。老驼背在袋里着急地说:"我是你岳父。"黄剥皮哪里相信,叫家丁赶紧把麻袋扔进河里,可怜老驼背就此进了阎王殿。

老张回到家,发现道士正在家里等他。

第二天早上,老张听从道士吩咐,买了一群鸭子。他赶鸭经过黄剥皮门口,黄剥皮看后大吃一惊,急忙问他为何死而复生,他说:"龙王与我交朋友,还给了我金银、玛瑙。"黄剥皮听后,叫老张介绍龙王与他交朋友,老张要黄剥皮把房屋送给他才同意。黄剥皮答应并写下契约。

于是,老张在河边放了一个小缸,一个木桶,一支竹竿,叫黄剥皮任选一个坐下。黄剥皮看后便坐在小缸里,老张便坐在木桶里,两人划到河中间。老张叫道:"龙王,我老张来了,快开门!"边说边敲木桶,还对黄剥皮说,不停敲龙王才能听见,但敲了半天却不见动静。

黄剥皮急忙说:"敲我的小缸更响,龙王肯定能听到!"老张轻轻一敲。黄剥皮急了:"敲大声点,龙王才能听见!"

老张使出浑身力气一敲,"咚"的一声,小缸破了,黄剥皮沉到河里,见龙王去了。

(口述:颜维如;地点:广东省海丰县红宫;整理:周思卿、刘宁)

虾姑的故事

　　虾姑，又称"富贵虾""琵琶虾"等。"虾姑"是广东海陆丰人的独特叫法，说虾姑，意思是比虾大，是虾的姑姑；还有的人叫虾婆(琵琶虾)，意思是虾的婆婆。走在海陆丰地区的大街小巷中，虾姑都是当地人推荐的佳肴。用手剥开鲜香脆嫩的虾壳，露出白色的虾仁，沾上麻辣酱，吃进嘴里，回味无穷。关于虾姑的故事，海陆丰当地流传着很多，其中有一个故事影响比较深远。

　　故事发生在宋朝末年，当时国家战事不断，百姓民不聊生，怨声载道。元兵已经开始大举南侵，宋朝统治趋于瓦解。皇帝宋端宗赵昰在大将军陆秀夫的护送下一路南逃。为了掩护皇帝南逃，士兵拼死护驾，伤亡人数惨重，就连大将军陆秀夫都受伤在身，整个军队的士气跌落到了谷底。

　　由于敌众我寡，实力悬殊，宋军根本无力与敌军交战。敌军又一直紧追在后，不给宋军留下喘息之机，士兵只能拖着病体，继续前行。宋军沿着东南方向一路逃跑，最后逃到了海陆丰的甲子港，当时眼前是汹涌澎湃的汪洋大海，浪一个接一个地打过来，后面敌军的大队人马正杀将而来，士兵在海边拼命搜寻，把整个海边翻了个底朝天，没有找到船渡海，宋军眼看着就要陷于包围之中。

这个时候,无可奈何的宋端宗对着大海仰天长叹:"天绝我也,天绝我也!何人能够前来救驾,我就将皇位让给他。"话音刚落,顿时雷声大起,天际乌云密布,海面更加波涛汹涌,后来更是在海中央卷起一个巨大的漩涡,好像要把所有的东西都给吞噬掉,让本来就心惊胆战的一行人更是陷入了绝望之中,此时的宋端宗完全没有了帝王之相,吓得上蹿下跳的,让人唏嘘不已。

就在大家都悲观的时候,只见海面上突然涌出一个黑色东西,细眼一看,竟是一只巨大的虾姑王,带领着数以百计的虾姑精,正往岸边游来,众人齐呼:"神仙来了,神仙来救驾了。"宋端宗慌忙整理好衣帽,准备迎接虾姑王。

不一会儿,虾姑王就带领一众兵马来到岸边,望见宋端宗就行跪拜礼。宋端宗赶紧将虾姑王扶起来,并连忙说:"怎敢让神人行此大礼,真是折煞朕了。"虾姑王禀明来意说:"龙王爷听说陛下今日有难,特命在下前来解救。"

话音刚落,所有虾姑就变成了数百只渔船,每只渔船体型高大,坚固无比,虾姑王更是变成了一艘巨大的轮船,船只载着宋军大队人马往彼岸逃去,安然渡过了这次危机。等到敌军杀过来的时候,宋军早已不见了踪影。

宋端宗一行人安全到岸,对虾姑王大行跪拜礼之后,转身正要离去。这时虾姑王突然开口叫道:"启奏皇帝陛下,您还没给我赐封呢。"宋端宗这才想起刚才危急关头许下的愿,便于是便郑重地摘下了头上的皇冠,将它送给了虾姑王。虾姑王兴奋地接过了皇冠,戴在头上,谢过宋端宗之后,就游回了大海。

从此以后,打鱼的渔民都发现,虾姑的头就像戴着皇冠一样,非常大气好看。

(口述:刘有鑫;地点:广东省龙山中学;整理:周思卿、刘宁)

"帝帽"与"龙石"的传说

初春时节的观音岭甚是美丽,每年这个时候广东陆丰的人民都喜好约上三两个好友来到山上,品一杯"竹叶青",观赏海景,生活好不自在。沿着观音岭古驿道来到海边,从山脚一直延伸入海的是一块巨石——龙石。经过巨浪海水的冲刷,洗去青苔和沙砾,龙石在阳光下的映衬下熠熠耀眼,洁净如玉。关于龙石,流传着一个古老的传说。

南宋末年,朝廷腐败,群雄四起,尤其是蒙元军队,铁骑早已踏入中原地带。据传说宋朝末帝昺被元军追杀,逃至碣石湾畔一座野岭之上。由于长期处于战争状态,宋朝军队早已兵困马乏,无力前行。宋帝昺亦劳累过度,在岭上脱下龙袍当作被褥席地而睡。

睡梦中,南海观音菩萨来到他面前,说道:"如今蒙元作乱,国家大危,你乃当今圣上,身负保家卫国,复兴社稷的重任,怎能在此偷安。理当奋起西行,在十龙山募集天下志士,重创大宋基业。"帝昺立即从睡梦中醒来,慌忙起身跪谢道:"谢观音大士赐教。"

众将士皆惊呼,叹道:"何处有观音?"

怎知此时狂风骤起,将皇冠龙袍吹落海中,观音也腾云离去。

帝昺连忙招来陆秀夫等人释疑，众人闻后皆认为此乃神意。观音只对圣上现身，则圣上定是身负重任之人；冠袍失落，自可新制；观音明示，十龙山上必可重创基业。于是，宋军连夜拔寨西行，寻往十龙山方向。其中，为拜谢观音在危难中指点迷津的神恩，帝昺下令众将士朝山百拜，并将这一无名山岭赐名"观音岭"。

帝昺铭记观音的指津，一路西行，寻访十龙山。不日来到九龙（即现代香港九龙）。当时九龙当地是一处偏僻的荒岛，易守难攻，且四面环水，若有敌情出现，乘船便可轻易逃离。宋帝昺想："九龙加上自己（真龙天子）正是十龙聚集之地，观音梦中指引正是此地，此乃天助我也。"

不料福兮祸所伏，天机不可尽泄。这位平日君临天下的"所谓帝王"，认为自己到达十龙山，就已经开启了重建大宋的宏伟大业，恢复王朝指日可待，在有志之士还未募集、军队还未恢复元气之时，就决定全军开出九龙。因为他深信自己就是真命天子，能够找到十龙山，就一定能够收复大好河山。终于，走出九龙不足三日，帝昺在新会崖门被张弘范包围住，全军覆没。陆秀夫背着少帝跳海以报国家。

据传，在帝昺投海的时刻，天地为之昏暗。观音岭前更是雷电交加，海面风浪骤起，原来沉于海底的帝帽突然浮出海面，随风浪越漂越远，越漂越大，雨晴后化作现在的帝帽石，定于大海中央，似乎是想要找到帝昺，永远地戴在他头上。不久后龙袍也浮出水面，漂至岸边，化作如今的龙石，每经雨洗潮刷，便能发出耀眼的光芒，宛如刚从帝王的身上脱下一般。

时光飞逝，千年一梦。眨眼间，这个传说已经流传七八百年。可是它仅仅是一个传说吗？不，不是。它的出现是为了向人们诉说一个真理：凡事没有绝对的命中注定，有的只是人们所谓的"事在人为"。即使是天之骄子，帝王将相也不例外。有道是乱世出忠臣，在风雨飘摇的宋朝，不缺忠肝义胆的有志之士；在泱泱繁盛的宋朝，本不该有帝帽落海的悲剧。无奈，自掘坟墓的正是宋朝的统治者，以莫须有罪名陷害忠良，以心腹之势培育奸臣，以黄金白银再加美女向夷邦称臣。如此自毁长城，帝帽落海早已是预料之中。

坐"龙袍"、观"帝帽"，看似一道风景，实则警示千年。

（口述：刘有鑫；地点：广东省陆丰市东海镇；整理：熊龙龙、刘宁）

新寨黄氏的传家宝

不听妇人言不徇私自可同居九世；
能承祖父训能教子何须择里三迁。

漫步在陆丰市大安镇新寨黄氏大宗祠的内堂,这副传家教子的长联在众多的楹联中显得格外夺目。对于该联的由来,流传着这样一个故事。

相传清雍正二年(1724)秋,正当艳阳高照、稻浪滚滚、农忙之时,在黄氏大宗祠内却甚是热闹,黄氏一族的乡亲们正欢聚一堂,庆祝宗贤黄德星(字聚东)高中甲辰科广东举人。这是黄继显主建新寨后,该族举办的又一场大型盛会。

酒过三巡,大家都喝得正酣。望着这个家族的骄傲——举人德星,长辈们按捺不住了,纷纷表示要考一考德星。于是,德星的祖父黄子韬(黄易的二弟)在三弟子昭、四弟子如的鼓动下,准备"为难"一下爱孙(第六个儿子的长子)。

这时,出于高兴与礼貌的黄德星正穿梭于大堂之内,忙着给满堂的长辈、亲友、兄弟和同学敬酒致谢,此时的他已经喝得两颊彤红、步履微颤。当德星再次来到主桌向爷爷和众叔公、伯伯敬酒的时候,爷爷乘着酒兴,把爱孙拉到身边,要孙子即兴作副有关

传家教子的对联。并许诺说，如作得好，将展示在内堂的石柱上，传给子孙后代。

德星深知，这是祖父对自己的宠爱和莫高的奖赏。可是，面对堂内满席饱读诗书、满腹经纶的高手，他岂敢轻狂。于是他谦恭地对爷爷和长辈们作揖婉言道："不能，孙儿可不能啊！"

长辈们酒兴正浓，哪肯依饶！德星的父亲黄继庆见状连忙走了过来鼓励儿子说："德星，没事，你就试试看。以你的能力可以的，也让在座的各位长辈开心开心。"继庆了解儿子的才能，只要不胆怯，定能作好联。这时，德星的五个伯伯也投来赞许与期待的目光，而大堂内也和约好似地响起哗哗的掌声。德星这才自信地点了点头。

于是，爷爷便选词"不能"，要德星将此词嵌入作联。才思敏捷的黄德星略作思索，便举杯再向长辈敬酒说："德星不才，不知能否作好。如若作不好请赐教。这里先谢过诸位，先饮为敬。"说罢，将杯中酒一饮而尽。片刻后，德星羞涩地抱着爷爷的脖子小声耳语一番，爷爷赞许地点了点头。于是德星向大家鞠躬，高声读联："不听妇人言，不徇私，自可同居九世；能承祖父训，能教子，何须择里三迁。"众亲友听罢纷纷喝彩，满堂掌声雷动。

如今，时光已经悠悠地流转了几百年，但是这副联的光辉却从未消退。因为它正是黄氏这个大家族三百年高度团结、发展进步、和谐生活的印证。

黄德星为人正派，思想清高，自幼勤奋好学，文学功底甚好，尤其善长于吟诗作联。后来他做官和治学都堪称典范。乾隆《陆丰县志》载："黄德星历任广西隆安、永福、雒容、怀远、贵县、苍梧诸邑令升授全州梧州知府（敕封奉直大夫），洁己爱民，所在有德政，全州人祀之贤大夫祠。"广西巡抚奖其匾"清惠可风"。

黄德星为官三十五年，直到乾隆二十四年（1759）在任上去世。乾隆《陆丰县志》载：广东广西提督学政、顺天府丞、诗人陈桂洲（字文馥、号修堂，泉州南安人）曾为其书墓志铭，详述其政绩，供后世流传。

（口述：朱能钦；地点：广东省陆丰市新寨村；整理：熊龙龙、刘宁）

羊蹄岭上的教训

广东海丰有着一个奇特山岭名为"羊蹄岭",此岭又称作"杨桃岭",在海丰县大溪迤西十里,高数百丈。明天启年间举人林呈祥的《羊蹄岭记》书中记载:海丰大海襟其南,大望连其北,义安控其东,羊蹄岭屏其西,盖四塞之邑也。羊蹄岭绝壁千天,孤峰入汉,峭笋霜崖,峰横海岸,缘嶂百重,青川万转,引而更却,如曳风雨。从高临下,肃错星布,呼吸森茫,争气负高,疾矢不得加,刃舌不得接,揭竿而起,超距十丈,毋岭之为俞矣! 看到这些描绘,完全可以知晓羊蹄岭的高峻险仄。然而在如此奇特美景之上,也流传着一个耐人寻味且富有教育意义的故事。

相传明嘉靖年间,广州府状元伦文叙,生了三个儿子都功名成就,长子已中榜眼,而最小的儿子也是乡试举人。

有一天,伦三少爷因为有事要坐轿路过羊蹄岭。当一行人来到岭上后,恰逢迎面也来了一顶轿子。伦三少爷心想:父亲是状元,而大哥又中榜眼,自己为新科举人,在岭南一带,很少有像自己这般身份高贵的人。再加上岭上的路又难走,对面的人应该赶紧让路通行。于是他命令仆人叫道:"前面轿子里的人赶紧下来让路。"

岂料对面轿子旁边的仆人也大声喊道:"对面轿中的人请下

轿让路!"就这样两轿相遇,各不相让。

伦三少爷年少气盛,见对面轿子里坐的是一位老妇人,更是不放在眼里,说道:"来者是什么人物,要本三少爷让路,请报上名来!"轿子中的老妇人不紧不慢,丝毫没有被三少爷吓唬到半分,说道:"你既然是大官人,就请先报上大名!"伦三少爷随即高傲地回应:"我爹乃是状元伦文叙,大哥也是当朝榜眼,而我是新科举子伦三少,你是否要让路?"

妇人听后笑着说:"小小状元、榜眼,何足挂齿。你听着:我是当今皇上的阿姨,国公的女儿,宰相的妻子,还是边疆大总制这个没出息儿子的母亲。那在你看来,是谁应该让路呢?"

伦三少爷听完妇人的话后,知道是杨夫人,面容失色,立刻跪下,叩头赔礼,说道:"在下有眼不识泰山,冒犯老夫人,还望老夫人恕罪!"

"不知者不罪,不过,年轻人应该谦虚一些,以免得罪他人。"杨夫人劝导几句后就离去了。

轿子中的杨夫人心中却有所感慨,并对仆人说:"我小时候随着父亲,成年后随着丈夫,如今老了,又随着儿子,他们都是来到这岭南地区为官。如今我已经三次走过这艰难险峻的羊蹄岭,命运真是苦啊。"她这一番所谓的苦水,却完全把自己心不知足的个性暴露了出来。

从那以后人们就将伦三少爷和杨夫人比作"妄自尊大"和"心不知足"的人,并且流传着一句话:"请莫作伦三少与杨夫人争道也。"试想:家中有财有势就骄横跋扈,不把人放在眼里,这种人有再大的才华又怎么样;而身份尊贵在轿中三过羊蹄岭,就叫作"苦"?那作为轿夫,岂不是要去投崖自杀吗?因此,后人至今都常用这个故事来告诫妄自尊大和心不知足的人。

(口述:颜维如;地点:广东省海丰县党史办;整理:熊龙龙、刘宁)

王桐乡告御状

　　王桐乡,原名王佐,字汝学,海南临高县透滩村人,生于宣德戊申年(1428年)五月十五。

　　王桐乡年仅七岁时,父亲就去世了,母亲唐氏很有见识,非常重视对王桐乡的教育。王桐乡儿时也渴望像其他孩子一样玩耍嬉戏,但只要冒出玩耍的念头,就会遭到母亲义正词严的教育。王桐乡遵循母训,勤奋苦学。他自幼天资聪慧,过目成诵;自少负笈从游,后拜唐舟、丘浚为师,很快成为"两庵"的得意门生。

　　王桐乡是明初诗坛上,岭南诗派崛起的代表人物,和丘浚、海瑞、张岳崧并称"海南四绝"、"琼州四贤"。王桐乡在海南留下了许多传颂千古的故事,其中最为当地人耳熟能详的当属他进京告御状的故事。

　　那是王桐乡还是国子监生时,他有一义妹,名叫蔡牡丹,长得貌美如花,肤白胜雪。一日,蔡牡丹外出游玩时,遇到琼州道台胡玉清。胡玉清一见到蔡牡丹,当即惊为天人,被其姿色所倾倒,待他打听清楚其家世后,便让人抬着厚礼上门提亲。结果,被蔡牡丹及其母亲赶出门外。

　　提亲不成,胡玉清恼羞成怒,他决定霸王硬上弓,当即率领兵丁到蔡府强行抓人。蔡母见女儿要被带走,拼死阻拦,却被胡玉

清推倒在地,指使兵丁一顿拳打脚踢,而后哈哈大笑,扬长而去,只留下蔡母叫天天不应,叫地地不灵。

胡玉清带着牡丹回到府上,当天晚上,便要与牡丹圆房,可是牡丹性情刚烈,誓死不从,挣扎之中,将胡玉清抓得遍体鳞伤,还差点咬下了他的耳朵。胡玉清气急败坏,按着牡丹的脑袋就往床头狠狠地撞去,可怜貌美而刚烈的牡丹姑娘,就这样惨死在胡玉清的魔爪之下了。

蔡牡丹被胡玉清害死,蔡母急火攻心,一病不起。王桐乡难掩心中的愤怒,决心为义妹讨回一个公道,他决定,去告胡玉清的状。胡玉清平时横行乡里,鱼肉百姓,民众早已怨声载道,得知王桐乡要去告胡玉清的状,大家都很支持,纷纷给他捐款资助,当作盘缠。

王桐乡带着状子和牡丹遇害时身上穿的血衣,乘船过海,来到广东希政司,击鼓鸣冤。按察使看到王桐乡告的是琼州道台胡玉清,便心慌手软起来,他对王桐乡说:"胡道台可是胡太师的公子,西宫娘娘的亲属,不是我等得罪得起的,你回去吧,这个案子本官不接。"边说边将状子抛到地上,命令兵丁将王桐乡逐了出去。

状告胡玉清不成,王桐乡很是无奈,走在路上,他心想:"倘若就这样回去了,怎么对得起牡丹的在天之灵!"他思来想去,决定进京告御状,无论如何,定要扳倒胡玉清,还义妹一个公道。

王桐乡千里跋涉,历尽千辛万苦,终于来到了京城。可是,如何才能面见皇上,陈述胡玉清的罪行,这是一个很大的问题。他找到恩师丘浚的家,向恩师和师母诉说了胡玉清横行乡里,霸占牡丹不成将其杀害的罪行,恳请恩师和师母帮助他面见皇上告御状。丘浚和夫人听了王桐乡的诉说,又看了按满百姓手印的状子和牡丹穿过的血衣,顿时义愤填膺,决心帮助他,寻求合适的机会面见皇上。

这日,东宫娘娘派人邀请丘夫人到御花园里下棋。丘夫人计上心头,对王桐乡说机会来了。这丘夫人和东宫娘娘感情甚好,两人时常在一起下棋赏花,聊天谈心。她依约赶到,互道安好后,便开始对弈。下着下着,丘夫人不禁潸然泪下。东宫娘娘不知发生了什么,问:"丘夫人,你我对弈正欢,为何而伤心泪下呀?"

"启禀娘娘,想来女流命惨,任人蹂躏,还不如这棋盘上的棋子!"

"此话怎讲?"娘娘很是好奇。

丘夫人便一五一十地将胡玉清鱼肉百姓,霸占牡丹不成将其杀害,以及王桐乡进京告御状,寻求他们帮助的事都说了出来,并恳求:"还请娘娘做主,帮助王桐

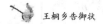

乡面见皇上。"

娘娘看过了丘夫人带来的血衣和状子,深表同情,当即答应帮助胡玉清面见皇上。她得知王桐乡能诗善对,心生一计,附在丘夫人耳边叮咛一番,丘夫人高兴地说:"如此这般甚好!"

一日,代宗临幸东宫,一番温存过后,娘娘说:"皇上是千古明君,必定喜欢有学识的人,臣妾听闻丘大人的一位学生近日来拜访他,此人能诗善对,皇上何不召见他。"代宗听了很感兴趣。

次日,代宗便召见王桐乡,问:"听说你是丘大人的高徒,很会吟诗,是真的吗?"王桐乡回道:"小的学识浅薄,略能吟诗作对,惊扰皇上了,万望恕罪。"代宗决定当面试一下,他命人拿来一个鸡蛋,让王桐乡以蛋为题,吟诗作对。王桐乡随口成诗:"天地玄黄在此包,未生骨肉未生毛。"代宗听了,突将鸡蛋抛于地下,只见王桐乡面不改色,从容不迫地继续吟道:"把你抛地归阴去,免得成形过利刀。"代宗听了之后,甚是高兴,对王桐乡的才华大加赞赏。

王桐乡趁着龙颜大悦,便将琼州道台胡玉清在琼州霸占民女、残害人命、鱼肉百姓的恶行说了出来,说他触犯皇法,有悖圣恩,恳请皇上降旨,将胡玉清治罪。

代宗听了之后,招来丘浚,询问可有此事。丘浚坚定地回答:"确有此事,臣愿以头上乌纱和七尺之躯做担保。"并将王桐乡带来的状子和血衣呈了上去。代宗看了龙颜大怒,当即下旨:胡玉清触犯皇法,罪大恶极,处以死刑。令王桐乡带圣旨回去执行。

王桐乡接到圣旨,惊喜万分,立即昼夜兼程,赶回琼州。回到海安港口时,王桐乡将所有船只包雇南渡。艄公不解,问他为何一人要包那么多船,岂不浪费钱财?王桐乡并不作答,只让他们赶紧过海便是。

却说胡太师和西宫娘娘得知自己的亲属被判了死刑,急忙在皇上面前求情,要皇上收回成命。代宗无奈,只得再下第二道圣旨,免胡玉清死刑。

王桐乡快马加鞭赶回海南,宣读皇上的旨意,将琼州道台胡玉清处斩。百姓无不欢呼雀跃,拍手称快。

御使带着第二道圣旨,赶赴海南,来到海边时,却没有船只渡海。待他寻得船只,渡过海峡,赶到琼府时,胡玉清已被处斩了。

(口述:林皇;地点:海南琼海;整理:符加方、郭若虹)

五指山的传说

　　五指山,乃海南的象征,由五个山峰组成。

　　传说,在海南岛的北部,生活着一批人,这些人就是如今的岛民,他们靠着岛上优越的地理位置生活,并将岛上的光、热和水视为生命,因为在岛的北部,有一个生命的中心,那就是岛的心脏———一切光和水的源头,通过这个源头,人们可以自由生活,繁衍后代。

　　岛的心脏是岛民的生命,因而代代都有继承人去守护这个神圣的地带,那是一个散着光的地洞,四处的涓涓细水汇成一股流进山洞深处,没人敢走进去,触碰这个神圣地带。

　　然而,人心贪婪,有的人已在暗中计划,要将山洞占为己有,获取更多的光、热和水,那个人就是岛上众所皆知的岛霸,人称"黑霸";黑霸因岛上常年日晒,有着黝黑的肌肤。

　　这一代岛上的继承人是王家五兄弟,他们名字简单好记,分别叫老大、老二、老三、老四和老幺。老大很鲁莽,老二很愚笨,老三很懒惰,老四很自私,老幺很胆小。他们的父母感到很无奈,自己都很善良朴实勤劳,也有头脑,为何儿子们都各自占据了人性的负面?

　　虽然五兄弟身上聚集了人性的负面,却成为保护小岛心脏的继承人,因为继承人必须喝一种红色的药水,喝了这种药水,便是立下誓言,担负责任,一生一世都不离岛,永远保护小岛的心脏,并视之为生命。许多人因为忌惮于红药水的威力,都不想成为保护小岛的继承人。

说怪也怪,五兄弟喝了药水后,如转性一般,老大变得细心,老二变得聪慧,老三变得勤快,老四变得无私,老幺变得无畏,他们的父母惊喜万分,不得不暗中感叹命运造化弄人,一切似乎都是冥冥注定。

然而,事情往往没有预想的那么顺利,老幺不甘成为岛上的继承人,一心想要离岛看看外面的世界。黑霸的消息灵通,懂得察言观色,知道这个秘密后,便联合老幺,让老幺帮助黑霸获取岛的心脏,黑霸帮助老幺离开小岛.

一天,黑霸利用自己的权势聚集五兄弟去做一个任务,老幺配合黑霸完成任务,黑霸在这个时候来了个调虎离山之计,趁着五兄弟去做任务的时间来到了小岛的心脏,黑霸望着小岛的心脏深处散发的光,感受着光带来的热量、水带来的清凉,黑霸顿时觉得很有力量,激动得眼睛都合不上了,突然一个激灵,黑霸意识到时间有限,便小心翼翼地走进山洞里,走得越是深,光越是明亮温暖,水流声越是大,尽管光芒闪耀,刺激着黑霸的视觉,然而黑霸并不死心,继续往山洞走去.

做着任务的五兄弟此时意识到情况的不对劲,便赶往山洞处,这时,电闪雷鸣,山洞口的光渐渐被吸走,最后光源越来越小,越来越小,突然,一股强大的黑色气流带着咔嚓咔嚓的声音从山洞冒出,将五兄弟击倒在地,又咔嚓咔嚓钻到了丛林深处。

那一股强大的气流便是黑霸,黑霸变成了黑烟,山洞失去了光,小岛开始晃动,天空顿时乌云覆盖,世间暗淡,小草枯萎,树木枯竭,岛民们大哭,都预感到了事情的真相,老幺这才意识到自己犯了大错。

五兄弟最终决定联合起来,利用他们各自的优点即细心、聪慧、勤奋、无私、无畏来与黑霸决战,他们用保护小岛的银剑将黑霸召唤出来。

然而这时候要想打败黑霸,已经太晚了,黑霸吸进岛上的光、热和水,此时是力量无穷。五兄弟并没有放弃,他们和黑霸决一死战,不料银剑并不争气,杀不死黑霸,五兄弟却被黑霸袭击,几个被击倒在地,几个被抛向天空,他们完全不是黑霸的对手,最后吐血身亡。

五兄弟的血汇成一块,沾染了银剑,顿时,天空开了一条缝,打下了一个闪电,

银剑像有了生命一般飞速袭向黑霸,将黑霸杀死了。

天空顿时明亮,草木也复发生机,人们停止了哭泣,都扬起了笑脸,山洞内又和原来一样,一切都回归正常。

五兄弟为了保护小岛的心脏,献出了自己的生命。居民听说了五兄弟的事后,先是大惊,后是大悲,为他们对五兄弟的不信任而深感后悔。

五兄弟的英勇事迹还感化了这一带的生灵,于是这一带的虎豹狼狗蚁鸟等等生灵都围着他们转来转去,像是在叙说着什么,然后他们很默契地将五兄弟埋了起来,形成了一座山。

这五座山,原名五子山,后来,因为它们像五个手指指向苍天,又被称为五指山。

(口述:黎海;地点:海南省文昌市;整理:邢婷、郭若虹)

洗夫人比武借道

  南朝梁武帝大同六年(540),洗夫人以南越部族首领的身份"请命于朝,置崖州",海南岛建立崖州,下辖十个县,从而结束了多年的"久乱不统,不能一日相聚以存"的历史。洗夫人在辖制海南期间,平定叛兵匪贼,促进民族团结,移民开发海南,发展经济文化,成为当时俚人(古骆越人的一支,即现在的"黎人")的民族英雄和精神领袖,更被周恩来总理誉为"巾帼英雄第一人"。

  洗夫人虽然生为一个女性,但却是一个身怀远大抱负的将领,行军打仗,智勇双全。在海南平定叛乱期间,洗夫人就曾多次依靠她的机智和勇敢,解决了遇到的棘手问题。在海南琼山一带,就流传着洗夫人比武借道的传说。

  一日,洗夫人率领大军来到五指山平定叛乱,途经百花岭脚下,被一山大王带领一众小喽啰拦住了去路。要说这山大王,长着七尺身材,浓眉大眼,虎目圆睁,一脸的络腮胡子,身披一件豹皮大衣,骑着一匹枣红色的高头大马,手执一柄方天画戟,屹立在路中间,倒也威风凛凛,一看就知道是个武艺高强、不好惹的主。

  原来,这山大王名叫赵天虎,绰号下山虎。原本他只是山下村庄的猎户,过着打猎为生、与世无争的生活,后来却遭受当地官吏的无理迫害,一怒之下失手打死了那狗官吏,被迫上山落草为

寇。因他本领高强,为人仗义,逐渐地坐上了头领的位置。这次他听闻冼夫人率领官军平叛,路过此地,便带领小喽啰下山劫道,要求冼夫人为他奉上千两白银,他才会给官军让路,否则就要大战一场。

冼夫人当然不会答应下山虎的要求,这样不仅会损失大量的饷银,还会使官军的士气遭受重大打击。怎样才能既不与下山虎发生冲突、又能顺利地通过百花岭、完成平定叛乱的重任,冼夫人为此冥思苦想。突然,她灵机一动,想出了一条妙计。

次日,下山虎收到了一封信,内容是冼夫人要与他单独比武,倘若她输了,便会奉上千两白银,如若下山虎输了,便要无条件给官军让路。下山虎想不到冼夫人一个女流之辈,竟敢向他挑战比武,顿时怒火中烧,手下的小喽啰也都大喊:比武、比武……于是,下山虎答应了冼夫人比武的要求,并提出为了不让别人说他欺负女人,比什么由冼夫人来定,他奉陪到底。

原来啊,冼夫人知道下山虎心高气傲的性格,又是山寨头领,如若不答应比武,肯定不能服众。于是,她才想出了通过比武借道的计策。而且,她和下山虎都是俚人,不管谁赢了都是俚人赢,不会引起民族歧视。

比武很快举行,中午时分,百花岭上人头攒动,连附近村庄的村民都来到这里观看比武。冼夫人带着几个随从,准时赴会,她们都一身俚人打扮,消除了民众的戒备之心。

冼夫人提议比射箭,每人射三箭,谁中得多为胜,第一箭射箭靶。冼夫人请下山虎先射,下山虎命人在百步之外立了一个箭靶,他弯臂拉弓,不加瞄准就射了出去,只见"砰"的一声,正中靶心。人群中顿时响起一阵热烈的掌声,叫好声不断。

轮到冼夫人了,却不见她射地上的箭靶,而是命人将箭靶用绳子悬挂到树枝上。这样,箭靶在风中就直打转摇晃,不要说正中靶心了,就是想射中箭靶,都有很大的难度。只见冼夫人拉开弓箭,屏气凝神,静静地瞄准箭靶,刹那间,冼夫人的箭射了出去,也是正中靶心。这时候,全场山呼海啸,掌声如雷,连现场的民众都为有这样出色的俚人而骄傲。

接下来要比什么?冼夫人四周扫视,只见远处的水田里,有一只水鸭正在嬉戏觅食,在水中时隐时现。"我们就射田里的那只水鸭"。冼夫人高兴地对下山虎说。下山虎依旧不屑一顾,大手一挥,拉弓如满月,一箭射去,鸭毛飘飞,水鸭却不见了踪迹。大家都以为水鸭被射到水里去了,过了一会儿,水鸭果然浮了上来,可依然活蹦乱跳。"唉,就差了那么一点点!"大家都感到很可惜。

一箭不中,下山虎有些慌神了。他还有最后一箭,这回他再也不敢大意,拉起弓箭,左瞄右瞄,迟迟不敢放箭。要说这鸭也极其机灵,受到之前那一箭的惊吓,左游右游,上下浮沉,搞得下山虎头昏眼花,手脚无力,额头汗水直滴。终于,这一箭射出去了,可是比之前一箭差得更远,真是怕什么来什么啊!

这下,该冼夫人了。大家用怀疑的目光看着冼夫人,经过这么一折腾,大家都觉得冼夫人射中水鸭的机会也不大。只见冼夫人精神抖擞,静静地拉弓等待,就在水鸭浮出水面的那一瞬间,箭离弦而去,准确地穿过了水鸭的脖子。水鸭带着箭,不停地拍打水面,后来又跳到田埂上挣扎、翻滚,临死前还生下一个鸭蛋,掉在田埂下的另一块水田里。

这回,全场沸腾了,大家都觉得眼前这个女人太神奇了。下山虎心悦诚服地说:"冼夫人果然名不虚传,难怪海南那么多人归顺你,若是你不计前嫌,我也愿意归顺你,为你效犬马之劳。"

冼夫人用自己的机智和勇敢,收服了下山虎,壮大了平叛大军的实力,在下山虎的带领下,顺利地通过了百花岭地区。

后来,人们为了纪念冼夫人,就将她射死水鸭的那块田称为鸭姆田,水鸭蛋掉下的那块田称为鸭蛋田,而她借道时驻军扎营的地方就叫营根,即今天琼中县的县城营根镇。

(口述:陈子贤;地点:海南省博物馆;整理:符加方、郭若虹)

十二点炮

> 惊雷出邃林，雨过入钓津。唐放不愁贫，鱼樵即释襟。
>
> 遇女错上船，寄望何频频。明月愁空囊，知贫不得姻。
>
> 恨意泛腥眼，伊人钓兹村。刘女携贝筐，借路每相问。
>
> 情宣鱼是时，唐子风流闻。

　　"十二点炮"即是在春节除夕夜末尾大年初一子时（十二点后刚开始的时间或十二点钟）一分钟前后点起的鞭炮，意在祝贺新年爱情顺利，婚姻美满。人们在这十二点钟前后，放好鞭炮于大门前点着，并说些吉利之话，然后再点起之前摆好的香蜡祈祷神灵，行迎神跪拜之礼。这也是临高县的春节风俗。

　　相传在临高县海东村一带，有一个叫唐放的年轻小伙子，因贫寒无居无妻，终日过着捕一天鱼过一天的日子，虽然日子很清贫，但也很充实。不想有一天，他像往常一样上自己的小船，要到浅海捕鱼时，看到一个叫刘氏的姑娘，此女年轻貌美，贤淑端庄，自然心生爱慕之心。唐放通过努力捕鱼和奋力追求，得到了刘氏的芳心，两人结为伉俪。没想到婚后不久，唐放逐渐露出了自己的邋遢和粗野的本性，常常在大年初一时吃酒摔破碗筷，出海捕鱼时也将饭碗丢入海里。因为把脚踩在灶门上，得罪了众神，众神一起商量惩罚他,让他的妻子不得生子,使唐放与妻子的感情恶化。唐放见妻子刘氏婚后几年久久不生子,也不怀喜,随即移情别恋。但刘氏始终不渝,对唐放的冷漠并不很计较。

终于在大年初一零时前后,幸福的婚姻才又开始有了眉头。当夜,唐放仍旧对同榻的妻子很冷漠。一旁的刘氏见被衾冰寒,不禁抖抖被褥,起身到厨房烧水暖身。她因为睡眼惺忪,就随意取了很多松皮松子加进柴火中。突然火烧得越来越大,松子像鞭炮一样噼里啪啦地响。目瞪口呆的刘氏醒悟过来,想起曾经梦中月老对她说的话:"我是你的老朋友,十二点炮响起时,就是你们婚姻像重新聚合了。"刘氏惊喜,重新入被窝中。唐放原本在梦中感受到了冷天的酷寒,中途却睡得越来越暖香,醒来发现睡在一旁的妻子已为他备好暖水床。一想到自己的冷漠,他不禁愧疚起来,于是拥着妻子进入梦乡。不久,妻子怀了喜,两人重好如初。

智慧勤劳的临高人通过改编,把"十二点炮"这个民间传说搬上了临剧的舞台上。才有了"十二点炮"的临高方言哩哩美段子:

刘氏(女声):哩哩美啊哥爱,你把我骗家去,如今我空守闺,没想你当初好,现在哥啊变心,哩哩美啊哥爱!

海神:来!来!来!将碗丢海去也,吾曹弄将你儿索,只待唐放木亏待,腹儿听炮一啼呱!

灶神:莫把脚踏在灶,总当我作没脑。除夕妻灶初一折,炮声一响汝儿啼。

月老:莫!莫!莫!宰相肚撑片船,狗儿亦能续貂尾,待我梦寄嘱他妻,担他美满莫作危!

唐放:嫁娶不生儿,为文像狗儿。楞木唯产妇,愿贱他人女。接宗事可了,另妻何乐乐。嗟乎无多钱,置刘守褥子。

(口述:王不贵;地点:海南临高县;整理:郑玉梅、郭若虹)

施善积德，飞升成仙

　　雷打坡（今雷鸣镇）是一个风景优美、民风朴实的小镇，在这个美丽的小镇里居住着这样一户人家——温柔美丽又医术精湛的姐姐以及两位相貌端正、身怀绝技的弟弟。平时，姐姐就在太华药店里帮人看病，弟弟则负责采药。姐弟仨心地善良，无偿帮穷苦百姓治疗各种疑难杂症，邻村的乡里乡亲也都来此求医。

　　这天，姐姐正在药店里帮乡亲们看病，镇上的财主张老爷呼吸困难、嘴唇发紫、全身抽搐，被家丁抬到这里。张公子紧随其后，并说道："赶紧给我治，医不好让你们好看。"

　　张老爷是个大善人，经常救济贫苦百姓，但这张公子却是个打架斗殴、恃强凌弱的恶棍，大家虽对张公子不满，但都希望张老爷能好起来。姐弟仨对张公子的话并不放在心上，姐姐翻了翻张老爷的眼皮，又搭了把脉，打开针灸包，娴熟地在神庭穴、成灵穴、百会穴等几个大穴施针。弟弟赶紧到柜台抓药。不到一刻钟的时间，张老爷不再抽搐，面色转好，悠悠转醒。见此，众人皆叹三人医术高超。

　　"张某多谢三位救命之恩！"张老爷作揖道。

　　"举手之劳，不必言谢！"姐姐温和道。

　　"这服药拿着，用做调理。"士官（二弟）道。

"有劳费心了!"张老爷感激道，"林管家，将府上所有珍贵药材拿来，谢与神医。"

知道张老爷言出必行、有恩必报，三人也不多推辞，谢过就收下了。经过此事，三人的名声越传越远。姐姐姣好的面容也引起了不少人的关注，不少人都来提亲，但都被谢绝了，只好作罢。但不少坏人强盗也垂涎于她，其中包括张公子。

张公子几次三番派人在药店搞破坏，还找来各种棘手的病人，想为难他们，但都被解决了。张老爷知道后，用家法严惩了张公子，并押其登门道歉。张公子并不作罢，以一千两白银与山中强盗周疤做交易。

一天下午，姐姐到龙梅村替人看病，和弟弟们约好傍晚在村口相见。可是傍晚时分，姐姐到村口等了一段时间，还是不见弟弟的身影，想必有事耽误了，便独自回家。途经树林时，被埋伏在此的周疤截住，后面还有几个强盗抬着一顶红轿子，姐姐一看就知道是怎么一回事，也不作声。周疤一见到姐姐便被迷住了。

"我劝你乖乖跟我回去，免得伤了你就不好了。"周疤假惺惺道，"对了，你要想等你那两个弟弟就免了，他们正忙得分不开身呢。"

原来，周疤与张公子两边行动，一边负责抓人，一边负责拖延。

"小的们，把她'请'上轿!"周疤话音刚落，两个强盗就冲上来拿绳子将她绑了起来，推上轿子。一行强盗便抬着轿子回到山寨。刚到寨子不久，张公子带着他的家丁也来到山寨。

"人呢?"张公子焦急地问。

"钱带来了吗?"周疤边说边朝轿子抬了抬下巴。

张公子掀开帘子一看，人果然在，便招手让人把钱抬上来:"钱你拿到了，人我可带走了!"边说边让人抬轿。

"慢着，谁说你们可以走的?"

"你什么意思?"

"钱和人我都要了!"

"你竟敢出尔反尔?"

"是又怎样? 小的们，把他们给我捆起来!"

张公子带的人也不少，双方展开了激烈的打斗。"强龙压不过地头蛇"，不一会儿，张公子等人都被捆着关了起来。

"今天开心，你们去喝酒吧，不准靠近这里!"周疤命令道。

其他人下去后，周疤认为姐姐毫无反抗之力，便把姐姐松了绑，道:"嘿嘿，小

美人，乖乖地从了我，保你有享不尽的荣华富贵。"

"呸，你做恶多端，迟早会有报应的！"姐姐怒道。

周疤一把抓住姐姐的手道："嘴还挺硬！"

姐姐借着这个距离，将麻药向周疤撒去。周疤没有防备，猛然吸了一口，等他反应过来，人已经全身无力，倒在了地上。姐姐借此跑了出来，因为周疤的命令，没有人看守，因此一路畅通无阻。到了山寨门口，发现有两人在把守，此时麻药已用完，姐姐只能退回。

突然一个男子从草丛里窜了出来，对姐姐说："神医仙女，不必害怕，我是南曲村的，从这条路可以绕到山寨后面，那儿的守门人我已经让他们喝醉了，你可以从那逃出去。"说完便走掉了。

姐姐看他眼神真挚，不像说谎，便沿着他指的那条路跑去。果然守门的强盗都倒在了地上，她小心翼翼地跨过他们，朝山下跑去。这时不巧，有一个强盗喝多了，出来解手，发现了她，便敲响钟声通知其他人。不一会儿，一大伙强盗抬着周疤追赶过来。毕竟是女子，体力不足，跑下山不久，便被强盗追上，把她围在古井附近。周疤药效渐渐过了，走近她："敬酒不吃吃罚酒，来人，把她给我捆牢了带回去！"

姐姐是个烈性子，不愿被抓回去，对着周疤冷哼一声，纵身跃下古井。强盗们大惊，纷纷探身去看。说来也怪，不知从哪里涌出一大片蚂蟥，集体攻击强盗们，吓得他们仓皇而逃，有些离得近的没能逃脱，包括周疤全都被蚂蟥咬死了。

两个弟弟在这时候赶到，并没有受到蚂蟥攻击，得知姐姐跳进古井里后，也随着跳了下去。就在两人跳下去的时候，古井发出耀眼的光芒，姐弟仨的身体慢慢升到云层上。三人灵魂出窍，看到面前站着一位白胡子老者，三人向其行了一个礼，刚想问出心里的疑惑，白胡子老者便开口道："我乃司命星君，奉玉帝之命，在此助三位飞升成仙。"

三人连忙谢道："多谢星君点化！"

"三位施善与人、功德已满，从此以后你们便是太华三仙，位列仙班。"司命星君说罢，拿笔在命簿上添了一笔，三人便魂魄归体，驾云随星君消失在云端。

就在飞升成仙这天，雷打坡的山上许多名贵药材都破土而出，景象奇特。为纪念三仙，当地人建了太华古庙，祈求远离病痛，健康长寿。每年农历二月十九或二月二十(赶集日)举办大型祭神活动——军坡节，以过火山、穿杖等多种形式祭奠公祖婆祖。

（口述：王昌元；地点：海南省定安县雷鸣镇；整理：王柔、贺碧晴）

梁山伯与祝英台

以前只有男子才能上学,女子只能留在家中。英台由于是女子所以不能上学,但英台真的很想去上学,每一次走过村里的学校都会停下脚步来听一听。

一次,英台跟父亲讲:我要去上学。英台父亲说:"自古男儿有青天志,女孩怎得状元才。"不同意英台上学。但在英台的纠缠下,父亲只好答应了,但父亲有一道题,只要英台能答出便同意英台上学。"两个铜钱圆又圆,二字师书满肚装,你知哪边是头哪边尾。"

以英台的聪明怎会被难倒,英台答道:"两个铜钱圆又圆,丹桂走在月肚装,三十八、九在月尾,初三、四是月头。"英台能答出父亲的题,于是父亲答应让英台上学。

由于当时的封建思想,英台只好女扮男装。上学前,英台嫂嫂劝嘱英台:"不要睡丢书掉,为人不好招惹男。"叫英台要好好学习,不要懒、也不要去谈儿女情。

英台回道:"捧一捧花向嫂讲,青天没有乌云遮。"说只要自己懂、自己是清静的,就不会被打扰。

嫂嫂又回:"鸡肥不一定给米,放谷落秧定引鸡,捆柴近火定着火。"意思是说:即使自己是清静的,但经常与一些不好的人待

在一起,时间久了也会受影响,叫英台注意点。

英台收拾好上路了,以前上学的小姐、公子身后都会跟着一个书童,书童帮自家小姐、公子提书、服侍自家小姐、公子。英台在路上与山伯相遇,这是两个人的初次见面,两人很是投缘,于是结拜成兄弟同行。

来到学校,先生一眼就认出英台是女扮男装,英台也有发现,便请求先生让她留在学校。英台与山伯被安排到了同一间房,久而久之,英台的行为让山伯觉得很是奇怪,英台不跟他们一起玩水、洗澡,扛不起重的东西。山伯怀疑英台是女孩,于是就摘来芭蕉叶放在英台的草席下,心想男孩的温度低,女孩的温度高,只要芭蕉叶收缩了,就说明英台是女孩。英台发现了,趁山伯熟睡时英台拿自己的芭蕉叶放在外面,到早上才拿进来,这样芭蕉叶就不会皱了。山伯看见芭蕉叶没皱,就相信英台是男孩了。

英台近来总是表现得很忧愁,山伯看见了便问:"几夜诗书你心抛丢,你钱财得用不用操,你怎有愁意？你近来都不学习,整天愁意缠身,你怎么了？"

英台回道:"愁怀想回家,托梦父母有难,不是刚来两三月,两个年头已是久。"英台说自己想回家。

英台向先生请假回家,先生叫山伯送英台。路上英台向山伯暗示了自己的身份与她的心意:"山上生两个白石榴,侬想吃着亲手摘来,走走见两只螃蟹,一只在上一只在下；见一双白鹤双双配,两边手脚翻翻互,好比着亲戚二人来。"

英台一路上借事物暗示自己的身份,可是迟钝的山伯却没有发觉。英台叫山伯送自己到家,可是山伯说自己还没向先生请假,不行。

英台在回家前写了一封信放在山伯床上,信里写说自己是女孩身,并表明自己的心意,让山伯放假后来自己家里提亲。可是信被马公子发现了,卑鄙的马公子就让父母去英台家里提亲。英台父母见马家的地位,就答应了这门亲事。父母之命不可违抗,英台逼不得已答应了。

事后,山伯知道了这一切,便上英台家,不久因过度伤心而病倒。病榻之上的山伯大骂马公子骗婚、是卑鄙无耻的小人！不久山伯气得吐血而死。

山伯吐血而死的噩耗传来,英台痛不欲生。可是在封建礼教的束缚之下,英台不得前去吊丧,只得经常叫人去拜祭山伯的坟墓。

过了不久,英台要出嫁了,英台要求抬轿子路过山伯坟前。

轿子一到山伯坟时,天上一片乌云,瞬间刮起一阵狂风,周围的人都看不清对方。一个炸雷劈开了山伯的坟墓,英台跑了过去,一跃跳进了山伯的坟中。

马家人很生气,于是回家找人来挖坟,挖开坟时只见两个白白亮亮的石头紧紧靠在一起怎么分也分不开,一分开便迅速紧靠在一起。马家人很是生气,便把一个石头扔进了河的对岸。

从此,英台与山伯一人在东、一人在西,便有了今日的"东为牛郎、西为织女"的说法。

每当夜深人静之时,人们都能听见河两岸的石头在喁喁低语。英台道:我们每月十五见一次面可好?叫了好久,山伯都没有回答,因为山伯被扔下河时耳朵听不清楚。英台很是生气,于是就说:那每年的七月十五见面好了。这时,山伯便回答了"是"。从此山伯与英台便每年的七月十五相会。相传有人曾看见七月十五时,天上的两颗星星紧靠在一起,这就是山伯与英台相会。于是也就有了现在的农历七月十五"鬼节"。

就这样,英台与山伯永远在一起了。

(口述:符小柳〈奶奶〉;地址:海南省儋州市;整理:程丽月、郭若虹)

海瑞罢官

　　海瑞,字汝贤,号刚峰,正德九年(1514年)出生于广东琼山(今属海南)的一个官僚家庭。尽管如此,他童年时期的家境并不殷实,四岁时父亲不幸病逝,他和母亲相依为命,生活异常清苦。海瑞的母亲和当年的孟母一样,对儿子的教育极其重视,虽然生活艰难,依然千方百计地为海瑞创造良好的读书环境。海瑞自幼攻读史书经传,立志日后如果做官,就要做一个不谋取私利、不诌媚权贵、刚正不阿的好官。因此,他自号"刚峰",意为做人要刚强正直,不畏邪恶。

　　正如他的誓言一样,海瑞一生居官清廉,刚正不阿,深得百姓的尊敬与爱戴,留下了许多传颂千古的故事,其中最为人所津津乐道的当属"海瑞罢官"了。

　　这年清明节,告老还乡的徐老太师的二公子徐瑛,在外出踏青时,遇到了前来上坟的赵玉山,并被其孙女小兰的姿色所倾倒,于是就命家丁将小兰抢走,赵玉山上前阻拦时,反被徐瑛的家丁徐富打成重伤。小兰的母亲在乡亲们的帮助下,来到华亭县衙告状。

　　谁承想,那县令王明友收受了徐瑛的贿赂和徐瑛沆瀣一气。他命仵作在验伤之时作假证,又让徐瑛的家丁徐富假扮姓张的生员(即秀才)作伪证。

到了审理之时,众乡亲都来到县衙,帮助洪阿兰作证。洪阿兰声泪俱下的控诉徐瑛强行抢走自己的女儿小兰,并将自己公公打伤的事实。那县令王明友听了之后,命令仵作给赵玉山验伤,那仵作装模作样地检验一番,楞说赵玉山身上并无打伤。接下来,早已候在一旁的"张生员"又跳出来说,清明节那天徐瑛并未外出,而是一直在他家和他一起读书,根本不可能抢走赵玉山的孙女小兰,更不可能将赵玉山打伤。于是,县令王明友判定赵玉山等人是诬告,逐出衙门。赵玉山见县官昏庸,恃强凌弱,气得急火攻心,大骂县官贪赃枉法。那狗官恼羞成怒,下令将赵玉山杖责七十大板。结果,竟将赵老汉活活打死在公堂之上,洪阿兰和乡亲们也被逐出了县衙。

正当王明友以为此事已过,逍遥快活时,公差送来一纸公文,说新任应天巡抚海瑞不日即到,要他准备迎接。看到这一纸公文,王明友不禁冷汗直下,心里直打寒战。要说这王明友缘何如此害怕?原来啊!海瑞是出了名的清官,他为官刚正不阿,惩恶扬善。因为为人耿直,得罪朝中权贵,数次被朝廷撤职。他甚至敢于上书痛斥嘉靖皇帝,被嘉靖皇帝关进大牢,险些被杀了头。现在他来到这里,肯定会严查贪官污吏,那自己还有好日子过吗?!

接到公文,王明友不敢怠慢,当即和各府、县官员一道,赶赴接官亭,准备迎接新任的巡抚大人。一大拨人浩浩荡荡地来到接官亭,等了好久,不见巡抚大人到来,却看到一群人搀扶着一个披麻戴孝的妇女来到路中间。这个身穿重孝的妇女正是洪阿兰,她也听说了海瑞海大人要来此地上任,便来拦路鸣冤告状,老百姓们都自发地来为她作证。王明友一看,大事不好:"这要让海瑞看到,岂不坏事了?"他急令兵丁上前驱赶,冲突之中,一位老大娘被撞倒,人群中一位相貌不俗的男人赶忙出来搀扶,也险些被一名官员的马踏倒。一群官员见此情景,竟哈哈大笑。赶走了老百姓,一干官员又等候许久,依然不见巡抚大人到来,只得打道回府。

却说那个相貌不俗的男人正是海瑞,他轻车简从来到此地上任,遇到一妇女拦路鸣冤,他以老百姓的身份暗中调查了这件事,了解徐瑛强抢民女、打伤赵玉山,又和官府勾结,杖毙赵玉山、强驱洪阿兰的事!

次日,海瑞便来到徐府拜访徐老太师,见徐府内到处奇花异草、雕梁画栋,奢华至极,海瑞不禁皱了皱眉。见到徐阶,两人一番寒暄之后,海瑞对徐阶说:"海瑞今日登门拜望,因太师乃两朝元老,经验丰富,下官初任,有些事,还得向老前辈讨教。"

徐阶对海瑞的到来早有心理准备，听闻此言，说："不敢，老夫如有所知，必当以诚相告。"

"请问老太师，在此地做官，应当如何？"

徐阶心里一沉，知他话里有话，看来他已对徐瑛的所作所为有所耳闻。因此，他假装镇定，淡然一笑："此地刁民顽劣成性，常诬告官府，海大人万不可被其蒙蔽，你应当简政轻刑，大胆维护官府之威信，持平执法……"

"哦，持平执法！下官记住了，感谢老太师赐教。"

从徐府告辞出来，回到巡抚衙门，海瑞当即通知各府、县的正堂明日到巡抚衙门候见。那些官员当日没有迎接到巡抚大人，心里一直忐忑不安，接到通知，哪敢怠慢。他们来到巡抚衙门后，发现华亭县来的不仅有县令王明友，还有个县学的老教谕（相当于现在的学校校长）。这样不入流的小官，怎么也被叫来巡抚衙门，众官员有些不解。

不一会，里面传令升堂，众官员进入大堂，见到巡抚，行过礼数，纷纷告罪："大人到任，我等迎接不到，还请恕罪。"

"迎接不到？我们大家不是见过面了嘛。"海瑞的声音十分平和。

见过面了？众官员面面相觑，云里雾里。

"各位大人忘了吗？前日在接官亭，不是差点将我踏于马下吗？"海瑞提醒道。

啊！众官员这才认出海瑞，顿时一个个吓得腿直哆嗦，冷汗直下。海瑞倒是一点也没生气，他请众人落了座，说："我请你们前来，只是想和大家共同审理一个案子。"

"华亭县，本官问你，洪阿兰一案，你是如何决断的？"

"回禀大人，此乃洪阿兰诬告徐家二公子，卑职明察，将其当堂逐出，不予受理，已经结案了。"

"那这案卷上说，徐瑛清明节并未外出，有何为证？"

"回大人的话，有本县张生员为证。"

"来人，传证人张生员，将洪阿兰等人带上堂来！"海瑞下令。所有与此案有关的人都被带上了公堂，包括那个假冒的张生员。

"徐瑛，洪阿兰告你强抢她的女儿，打伤她的公公，可有此事？"

"回禀大人,此是刁民恶妇诬告于我,在下清明节并未出城,有人为证,望大人勿听恶妇之言,还请看家父面上秉公结案。"徐瑛答得还挺流利,他虽然有些害怕,但还未遇到过不给他家面子的官。

"证人张生员,徐瑛说他清明节并未出城,你可能作证?"

张生员点头哈腰,一副奴才相:"回大人的话,那日徐公子正是在我这儿读书,不但读了书,还写了文章呢。"

徐瑛、王明友心想不好,这狗奴才巴结主子昏了头,竟胡说八道起来了!

"那写的什么文章,你给本官说说。"

"额……是……《千字文》……不,不是……是《百家姓》。"看来他只知道这两部书了。

啪,海瑞惊堂木一拍:"大胆奴才,竟敢冒充生员!"

"小的不敢,小的真的是生员,千真万确。"

"好一个千真万确,本官问你,你几岁入的学?"这下"张生员"傻眼了,这问题事先可没合计过呀!他在下边支支吾吾,答不上来了。

海瑞见状,问道:"华亭教谕,你可曾认识此生员?"众人听海瑞这么一问,才恍然大悟,敢情还留着这么一手哪!

那华亭老教谕上前,对着"张生员"端详许久,摇了摇头:"回禀大人,下官不认得,本学没有此人。"

"来人呀!此人冒充生员,充当假证,给我大刑伺候。"一时间,一大堆刑具哗啦哗啦地扔到了大堂上。那"张生员"见状,吓得尿了裤子:"大人饶命啊大人,小的也是被逼的啊。"

"若想免去大刑之苦,就从实招来!"

"是、是、是。"徐富这下把他是徐家家丁、冒充"张生员"以及徐瑛强抢民女、打伤赵玉山并买通县令、指使仵作假验无伤、将赵玉山打死在公堂之上的事,一古脑全说了出来。

真相大白,海瑞让徐富画押之后,当即起身,下达了判决:"徐瑛强抢民女,打伤他人,后又贿赂官府,指使假证,将赵玉山杖毙公堂,按律判处死刑!"王明友和徐富等人也都一一被判了刑,受到了应有的惩罚。小兰也从徐府中被要了出来,洪阿兰感激不已。那些官员见状,吓得伏地不起,唏嘘不已!

徐阶得知儿子被海瑞判了死刑,当即来到海瑞家中,要求海瑞网开一面,却遭到了海瑞的坚定回绝:"老太师曾教导下官要持平执法,希望老太师不要违背自己的言语。"徐阶气得拂袖而去。

徐阶回到家中,余怒未消。他决定派人进京,让自己的亲信在皇上面前散布谣言,说海瑞在此地鱼肉百姓,排除异己,有悖圣恩。这样皇上一定会罢免海瑞,自己的儿子也就得救了。

皇上果真听信了谗言,下旨罢免了海瑞的官职,并让徐阶的门生戴凤翔接替海瑞的官职。

这戴凤翔得到圣旨后,是马不停蹄地赶到了华亭县,见到徐阶,向他保证定将二公子救出。徐阶高兴得不得了。

海瑞也料到徐阶肯定不会善罢甘休,他并不在意自己的命运如何,只是担心徐瑛不能按律处死,还百姓一个公道,愧对苍天。

为防止出现变故,海瑞决定立即将徐瑛处死。正在此时,门外传来声音:"圣旨到!"海瑞急忙命人去死牢中提出徐瑛,押往刑场,自己才准备接旨。

来到巡抚衙门,戴凤翔趾高气扬地宣读完圣旨,当即要求接任。海瑞却要先斩犯人,再交官印。正在此时,中军来报,行刑时辰已到。海瑞下令,开刀问斩。惊得一旁的徐阶差点晕了过去,戴凤翔急忙阻拦:"杀不得,徐瑛杀不得。"

"为何杀不得?"

"哦,本官听闻张公公口传皇上旨意,徐老太师于国有功,其子徐瑛死罪可免。"戴凤翔慌乱之中竟满口胡言。

"那朝旨何在?"海瑞问。

"这个……随后就到。"

"既然没有朝旨,你就阻挡不了我传令开刀!"海瑞将官印高高举起,大声下达最后的命令:"开刀问斩!"

中军领命而去。戴凤翔呆若木鸡,徐阶瘫倒在地。

海瑞举起双手,摘下头上的乌纱帽,和官印一起放在书案上,然后转身,一抖袖袍,昂首挺胸,出门而去。

(口述:钟永旺;地点:海南琼海市琼海博物馆;整理:符加方、贺碧晴)

鉴真海南认外甥

　　这是风和日丽的一天,海面格外的平静,他站在船头眺望着前方,目光一直注视着,好像在思考着什么。

　　这是鉴真第五次东渡日本,天宝七年六月二十七日,鉴真从崇福寺出发,出了新河,到达常州境的狼山(现南通市的郊区)。因为风平浪静,所以船平安地出了长江口,经过一个月的时间到达景风山,然后又花费一个月的时间,于十月十六号出了海岸,到达最东端。然而,不幸的是,鉴真遇到了台风,船只受到严重破坏,不得已只能在海上漂泊。十多日后,鉴真漂到了海南岛的振州(今三亚市)。

　　鉴真上岸后,在沙滩上休整了片刻,然后便到附近看有没有人家。离开海滩不远,鉴真进入了一片丛林。参天笔直的落木、颜色妖艳的花朵、许多不知名的水果,他被眼前的这一切所吸引。突然,附近传来了几声笑声,鉴真等人立刻朝发出声音的地方跑去,经过交谈后发现,原来是遇上了几位运货回振州的商人。在他们的引导下,鉴真等人经三日行至水南村大港。由于随船携带的衣物、佛具和经书,全部被海浪打湿了,鉴真等人登陆后,便把东西摆放在一块坡地上晒。

　　由于鉴真等人在晒场上所晒的衣物、菩萨像、佛具和经书,多

达数千件,仅衣物中的裙衫便有千件、袈裟千件、坐具千张。还有铜盂、铜碟、铜盘、珠幡等大量供佛用具,便立刻引来了当地百姓的围观。百姓们都好奇地左顾右盼,得知是鉴真一行人后,百姓们都十分惊讶。因为关于鉴真和尚此前四渡日本弘扬佛法的故事早已在当地传开了,百姓们对鉴真执着无畏的精神很钦佩。

就在大家纷纷议论的时候,突然数百余官兵将鉴真一行人包围,百姓们也吓得四散。原来是振州别驾冯崇斋得知此事后,亲自带领四百余官兵来迎接鉴真一行人。冯崇斋素来对佛教文化十分钟爱,这一次有机会能够与鉴真面对面探讨佛法,自然是不会放过。随后,冯崇斋便把鉴真一行人接入他的私宅,并设斋供养。

鉴真在冯崇斋家里休息的几日中,州府的其他官员也纷纷前来拜访,冯府几日可谓是门庭若市,非常热闹,以至于鉴真这几日疲劳过度。自从冯崇斋把鉴真接回自己家中后,就连名噪一时的大海盗冯若芳也曾前来,大家"施物盈满一室",并轮流供养众僧。与鉴真畅日夜谈佛法,有时竟然忘记了吃饭。许多百姓为了一睹真容,竟蜂拥前往冯府,冯崇斋家的门板也被挤破了。

冯崇斋本身就是爱慕虚荣之人,鉴真在他家住更加满足了他的虚荣心,在振洲可谓是满面春风。鉴真在冯崇斋修养几天后,便打算到海南其他地方走访,冯崇斋得知后,为了让鉴真在自己家中多待些时间,便提出为他出资建一座寺庙的想法,这座寺庙就是后来大名鼎鼎的大云寺。鉴真知道冯崇斋要帮助自己建一座寺庙后很高兴,因为鉴真和众多僧侣自从来到冯崇斋家后就没有安静过一刻,同时又希望找到一块清静的佛门圣地诵经念佛。但是冯崇斋却提出了这样一个荒唐的要求:就是要拜鉴真为干母舅。对于这样的要求,鉴真一口回绝,遁入空门的鉴真怎么可能再认一个干外甥呢?

由于鉴真一行人出发时只带了为数不多的路费,修建一座寺庙又需要大量的钱,若不依靠别人的帮助,修建寺庙是不可能的事情。可是,他既不想受到其他人的打扰,又想建寺庙,这让他犹豫不决。几日后,鉴真还是没有答应冯崇斋拜他为干母舅的事,但是来拜访他的人依然很多。就在大家都在围观的时候,有一个人不小心把鉴真的袈裟给弄破了,这让他很是生气。鉴真受不了这样每日被围观的日子,无奈之下只好答应了冯崇斋。之后来拜访的人都被冯崇斋给拒绝了,直到鉴真入住大云寺。

大云寺修好后,鉴真等人进大云寺安顿,而这一住,就是一年多。在这一年多

的有限时间里,鉴真却为当地的社会发展做出了巨大的贡献。他带着弟子为大云寺手抄了大量的佛教经典,并以大云寺为讲坛,向当地民众讲授律、戒、度等佛教要义,传授相关书法、雕刻、医学、建筑、工艺美术等中原知识,使得中原文化在海南得到进一步延伸拓展。

（口述:黎明;地点:海南省三亚市崖城镇;整理:罗旺、郭若虹）

黄道婆崖州学纺织

七百多年前的元朝,上海申江附近有一个叫乌泥泾镇的地方,镇上有一个童养媳姓黄,因为从小父母双亡,没有给她取名字,因而村上的人都叫她黄小姑。

说起黄小姑,村里没有一个人不为她感到可怜。一年四季受婆母的虐待,吃不饱,穿不暖,还动不动就会受到一顿毒打。

可是,事情还没这样简单。有一年正遇上朝廷招雇官妓,村里的地保见黄小姑已长大成人,便同她婆母商定价钱,想把她卖到衙门里去做官妓。这个消息给隔壁的三婶婶知道了,她偷偷地指点小姑,还是早想出路为好。

一天,小姑趁着婆母外出未归,就逃离虎口,来到了黄浦江边。只见江水翻滚,白浪滔滔,天色就要黑下来了。可是,眼前没有渡船,后面婆母又带人追来了,情急之时,幸亏开来一艘过路客船,帮她摆渡到江对岸。

天色很快就黑下来了,小姑急着要找个地方过夜。忽然,附近传来敲钟的声音,小姑寻着声音走过去,见有一座尼姑庵,山门还半掩着。她小心翼翼地进去,走到佛殿大门口,见有一位老师太在敲木鱼诵经。她不敢惊动师太,轻手轻脚走到坐了下来,不知不觉就睡着了。老师太念完经,回到佛像前跪拜祈祷,突然看到旁边睡着一个人，吓了一跳，想是什么人敢在黑夜闯进庵里？再仔细一看，是个小姑娘，老师太这才松了口气，轻轻把她叫醒。黄小姑向老师太讲了自己的遭遇，老师太是个好人，非常同情小姑，于是就把她收留下来。从此，这尼姑庵里又多了一位道女，大家叫她黄道姑。

冬去春来，黄道姑的心总不能平静下来，她想，离开婆家只隔了条江，时间久了婆家也会晓得，非但自己又要受到虐待，还要连累到老师太，怎么办呢？

一天，尼姑庵里来了一位中年妇女，黄道姑匆匆躲了起来。可是不到半炷香的功夫，老师太叫人把她从禅房领到住院，拜见新来的那位师太。黄道姑这时才知道，那位师太是从海南岛崖州到此来探亲的。黄道姑听师太谈论海南岛的风光，听出了神。她想，原来天下还有这么好的地方？特别是听说崖州盛产棉花、棉布，又看见师太穿得一身衣衫，的确和本地的棉布不同。她想起自己当初用手剥棉籽，剥得脱指甲的情景，很想去看看崖州百姓是怎样种棉织布的？黄道姑心想要是去了崖州，既可避开婆母的搜寻，又能学到种棉织布的本领，那该有多好啊！她把这个想法向师太提了出来，师太不假思索就同意了。于是拣了个好日子，黄道姑跟随中年师太一起坐海船去了崖州。

黄道姑来到崖州一看，的确是和大陆有很大的不同。她以师太的道观为家，很快就和当地的黎家姐妹结下了深厚的友情，和她们一起种棉、摘棉、轧棉、纺纱、染色、织布。黎家姐妹们织出的五彩缤纷的"黎锦"，她很是喜欢。后来她还动脑子和姐妹们一起改进纺织技术。

黄道姑在崖州一呆就是三十多年，从一个十几岁的小姑娘变成了鬓发斑白的老婆婆。一年春天，她在地里种棉花，突然有人叫了声："黄道婆，你看呀！天上那些鸟儿飞得多么整齐呀！"黄道婆抬头一看，见一群大鸟结队向北飞去，顿时勾起了她思乡之情。可恨的是婆家之前的虐待。唉，叶落要归根！现在我老了，该回家乡了。她打定主意，告别了黎族姐妹，坐了海船就回故乡来了。

半路上，黄道婆得知，元朝已设立了"江南木棉提举司"，征收棉布，松江一带已广种棉花。她回到乌泥泾镇，还认得原来老家的几条老路，庆幸的是隔壁三婶婶还在世，不过村里人都叫她三阿婆了。三阿婆见黄道婆回来，免不了说起往事，说她走之后，她婆家怎么怎么派人出去抓她。三阿婆说："小姑啊！你想想，每天早起就剥棉花，用了大多的时间，又怎么有时间来织很多的布呢！官府只晓得

要布收税，不管百姓死活。"黄道婆听了，就同三婶婶商量着如何改进轧棉纺纱的事情来了。

三婶婶的老公是个木匠，黄道婆就请他来帮忙，一商量，决定先改进轧棉籽的办法。崖州轧棉籽是用两根细长铁棍转动的，黄道婆画出图样，木匠就按图加工起来了。

几天后，黄道婆来三婶婶家找木匠，见木匠做好了一部木制手摇轧棉车，两人手摇，一人下棉籽，功效既高，剥得又干净，又省力。黄道婆又动脑筋，把原来一尺来长的弹棉花的竹弓，改成四尺多长的木制绳弦大弓。她又大胆设想，把原来一只锭子的手摇纺纱车，改制成为三只锭子的脚踏纺纱车。经过多次试验，又从三锭加到五锭。工具改进后，黄道婆又在织布技术上加以改进，结果织出了"错纱"、"配色"、"提花"等五光十色的棉布和"乌泥泾被"，很快就传遍了松江一带。人们就到处传诵："黄道婆，黄道婆，教我纱，教我布，两只筒子两匹布。"

（口述：何凡予；地点：海口市海南省博物馆；整理：郭玉静、郭若虹）

湘 妃 竹

在广西全州,有一种神奇而又名贵的竹子,它是竹中珍品,叫作湘妃竹,其身上长满和指纹一样自然美丽的花纹,色泽诱人,深受人们的喜爱。关于湘妃竹的来历,有一段凄美的爱情故事。

相传尧舜时代,在一座山上有九条恶龙,住在九座岩洞里,它们经常到湘江来戏水玩乐,他们长相凶猛,体型庞大,动则洪水暴涨,湘江边的庄稼被冲毁,居民的房屋被冲塌,老百姓叫苦不迭,怨声载道,却无人能够制服恶龙。

当时是舜帝治理天下,他心系百姓,关心百姓,得知百姓受到恶龙的侵扰后,心急如焚,寝食难安,一心想要去救百姓于危难之中,为民除害,惩治恶龙。

舜帝有两个美丽的妃子,是尧帝的两个女儿,一个叫娥皇,一个叫女英。两位妃子出身皇家,又身为帝妃,身世显赫,但是却深受尧舜的影响和教诲,并不贪图享乐,而是和尧帝、舜帝一样关心天下苍生的疾苦,经常一起行善事,深受百姓喜爱。这次舜帝出远门去南方惩治恶龙,两位妃子尽管有太多的不舍,但一想到丈夫此行是去解救正深受恶龙祸害的百姓,却还是忍痛送舜帝上路了。就这样,舜帝带着他的三齿耙开始了南下的路。

舜帝走后,娥皇和女英她们日日夜夜都在祈祷,祈祷舜帝能

够早日打败恶龙,早日归来与她们团聚。每天,娥皇和女英都会伫立在城墙上,遥望舜帝去的那个方向,期待着……可是,年复一年,日复一日,多少个春夏秋冬已经过去了,舜帝依旧杳无音信,留下娥皇和女英二人在城中等候,内心满怀离愁别绪。

"姐姐,夫君自离开我们前去惩治恶龙到现在,已经这么久了,都没有丝毫的音讯,你说,夫君会不会是被恶龙所伤了? 会不会是病倒在他乡了? 又或者是迷路了? 是忘了回来的路了才这么长时间不回来呢?"

"妹妹啊,但愿,夫君是因为山路遥远迷失方向了呀……我们就这样一直在家中等待他归来也不是办法啊……"

舜帝没有了归来的消息,娥皇和女英思念丈夫之情日益浓厚,她俩再三商量,决定与其在家中焦急等候,还不如亲自前去寻找。于是,二人收拾行李,便动身前往寻找丈夫。

从北方前去恶龙盘踞的地方相距甚远,娥皇和女英二人跋山涉水,渴了就去喝山泉水解渴,饿了就寻山上的野果充饥;一路上她们怀着对丈夫的思念,坚定能找到丈夫的信念。

皇天不负有心人,她们终于来到了恶龙所在的那个村庄。她们沿着湘江寻找,找遍了每一条支流,走遍了每一条小径,却还是没有寻到丈夫的踪影,但是她们依旧不放弃,继续寻找,她们一天来到了一个名叫三峰石的地方,在这里,耸立着三块大石头,有直冲云霄之意,周围形成了悬崖峭壁,而旁边尽是密林翠竹,一片郁郁葱葱,生机盎然,这时,在三峰石中间,她们瞧见了一座高大的坟墓,坟墓上面满是珍珠镶嵌其中,墓旁是笔直的竹子围绕着,她们觉得惊异,便询问附近的百姓。

"乡亲,如此高大壮丽的坟墓不知是何许人的? 三块大石为何险峻地耸立?"

附近的乡亲们听说他们是舜帝的两个妃子,前来寻舜帝的,大家都热泪盈眶,紧拉着娥皇和女英的手,哽咽着说:"这坟墓便是舜帝的坟墓,当年他南巡,跨过高山,渡过急流,从遥远的北方来到我们这里帮乡亲们斩除了九条恶龙,让我们过上了安定幸福的日子,可是他却因为惩治恶龙耗尽了精力,病死在这里了。"

原来,舜帝病死之后,湘江的父老乡亲们为了感激舜帝的大恩大德,特地为他修建了这座高大的坟墓,而三块巨石是舜帝斩除恶龙用的三齿耙变成的,永世守护着舜帝。坟墓上镶嵌的珍珠是附近的仙鹤被舜帝感动了,它们日日夜夜都从南海衔来一颗颗灿烂夺目的珍珠,撒在舜帝的坟墓上;日复一日,珍珠竟多得镶嵌进了坟墓上,便成了现在这座壮丽的珍珠坟墓。

听完乡亲们的讲述之后,娥皇和女英终于明白为何收不到舜帝的任何消息,原来是病死在他乡了,想到这里,二人悲痛万分,抱头痛哭起来,乡亲们见状都心疼不已,忙劝说道:"舜帝是个好人啊,我们会世代记住他的,还望二位不要过于伤心,要保重身体呀。"

但是,亡夫之痛岂是旁人能够体会、能够明白的?!娥皇和女英等候丈夫多年未果,如今寻到了丈夫,却不曾想已经天各一方了!想到这里,二人不由得更加伤心了,她们哭得眼睛肿了,嗓子哑了,眼泪流干了。最后,哭出血泪来,双双伤心气绝死在了舜帝的坟前。

娥皇和女英的血泪,洒在了舜帝坟墓旁的竹子上,竹竿上便呈现出点点血斑,像印有指纹,形成了一朵朵美丽的花纹。

(口述:陆春凡;地点:广西全州县文桥镇;整理:刘思晨、常胜)

妹妹长田

古时候,在桂林东北部不远的地方,有一个村庄,因其良田肥沃,禾苗苗壮,取名禾家村。

相传,在禾家村的村口,有一亩长田,为何叫作"长田"呢?原来,在这个村子里,村口的这亩田是最狭长的。它长有一、二里地,宽却不足五十米,故村里人称之为"长田"。

每天,都有一个女子在长田间劳作,日出而作,日落而息,其手如柔荑,肤如凝脂,发如瓠犀,蟾首蛾眉,秀而不媚,宛如清水芙蓉,天然无雕饰,在她举手投足之间,天地都失了色彩;她丝毫没有农家小妹那般土气,反倒是带了些乡村清新脱俗的意味。

俗话讲:"南风一吹四处暖,好花一朵百里香。"禾家村出了个美女,方圆数百里的人都知晓,上门提亲的更是络绎不绝,上至达官显贵,下至书香门第,可是她却也不稀罕,一一回绝了,横竖不嫁。

女子的母亲见女儿已到了出嫁的年纪,上门提亲的人这么多,也不见她有中意的,不免着急:"女儿啊,爹娘年纪大了,也不知道能不能在有生之年抱抱我们的外孙啊?不是娘催着你嫁人,是你的确到了出阁的年纪了啊!"

"娘,您自小教育我不能贪图富贵,我倒也不稀罕,只是上门来提亲的都只是些满身铜臭的人,入不得女儿的眼,您也不希望女儿跟一个这样的人生活一辈子吧。再说了,娘,女儿想自己寻个自己中意的人,您就别催我了嘛。"

"好好好,娘不催你,不催你。"

"谢谢娘亲,我就知道娘亲最好了!"女子的母亲拗不过女儿,只好不再说了。

一天,女子照往常一样在田间干活。一青衣布鞋的青年人路过禾家村,他走到长田边,觉得口渴,便想进村向人家讨碗水喝。脚刚刚迈进村口,他便望见前方不远处有一女子,只见她一身蓝色织锦的裙子,裙裾上绣着洁白梅花,用一条白色织锦腰带将那不盈一握的纤纤楚腰束住,还别了一缕裙摆,女子乌黑的秀发绾成了如意髻,仅插了一支梅花白玉簪。虽然简洁,却显得清新优雅。她低低抬头,胜过晨光中的露珠那般惹人心醉,透过丝衫,隐隐可以看见雪白的手臂。书生觉得女子美呆了,竟都未曾发觉自己盯着女子看了许久,连口渴都忘却了。

女子正做着农活,发现一旁有一人观望,便稍稍抬头,只见一从未谋面的男子,他明珠生晕,眉目间隐然有一股书卷的清气,是女子不曾见过的清新。女子不禁心花怒放,怦然心动,见男子呆愣在原地,便停下手中的农活,起身走近,询问道:"请问公子从何而来,又要到哪里去呢?"

发觉女子走近,书生才回过神来:"姑娘,小生这厢有礼了,我本是进京赶考的秀才,路过贵村,想进来讨碗水喝。不曾想见到姑娘美若天仙,我见犹怜,不禁呆滞,还望姑娘见谅。"

"公子说笑了,小女子不过一凡尘女子,岂能与天仙相比。公子口渴了,若不嫌弃,请到寒舍一坐,待我沏茶奉上。"

"那小生就先行谢过姑娘了。"

女子将书生领到家中,跟父母亲说明情况,便与母亲到后面准备茶水了。母亲见女儿今日如此高兴,便有所会意了,也笑得合不拢嘴,脸上的皱纹都笑得像朵绽开的菊花。女子同母亲端上茶水,书生正与女子的父亲聊得正欢。而此时天色已晚,书生便被邀请留下吃过便饭后留宿一晚,待明日再启程。盛情难却之下,书生只好欣然接受了。晚饭过后,书生与女子静坐在后院赏月,畅谈人生。长夜漫漫,两人暗生情愫,书生也在心里做了一个决定。

第二天一大早,书生便出门了。快到晌午,才回到女子家中,同行而来的还有

一位媒婆,带着大包小包的彩礼。原来啊,书生对女子一见倾心,对其仰慕不已,故想向其提亲。女子的父母亲见状,很是高兴。

此时,女子却开玩笑似地提出了一个条件,想要书生到长田插秧,什么时候做完,女子便什么时候嫁给他。书生听罢,二话不说就出门了。到了长田,书生望着这亩长田,有点手足无措,他是个进京赶考的秀才,对农田之事一窍不通,现如今,却要他插秧,多少有些困难,但他想起女子的一颦一笑,想起她逢郎欲语低头笑、碧玉搔头落水中的模样,顿时有了勇气,挽起衣摆就下田了。

时间一点一点地过去了,眨眼过了三天三夜,书生不眠不休地在田间插秧,已经精疲力竭。每次当他想放弃的时候,女子总会浮现在他的眼前。夕阳照耀在他的身上,拉长了他的身影,显得略有些孤寂。看着他时而弯腰劳作,时而捶背的样子,女子有些于心不忍,几次让母亲去劝他。但他都婉言谢绝,坚持要做完好迎娶女子。

女子看到了他的真心实意,亲手做了些糕点给书生送去。在看到书生的时候,她高兴地跑上前去,大喊了一声:"公子!"书生听到了心爱之人的声音,顿觉惊喜,正想起身,谁知因长时间伏身在田间劳作,书生身体已不堪重负,突然猛烈地起身使他折断了腰,晕倒在长田里! 女子见状,跑上前去,喊来附近的村民帮忙送去看大夫;但是,书生最终还是离开了女子,长眠在田野。

千里一孤坟,无处话凄凉。女子因为伤心而日渐消瘦,茶不思饭不想。后来,女子的父母亲为了纪念书生,在他死去的长田上建了一座庙。但是睹物思人,女子还是无法从失去心上人的悲痛中逃离出来。再后来,女子在这座纪念书生的庙里出了家,从此不问世事,长伴青灯古佛。

(口述:全州县史志办陈主任;地点:广西全州县文家村;整理:刘思晨、常胜)

秦始皇赶山成桂林

常言道："桂林山水甲天下。"在广西,关于桂林山水,流传着这样一个民间故事。

传说秦始皇想要长生不老,以便能够永久掌控中原,于是派出各路人马遍访各地,想要寻找长生不老之药。一天,秦始皇终于收到了从南海带来的消息。

"陛下,小人打听到在距离南海海岸一万五千里的一座仙山上,有长生不老之药,但是此药却要陛下您亲自前去取药,方才有用。"

"南海确有长生不老之药? 可信吗?"

"陛下放心,我们在南海一带已经四处询问过了,当地百姓的确有渡过南海到达仙山,并且取到了药,从此长生不老的人。"

"如此甚好,那寡人就亲自前去取药!"后来,秦始皇到达了南海,仙山距离南海海岸一万五千里,秦始皇一行人几次渡海,都因为风急浪高,被打翻到了海里,船翻人亡。秦始皇心想:"如果能把陆地上的高山大岭都赶来填海,修筑一条大路通向仙山,就不愁渡不过南海啦!"秦始皇把自己赶山填海的想法对身边的大臣们一讲,大家都眉头紧皱、唉声叹气,想不出法子来。

有一天,一个大臣前来觐见,说发现了一个家境贫寒的民夫

有一根神奇的红丝线,像一根鞭子一样,他拿着鞭子朝着竹犁一甩,竹犁就立马自动犁田,农活做起来不费力,给他减轻了很多重担,这个农夫还主动帮助乡亲们干活。农夫有神鞭的事情也广为流传,就这样,传到贪婪的秦始皇耳朵里去了。

秦始皇想了想,立马大笑起来,说道:"真是天助我也啊!快快快,来人啊,给我把民夫的鞭子收来,寡人要赶山填海!"说罢,便派出官兵前去农夫家中,想要取回神鞭。农夫想到秦始皇为政不仁,怎愿意将神鞭相赠,奈何拗不过众多官兵,只能眼睁睁地看着神鞭被抢去,自己还被打成重伤,只好一人在家中黯然神伤。因为伤势严重,加上过于悲伤,竟病死在了家中。

这一消息也传到了南海普陀山上的观音菩萨仙宫。观音菩萨听说了,就叫身边的善财童子下山一探究竟。不一会儿,善财童子急匆匆地回来报道:"菩萨,不好了不好了!"

"童儿,莫着急,莫着急,快说说是怎么一回事啊?"

"菩萨,您还记得之前将一根神鞭赏赐给了南海那个可怜的农夫?"

"当然记得,我看到那农夫孝顺勤劳又善良,这才将神鞭赐予给了他。"

"因为秦始皇想要到南海来取长生不老之药,派人去抢农夫的神鞭,农夫不依,竟被秦始皇的手下给打死了啊!"

"秦始皇竟这般残忍?!为了自己的私心不择手段。想不到我不忍心看农夫如此辛苦而赠他神鞭,竟给他招致杀身之祸。罪过啊罪过!"

"菩萨,请让徒儿前去,将神鞭夺回来,好好惩治秦始皇!"

"不,"观音菩萨摇了摇头,"童儿,不必你去,他自会放下鞭子。"说罢,望山下扬了扬手中净瓶的柳叶,闭眼轻轻念道:"善哉,善哉!"

而另一边,抢来了神鞭的秦始皇高兴极了,重赏了抢来鞭子的众人,然后立即出发,对着高山峻岭一阵扬鞭呼喝,不一会儿,众山岭果真自己走了起来,一路上,秦始皇将山赶起就往南海填,他一边赶一边想,心里乐开了花,想象着赶来的山把南海都给填满了,自己就可以顺利到达仙山,取得灵药,然后自己就可以长生不老,永世一统天下,唯我独尊了。而就这时,他已经将大山赶到了南海边,走在最前面的山,已经扑通扑通滚到海里了,秦始皇还得意地唱了起来:"大山听话小山乖,快去南边填大海……"

而后来,等秦始皇仔细一看,赶到南海的山是把海给填平了,但是离仙山还是距离一万五千里,这样秦始皇还是靠近不了仙山,取不到药。原来啊,观音菩萨想要惩罚秦始皇抢夺神鞭,贪婪成性,就将仙山底部化作一片巨大的荷叶,随着海浪漂移,秦始皇填上一座山,海水被挤得漫上山坡,仙山也浮在荷叶上,越飘越远,不管海填到哪里,离仙山总是一万五千里,秦始皇永远也到不了仙山。当最后一批山被赶到桂林时,秦始皇见填海无望,活活气死了。

(口述:唐志文;地点:广西全州县石塘镇;整理:刘思晨、常胜)

全州禾花鱼

相传在广西全州县的湘山寺附近,住着一个姓姜的小伙子,从小父母双亡,一个人过着孤苦伶仃的日子。幸好祖上留下来一口鱼塘,他才倚靠鱼塘养鱼为生。

话说这小姜,也没辜负祖上留下的这一口鱼塘,养鱼倒是有一手绝技,不管是鲫鱼、青鱼、草鱼、鲤鱼、鲢鱼,也不管是有鱼鳞的还是没有鱼鳞的,只要鱼苗到了他手里,就会养得壮壮的、肥肥的、鲜鲜的、嫩嫩的,他的养鱼技术于是传遍全州各地。只可惜以前全州是个穷乡僻壤,没几个人吃得起鱼,再者说交通又不方便,小姜养鱼,全靠初一十五,香客来湘山寺烧香拜完佛,顺便买一条鱼回去。

虽说,自古佛祖就有佛规,观音老母闻不得腥,烧香的时候不能吃鱼。但烧完香后,观音老母忙着清点香客送来的红包和彩礼,哪还顾得上你是吃鱼还是吃肉,离开庙堂的信男信女可以安然地享受自己的美食了。

有一天,百花仙子与侍女陪着鉴真和尚游湘山寺,鉴真要到日本传经,第六次东渡失败,来到桂林,由始安郡都督冯占璞迎入开元寺内,整整住了两年。鉴真是名扬四海的高僧,佛法高深莫测,百花仙子仰慕其名,特下凡来陪他畅游桂林山水;湘山寺乃广西两大古刹之一,不可不游。

一行人游完湘山寺,下山路过小姜的鱼塘,但见鱼塘里的鱼竞相跳跃,大家一眼就看出小姜养的鱼非同一般,并且认为小姜肯定是个身怀绝技的人。

百花仙子独自纳闷,为何一个身怀绝技的人却过着凄苦的生活?仙子天生仁慈,慈悲心顿增,借故讨水喝进得屋来,与他攀谈起来。此时的百花仙子已经变化成凡人,小姜哪里看得出来。交谈一番后,百花仙子恍然知道这里的穷人多,大多数人买不起鱼吃,而他的鱼产量高,出现了供大于求的矛盾,所以鱼肉当小菜卖,亏本生意挣不来钱。

看到小姜为人忠厚老实,百花仙子有心帮他一把,为他出点子说:"你的鱼塘正好在湘山寺下,初一十五,香客们来来往往,穷算命,富烧香,来烧香的人,多是有钱人,你何不就近在鱼塘边开家鱼餐馆,香客入寺进了香,出寺就可开戒了,大家肚子饿了,来你处饱餐一顿鱼肉,你自产的鱼不是不愁卖了?"

小姜点头道:"主意好是好,可我一来不会烹调技艺,二来人手有限,这店铺不好张罗。"

百花仙子道:"这个无妨,我再帮你介绍个媳妇,找个大厨来,不就成了。从现在起,你就在鱼塘边盖个草屋做餐馆,等候好消息吧。"

小姜大喜,谢过百花仙子,即刻动起手来。百花仙子也是说到做到,顾不得再陪高僧游山玩水,只叫侍女伺候他,自己前去物色人选了。看得鉴真不住地点头赞道:"好一个有心人。"

百花仙子飞到兴安,为小姜找了一个勤劳美丽的姑娘。她又飞到灌阳,找到一个有一手烹鱼绝活的刘姓老太婆,然后用莲花变成轿子,用荷叶变成车子,把姑娘、老太婆分别从兴安、灌阳用清风送到了全州小姜家。

这时候,小姜已把餐馆搭好了,姑娘进门,由百花仙子作证婚人,请来五邻六舍喝喜酒,又由刘老太做了一桌丰盛的鱼肉宴招待大家。这桌菜有清蒸鱼、酸辣鱼、糖醋鱼、红烧鱼、油炸鱼、豆腐鱼、五柳鱼、松子鱼、菊花鱼、豆瓣鱼、锅贴鱼、啤酒鱼、石锅鱼、寿子鱼、干煎鱼、生片鱼、串汤鱼、麻酥鱼……过来吃酒的父老乡亲们吃这些鱼宴的第一感觉就是掉入幸福的海洋里了,特别是清蒸鱼、酸辣鱼,肉质鲜嫩,入口即化,大家赞不绝口。

一夜之间,小姜取了个漂亮媳妇,请了个烹鱼高手,路人皆知,"全州鱼餐馆"

一开张,生意盈门,财源滚滚,鱼也供不应求。

可是好景不长,一日飞来横祸。全州有个恶霸,无恶不作,坏事干绝。他见小姜的鱼餐馆生意火爆,顿时就红了眼,又见小姜媳妇貌似天仙,更是垂涎三尺。

有一天,恶霸乘小姜进鱼苗去了,就跑到鱼餐馆来借酒寻衅闹事,把小姜媳妇奸污了,把刘老太杀了,还把鱼餐馆一把火烧了,然后扬长而去。因他是地方一霸,有钱有势,连县太爷见了他都跟老鼠见了猫似的,让他三分。乡亲们谁敢去管恶霸,只有赶紧去告诉小姜。

这时,小姜挑着一担鱼苗回来,正走在田埂上,一听恶霸行凶,顿时脚一软,一担鱼苗全倒进水田里去了。此时正是禾苗初成行并耕田过后,鱼苗甚小,不一会儿工夫,这些鱼苗便不见了。

小姜回到家一看,媳妇自杀,老太被杀,房子被烧,不禁怒火中烧,操起一根扁担,狂吼着追赶这恶霸。恶霸仗着人多,围住小姜,十几条皮鞭像雨点般向他抽去。小姜单枪匹马,如何抵挡得住,眼看就没命了。就在此时,百花仙子在天上发现火光、刀光,及时赶到,将恶霸、打手一起点化为顽石,才救得小姜一命。

小姜也是命苦,从此又成了孤独一人,心灰意冷,再也无心干活了。不管百花仙子怎样劝解他也无济于事。人各有志,不能勉强,百花仙子长叹一声,怏怏地回天庭去了。

时间悠悠,斗转星移,小姜的心逐渐平静过来,想起百花仙子安慰、开导、鼓励自己的话,倍感亲切,同时也为了生活,于是重操旧业,又开起他的鱼餐馆来。

这时,小姜突然想起自己被倒到禾田的鱼,急忙跑去一看:嘿!那些泼到水田里的鱼苗,与禾苗共生长,到了禾苗抽穗期间,花瓣落于田中,小鱼儿以禾花为食。稻谷将熟时,小鱼儿也长至二三两重了。稻谷收割之前,田主把鱼捞起,并戏称这些鱼是"禾花鱼"。禾花鱼肉质细嫩,味甘鲜美。

小姜灵机一动,就以禾花鱼为主要原料,做了一道"全州禾花鱼火锅",推上市场,深受消费者欢迎。从此,鱼借火锅出名,火锅靠鱼发财,全州禾花鱼便成了全州特产之一。

(口述:简勇;地点:广西全州县;整理:李佳、常胜)

神奇的相邻村

　　全州县位于广西东北部,地处湘桂走廊,堪称广西北大门,自古以来是南来北往的商品集散地。在这个地方有两个特别古怪的村子。

　　在很早很早以前,左边的山上树无一棵,草无一根,光秃秃的像十八罗汉的脑壳,山上裸露的砂石和田里杂草无声的泥土在烈日的曝晒下,从远处看就像浇上了一层油的感觉,所以这个村子的村民们就叫它桐油村。质朴的村民并没有因此而搬离此地,而是靠着勤劳和智慧,留守这个村子。

　　两个村子中间是一条窄窄的羊肠小道,紧靠小道的右边则是另外一个奇怪的村子,整个村子被郁郁葱葱的树林所环抱,一棵棵大树,枝繁叶茂,褐色的树干,足有碗口粗,笔直笔直的,满树的松叶绿得可爱,活像一把张开的绿绒大伞,风一吹,轻轻摇曳。草地是碧绿的,绿得含烟,绿得滴翠,仿佛一块无瑕的绿毡,轻盈地跃然地上。因为它看起来肥料很足,所以这个村子就叫大渭洞(大渭,地方方言,意为大便)。

　　两个村子隔着小道,两边的景色远远看去极不对称,如此差异巨大的村庄不由使人感叹造物主的神力。这神力的背后流传着有一段久远的民间故事:

一天，一个头上戴着一顶破草帽的老汉，露在帽檐外边的头发已经斑白了，肩上搭着一件灰不灰、黄不黄的褂子；整个脊背，又黑又亮，闪闪发光，好像涂上了一层油。下面的裤腿卷过膝盖，毛茸茸的小腿上，布满大大小小无数个筋疙瘩，被一条条高高鼓起的血管连接着。他挑着一副担子来回地走在一条小道上，既不探路、也不主动和其他村民打招呼，只是默默地走着。时间一久，有些村民就奇怪了，拦住老汉不让走，同时，走到老汉跟前，探头一望，发现担子上的两个桶里装的东西不一样，左边的是一桶满满的油，金灿灿的；右边呢，则是一桶满满的大渭，桶周围还围绕着苍蝇，这时，田间的村民们更觉得怪了，上前问道："老人家，你从哪来的，怎么没见过你？"

老汉放下担来，微微一笑，却不答话。几个不死心的村民接着问道："你挑着这些东西去干吗？"

老汉转头对村民们依然微笑不语，蹲下身来，挑起扁担往前走着。村民们见老人也没有理睬之意，便讪讪地回到自己的田里继续劳作了，很快，大家又投入了紧张的劳作之中。

不久，老汉挑着担子又走到了小道的中间，被路中间的石子绊了一下，摔了个四脚朝天，担子也掉了，桶也倒了，衣服也脏了，只见老人不恼不怒，却只是一直在笑。

就在此时，突然，狂风骤起，大雨倾盆，大家争先恐后地奔跑着来到了树底下躲雨。这时，一个贪玩的小孩子却大叫道"看呐，大叔大婶们，快看咱们村！"村民们循着小孩所指的方向一看，被眼前的景象惊呆了，连眼睛都不敢眨，生怕那是自己在梦，时间被硬生生地给定住了。

原来，先前自己村上光秃秃的山顶上开始冒出新芽了，悄无声息、不知不觉中，草儿绿了，枝条发芽了，遍地的野花、油菜花开得灿烂多姿，一切沐浴着雨后的阳光，在风中摇曳、轻摆，仿佛少女的轻歌曼舞，楚楚动人。松树舒展开了黄绿嫩叶的枝条，在微微的风中轻柔的拂动，就像一群群身着绿装的仙女在翩翩起舞。夹在松树中间的桃树叶开出了鲜艳的花朵，绿的柳，红的花，真是美极了！而小道的另一侧山却不是那么幸运了，被老汉倒出的桐油一流淌，光秃秃的山顶再也长不出一棵树苗与小草了。原来老汉挑的担子里的油和大渭都倒出来了，桐油、大渭分别倒向了小道的两旁山顶，两旁的山顶分属不同的村庄，这些油和大渭经过大雨的冲刷,稀释并且深入土壤。

在惊呆后良久,村民们回过神来,已不见老汉的踪影,摔倒的地方只剩下一根扁担和两个桶。不知在什么时候,雨,悄悄地停了。风,也屏住了呼吸,山中的一切变得非常幽静。远处,一只不知名的鸟儿开始啼叫起来,仿佛在倾诉着浴后的欢悦。近处,凝聚在树叶上的雨珠还往下滴,滴落在路旁的小水洼中,发出异常清脆的音响。不一会儿,一条彩虹挂在空中,发出耀眼的光芒。在彩虹之中,一个白发苍苍、穿着白袍的神仙飘浮在半空中。

于是,村民们赶紧跪下叩拜,鹤发老人微微说道:"天地之间,总存在相互对立的一面,阴差阳错,几十年前,因为我的过失导致你们这两个村子这种现状,现在我把大渭与桐油倒向不同的山顶,意在让你们体验一下不同的生活,人总要适应不同的生活环境才能不断地进步。"

从此以后,人们将这两座山所属的村庄分别命名为大渭村和桐油村。

(口述:陈晓峰;地点:广西全州县党史办公室;整理:李佳、常胜)

月 亮 山

桂林山水甲天下,阳朔山水甲桂林,其中最美丽的奇景要数其境内的月亮山了,它在高田乡凤楼村边,高达三百八十多米。因为山顶上有一个贯穿的大洞,好像一轮皓月,高而明亮,所以人们叫它明月峰,俗称月亮山。

月亮山有天下名山、仙山、灵山之美誉。沿着赏月路从不同角度观看月洞,步移景换,月随人变,显现圆月、半月、眉月的不同景象,观赏到月亮"由圆变缺,由缺变圆"的盈缺变化,如此明月高悬的天生景观,世界上惟有此处。登上月亮山远眺周围景色,群山玉立,清流蜿蜒,翠竹临风,绿野平芜,含诗孕画,令人叹为观止。1972 年,美国总统尼克松夫妇登上月亮山,曾赞叹道:"上帝给阳朔的太多了。"

关于月亮山的由来,当地流传着这样的传说:

相传很久以前,天上有十个太阳,神箭手后羿为民除害,射落了九个太阳,普天下的人都感谢他的恩德,王母娘娘为了奖赏他,便带着众仙女前往后羿打猎的山头来见他。

当时后羿正带着他的猎犬黑耳,在深山里打猎,王母娘娘把后羿叫到跟前,命一名仙女捧出一个光彩夺目的小匣子,取出两颗芳香异常的仙药,嘱咐后羿说:回去后将仙药煮熟吞服即可成仙。后羿接了仙药,谢过王母娘娘,便高兴地带着黑耳回家去了。

后羿十分爱他的妻子,于是决定与妻子嫦娥有福同享,一起升仙。回家后,他便把王母娘娘赠仙药一事告诉了嫦娥,留下猎犬黑耳,前往父老乡亲那里,准备向他们道别。

嫦娥遵照后羿的嘱咐,把仙药放在水里煮熟,等后羿回来一起吃。但馋嘴的她闻到仙药煮熟的香味,便忍不住用勺子舀吃了一粒,吃后只觉得美味非常,浑身舒坦,情不自禁地把最后一粒仙丹都给吃下了。天黑了,嫦娥见丈夫还未回来,就出来看看。谁知刚出门,身体便随风飘动,腾空而上。

门外的猎犬黑耳眼见嫦娥偷吃仙丹,独自升天,就吠叫着窜进屋里,它闻到香味,便一爪抓翻了锅,把煮药剩下的汤全喝了,然后朝天上的嫦娥追去。嫦娥听见黑耳的吠声,又惊又怕,慌忙躲进月亮里。而黑耳毛发直竖,身体不断变大,上去一口把月亮咬了个窟窿。

当时玉帝和王母娘娘正在天宫赏月,眼前的月亮忽然被一只狗咬了一个窟窿,玉帝勃然大怒,便下令天兵天将去捉拿那条黑狗。把黑狗捉来后,王母娘娘认出它是后羿的猎犬黑耳,并得知了事情缘由,不但没有怪罪于它,还被它对后羿的耿耿忠心感动,将它封为天狗,归于二郎神麾下,守护南天门。

但是,月亮被黑狗咬了一个窟窿,失去了原来的光彩,变得不再那么皎洁、美丽了。玉帝就派太白金星去寻找神石补月。太白金星接旨后,便走遍五湖四海,去寻找补月的神石。他先是采来了泰山石,然后拿到太上老君的丹炉里去煅烧,结果化成了灰土。又找来了华山石,可是煅烧后光泽暗淡,根本不能作为补月的材料。最后太白金星又找来了昆仑石,煅烧之后却成了五彩石,也不能用。太白金星一边腾云飞翔,一边为找不到补月的材料发愁。正在此时,忽然发现自己脚下的一片群山发出万道金光,于是下去查看,只见此处山清水秀,其景色之美堪比瑶池仙境。不远处有座山的山体中间部分光芒最为夺目,宛如此山的心脏。

太白金星喜笑颜开,或许这正是要找的补月的材料,太白金星于是用法力挖去了此山的心脏,只留下了一个大洞。太白金星将采来的石头放入太上老君的丹炉里炼上七七四十九天,打开炉盖,一道白光闪现,皎洁、美丽,与月亮的光芒相比,有过之而无不及。太白金星立马招来天兵天将,将此石送上月亮,并引来瑶池圣水补月。月亮又恢复了原来的模样,而且用此石补过后的月亮变得更加的皎

洁,明亮。玉帝龙颜大悦。将太白金星重重奖赏了一番。

那座被挖去心脏的那座山,就是如今阳朔的月亮山了。

(口述:阳朔船家刘勇;地点:广西桂林阳朔县;整理:郭伟、常胜)

阳朔仙境

　　传说,盘古开天辟地、女娲造人之后,人类遵循自然的规律,敬天尊地,勤勤恳恳,开荒种田,每年秋天收获果实,人类代代繁衍生息,大地呈现一片祥和。女娲看到自己亲手创造的人类,心中欣喜不已。

　　一天,水神共工与火神祝融因吵架大打出手,最后,祝融打败了共工,水神共工因打输而羞愤地朝西方的不周山撞去,哪知那不周山是撑天的柱子,支撑天地之间的大柱断折了,天倒下了半边,出现了一个大窟窿,地也陷成一道道大裂纹。天火沿着缺口而下,燃着了大地上的各种生物,人类的生存面临着巨大的威胁。共工知道自己创下大祸,于是向人类的母亲女娲求助。女娲不忍看着自己的孩子忍受痛苦,于是决定进行补天。

　　她到处寻找补天用的材料,首先选用了泰山的石头,但在锤炼的过程中,石头不但没有更坚硬,反而全部碎掉了。女娲不得不去寻找其他的补天材料,她寻遍了神州大地,发现在桂林地区的石头异常坚硬,且大放异彩,很适合用于补天,女娲欣喜不已,便决定用这里的石头补天。

　　女娲选择了一个群山环绕、多石头的地区,运用法术把这里的石头聚集在一起,引来天火进行锤炼,但发现群山的石头只能

够炼出二十多块天石,而补天需要九九八十一块,补天的石头远不够用。女娲正发愁间,水神向女娲提出建议说,山石本来一体,石头自山来,自然也可以用此处的山进行炼石,女娲于是用本处的山体进行炼石,很多座大山连根拔起,形成了很多水沟,大水泛滥,淹死了很多的人和牲畜,毁坏了很多的农田。但女娲为了全人类着想,不得已以牺牲此处为代价换取全人类的生存。

女娲历时九九八十一天,终于炼够天石,顺利把天上的窟窿补上。顿时,天空出现一道彩虹,女娲欣慰地笑了。但女娲心中仍惦记着她炼石处的孩子,于是她飞回此处,这里已经是一片废墟,只剩下几座不相连的光秃秃的山,洪水泛滥,人们死伤无数,遍地都是哀号声,女娲伤心不已,她决定重建此处,还给人们一个幸福的乐园。

女娲发现这里的人们似乎丢去了魂魄,面如死灰,毫无生机,甚至眼神中都含有一股恐惧和麻木。女娲心如刀绞,担忧责备人们不应该如此低沉,以后人类还会遇到更多更大的困难,他们需要用自己的双手去战胜困难,建造自己的家园,如果连面对困难的勇气都没有,又怎能在艰苦的环境中生存?怎能建造家园?于是她决定不用法力为人们重建家园,而在暗中帮助人们重拾信心和勇气,要他们凭借自己的双手建造家园。

在这片废墟上出现了一位身穿朴素的女子,她每日里帮助人们治伤救病,告诉人们此处的山被用来补天,虽然家园遭到破坏,但却拯救了全人类,应该感到高兴和自豪,并珍惜女娲留下的大山,勤勤恳恳,用自己的能力为自己建造家园,只有这样,女娲才能够为人类的成长感到欣慰。

此处的人们受到女娲的鼓舞,团结一心,开垦荒地,重建房屋,建造水库,引水灌溉农田,并在光秃的山头种植树木。不久,便恢复了以前的面貌,景色更加秀丽,山清水秀,鸟语花香,形成一片世外桃源,人们生活其乐融融,幸福美满。

女娲看到人们完全有能力依靠自己的能力面对困难,于是她现身此处说:"人类没有辜负我的期望,最终凭借自己的能力战胜了困难,你们完全可以把生活过得更好,但一定要相信自己,你们需要把在此次灾难中形成的精神保存下来并发扬光大。"

女娲为此处命名为阳朔,就是告诫人类要将敢向上天挑战的精神永世流传下去,创造幸福的生活。

阳朔这个名字一直延续至今,而阳朔的风景更有"桂林深水甲天下,阳朔山水甲桂林"美誉,吸引无数的人来此游览。据说走在阳朔的山水间,若认真的感受,还能听见女娲给人们的教诲呢。

(口述:阳朔船家刘勇;地点:广西桂林阳朔县;整理:郭伟、常胜)

象鼻山传说

　　广西桂林景色宜人、美不胜收，素有"桂林山水甲天下"的美誉。屹立于桃花江与漓江汇流处的象鼻山，酷似一头驻足江边饮水的大象，栩栩如生、引人入胜，笑迎中外游客，被引为桂林市的城徽。其实，象鼻山有一段很精彩的传说呢。

　　相传战国时代，秦凭借强大的军事实力战胜其他六雄，完成"大一统"，建立历史上第一个封建国家。秦王嬴政自称为皇帝，史称秦始皇，其后代以此为"二世""三世"。但是秦始皇统一全国后，不致力于兴复民生，却满足于取得"大一统"的历史功绩，骄奢淫逸，修建庞大的建筑群，仅阿房宫的兴建就致使国库空虚、民怨鼎沸。

　　秦王选址在咸阳周边建造阿房宫，需要大批的优质木材，建造初期，由于咸阳周边没有成片的树林或者树木矮小，不符合建造阿房宫，所以工程被延误很长一段时间。秦王大怒，下令各郡县推送优质百年的大树，用以建造房屋大梁和柱子，但很长一段时间都没得到符合工程要求的木材。

　　赵高是秦始皇身边的一个太监，他对秦始皇阿谀逢迎，很多朝中大臣都很讨厌他，但他很会解读秦始皇的心思，并帮助皇帝解决很多事情，因此深得秦始皇的欢心。在阿房宫设计方案初期,赵高就预料到工程会遇到建筑材料短缺、工程势必延期。所以,他在初期就秘密网罗各郡县县令和地方官员,搜寻适合的大树和其他建筑材料。

今天的广西,古时称桂林郡,因地处偏僻,远离咸阳,百姓安居乐业,自给自足;官员克己奉公、守正不阿。这里的人们与大象为伴,春种秋收、外出做事都要借助大象。大象任劳任怨、勤勤恳恳,与人为伴。因此这里一片祥和,似世外桃源。

但在一天夜里,一场暴风雨打破了这片祥和之地的宁静。所有的大象都变得不安宁,毫不理睬主人的呼唤,发疯似地往桃花江与漓江汇流处奔去,此处已经形成了声势浩大的象群。在象群中央有一只大象正在咕咕地鸣叫,它有形状怪异、人身象头,想必是修炼千年化为人身的象妖。它每叫一次,象群中便发出响震云天的回应。很长一段时间之后,大象才慢慢散去。

赵高搜寻网罗各郡县令以很长时间,但都没能给他满意的答复。一次,赵高突遇一奇人,此人就是能呼唤群象的象王,他说能解决赵高的烦恼,赵高大惊,并把他接待到家里。此人说远离咸阳的桂林郡,树木根深叶茂、古木参天,最适宜建造宫殿,如若赵高同意,他便可负责木材的运输任务。赵高大喜,同意并许诺在需要人手时安排人员,任由他调配。

自此桂林郡的大象不再听从人们的驯服,甚至反抗人们的命令,跟随象王运输木材。但是赵高派遣的人数远不能砍伐大量的木材,象王便驱使象群肆意踩踏庄稼,毁坏民宅,奴役桂林郡的百姓去砍伐树木。象王因有朝中大臣赵高的撑腰,官员并不能拿他怎样,更加放肆的奴役百姓,一时间桂林郡民怨四起,百姓陷入水深火热之中。

桂林郡因为土地荒芜,庄稼颗粒无收,百姓人口数量大减,民不聊生。残余的人们期望上天能派下一位天神来收服象王,恢复桂林郡以往的平静和安乐生活。前来收妖的奇人异士虽有很多,但都被象王打败了,象王更加得意于自己的本领,一直奴役桂林郡的百姓,桂林郡的大树基本被砍伐殆尽,百姓民不聊生、民穷财尽。

有一天,峨眉山普贤菩萨外出游览,路过桂林郡,桂林郡素有"桂林山水甲天下"的美誉,但此时却人烟荒芜,百姓流离失所,一片衰败残破的景象。他掐指一算,便明白桂林郡发生了什么事情,于是摇身一变,化为一位美髯飘飘的老者,降

下凡间。

此时秦朝的统治摇摇欲坠，秦始皇嬴政因疾病死于东巡途中，秦二世胡亥即位，秦忙于战乱，早已无暇顾忌阿房宫的建造。楚王项羽势必灭秦，但苦于粮缺将少，苦战数日，终不见结果。普贤菩萨化为的老人突现在楚王军营，陈述道：秦为寻药大举出巡，所到之处哀鸿遍野，民怨鼎沸；贪图享乐，耗巨资修建宫殿，伐树挖河，消耗大量劳动力，致使良田荒芜、颗粒无收。天下受暴秦统治已久，将军灭秦乃民心所向，大势所趋，我便助将军一臂之力，一统河山。

项羽在巨鹿发起巨鹿之战，一举消灭秦军主力，并放火烧了阿房宫，秦经营多年的阿房宫毁于一旦。此时普贤菩萨来到桂林郡捉住象王，询问他是否意识到自己的过错。象王回答自己的同类受人类驱使，耕田种地、任劳任怨，却仍躲不过被屠宰的命运，所以要报复人类。菩萨看他执迷不悟，于是便把它带到自己的道场四川峨眉山，封六牙白象为自己的坐骑，运用佛家经典熏陶感化它。

为弥补象王犯下的过错，普贤菩萨把象王的真身封在桃花江与漓江汇流处，化为一座大山，滋润一片土地，恢复桂林郡的山清水秀，桂林郡的百姓和象群们勤勤恳恳，日出而作，日出而息，不就便恢复了桂林郡以前的面貌，而象王的真身化作的大山便是今天的象鼻山，不仅滋润着树木花草，养育着这里的人们，并成为非常有名的景区，吸引众多的游客前来观赏。

（口述：丰迎春；地点：广西桂林三里店；整理：郭伟、常胜）

情 侣 石

在广西全州县绍水镇塘口村,赫然矗立着两块巨石,当地人将其称之为情侣石。因为巨石的四周是一望无际的农田,这两块石头好似拔地而起一般,民间一直流传着这样一个故事。

广西因其山清水秀,自古盛产美女。而就在塘口村,古时候就有过一位美女,名为杨芸,可谓嘴不点而含丹,眉不画而横翠,淡眉如秋水,玉肌伴轻风。十里八村不管男女老少,经过她的窗前都会忍不住止步,往窗里看去,希望能一窥容颜。百里之内提亲的人踩断了十条门槛。

天庭有位南海星君,喜欢四处游玩,有天他正在天庭信步,一不小心自己的仙牌掉入了凡间,他急忙降落人间,寻找掉落的仙牌。南海星君一边用眼四处探找,一边用自己的法力寻着仙牌的位置,不知不觉地来到了一座小宅外,纵身一跃,隐身进到院内来,却什么也没找到。

无奈之下,他只好再次隐身进屋去找,进到屋内,抬头一望,梳妆台前端坐着一位正在不停地把玩器具的女子,其手中把玩的正是仙牌。星君只好现身,请女子将仙牌还与他。玩耍间的女子忽然被惊吓住了,过了许久才缓缓地回过神来,抬起美眸望着星君。

　　这一望,顿时把星君的心都勾去了,星君顿时为其美貌所倾倒,此女子正是杨芸。面对如此美貌的女子,星君语无伦次,好不容易才道出了事情的原委,希望女子将仙牌还与他,并会给她黄金万两作为答谢。星君的话一说完,杨芸二话不说,立即将仙牌还与了星君,同时拒绝了星君给予的钱财。星君很是欣赏杨芸高尚大度的品德,邀约杨芸到天庭游玩。杨芸早已有去天庭游玩的想法,星君这一建议可谓正中心怀,于是杨芸就随星君去了天庭。天庭的美妙令杨芸目不暇接。星君带她去了银河,九天玄女在身边飞舞,二人尽情嬉戏玩耍。慢慢地,杨芸也喜欢上了星君,二人坠入了爱河。

　　就这样,他们在天上玩耍了七七四十九天,可是星君忘了一件事,天上一天地上一年,也就是说杨芸已度过了人间的四十九年了,杨芸毕竟是凡胎肉体,不知不觉中杨芸的身体已在悄悄地发生变化。看着心爱的人一天天老去,星君心如刀割。正在星君忧愁的时候,王母娘娘的请帖到了,宴请星君赴王母娘娘的蟠桃会。

　　三月三日为西王母诞辰,当天西王母大开盛会,以蟠桃为主食,宴请众仙,众仙赶来为她祝寿,称为蟠桃会。王母娘娘住在瑶池,所以又叫瑶池娘娘。她在瑶池中开蟠桃盛会,宴请各路神仙,她种的蟠桃最为神奇,小桃树三千年一熟,人吃了体健身轻,成仙得道;一般的桃树六千年一熟,人吃了白日飞升,长生不老;最好的九千年一熟,人吃了与天地同寿,与日月同寿。

　　得到请帖后,星君沉思默想:要是我能让杨芸吃了仙桃定可以恢复容貌,还可得道成仙。但是,神仙与凡人相恋本来就违反了天条,更别说拿蟠桃给杨芸吃了。可我怎忍心眼看着深爱的心上人一天天地老去。左右为难,折磨得星君几夜难以入睡。星君一咬牙,为了自己心爱的人,只能豁出去了,说不定自己眼疾手快,王母娘娘没被发现,自己侥幸能藏几个蟠桃带回家,让杨芸品尝一下,心上人不就能得道成仙?

　　主意拿定后,蟠桃会那天,星君假装吃了蟠桃,将蟠桃用法力缩小后藏于袖中。蟠桃会一结束,星君就急忙地腾云回家,见到杨芸后让她赶快服下,一刻也不想让她忍受衰老之苦。杨芸服下蟠桃以后,但见天灵盖金光一闪,全身被彩虹围绕,身体腾空而起。瞬间,杨芸不仅恢复了年轻的容貌,而且愈加美丽,亦得道成仙。星君喜极而泣,想到杨芸不用下到凡间,成为凡人了,终于可以与杨芸做一对神仙伴侣。

　　星君与杨芸相亲相爱的日子一晃就已过去了八八六十四天。地府的阎王收到管理生死簿判官的报告说,凡间一个叫杨芸的人死期已到,但是魂魄未来地府报到。阎王将此事奏上了天庭,玉帝派天兵天将去清查,发现原来是被南海星君私自带上了天庭,而且与她相恋,还偷偷给她吃了蟠桃。

　　玉帝知道后勃然大怒,将此事交予西王母处理,因为她是天宫最受尊奉的女神仙,在天上掌管宴请各路神仙之职,在人间管婚姻和生儿育女之事。

　　仙凡之恋违反天条,修道成仙要历经九九八十一难,而南海星君直接拿蟠桃给杨芸吃,令其一步登天,更是罪加一等。王母下令将二人捉回。

　　倾心相爱的星君和杨芸宁死不屈,甘愿经历天火焚身之苦,而后打入凡间,化为巨石,从此再也不能相依相偎,只能执手相望,成为如今的这对情侣石。

（口述:易立典;地点:广西全州县绍水镇;整理:郭伟、常胜）

全州醋血鸭的传说

广西全州素有"鱼米之乡""桂北粮仓"之美誉,同时,还有两道名菜:禾花鱼和醋血鸭。

醋血鸭,顾名思义,这道菜里面有醋、血、鸭子,醋是老百姓家里自酿的醋;血是鸭子的血;鸭子则是选择两年以上的老鸭了,它的肉有劲道。现在你去全州吃饭,不管是大大小小饭店还是老百姓家里,都会用这道名菜来招待你。而传说中的醋血鸭的来历却非常有趣,它与常熟的叫花鸡相互照应。

叫花鸡,顾名思义,有乞丐的含义。乞丐们偷来了鸡,却没有办法去吃它,有聪明的乞丐就直接用泥巴将活生生的鸡给包住,再在地上挖一个坑,坑周围埋下了火,将用泥巴包好的鸡放进坑里面埋好,不久,火灭了鸡也就熟了,这时,烤焦了的泥团透出一股诱人的香味。除了叫花鸡的风味独特,全州醋血鸭也凭借着它的肥而不腻而独领风骚。

全州醋血鸭的来历也十分有趣,在明朝的时候,鸭子就深得桂林人的青睐,桂林人清明节吃子姜炒子鸭,七月半吃八宝荷叶鸭,中秋节吃板栗焖鸭,重阳节吃白果纯老鸭,过年吃木耳炒鸭。

有张姓人家,生活还算是富足,祖祖辈辈生活得都很惬意,张家二儿子又刚好考取了秀才。可是好景不长,父亲被人设计陷害,输光了所有家产。所以,一大家子从锦衣玉食的生活变成了住茅草屋、啃红薯的日子。父亲因为懊悔,整天浑浑噩噩的,经常一个人坐在那发呆,或许是想着以前吃穿不愁的日子;母亲因为这巨大的打击,整天啼哭而导致哭瞎了双眼;张秀才自己又没有成亲,况且一介书生只识圣贤书,所以照顾一大家的重担就交给了大哥和大嫂。

终于有一天,大哥和大嫂受不了这种穷苦的日子,大嫂偷偷拿走了家里仅剩的那些银两和大哥悄悄跑了,只剩下他和哭瞎了眼的母亲、年迈的父亲。张秀才突然觉得天都塌了,没办法,父母亲只剩下他了,他也只好洗衣服、做饭,去外边打小工赚点钱补贴家用。就这样,时间一晃就是两年,他对那些家务事也慢慢上手了,生活平平淡淡也还过得去。

可是好景不长,眼瞎的母亲突然犯了病,开始还能吃得下一点粥,父亲甚是焦急,整日在床前服侍母亲,他也到处请郎中来帮母亲看病,可是,请遍了城中的所有郎中,都说查不出病因,让张秀才准备母亲的后事。他是读过圣贤书的人,是个不折不扣的大孝子。

得知母亲此时此刻是人生中最后一段时间后,张秀才想为母亲做点什么,也算是不让母亲留有遗憾吧。他眼里噙满了泪水,站在门前,努力平复好自己悲伤的心情,不让母亲看出端倪。他推开有些松动的小门,看着日渐消瘦的母亲在床上安静地躺着,不禁眼角又蓄满了泪水,他不敢哭出声来,怕母亲听见。慢慢地,迈着沉重的脚步走向床前,静静地看着母亲,回忆着以前。突然,他想起母亲最爱吃鸭子,所以决定亲手给母亲做一道鸭。

其实他不知道,是因为他嫌鸭子太油腻,母亲为了让他吃,才在他面前表现出一副鸭子很好吃的样子。说干就干,他将家里所有的积蓄都拿来买一只鸭,杀鸭,放血,拔毛,这些过程都一心一意的,丝毫不敢马虎。一切都准备好了,可他不会烧鸭啊,怎么办呢?想了半天,索性按照烧肉的方法去做好了。鸭子倒下锅,不一会儿就变了色,接下来他就一直翻炒,突然他一不小心把血给倒进去了,手忙脚乱的,一心想把血给捞出来,可是血在锅里一遇热就和鸭块混在一起了,在他苦恼的时候,一阵烧焦的味道传来,等他反应过来已经来不及了,没辙了,索性放一些醋进去,希望能盖住一些焦味,再加上一些调味料,香喷喷的红烧鸭出锅了,端到母亲床前,张秀才喂给母亲吃。

母亲居然能吃进去东西,张秀才很是欣喜,一口一口地全喂给母亲吃了,母亲感动得流下了泪水,奇迹发生了,两年来一直瞎了的双眼居然能看得见一丝光亮了。顿时,他欣喜若狂,叫来郎中,郎中把完脉后也觉得奇怪,明明都该料理后事了,怎么就突然好了呢。母亲的病渐渐好了,眼睛也大好了,能清楚地看见事物了。

一天,母亲问起那天吃的鸭子,说还想再吃一回。这次,他很认真的按照上次的做法又做了一次,一家人吃了都连连称赞。母亲突发奇想,说要开个餐馆,就卖这个鸭子。父亲也同意了,所以,四处借来本钱,醋血鸭店开张了,周围的人都没吃过,过来尝尝新鲜,果然,来过的人都说好吃,不久,醋血鸭店就变得家喻户晓了。

好景不长,好吃归好吃,吃多了也就太油腻了。顾客渐少。怎么办?恰好后院堆积了很多苦瓜,张秀才就将苦瓜切成鸭肉大小放在锅里一起炒,果不其然,那些顾客们又都回来了,称赞说:这次的鸭是这辈子吃过的最好吃的鸭子。

从此,张秀才将鸭子从一家小店变成一栋酒楼,然后开了第一家连锁店,最后整个全州的镇都开满了连锁店。一时间,全州醋血鸭就名扬九州,和全州禾花鱼成了全州两道金字招牌菜。

(口述:李健;地点:广西兴安县党史办;整理:李佳、常胜)

朝天椒的传说

　　贵州省绥阳县是有名的辣椒之乡。在椒乡,特别有名的是"朝天椒"。朝天椒个小、色艳、皮薄、肉厚、玲珑俊秀,一个个像精美的艺术品。这里有一个朝天椒的动人故事。

　　很久很久以前,人类的始祖女娲氏用黄土造人后,又在高原山乡选出最好的红、白、绿、黄、黑五色土壤炼成五色石补天,还把大鳌的长脚折断用来支撑天的四极,同时治平洪水,杀死猛兽,使人们安居乐业。从此,人类开始过上了男耕女织、丰衣足食的田园牧歌式生活。衣食不愁后,人们对生活水平的提高更加重视和追求。比如穿着讲究装饰,烹调讲究色、香、味等。

　　有一天,一位叫阿椒的漂亮姑娘无意间在女娲炼石补天的地方,发现了一粒女娲补天时漏掉下来的小小的红色石子,形状像滴悲伤的泪珠,下圆上尖。阿椒爱不释手,作为宝物赏玩。阿椒的父亲知道后,大吃一惊,认为是对人类始祖的冒犯。因为红色石子苦苦朝天仰望,是渴望有朝一日女娲能够再来捡起它,让她成为一粒有所作为的补天石。现在为了让红色石子灵魂安静,只有将它安放泥土中。于是,令阿椒交出红色石子,然后,全家人毕恭毕敬地捧着红色石子来到屋前的一块平地上,虔诚地挖出一个水坑,将红色石子安放在里面。

不久,在这块平地上,奇异地长出一种植物,植物上结出一簇簇像红色石子一样上尖下圆的果实,红颜鲜嫩,如火似霞。方圆百里的山里人都闻讯跑来观看。有人摘入口中大嚼,被辣得在地上滚来滚去,惹得人们一阵大笑。只有阿椒姑娘不但大胆摘来串成项链挂在胸前,而且当众摘下鲜红果实放入口中,吃得香香甜甜,逗得人们直流口水。阿椒吃完后,脸似桃花更加艳丽迷人。大家不约而同,把这种又辣又有诱惑力的红色果实,取名为阿椒果。

阿椒果很快在高寒潮湿的高原山乡漫山遍野地生长,乡亲们渐渐也敢用阿椒果作佐料炒菜下饭,或者生吃,人们感到辣虽辣,但吃过之后,浑身冒汗,舒经活血,寒腿增暖,精神爽快。阿椒果朝天长,又特香特辣,人们便称它为朝天椒。

山里人都知道朝天椒追求执着,性格刚毅,直指蓝天,是在苦苦期盼始祖女娲氏有一天能明白它的苦心。人们收成后把朝天椒作为美味佐料、菜肴外,将朝天椒采来放在院坝中晒干,穿成又长又大的项链式的长串悬挂在屋门前,火红醒目,让远天远地都能看到它的身影。

（口述：张思良；地点：贵州省遵义市图书馆；整理：周希海、萧绍聪）

金鼎山的传说

金鼎山位于贵州省遵义市金鼎山镇一牛蹄场两公里处,属娄山山脉中段,是黔北佛教名山,由于地形三分九支犹如九龙环拱,因此也叫九龙山,素有"小峨眉"之称。但当地人们流传着这样一句话:"先有金鼎山,后有峨眉山",说的是这样一个故事:

从前,有一个和尚走到金鼎山,见金鼎山云雾缭绕,溪水潺潺,觉得这里是块灵山宝地,非常适合修炼,于是便建寺在山顶最高峰下,即现在被称为"金桶峰"的山峰下。

金桶峰外形独特,表面上看起来是一座很挺拔的尖山,而山顶处却有一个半房子高的"圆形小平台"——被人们称为"金桶"。其实,这个"金桶"原先是一个木桶。

有一天,和尚来到金桶峰顶处,发现自己站在云霄之中,顿时感到神清气爽。原来,这地方可以吸收天地之灵气和日月之精华,非常有助于修道成佛。和尚于是便放置一个木桶在金桶峰顶,并在木桶上刻上"金"字,打算把自己封在桶中修炼成佛。

在修炼前,和尚嘱咐他的大弟子说:"为师要在金桶峰山顶修炼九九八十一天,修炼时,为师需要把自己封在这桶中,并且桶上加了九道箍。你以后每九天在子时砍掉一道箍,切记要准时准点,不能早也不能晚。等到砍掉最后一道箍,也就是九九八十一

天后,师父我就可以成佛了。这个切记不要与其他师兄弟说,如果问起,就说师父云游去了。"

可是,由于小和尚们太久没有看到师父,有些想念,总是缠着大师兄问:"师父什么时候回来?"大师兄刚开始还能应付过去;可是,终于有弟子有所察觉,加上对师父的担心和想念,在第八十一天,大师兄在追问下,忍不住告知了其他师兄弟。于是所有弟子都爬上了金桶峰,想要见证师父成佛那一刻。大家发现木桶周围泛起了一层强烈的金色光芒,都惊讶不已,在大师兄的带领下好奇而兴奋地等待着子夜的到来。

然而,时间好像过得很慢,有弟子已经耐不住性子,催促大师兄砍掉最后一道箍。大师兄也很担心师父在桶里的状况,在所有师弟的鼓动下,还没到子时就拿起斧子准备砍掉最后一道箍。众师兄弟屏气凝神,箍被砍断时,桶缓缓地向空中上升一两米后,又缓缓落地,随着"轰"的一声,一束金光直射云霄,桶并没有像炸弹一样碎片四散,反而像花儿开放一样,通身裂成几片"花瓣"轻轻落下,这一幕使弟子们惊呆了,他们都替师父成佛欢呼着;然而"花瓣"落下之时金光也很快就熄灭了。众弟子都感到事情有点不对劲了,只见和尚赫赫金身,但是双脚还是肉体。和尚摇头轻叹一声:"这便是我的劫啊!"他站起来便转身走了,留下一群不知所措的弟子。原来,由于时辰未到而桶已被破,和尚终究功亏一篑,未能修道成佛。

和尚后来走到了峨眉山,在峨眉山开设道场。于是也就有了"先有金鼎山,后有峨眉山"的说法。这个和尚就是被人们称为"半身和尚"的普贤菩萨。

他的大弟子在师父走后,非常后悔,立志要成为师父一样的得道高僧,便待在金鼎山潜心修炼,后来也成为了得道高僧。而那只木桶由于吸收了日月之精华和天地之灵气,在金桶峰顶端变成了一个半房子高的圆形小平台,也就是现在人们所称为的"金桶"。而金鼎最高峰就被人们称作金桶峰。

现在,金鼎山是贵州省的一个旅游景点,吸引着无数的游客,而这个传说也广为流传。

(口述:史宝麟;地点:遵义师范学院;整理:周希海、萧绍聪)

聪明的小帮工

在解放前的贵州,有一个地主时常欺压剥削他家的帮工。他自认为只有他一个人聪明,时常出些怪题来刁难他的帮工,如果帮工们答不上来或是理解不到,他就不给帮工们饭吃或者罚帮工加班做活。

有一天,地主又想出了一个刁难的主意。他把他家小帮工阿牛喊来,叫厨房下人给阿牛端来了一碗汤,阿牛一口气就喝完了。地主问阿牛:"要不要再来点?"阿牛回答道:"不了,谢谢老爷,我喝够了。"地主又叫厨房给阿牛炒了一盘回锅肉来,阿牛又一口气地给吃完了。地主问阿牛:"要不要来点?"

阿牛回答道:"谢谢老爷,我吃够了,再也吃不下去了。"

地主又叫厨房给他端来一碗米饭,阿牛又不客气地给他吃完了,而且还吃得一点都不剩。

阿牛刚把饭吃完,地主就"啪"地给了阿牛一耳光,暴跳如雷地吼道:"你为什么说谎?每次问你要不要再来点,你都说够了,可是我给你的一盘回锅肉和一大碗米饭,你还是吃得精光!"地主以为这一下难倒了阿牛,借机又可以让阿牛加班干活了。

可是阿牛却不慌不忙走到门口,拿起一个空箱子,用石头把箱子填满了,然后问地主:"老爷,请问这箱子里装满了石头

了吗？"

地主答道："满了。"

接着阿牛又向填满了石头的箱子里倒了许多细沙，然后又问道："老爷，请问现在箱子满了吗？"

地主答道："当然满了，你自己看不见吗？"地主显出很不耐烦的样子。

阿牛又提来一桶水倒进了装满石头跟沙子的桶里，又问地主："老爷，这桶是满的吗？"

"这……"地主已经无话可说了。地主还未回过神来，"啪"的一声，地主的脸上已经重重挨了阿牛的一巴掌。阿牛道："你说箱子已经满了，可是我又能把沙子跟水装进去。箱子如此，更何况人肚子！"

地主捂着火辣辣的脸，哑口无言。从此，地主再也不敢自作聪明出歪点子为难他的帮工了，因为他害怕帮工太聪明，说不定什么时候又会弄得自己洋相百出。

（口述：田柱坤；地点：贵州省遵义市图书馆；整理：刘高、萧绍聪）

粮王的传说

在远古的时候,黔贵地区还没有种植谷物,人们主要以狩猎为生。

有一年的春天,仡佬族一位叫武濮所的先民像往常一样在山中打猎。他在山中转了许久,但收获不多。突然,他听见了一阵鸟叫声,声音杂乱,像是在吵架,是怎么回事呢?

武濮所好奇地寻声走过去一看,原来是三只斑鸠正围着一种草,争着啄食那种草所结的颗粒。草上所结的颗粒不多,周围只有这两株草上有。此时,三只小脑袋正争着凑过去啄食草上所结的颗粒。被挤出来的鸟儿边扑扇着翅膀边叫,奋力夺回自己的地盘;想抓紧机会吃的鸟儿被又拍又打吃不成,无奈加入抢夺。三只鸟儿乱作一团,无暇顾及周围情况。武濮所心里大喜:这正是个下手的好机会呀。

他悄悄地把箭头对准了三只斑鸠,待瞄准目标后,快速射出一箭,一只斑鸠应声倒在草丛里。武濮所心满意足地上前捡起草丛里被射落的斑鸠,正准备走的时候,看到了旁边草上的颗粒,心想:这东西值得斑鸠这么费力争抢,说不定很好吃;看那两只斑鸠吃了以后还飞得那么快,一定没有毒,既然鸟能吃,那人也能吃。那我可以尝尝好不好吃。他小心翼翼地摘了两颗放进嘴里,试着

嚼了嚼,惊讶地发现这些颗粒的味道香甜可口。于是,他开心地去摘了很多装在口袋里,打算带回去给自己的族人品尝。

武濮所回到部落,将采回草籽给族人们品尝。大家尝了以后,纷纷称赞这些颗粒好吃。

从那以后,武濮所在打猎的空余时间,到处留心去寻找结这种颗粒的草,尽心钻研这种草的生长规律和特点。工夫不负有心人,经过十余年的钻研,他终于弄清了这些草的生长、结籽规律,并琢磨出了一套成熟的种植技术。就这样,武濮所发现了谷物的种植,并发明了种植技术,又由于斑鸠的叫声听起来像:"谷物,谷物",他就称这些颗粒为谷子。在先民们的口耳相传下,谷物逐渐成为当地人主要的粮食,谷物的种植也就这样一直传承下来了。

仡佬族是一个很懂得感恩的民族,他们为了纪念谷物的发现,把每年新收的第一碗谷物都用来喂鸟,以此来感谢斑鸠对粮食发现的贡献;并且会在每年收割谷物的时候,举行盛大的庆祝活动,感谢上苍赐予的好收成。这逐渐成为仡佬族的两个固定节日——敬鸟节和吃新节,并被传承下来。而武濮所也被尊称为粮王,受到仡佬族人民的怀念。

(口述:吴军;地点:贵州省遵义民俗博物馆;整理:张晓阳、萧绍聪)

扭都的传说

　　每当苗家喜庆的日子,人们都会吹奏悠扬的芦笙,还要敲起冬冬的长腰鼓,那清脆的鼓声响彻远山近岭,就像千军万马中的隆隆战鼓,给苗家添加了无限的欢乐气氛。关于长腰鼓的由来,在苗族人民中还有着一个美好的传说。

　　传说三国时,在一个晴朗的冬天,孔明来到了峨眉山的将军岩下。他见这里地势陡峭,山清水秀,风景秀丽,便命令随从们下马休息饮水。他刚坐下,便听见从不远处的地方传来一阵叮咚叮咚的声音。孔明越听越惊奇,便叫随从看好马匹,亲自循声走进岩壁中。只见一块大的石头下面,有一个黄桶大的深水窝,水窝里积满了清澈的泉水,从悬崖上滴下的水珠,正一滴滴落在水窝里,那悠长而经久不息的叮咚声,就是从这个清水窝里发出的响声和岩壁的回音。孔明高兴得连声夸赞:"太好了! 真是太好了!"随从忙问他什么太好了,他笑着说:"今天暂且不用告知各位,等回去再说。"于是率队下山了。傍晚,孔明在苗寨家借宿,他半夜都在想着那清水窝和岩壁的回音。

　　几天后,孔明回到营地,便叫士兵备马带队来到将军岩,令士兵们用木块依照将军岩下的滴水洞做成长长的木桶,又在附近的人家买来了一头大黄牛,将牛杀了,用牛皮用来蒙住木桶的两头,

又砍了一根竹子划破几块,把牛皮钉牢,再叫士兵们拿起木槌敲一敲,叮咚叮咚!清脆的鼓声回荡在岩壁中,与将军岩下的滴水声一样,声音传得很远很远。孔明又叫士兵们仿做了几个,除了留下几个做军用外,其他的全部送给他们借宿的那苗家嘎老做了纪念。

苗族寨老们得到了孔明送的木鼓十分高兴,便将孔明送来的鼓取名叫"扭都"。从此。苗家人逢年过节,便学着孔明军中的乐鼓,敲着鼓,吹起芦笙,边歌边舞。后来,孔明去世后,人们为了纪念他,便击鼓送葬。至今,苗家人还保留着吹起芦笙、敲着长长的腰鼓的风俗。

(口述:熊禄林;地点:贵州省遵义市图书馆;整理:刘高、萧绍聪)

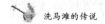

洗马滩的传说

　　相传从前,遵义老城北门外大龙山脚路边的茅屋里,住着两个靠打草鞋为生的老人。夫妻俩虽贫寒,但厚道、勤奋,他们坚持天天打草鞋,有"张草鞋"之称。张家草鞋做工精细,草软如棉,经久耐磨,远近闻名。三十年来,张家夫妇打草鞋,坚持天天在门前石墩上棰草,冷暖寒热、刮风下雨,从没间断过。工夫不负有心人,门前石墩硬是被棰得油光水滑,分外逗人喜爱。

　　有年深秋,密密麻麻的细雨不间断地下了二十余天,道路泥泞,行人稀少,张家无法加工稻草。就在停工待料的第三天,夫妻俩忽闻门外有马蹄之声,出门观看,既没马到,也无马迹。关门则闻马叫,开门不见马影,如此三次,声声震耳,弄得夫妻俩莫名其妙,大为惊奇。渐渐地,夫妻俩听出来了,马声远在天边,近在眼前,来自棰草石墩。夫妻俩一合计,决定搬开石墩看个究竟,结果一无所获。后来发现,石墩搬到东,马在东叫;石墩放在西,马在西嘶。最后他们决定,打烂石墩,刨根究底。

　　石墩打开了,内有指头大的一匹乳臭未干、满身白毛的小马,样子十分可怜。老人顺便抓来一把废弃稻草,将小马牵到门前河滩边冲洗干净。说也奇怪,马越洗越白、越洗越大,最后竟成一匹膘肥体胖、驯服善良的大白马。

老人得到宝马的消息，很快就传遍黔北大地。老人洗马的地方，也成了群众常来洗马的"圣"地。说来使人不信，老人洗过马的地方，有长膘增肥、治疗马病的作用。许多人也因此前来，竞相购买老人的白马。可老人脾气古怪，任你好说歹说，出价昂贵，他就是吃糠咽菜，也不出卖那匹心爱的白马。

当时，遵义城中，有一恶霸白永良，外号人称"白眼狼"。自他看中白马以来，曾差人前来纠缠过几次，均没有得手。后来，他托人从外地买来一匹白马，其身高、膘肥、颜色、外貌都和老人那匹白马相似，可说是天生一对、地配一双。

一个风和日丽的日子，老人洗完白马，牵到山上草地放牧。此时，"白眼狼"也骑着他的白马快速来到草地。白眼狼骑马来到老人白马旁边，突然飞身上马，然后骑着老人的白马扬鞭而去。等老人醒悟过来，早已做成调包生意。第二天，老人一气之下，卖掉了"白眼狼"留下的那匹白马，专心专意地打他的草鞋。

三天后，人们在遵义西郊十字铺附近的马蹄沟内，发现了"白眼狼"被摔死的僵尸。又过了半月，白马驮着稻草，突然出现在老人身边，老人将白马牵到河边，仔仔细细地为它洗了一个痛快澡，并亲切地对白马说："马儿啊，你自己去吧，我保护不了你。"白马好像听懂了老人的话，点了点头，飞快地跑开了。但从此以后，白马每逢月中月末，都会驮着稻草，来到洗马滩头，大声叫起来，直到将老人叫来，为它卸下稻草，洗完澡，它才离开。

后来老人夫妇过世，白马才停止来洗马滩头嘶叫。白马虽然远走天涯，可洗马滩的名字，却因此留了下来，世世代代传到今天。

（口述：王德志；地点：贵州省遵义市图书馆；整理：周希海、萧绍聪）

仡佬天书

甲骨文是中国已发现的古代文字中时代最早、体系较为完整的文字。在贵州相传有一种文字与甲骨文非常相似，那便是仡佬族的文字，简称仡佬文。这源于一本书的发现——《九天大濮史录》，民间称"九天书"。

天书记载了仡佬族建国的历史以及各种文化，其中就有极为神奇的巫文化和朱砂文化。

据《九天大濮史录》记载：仡佬先民卜人是来自于天的，是天上九重天天主的儿子，因此在历史上很长一段时间内，他被人们看作是神，并把得到卜人的东西视为得到神的礼物而感到祥瑞。

远古时的卜，是一竖加一点，含意是顶天立地，也暗示我们是从天上下来的，是上天的儿子。

领头人被称为巫，有沟通天地鬼神人的能力，凡事都要先问巫卜。什么是巫？有学者认为："巫"字拆开便是一个"工"字和两个"人"字，"工"上面一横表示"天"，下面一横表示"地"，意思是巫立于天地之间，使天地得到沟通，成为天神和地灵的信使，加上两个"人"就是说一个巫师肩背众生，所拥有的巫术是通天地神灵的法术。"巫术"是仡佬先民创造发明的，按如今的话说，这就是仡佬人的传承专利。

　　而巫文化和朱砂文化是紧密联系在一起的。天书中，仡佬文均用朱砂书写，据其中记载，仡佬族曾是最早获取丹砂的民族。

　　远古时，有一个青年叫巫信，一次在打猎中，被一群野兽追赶，奔跑的途中不小心掉进了一个水坑中。眼看野兽越来越近了，巫信惊慌失措地爬起来掉头便跑。跑着跑着，忽然感觉后面有点不对劲，并没有听到野兽的动静，巫信不禁马上站住脚，转头向后看，他发现野兽并没有再追自己，却都站在那里，眼睛里充满了某种不可言知的恐惧。巫信感到很奇怪，转过身，而野兽们在这时都掉头逃跑起来，就像天敌在后面追赶一样。巫信感到不可思议，傻傻地笑了起来，觉得刚才肯定是有神仙下凡帮自己解了围。想着想着，不禁用手揩了揩脸上的泥水和汗水，巫信这才发现原来自己的脸上手上都是红色的泥水，满脸都是红的；拧了拧衣服，流出的水也是红的。难道说是这红色吓跑了野兽？怎么可能呢？巫信疑惑地边想边向前走。

　　一路上，巫信发现野兽看见他，都掉头跑掉了，难道真是这红色吓跑了怪兽？巫信将信将疑，又回到了刚刚的那个坑边，发现坑里的水也是红色的，他在坑边做好了记号，接着就打猎回家了。这一天的猎物特别多，在吃饭的时候，巫信向族人说了今天的遭遇，可喜的是，族中也有一些人也有他同样的奇怪经历。难道那红色是上天特意带给我们的？巫信提议，大家明天再去那个水坑看看。

　　第二天一早，巫信一行人来到水坑边。"我们先用这红水染红脸再去打猎试试，"巫信带头掬起水来，"或许这是上天赐给我们的礼物。"这一天，他们便都没碰到野兽，打猎非常顺利。巫信更加相信，是这红水帮助了他们。后来，巫信把坑底的一些红色泥土挖出来，晒干，储存起来，打猎时，便用水弄湿泥土涂在脸上。而巫信不会知道的是水坑中正是由于有了朱砂而使水变红，这就是朱砂的发现。此后，猎人们就故意用朱砂将脸抹红，以威吓野兽。

　　商朝末期，武王姬发召集各路人马要与商纣王决战的时候，仡佬族派出三千精兵去支援武王。这三千仡佬精兵纷纷用朱砂涂脸，并带上鬼面具。在双方交战时，商朝士兵们看到这张牙舞爪、满脸通红的人，是前所未见的，以为是从地下钻出来的妖魔鬼怪，来向自己索命，吓得连兵器也拿不稳，抱头便往回逃窜。这一战，仡佬精兵为周朝的建立立下了汗马功劳。传说，武王为了安抚这些立了功劳的人们，便将他们一一封神，这也便有了封神的传说。

天书中还记载了"茶""和合"等一些历史悠久的文化,这充分证明了仡佬族是一个古老的民族。虽然人们对仡佬天书还存有一定的质疑,但天书的发现对仡佬文化的发展、传承有着积极的意义。

(口述:吴军;地点:贵州省遵义民俗博物馆;整理:周希海、萧绍聪)

竹王的传说

在我国西部的贵州(也称夜郎国),生活着许多少数民族,他们有着自己非常古老的文化与悠久独特的风俗。相传,在黔北偏远的深山里,居住着十分崇拜竹子的仡佬族。他们把竹子作为图腾和护佑神灵来祭拜,至今在其族中还流传着一个关于竹王的传说。

相传在很早的时候,有位已怀胎十月的女子在遁水江边(今贵州北盘江)洗衣物。忽然,晴朗的天空变得乌云密布,女子急忙收拾衣物准备往家里赶回去。但刚一起身,肚子就疼痛难忍,女子知道自己可能要马上分娩了,回家是来不及了,于是只好爬向了河边的竹林里。

过了一会,女子的丈夫也赶到了河边,看着天空下着的细雨,还有未见踪影的妻子,丈夫真是急坏了。由于心里担心妻子,他离家也很匆忙,也没有带伞。丈夫站在河边心想:要是孩子一出生就被淋了雨,可能会夭折;妻子淋了雨,也会落下病根呀!这可是不敢想象的后果。恰好这时旁边竹林里传来一阵婴儿的哭声,于是他急忙跑向了竹林。

跑进竹林里一看,眼前的场景简直让他惊呆了,只见妻子微笑着抱着孩子,妻子跟孩子根本就没被雨水淋到,好像妻子跟孩子的那片天地压根没下雨一样。原来,正是茂盛的竹林牢牢在空中聚在了一起,变成了一把大雨伞,才使得母子俩免受淋雨之灾。这对夫妇相信,是竹神显灵帮助了他们;因此,他们给这个孩子取名为李竹,并经常去祭拜这片竹林。

后来,李竹顺利长大成人、能文能武。李竹天资聪明,发现竹子对雨水有着天然的抗拒能力,经过不断辛劳探索,终于用竹子创造出了很多实用的东西。那时候,他们居住的多是山洞或者漏雨的树木下,他就教村民用竹子建竹屋。遇到江河阻路,便教他们过河搭竹桥、防雨做竹帽等,使得族人们生活环境得到大大改善,同时族人们也更加坚信他就是竹神的化身。

在李竹的带领下,村落逐渐强大起来,最终一举统一了黔北一带,成了周边最大的村落,并自立为夜郎王。称王后,李竹为了感谢竹子对自己出生时的救命恩情,所以干脆以竹为姓,因此村民们也称他为竹王。

人们为了纪念这位伟大的竹王,就在竹王出生的那片竹林修建了竹王祠以做祀奉,再加上竹子对村民们日常生活的重要作用,村民们为了表达对竹子的感恩,逐渐将竹子作为了他们的图腾。

关于竹王的传说以及崇敬竹子的习俗,至今仍广泛留存于各地的仡佬族民间。贵州省道真仡佬族苗族自治县梅家寨的仡佬族,在生下第一个男孩时,父母要将其胎盘和一些鸡蛋壳埋入竹林地下,以祈得到竹王护佑。春节,家家户户都要到竹林去供奉竹王钱。事实上,仡佬族人对竹子的尊崇源于对竹的感恩,因为竹子对仡佬族先民生活有着非常大的实用价值和重要意义。

(口述:吴军;地点:贵州省遵义民俗博物馆;整理:刘高、萧绍聪)

蒲道官斩巴蛇

来到四川省巴中市,一定要到恩阳古镇去游览一番。整齐有序的瓦片搭建的瓦房,墨青色的青石板铺成的小路,到处弥漫着古色古香的气息,在古朴的高墙窄巷中,我们仿佛能够嗅到渐去渐远的岁月。沉浸在古镇的静谧之中,认真听着街边的老妇为你讲一段恩阳的传奇故事,可以品味千年古镇的闲适与温情。

在恩阳镇的东南方向有一座巍峨青山,叫作三峰山,又名易阳山。当暮色降临山野的苍茫时,峰巅经常凝聚着一片彩霞,经久不灭,煞是好看。刘禹锡的《陋室铭》里曾写道:"山不在高,有仙则灵。"关于这座山,有一个神话故事广为流传。

话说在唐朝贞观年间,恩阳县有一名颇有名气的书生叫王鹗。王鹗每天将自己关在易阳山上的红梅阁里潜心钻研学术,下帷攻读。到了寒冬腊月之时,红梅阁外的梅树都竞相开出了鲜艳的花朵,王鹗出阁观赏此香雪奇观,走着走着,他发现其中一枝红梅尤其醒目,与其他的梅花相比,它红得格外鲜艳,开得格外俏丽,散发出的清香也格外醉人。一时心动,王鹗将这枝红梅折回阁中,并用清水浸泡在花瓶内,置于每日写作的书桌旁。

王鹗不知他采回的这枝红梅竟是天上的红梅仙子,红梅仙子因在皇后娘娘的蟠桃大会上不小心摔坏了玉盘,而被贬下了人间。王鹗起初没有发觉，后来发现，每天书桌上的文房四宝都被摆放得整齐有致，屋子也被收拾得一尘不染，王鹗不禁心生疑虑，久而久之，他决定要探个究竟。

一日，他将房屋锁好，假装要去县里探亲，实则藏身于书房边的卧室中。不一会儿，他看到花瓶里的红梅竟化成了一个淡雅脱俗的女子，开始在房屋里仔细地打扫。王鹗惊呆了，不由得走出了卧室，来到女子身边。一时间，四目相对，红梅只好将自己的遭遇全部告诉了王鹗。王鹗虽然感到很惊讶，但已对红梅心生情愫，红梅也很喜欢王鹗。就这样，没过多久，王鹗和红梅便喜结连理，过起了小两口的日子。

可是，好景不长，易阳山上的巴蛇听说了书生王鹗娶了个美若天仙的老婆后，便对其有了非分之想。巴蛇，乃易阳山上的山兽，身长数十米，久居半山腰的山洞之中，修炼多年，现已成精，会一些迷幻变化之术，经常为虎作伥，残害百姓。

一日，巴蛇变换为一个健壮的青年，来到王鹗家中，企图对红梅不轨，不料被红梅识出原形。巴蛇见势不妙，留下一封书信，便仓皇出逃。红梅拆开信，只见信中写道："你若一日不屈从于我，我便一日蹲守于大道前，活吞十条人命。"

红梅见事态紧急，而自己被贬下凡间，早已失去了法力，心有余而力不足，只得孤身连夜前往道山寨寻求蒲道官相助。蒲道官是青城山上有名的道士，拥有一身高超的法术，经常为民除害。在听闻红梅的遭遇后，蒲道官立即披星戴月，赶往易阳山收服巴蛇。

次日黎明，蒲道官终于来到易阳山，只见大道中间有一条正张着血盆大口的巨蟒，这便是残害百姓的巴蛇。蒲道官拔出随身携带的宝剑，挥剑向巴蛇砍去。巴蛇是修炼数百年的蛇精，有着高超妖术，岂是说杀就杀得了的？蒲道官与巴蛇大战三百多回合，巴蛇早已筋疲力尽，无力招架。巴蛇想："三十六计，走为上计；君子报仇，十年不晚。"遂仓皇逃回洞中，准备休养生息后，再卷土重来，"今日之痛必定要那臭道士十倍偿还"。

蒲道官在与巴蛇大战时也身受重伤，伤了元气。但他想，今天好不容易让巴蛇受了重伤，如果今天放它跑，日后收拾它可就更难了，况且自己恢复元气的时间要远远多于巴蛇，一旦放虎归山，不知明日多少无辜的百姓会命丧黄泉。蒲道官思前想后，没有一个两全其美的办法，只好下定决心，今日为民除害，哪怕与巴蛇同归于尽！于是便追赶巴蛇来到洞穴之中。

此时,巴蛇正立于洞口,心想:"该死的臭道士还追,好,这是你找死!既然我们互相奈何不了谁,但是你找死,我就成全你。"遂张开血盆大口,把蒲道官吞进肚里,企图憋死蒲道官。而蒲道官在巴蛇体内也毫不惧怕,将它的所有内脏都一一刺破。不知搏斗了多久,最后蒲道官和巴蛇同归于尽。

危害苍生的蛇精被铲除了,人们从四面八方赶来洞穴。他们将巴蛇开膛破肚,取出蒲道官的尸体,并将之葬于红梅阁外的梅树之下,因此这里的梅花开得血红。从此以后,老百姓都过上了安居乐业的生活,王鹗和红梅也幸福美满地生活在一起,直到白发千古。

(口述:阳云;地点:四川省巴中市南江市;整理:陈敬春、龚奎林)

罪 泉

在四川省巴中市平昌县,有座山叫观音山,因崖壁上的那一尊观音像而得名。经过大自然长时间的天然雕饰,这座山拥有着最独特的自然景观,有巍峨陡峭的悬崖,有郁郁葱葱的植被,还有那千奇百怪的巨石;但最引人入胜的,还要属那山顶上流下的一股清泉。夏天的泉水冰凉透骨,儿时的我们经常把这当作聚会的秘密基地,跑来这里嬉笑打闹,追随着岩峰里的泉水从山上跑到山下。但直到后来,大人们跟我们讲了这个泉眼的秘密后,我们就再也不敢到这里来了。

大人们说这眼泉叫罪泉。

在很久以前,母亲唐阿婆和儿子狗娃儿共同生活在山下一间简陋的茅草屋里,唐阿婆已年过六旬了,可突然间患了眼疾,什么也看不见了。孝顺的儿子背着唐阿婆四处寻医,花光了家里所有的积蓄,可还是没有结果。转眼间,狗娃儿也到了适婚年龄,可村里的姑娘见阿婆家穷,没一个愿意嫁给狗娃儿。唐阿婆为此整日里愁眉不展,狗娃儿见母亲难过,心里也很伤心。

突然有一天,村上的媒婆领着一个姑娘,兴高采烈地冲进了唐阿婆家:"阿婆,阿婆,这个女娃娃家里发洪水了,可怜得很,你看让她来做你的儿媳,要不要得?"唐阿婆听后心中不禁一喜,忙

问儿子狗娃儿的意见。狗娃儿不愿母亲再为自己操心,况且看这姑娘长得还算水灵,便腼腆地点了点头。

就这样,狗娃儿和这个梅姑娘结了婚。结婚后不久,梅就怀孕了。为了改善家里的环境,狗娃儿和村上的小伙儿一起进城打工,每个月托村里人带些钱回来。狗娃儿走后,家里就只剩下梅和年迈的唐阿婆。在狗娃儿面前,梅对唐阿婆毕恭毕敬,什么活儿都干,乡里的人都夸狗娃儿娶了个又勤快又孝顺的好老婆。可是,事实却不像人们所看到的那样,狗娃儿离开后,梅对阿婆的态度发生了巨大的转变,梅总是因为一点小事就对着阿婆大吼大叫。梅心想:"我怀了孕,就该别人来照顾我,凭什么让我挺着大肚子来伺候她?"每每想到这,梅对唐阿婆的怨恨便又多了一层。

转眼间,十个月过去了,梅到了临产之际,村里人都赶来帮忙,在大伙儿的帮助下,梅顺利地生下了孩子。天渐渐暗了下来,村里人都散去回了各自的家。屋子里仅剩下了孩子哇哇啼哭的声音,此时的梅正望着村里人为她熬的鸡汤发呆,顿时,一股邪念涌进了她的脑袋。"这个老婆子一天不死,我就要跟着受一天的罪!"梅悄悄地取出早已藏在床底的毒药,撒进了鸡汤里,然后拖着虚弱的身体走进了阿婆的房间。

"妈,喝汤。"

"什么汤啊?"

"喝就是了,是补汤!"就在梅讲完了这句话,屋外的天空顿时乌云滚滚,还传来阵阵雷鸣,梅心想:"刚才还好好的,怎么突然就变了天?"不禁一阵心虚,但她却并没有阻止阿婆。

唐阿婆仰头慢慢把汤喝了下去,没多久,阿婆觉得心里针扎似的痛,阿婆对着窗外的天大喊:"老天爷,我的眼睛看不到了,你帮我看看这里面是什么,为什么我喝了心会这么痛?"阿婆说完便晕倒在了床上。

不停的闪电将屋外照的如白昼一般,村里人都惊恐地看着天空,这时,只见一道白光径直劈向了唐阿婆家,等村里人赶到阿婆家时,惊奇地发现屋子里的一切都完好无损,只是家里只剩下了气息奄奄的阿婆,却不见阿婆的儿媳梅。村里郎中马上对阿婆进行了抢救,最后,阿婆终于醒来了,可她却对刚才所发生的事全然不知。

第二天,上山砍柴的村民无意中发现:梅正躺在山脊的崖壁上,身体被石头和青藤团团围住,不能动弹,只露出一只乳头在外,用来哺育那刚出世的孩子。就在这时,一股清泉突然从她腰间的石块中倾泻而出,冰凉的泉水透过她的身体一直流到了山底。在泉水的不断冲洗下,梅的身体慢慢变成了石头。

人们说那眼泉是为了洗涤梅罪恶的灵魂,因而取名为罪泉。

(口述:徐文珍;地点:四川省巴中市平昌县响滩镇;整理:陈敬春、龚奎林)

添不满的万年灯

在《四川通志》里有这样一段记载:"汉将军严颜墓,在城西门外,旧有庙在墓后。"这里所说的汉将军严颜,是三国时期的蜀都将领。东汉献帝建安十九年,刘璋兵败失益州,严颜闻讯后自刎于守土。其尸首便被葬于巴州的墓穴之中,严颜墓在当地颇负盛名,除了对严颜死亦不惧的气节感到敬仰之外,人们还津津乐道于一个关于严颜墓里万年灯的传奇故事。

严颜安葬几百年后,巴州城出现了一个州官叫作俞楼,此人是一个贪赃枉法、草菅人命的狗官,才上任没多久,在百姓之中就早已臭名昭著了。俞楼老是觉得自己的钱不够多,经常在公堂之上,公然索要贿赂,凡是不上交银两者一律败诉。后来,俞楼见州里的百姓都被搜刮得差不多了,银库里的银两增长得越来越慢,俞楼气得抓耳挠腮。这时,师爷张山出了一个主意:

"老爷,咱们城里西门外不是还埋着严颜大将军吗? 他的官那么大,墓里的殉葬品一定很多,说不定还有奇珍异宝呢。不如,咱们偷偷撬开看看?"张山露出一副谄媚的嘴脸。俞楼心里虽然有所顾虑,但心想:严颜去世几百年了,要投胎转世的话也都转了好几轮了,怎么会找上我?

考虑过后,俞楼在张山耳边低语道:"你快去找几个杂工,做好准备,今晚三更起开始掘墓,要是掘到宝物,速来府里通报于我。"

听完交待的张山立即从知府后门溜了出去。

月上中天,清凉的月光泻落在严颜的墓碑之上,让人心生寒意。张山一行人开始了掘墓。没过一会,他们便进入了墓穴,令人惊讶的是,这里面并没有想象中的金银财宝,空荡荡的墓穴中央只摆着一盏将要燃尽的油灯,定睛看去,灯下的石碑上刻着一行字:俞楼俞楼,无冤无仇;扰我清闲,即添灯油;如若未满,立即变牛。

看到这行字后,张山立马带着这盏油灯来到了知府。俞楼满以为今夜会大发横财,没想到却惹上了这样一个祸端,只见他脸色苍白,动也不动地坐在椅子上,脊梁上不断地冒出一股股的冷汗。片刻过后,俞楼好像有了反应,不停地吩咐道:"快往灯盏里添油,快往灯盏里添油……"

府里的下人拿来了府里的所有灯油添进了灯里,可没想到灯里的油却一点儿也没增加,还是那么少。俞楼担心自己真的会变成牛,便忍痛拿出了银库里的银两去买油,可不管俞楼往里倒得再多,灯里的油始终不过半;很快,俞楼便花光了银库里的所有银两。

眼看着自己的钱全都付之东流,俞楼陷入了郁郁寡欢的状态,每天都活在害怕变成牛的恐慌之中,根本无心再管别的事。

这天,城里的有钱人张财主同负责给他运货的来福打官司,原来是张财主让来福给他送一批丝绸到府上,可当来福将东西送到府上后,张财主却不想给银子,硬说从没见过那批丝绸,是来福在路上弄丢了。来福是个穷苦人,根本赔不起那批货,便一气之下将张财主告到了官府,打官司打到了衙门。

公堂上,张财主和来福各执一词,僵持不下。可俞楼根本无心听二人辩解,只在公演之上对二人说:"我府上有一盏万年灯,你们两个往里面添油,谁要是把它填满了,我就听谁的。"

张财主信心满满,带人扛来了一大缸油来到知府。可没想到,这万年灯就像是会吃油一般,一缸油都倒完了,也不见其有所增加。来福只是端来了家里仅有的一碗灯油,当他往灯里面倒油的时候,万年灯里的油竟奇迹般地越涨越高,直到添满。俞楼发现油被添满了,高兴得手舞足蹈。

没想到,没有了万年灯的威胁,俞楼竟然失信于自己的承诺,依然判定张财主胜诉。来福伤心欲绝,一头撞在大堂的柱子上自杀了。

　　第二天,俞楼高兴地带着张山一行人将万年灯送回严颜墓中,却发现灯盏下石碑上的一行字竟然变成了:"俞楼俞楼,无耻之尤;贪赃枉法,失信于民;特此惩戒,九代变牛。"只见俞楼脸色煞白,伴随着一声呻吟,便倒在了地上,再也没有起来。

　　俞楼死后,百姓们奔走相告,有的还张灯结彩来庆祝。用一句话来形容俞楼的遭遇刚好,那就是:"积善之家必有余庆,积恶之家必有余殃。"

　　(口述:苟学志;地点:四川省巴中市通江县;整理:陈敬春、龚奎林)

梦里当驸马

在今川北之地有一道教名山，叫作凌云山。山上有一道观，风景秀美、灵气充盈，名叫玄天观。道观的来头可不小，相传是八仙之一的吕洞宾在此得道修仙的福地，故又称吕祖门。

凌云山下有个牧童，名叫曾有元，自幼父母双亡，打小便成了孤儿，全靠邻里百姓的帮助，才没有被活活饿死。后来山下有对陈姓老夫妇见孩子可怜，便收养了他。日子就这样一天天过去，小牧童长大后十分勤快，每天都要帮陈老夫妇放牛割草。

有一天，曾有元早早地割满了一筐草，便到附近的一棵古树下休息。忽然眼前一阵白光闪现，只见一个道士身背一把宝剑从吕祖门口飘了出来。他以为自己眼花了，定睛一看，只见这位道士仙风道骨，眉宇间散发着一股灵气，心里倒不觉得害怕，相反便觉得奇怪。曾有元便一直盯着这个道人，想看看他要做什么。只见这个道人笑着对曾有元说："我在此地修道多年，从未被外人看见，今天你我相见，也算有缘，你愿跟我学习仙法，早日得道成仙吗？如此可使你一生不愁吃穿。"

曾有元笑着答道："我是一个孤儿，能活到今天，全靠陈老爹陈老妈的悉心照顾，如今他们年纪大了，我怎能离开他们呢？我要陪在他们身边，为他们养老送终，来报答他们对我的养育

之恩。"

道人说:"你有这分孝心,却也十分难得。也罢也罢,现在我传授你一道法,使你夜夜快乐,免你受一生劳碌奔波之苦。"随后牧童耳边传来五个铿锵有力的字"婆珊婆海底"。道士对牧童说:"你可要好好记住了,在每天睡觉之前念上一百遍。"说完这话,道士便不见了踪影。

曾有元以为遇见了神仙,乐滋滋地回到家里去了。晚上,曾有元牢牢记着道士交代他的话,当他念完一百遍时,只见所有的画面一切都变了,平时穿在身上的粗布麻衣变成了锦衣。刚一来到街上,便听到身上身后一人对他说道:"曾秀才,你满腹诗书,如今皇上在张榜求贤,何不去求取功名,光宗耀祖。"曾有元听了那人言语,便去揭榜。皇帝听说后,宣他进宫,当面出题,曾有元提笔便写了一篇文章献给皇上。皇上看了后非常满意,说道:"爱卿,你正是朕苦苦寻求的贤才呀!朕要好好重用你。"便授他为著作郎,主管天下文章的事。可是正当曾有元骑马上任的时候,忽然一阵凉风袭来,马一声嘶鸣,曾有元跌下马来。曾有元吓得半死,一惊而醒,揉眼一看,仍睡在铺上,天已大亮,吃过早饭,又去放牛割草。这样日复一日。

一天,皇上忽然召见曾有元说:"爱卿才智过人,相貌出众,人皆称赞。朕欲召你为驸马,即刻拜堂成亲。"

曾有元跪拜答道:"谢皇上恩赐。"曾有元成亲之后,夫妻恩爱,夜夜快乐,快活至极。

几年过去了,有一天,皇上忽然急召曾有元,来朝商议大事,对他说道:"爱卿官居高位,更是我的女婿,如今敌国发兵来犯,形势严峻,爱卿有何退敌良策呀?"曾有元被问得哑口无言,没法回答。国王大怒道:"朕要你何用?敌军来犯,你却在此哑口无言,养你在朝,岂不是费国家钱粮,贬为庶民,逐出朝廷。"曾有元一惊而醒,从此以后,再也不敢念这五个字了。

几年之后,陈老夫妇双双病死了,曾有元厚葬了二老,便到凌云山上的道观上学道去了。

(口述:龙万强;地点:四川省南充市高坪区宣传部办公室;整理:龙紫薇、龚奎林)

红梅成仙记

　　巴中市奇章乡一直流传着腊梅仙子的传说,这个故事得要从唐朝那时说起。

　　话说唐天宝年间,爆发著名的朋党之争。宰相牛僧孺因直言进谏,得罪宰相的李林甫,被贬为奇章公。奇章,在隋唐时是一个小县,后设郡。牛僧孺被贬至此,仍然没有放弃自己的内心操守,坚持直言进谏。他忧国忧民,在奇章大兴教育,培养了一大批知识分子。后来,李林甫被贬,牛宰相被召回京城,辅佐太子,唐朝一时兴盛起来。

　　然而时光一转,转眼几百年过去了,一晃便到了宋朝。宋朝本就是积贫积弱,到北宋末年,边关更是年年告急。杨家将一门忠烈镇守雁门关,抗击辽军,誓保摇摇欲坠的北宋王朝不倒。然而宋朝皇帝昏庸,亲佞臣,任命潘仁美为统帅,怎料潘仁美指挥失误,宋兵兵败雁门关。杨门虎将杨继业受重伤坠马被俘,杨继业女杨红梅为躲避辽兵的追杀,四处逃亡。

　　一天夜里,杨红梅看着星空满天,不由想起自己的父亲被俘誓死不降的情景,眼泪止不住地掉下来,又想起唐朝的著名宰相牛僧孺提倡教育育人使唐朝兴盛的情况,觉得奇章是牛僧儒的福地。便连夜逃到奇章,寻觅牛僧孺的忠魂,以灵保国,驱逐外患。

红梅逃到奇章后,县人知道她是杨门忠烈之后,便为她在当时著名的山脉龙城山修了住宅,并将此山改名为红梅山。

可是这样的好日子没过多久,辽兵就追杀到此。他们一把火烧了她的住宅,一直追赶她直至山脚大方田。此时杨红梅自知无路可逃,眼睛一闭,打算咬舌自尽。忽然就在这时,地底一声巨响,一道绿光射出。顷刻间狂风大作,地底裂开长十丈、两丈宽的裂缝,红梅纵身一跃跳进裂缝后,裂缝又四边合并起来。当辽兵正要抓人时,早已经不见了红梅的人影。

据传,红梅小姐遁地而逃,是观音菩萨暗中搭救,观音菩萨眼看着红梅要被辽兵所俘,为使红梅不受辽兵的侮辱,就暗中施法,一指将她弹入地底,由土地公开路,穿过红梅山脚,直达奇章河下游的龙潭子。观音菩萨为红梅寻了一僻静之地,传授她仙法,让她在此修仙。

红梅小姐在此修炼数十年。有年腊月初八,天降大雨,从早到晚未停,奇章河下的龙潭子河水早已经溢出。这时,只见龙潭子射出四道水柱,每道水柱上都射出一道绿光,四道绿光交相呼应,射向天际。拨开云雾时,观音菩萨于空中招手,红梅小姐亭亭玉立,冉冉升空,宛如一幅画卷,山脚百花盛开,腊梅花尤其盛开得灿烂,花香溢百里,人人陶醉。

后来当地人就把红梅山称为腊红山,杨红梅也不叫红梅小姐,被改称为腊红小姐。为了纪念腊红小姐升天成仙,每年腊月初八,奇章当地家家户户都会煮腊八饭敬奉腊红仙子。

至今,只要走到奇章乡下,总是能听见当地老百姓在传说腊红仙子的故事。

(口述:王敦贤;地点:四川省巴中市;整理:龙紫薇、龚奎林)

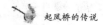

起凤桥的传说

在四川省巴中市的恩阳镇上,有座桥,名叫"起凤桥"。最初建于唐朝,经过多次维修而成,方圆百里,远近闻名,被喻为中国平板桥第二。只要来到恩阳镇的人们,必定会在这座桥上走一走,这是为什么呢?

在民间,人们对这座桥名字的起源有两种不同的说法。

晚唐年间,恩阳镇上有一个女子,其美貌堪比沉鱼落雁、闭月羞花,特别漂亮。后来在一次入宫选秀中拔得头筹,并成为皇后。皇后在古时被喻称为凤凰。由于这个恩阳女子的原因,恩阳镇上的这座桥就被称为起凤桥,被人们看作好运的象征。

另外一种说法则要从清朝说起。起凤桥在建成之后原不叫起凤桥,叫什么名字,当地人早已忘记了,历朝历代经过了几次修缮。在明末清初时,又对它进行了两次大的修缮。由于这里以前是码头,比较繁华,人们经常会聚集在这里。因此在桥修缮好后,就有很多老百姓、商贾为它庆贺。纷纷放起鞭炮来,整个桥都被鞭炮噼里啪啦的响声以及人们的吵闹声围绕着。每个人都很高兴,有的人甚至还跳起舞来。

突然,人们的吵闹声戛然而止,都向桥对岸跑过去了,像人海一样,正当大家摸不清头绪的时候,只听一人大喊道:"凤凰,是凤

凰。"这是怎么了？发生什么事了呢？

原来是人们在鞭炮的烟雾中隐隐约约看见有两只金凤凰。一眨眼间金凤凰就飞起来了，它们飞到了桥的对面，老百姓觉得很好奇，想要一探究竟，便停住了吵闹声，紧接着往桥对岸追了过去。然而，当老百姓就要到桥对岸时，两只金凤凰却入地而逝。

有不相信金凤凰会凭空消失的人，把整个恩阳镇都找遍了，但是最终还是没有找到它们。这给当地百姓留下了一个深深的疑惑，人们也不知道那两只金凤凰是从哪里来，又到哪里去了。因为凤凰寓意吉祥，人们在心中便把消失的这两只凤凰看作带来好运的凤凰仙子。后来人们就把这座桥叫作起凤桥，把金凤凰入地而逝的地方叫作飞凤村。

在老百姓们的心里，他们把这座桥看作事业腾飞、兴旺的地方，认为来到这个地方就会交上好运！渐渐地，在桥上走一走能够为人们带来好运，成为恩阳镇的习俗。这个传说从当时一直流传到现在。因此，只要是来到恩阳镇的人们，必定会来到这座起凤桥。在桥上走一走，希望能够沾上好运，事业能够像金凤凰一样腾飞！

（口述：阳云、杨慧；地点：四川省巴中市恩阳镇；整理：龙紫薇、龚奎林）

吃"尿鸡"

　　很早以前,四川南充市隆兴乡有户人家,有两兄弟靠寡母带大。但老大刻薄刁钻,娶了个刻薄刁钻媳妇叫秀儿。自从嫁到他家后,秀儿就怂恿老公抛弃了婆婆,十几年来从不上门看望婆婆。而老二心地善良,娶了个善良的媳妇秋香,人们都叫她香儿,香儿和老公勤劳善良,侍奉婆婆,虽然不富裕,但生活较为幸福。可没想到的是,没过几年,男人就因病去世了,留下香儿与年老体弱的婆婆。失去了顶梁柱的家愈加贫困,只能由香儿撑起全家。

　　为了补贴家用,勤劳的香儿在一地主家做女佣,起早贪黑,辛勤劳动,从不偷懒,得到了地主全家人的信任。

　　时间一天天过去了,又到过新年的时候了。香儿为地主家做好了丰盛的年夜饭,正准备回家时,地主夫人在餐桌上扯下了一个鸡腿说:"香儿,你在我们家每天辛勤劳作,这算是对你的奖励!"香儿很开心。可心地善良、孝顺婆婆的香儿并没有吃鸡腿,而是把鸡腿放在自己的裤包里,心想着要拿回家给很久没吃肉的婆婆吃。她迅速收拾东西,想着赶快回到家让婆婆尝尝鸡腿的味道。

　　俗话说人有三急,就在这时,香儿突然尿急,便急忙忙地来到茅房。就在香儿要方便时,只听见"扑通"一声。这一声可把香

儿吓坏了,原来鸡腿一不小心从裤包里掉进了尿桶。这下可好了,鸡腿上全是尿,这可怎么吃啊?

香儿急得直掉眼泪,又是可惜难得的鸡腿,又是恨自己怎么这么不小心。可是也没有什么好法子,只好捡起满是尿味的鸡腿垂头丧气地回到了家。香儿满怀愧疚地对婆婆说:"婆婆,地主家给我一个鸡腿,心想着拿回来给您吃,可谁知我方便时,不小心把鸡腿就掉进尿桶里了,这可怎么办?还能吃吗?"婆婆慈祥亲切地应道:"香儿,能吃!能吃!把它洗洗不就可以吃了吗?"婆婆感动地吃完了满是尿味的鸡腿。

过了几天,香儿到山坡上去锄地,眼见着天色暗了起来,心里担心婆婆一个人在家不方便,便更加卖力地锄着地,想快点回到家里去。这时突然刮来一阵风,只见土里露出似有非有的黄灿灿的东西。香儿很奇怪,用锄头一挖,没想到挖出了一堆一堆的黄金。就这样,香儿家富裕起来了,和婆婆过上了幸福的日子。

香儿的嫂子秀儿听说了这件事后,贪婪的她也想像香儿一样能挖到黄金,就提了一包点心问婆婆这是怎么一回事,后得知香儿是给婆婆吃了尿鸡腿,才挖到黄金的,心里就悄悄地打上了小算盘。

又过了几日,从来不关心照顾婆婆的嫂子居然提着一整只鸡来给婆婆吃。婆婆一闻便说:"儿媳啊,怎么这只鸡怎么没有香味,全是尿味啊?"

秀儿眼珠子一转撒谎答道:"婆婆啊,这是邻居给我的一只鸡,我舍不得吃,可又不小心掉进尿桶了,你就将就吃了吧!"

婆婆也没吭声,就默默地吃下了这只尿鸡。忽然间,电闪雷鸣,狂风呼啸,下起了暴雨,婆婆家里升起了一道黑烟,几分钟后狂风骤雨就停了,那个贪心的嫂子也不见了。乡亲们四处寻找也没找到,最后香儿在悬崖峭壁上发现了嫂子。嫂子满脸发黑,头发蓬乱,被夹在悬崖中间不能动弹。乡亲们想尽办法也不能把她救出来,大家只好叹息着离开了。嫂子夹在悬崖中间,日晒雨淋,每天都被老鹰啄食,不久就死去了。

(口述:李玉碧;地点:四川省巴中市;整理:龙紫薇、龚奎林)

梯子沟的传说

　　梯子沟位于四川省通江与万源之间，宽不过八九丈，山沟两侧石壁耸立，偶有几根小松枝在壁上生长；由于常年没有阳光照射，沟里更加潮湿、阴冷。远远地望见石壁，亮晶晶的就像是石壁上涂着一层油一样。梯子沟沿途都是陡坡，共计十四里，上七里、下七里，中间都是峭壁悬崖。但由于梯子沟是来往于通江和万源的唯一通道，所以从这里过路的人来来往往，络绎不绝，为了供来往的行人稍作歇息，前人在沟里建了一座石亭。

　　王大经常来往于梯子沟。他和自己瞎眼的老母亲住在梯子沟万源一侧，两人挤在在一间破旧的茅屋之中，由于家里没有田地可供耕种，所以全家都只有靠着王大在万源与通江之间贩纸为生。

　　这天，王大一如既往地背着在万源收购的纸，前往通江县城贩卖，通常王大很快便能通过梯子沟，因为心里惦记着家中的老母亲，他从不在石亭稍作停留，而是径直通过。可是当日，正值三伏正午，王大行至石亭实在是走不动了，便在石亭稍作休整。从没有仔细看过石亭的王大也有机会可以好好瞧瞧了。

　　坐在石亭里，王大点了一支烟。"我听说啊这个梯子沟藏有宝藏呢！"正打算休息的王大听到一群挑夫在一旁高声谈论着梯子沟的传说。

"那在哪儿嘛?"

"你们看石亭的柱子上不就刻着一副对联:'上七里,下七里,金银藏在七七里。'"

听到梯子沟藏有宝藏的消息,王大把身子朝人群里挪了挪。

"听说县太爷派过几次人来梯子沟都没有找到,连附近的山大王也来寻过宝,只是都没人见到过宝藏到底在哪里,我看啊,八成是哪个编造的谎言吧。"

"对对对,就是啊,要不然怎么连县太爷、土匪头子那么有势力的人都找不到啊?"

"我看我们还是老老实实地干挑夫吧,别去妄想那些宝藏了啊。"

好不容易挤进人群中的王大,听到这一句、那一句,摇晃着头,边走边叹气地又踏上了前往通江的路上。

"卖纸了,卖纸了!"好不容易带着纸来到通江的王大尽力地吆喝。眼看着太阳将要下山,望着还是满满一筐的纸很是疑惑,他便拦下一位行人询问。原来通江不知在什么时候也开了一家纸号,当地人已经都可以在那家纸号买纸了。无奈的王大摇了摇头,只好背着一箩筐的纸踏上返回万源的路。

心情沉重的王大又一次路过梯子沟的石亭,远远地望着亭上的对联。"金银,这梯子沟的要是真的有宝藏就好了,唉!"王大又深深地叹了一口气,心想这纸没卖出去就没钱给家里的母亲买药吃。几乎绝望的王大在一棵大树下坐了下来,点上一支烟,望着一筐纸,心中想着家里年迈的母亲,自己没脸回家,各种想法在王大脑中不停地闪现,疲惫的王大就这样睡着了。

"着火了,快来救火啊!"王大从路人的叫喊声中醒来,原来是因为自己睡着了,烟斗点燃了自己的那筐纸,王大一筐纸被烧个精光。

"哎呀,哎呀",突然什么东西砸中了王大的头,晃了晃头、清醒片刻的王大立马看见砸中自己的是一些银子。原来,石壁上亮晶晶的,是过去人们把宝藏藏在山壁上用蜡封口,由于沟里常年阴冷,所以一直无人发现。结果王大因祸得福,烧纸升起的腾腾热气把蜡封融化了,就这样发现了宝藏。获得宝藏的王大用这笔钱新建了一所房子,治愈了母亲的疾病,从此生活开始好起来。

正所谓孝感动天,孝顺的王大终于得到了上天的垂青,而梯子沟也成了孝子的代名词。

(口述:谷继文;地址:四川省巴中市通江县;整理:张宇锋、龚奎林)

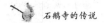

石鹅寺的传说

石鹅寺,石鹅山,石鹅高耸白云端。

眼观通南巴三县,舒臂展手摸着天。

这是 1933 年红四方面军政委李先念当三十军政治部主任驻于石鹅寺中时,为当地极富传奇色彩的石鹅寺作的赋诗。

石鹅寺位于四川巴中的北极乡的乌龙垭山上,北极乡地处南江与通江两县之间,香火十分旺盛,当地前来祭拜的村民络绎不绝。名闻遐迩的石鹅寺的修建,在当地人的口中却有一段奇谈。

乌龙垭高耸入云,山上鲜花遍野,松柏连绵,远远地看,犹如一对面面相对的石鹅。相传这对青鸾鸟原本是西天王母的奴婢,由于不愿长期为奴,便结伴双双飞到这乌龙垭之上,见到此地钟灵毓秀,化作一对石鹅在乌龙垭安居下来。从此,在附近居住的居民如果有什么愿望,只要向石鹅大仙许愿,便可以灵验,前来祈愿的人络绎不绝。人们为了供奉"石鹅大仙",便准备在峰脚的一处平坝修建庙宇。行将动工,由于当地交通不便,修建庙宇的材料并不齐全,工匠彻夜商讨该如何是好。

——"怎么,这些材料是从哪儿来的啊?"

第二天,看到所需材料已经悉数放在工地上,工匠惊讶不已。

将到中午——"哎呀,我们太疏忽,都忘记了做饭啊!"原来工匠们太专注于修建庙宇,竟然忘了要为自己准备饭菜。

——"怎么?这是谁做的啊?"望见早已摆好的一桌饭菜,工匠们又一次惊讶起来。"这一定是石鹅大仙显灵,谢谢石鹅大仙帮助我们啊!"

需要的材料已然找到,大家准备次日就开始动工修建。第二天,工匠来到工地:"不见了!所有的材料都不见了!这是什么情况,赶快去找!你们去这边,你们去那边!"眼看着好不容易有的材料全部不翼而飞了,工匠们心急如焚,三五成群地朝四面八方寻找。

"找到了!找到了,材料全部都在峰顶放着呢。"

"哦,我们知道,这一定是石鹅大仙想告诉我们,要在山顶修建,不要在山脚修。"

随即,工匠们便在山顶开始平整地基,准备建造庙宇。工匠们的三餐则一直由"石鹅大仙"为他们准备好。

一天,有个工匠想一探究竟,他便假装生病,腰间别着斧子,猫在草丛里。眼看着又要到了中午,一阵刀勺瓢盆案板声急促地传来,伴随着翻炒饭菜的香气也徐徐飘来。

猫在草里的工匠揉揉自己的眼睛,只见到两位身着素衣的姑娘在厨房之中忙得不可开交,一个负责洗菜整理,另一个负责下锅烹炒。眼瞧着那个在外面洗菜的姑娘朝着自己走来,这个工匠一下子跳出来,搂住了毫无准备的姑娘。瞬间,两个姑娘都变成了大白鹅,"扑哧,扑哧"挥舞着翅膀跳向那个工匠,把他的眼睛啄瞎了。剧痛使得工匠把斧子四处挥舞,一只白鹅正好被他砍中,另一只白鹅便奋力飞到了空中,绕着山峰转了几圈,发出了凄凉的叫声,朝北飞了不到五里,在一棵参天松柏停了下来,回头望了望同伴遇害的地方,带着无尽的留恋和悲愤朝汉中飞去了。

后来,人们仍然十分怀念石鹅大仙,工匠们继续夜以继日地完成了寺庙的建设,取名为"石鹅寺",寺内供奉着石雕女神的塑像,女神端坐在石鹅之上。清代秀才王禹初写对联一副刻于寺柱:

> 一对石鹅钟灵气;
> 七尺菩提倚云栽。

（口述:谷继文;地址:四川省巴中市通江县;整理:张宇锋、龚奎林）

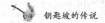

钥匙坡的传说

　　钥匙村位于在四川巴中通江县。在村子的西南,有一处山坡名为钥匙坡,位于两县五乡交界处,钥匙坡四面都很陡峭,但坡上却长满了青蒿。由于钥匙坡地势险要,使得当地村民交通极为不便,村民生活也并不富裕,但当地村民并不热衷于耕种,而是心心念念着要去寻找那个属于钥匙坡的宝藏。

　　相传,章怀太子李贤被贬为庶人至巴州,可他还是从宫中带了一批宝物。为了担心日后被人告发,在行至通江钥匙坡时,见此处地势险要,便决定将逃难时所带的一些奇珍异宝藏于此处,并且藏下一把钥匙,待日后再取。

　　这就是村民心心念念要去寻找的宝藏,却需要先找到那一把关键的钥匙。这把钥匙到底是什么,村民众说纷纭,不尽相同。有的人说钥匙是一个石碾子,又有的人说是一根黄瓜,甚至还有人说其实根本没什么钥匙,那不过是一个侏儒,可到底是什么?多年来人们没有结论。

　　钥匙坡有宝藏的消息,随着时代的变迁消息也开始不胫而走,越来越多的人希望来钥匙坡碰碰运气。

　　当年唐玄宗曾逃难至四川,听说这个传闻后,待他重返长安后,曾派两百名精兵来寻找宝物,结果部队在山崖间各处寻找,突

然电闪雷鸣,大雨倾盆如注,霎时间山间爆发泥石流,两百精兵全部葬身巴山。此后,历代政府均尝试了各种的方式来寻找,都是无功而返。

直到晚清时期的一天,两个外乡人来到钥匙村。原来他们是两个地仙,一老一少行至钥匙坡,见此处山势雄奇,便向当地人打听此处是什么地方,得知了钥匙坡宝藏钥匙的传说。

一日,青年人闲来无事随手摘了一条蒿枝,不一会儿,被折断的地方又长出了新的蒿枝;青年人反复几次,蒿枝都一次次地又重新长了出来,年轻人觉得甚是奇怪。于是回到住处告诉老人,老人听后不信,决定自己亲自前去一探究竟。老人来到路边又一次折断了一节蒿枝,果然在原处又一次长出了新的蒿枝,老人忽然想到了那个钥匙的传说,老人觉得这满山的蒿枝就是传说的钥匙。于是,两人便手持蒿枝对着山腰晃了晃,突然山坡开始了一阵晃动,随着土石被从山上抖落,慢慢地,一个石门在两人的面前展开。

石门缓缓地打开,两人点了两把火炬又掸了掸头上的泥土,两人定睛一瞧,看到了一头略显消瘦的小驴围着石磨不停地转悠,一个白发苍苍的老妪一手拄着一根手杖,颤巍巍地用另一只手递出一个布袋,并说:"这些就足够你们十余年的生活嘞,拿了就赶快走吧……"布袋里装着满满的金沙,原来那磨盘中不断磨出的是金沙。两人揣下那个布袋,心想再往前走走,看看是否有更多宝藏。

不一会儿,两人又见一石门,石门上长着些蒿草,青年人再次折下蒿枝在门前晃了晃,石门又一次打开,只见山洞中堆积着各式绫罗绸缎和奇珍异宝。两人见到有这么多的宝藏,十分欣喜,可是又觉得宝物过于沉重,两人便开始四处查找,看是否有工具便于运走宝物。

突然,其中一人发现在角落之中又隐藏着一扇石门。两人心想,推开石门必有更加珍贵且便于携带的宝物,两人兴冲冲地便推开石门。不料从石门之中冲出了几只猛兽,将两人一口吃掉,那三扇打开的石门也一同关上了。

听到这些的村民再也不敢随意讨论宝藏的秘密了,从此钥匙坡的宝藏再一次被埋藏了起来,人们只是把钥匙坡的宝藏的故事当作茶余饭间的谈资,不再有人当真,而是靠辛勤劳作来改变自己的生活,钥匙村渐渐开始繁荣起来。

(口述:谷继文;地址:四川省巴中市通江县;整理:张宇锋、龚奎林)

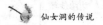

仙女洞的传说

四川与陕西接壤的通江西北边缘的大巴山南麓,有一条河水,名为诺水河,河水出自米仓山,流入通江河,水流有急有缓,既静又动且清澈透亮,诺水河两岸溶洞成群,可谓是山山有洞、洞洞独特。在这大小一百余座溶洞中,却又这样一个充满传奇色彩的溶洞,她就是仙女洞。仙女洞位于仙人洞对面,洞中外低内高,可容百人,如今虽没什么奇观,可传说以前洞中可是五光十色,美不胜收。

为什么原本五光十色的仙女洞如今却没有了什么奇观?

在很早之前,仙女洞中住着一位美丽的仙女,她和洞中的药仙是兄妹,两人共同住在洞中。哥哥在大山之中寻采药材,给当地居民治病;而妹妹则以彩霞为线,用阳光将之织绣,最终织了诺水河两岸花团锦簇、山色秀美,风光格外秀丽。在这样秀丽的环境中生活,当地村民的身体也逐渐比以前健壮了许多,村民为了感激他们的恩德,便为他们修建了一座庙宇,前来祭拜的村民络绎不绝,哥哥为人治病、妹妹织出这栏杆美景的名声也逐渐传开。

仙女不仅为诺水两岸织出锦绣光景,还经常帮助当地穷苦的青年人。由于地处山区,当地居民所穿的布鞋既要爬山又要涉水,常常没穿多久就坏掉了,这对于山里的人来说真是一件烦心

事儿。仙女知道后，一心要帮他们修补鞋子。

在仙女洞门口有一石凳，凡是那些村民穿坏的布鞋只要放在上面，并踩上一脚，便可以在第二天，在同样的地方的得到一双崭新的布鞋，并且这双鞋更加耐穿，穿上鞋，踏高山如平地，穿溪流而不湿，穿上新布鞋的村民在山间地头的劳动变得轻松了。庙宇来来往往的人越来越多，伴随着络绎不绝前来拜祭的脚步，仙女补鞋的事情也渐渐地被更多人知晓。

一日，一个财主家的儿子听闻仙女洞有一位绝世美女会免费为人们补鞋。为了能够见到仙女的容貌，他便带着随从专门来到了仙女洞前的石凳前，将随身携带的新布鞋放置在石凳之上，又假意在上面踩了两脚之后，他便满怀欣喜地同仆人离开了。第二天，他又来到石凳前，看到布鞋果然不见了，心中暗暗开心终于可以一见仙女容貌了，便躲在一旁的灌木丛之后等待着仙女的出现。等啊等，等啊等，不知道怎么就睡着了。

不知过了多久，他突然醒了过来，朦胧之中，望见洞口处慢慢飘来一位长相花容月貌、身材婀娜多姿的仙女，她手中还拿着一双崭新的布鞋。早已等候多时的浪荡公子像饿狼一样，一个猛子便从灌木丛后钻了出来，一把从后面抱住了仙女。"隆隆"突然天上一道惊雷炸响，浪荡公子定睛一看原来自己抱住的竟是一根冰凉的石柱，惊雷恰巧击中了他头顶的一块巨石，巨石就像长了眼睛一样，只听得见"呜呼"一声，他便已经葬身巨石之下，这块巨石也封住了仙女洞的出口。后来人们见在巨石之下有这一条早已死去的蛇。后人遂以"卜算子"嗟叹：

峭崖残壁间，寂静阴阴雾。一角莓台剥落花，此是仙寓处。
弹泪别东风，驾鹤怅归去。回来天堂也伤心，莫问别离故。

曾经的仙女洞是亭台楼阁，景色迤逦，颇有仙人寓苑之概，迎客厅不仅明亮，还可以容纳成千上百人，可惜由于巨石坍塌，使得无法得见，只剩下如今虽无奇景却有奇闻的仙女洞了。

（口述：谷继文；地址：四川省巴中市通江县；整理：张宇锋、龚奎林）

罗梦仙的传说

    在很久以前,甘肃省会宁县汉岔乡的罗家山有个以乞讨为生的人叫罗梦仙,住在山上破庙外的一个草棚里。罗梦仙非常善良,对神灵也非常有诚心,尽管自己过着衣不遮体、食不果腹的乞讨生活,但他每天都坚持打扫破庙的卫生,而且,他每次不管多饿,都要将讨来的饭先供奉庙里的神仙。

    有一天早晨起来,罗梦仙饿得两眼昏花,但他还是很努力地爬起来,准备打扫庙里神仙的贡台。当他拖着不听使唤的腿,颤颤巍巍地挪到庙门口,颤抖地撞开门时,他突然看到一位神仙正在梳头。罗梦仙大吃一惊,以为自己还在做梦,于是,他狠狠地拧了拧自己的大腿感觉到痛,确定自己不是在做梦。他进也不是,退也不是。就在他惊魂未定、进退两难之际,神仙开口说:"罗梦仙,你对本尊很有诚心。今日见我之事,你若保密,本尊保你荣华富贵百年。"罗梦仙本身饿得没有力气,加上吓得不轻,瘫在地上,赶紧语无伦次磕头道:"好,好,好,小人记住了!"

    从此以后,罗梦仙对神仙更加敬畏了,谨记神仙的嘱咐,对外绝口不提看到神仙的事情。每天照常打扫破庙卫生,外出乞讨的食物先供奉神仙。在外面乞讨时也更有诚心,每天能乞讨的东西更多,有时讨的东西还有剩余,再也不用吃了上顿愁下顿。甚至

有时几天不出去乞讨也够吃。于是,他就利用不外出乞讨的时间,在罗家山下开荒种地,当他开好荒地种上庄稼时,恰好风调雨顺,喜获丰收。这样几年后他还有存粮,经常施舍给其他穷人。

同村人看到他勤劳耕作,日子越过越好,就给他介绍了个好姑娘。罗梦仙娶妻生子后,两夫妻勤勤恳恳,种地养马,像模像样地过日子,日子一天天富裕起来了。在他最富有的时候,他妻子自己的私有财产就有 360 匹白马,在祖历河饮马时,马队一头已到河里了,一头还在圈里在往出来走。马狂奔时还会踩踏当地的小孩子。他们家的鸡出来之后,刨起来的土可以挡住太阳。他们家的伙计出去担的是喂鸡的粮食,进来担的是鸡蛋,就连他们家的涝池是用铁做的。因此,罗梦仙成为当地有钱的大户人家,名声大扬。

有一天,在罗梦仙家门口来了一个乞丐。罗梦仙看到来者满面红光、身强力壮,想想这些年自己的努力换来这么大家业。于是,批评这个乞丐年轻力壮、自己不动手却还要来讨饭为生。说着说着,两人就吵起来了,乞丐大骂:"你罗梦仙曾经也是乞讨之人,怎么可以这样子说我呢?"罗梦仙拍着胸脯说:"此前我是乞讨,但自从我看到神仙后,再通过自己努力,挣下这么大家业。现在哪怕是干了黄河塌了天,穷不了我罗梦仙。墙壁(用荞面裹的)都可以吃三年。"这个乞丐说:"不干黄河不塌天,一夜穷了你罗梦仙!"说完之后扬长而去。

顷刻之间,罗家山起了一朵荷叶般大的乌云,越来越浓,迅速地翻滚着,乌云越来越大。顷刻间,电闪雷鸣,下起瓢泼大雨,河水暴涨。一下子将罗梦仙的川地冲成一条沟壑,所有的牲口、田地、粮食都被冲得一干二净,家小也被全部冲走。罗梦仙自己逃到一棵大槐树上,看到眼前的景象,心里暗自想:自己是不是太张狂,是不是太得意了,现在遭到报应了。要是自己能一如既往地善良、勤劳,还是那么有诚心,现在肯定不是这个样子,但现在为时晚矣,后悔也来不及了。

老百姓知道这件事之后,都认为"欺天之饭不可吃,欺天之话不可言"。

(口述:张效礼;地点:甘肃省会宁县甘沟驿镇五十里铺村;整理:何姣、何平荣)

堡 子 山

　　从白银铜城出发,跨过黄河出靖远,绕过乌兰山越过阴门、沿着祖厉河逆流而上,约六十华里的距离就进入甘肃会宁地界。会宁有一座大山,其形高大、其貌奇特,在顶端有一个像堡子一样的大土墩,这就是堡子山了。

　　据说,堡子山十分神奇,十分坚硬,像一个健壮的男子,姿态丰满,磐石与泥土构成了他刚强的筋骨。他彪悍有力、骁勇善战,而且壁垒森严,有豺狼来袭时,他无须一拳一脚,只要伸出一根小拇指就可以使野兽们望而生畏、知难而退,以至于夹着尾巴逃走。当雕鹘来袭击堡子山周围一带的村庄时,他会伸开双臂敞开怀抱,像母鸡保护小鸡娃儿们一样,使每个被袭者安然无恙。

　　一天,天上的神仙张果老倒骑毛驴去逛终南山,有人喊道:"喂,老张,错了,终南山在南,而你却向北走去,这大方向恐怕有问题吧?"

　　张果老听后哈哈大笑,不以为然地说:"我面前不就是终南山吗? 我每时每刻大睁两只眼睛定定地盯着终南山、紧紧地瞅着终南山、牢牢地望着终南山,这大方向肯定不会错的啊!"结果他的毛驴子把他驮到了千里陇原的堡子山下。

　　那时堡子山一带正在发生严重的旱情:赤日炎炎似火烧,野

田禾苗半枯焦。农夫心里如汤煮,畜禽口渴更难熬。"这么干旱怎么不下雨,老天难道不知道吗?"张果老心里想着:"怎么能告诉老天爷呢?"他左右看看,蓦然发现堡子山中有一匹金马驹在沉睡。于是他心生一计,便迎风一甩袍袖,抖出一根千年陈谷草,对准金马驹连晃三下,谷草的香味唤醒了这只沉睡的马驹,只见它呼地一下竖起耳朵,甩开鬃毛,昂起头颅,对着苍天长嘶一声。刹那间整个堡子山浑身发抖,半山腰一柱孤烟直冲云霄,发出一声巨响。那声音如风啸、如雷吟,回荡天府,惊动了凌霄宝殿的玉帝。玉帝不知道发生什么事了,急忙派出两名神仙下界去查明原因。

正在这时,堡子山中的百姓也因为干旱过得不太平,偷盗之事时常发生。

这天,堡子山的一个村中的骡子被偷了,晨晓之后,十名村里的年轻人一路追赶,追了一百多米后,盗匪出现了,有数十号人,正在得意扬扬地狂呼乱喊,这十个年轻人勇敢地冲入匪群,手里拿的齐眉棍上下翻飞,只一个回合撂倒一片,打退了贼寇。

从那以后,堡子山人人舞枪,各个弄棒,白日务农,夜间练武。每逢刮风下雨或者业余农闲,堡子山的人们都会在自家院子里舞弄刀枪,或者一村人聚集起来,在村头的空地上一起切磋武艺,你练困羊棍,我习梅花枪;他亮黑虎鞭,他使青龙剑。强者一力胜十会,弱者一巧破千斤。父教子学,弟兄切磋,姐妹探讨,夫妻斟酌,幼童嬉闹,老迈评说,以武为快,以武为乐。文明其灵魂,野蛮其体魄。

玉帝派下凡的神仙看到这番景象,都吓了一跳,忙问堡子山的人怎么了。堡子山正值大旱,堡子山的人就说:"天不下雨,大旱了。"两位神仙误以为堡子山金马驹发出的巨响是堡子山人为抗拒干旱而发出的,回去向玉帝禀报时说:"堡子山的人因为干旱,人人舞刀弄枪,发出响声,想让您听到,给堡子山降些雨。"玉帝于是马上令龙王普降透雨,并聚泉为溪绕堡子山而过,以解禽畜之渴。

自那以后,凡出现旱情,附近的人都会打听,堡子山有没有响声,若堡子发出响声,三日内必降大雨。

(口述:张廷锐;地点:甘肃省会宁县郭城驿镇文化站;整理:张盼雯、何平荣)

吊坪的传说

　　吊坪又名"吊瓶"，是甘肃省会宁县甘沟驿镇的一个村庄。相传这里原先因干旱缺水，村民生活十分艰难，村庄之外方圆十里也无人烟，可是此地却是会宁人出行的交通要道。由于村里用水十分困难，生活用水都是从距此地十多里的小山沟里挑来的。因此，这里的人们通常用水都极为节约，水比油贵，给别人借什么都不借水。

　　然而，村子里有一户孙姓人家却很大方，从这里路过的人如果有上门讨水喝的，他都非常热情地将家里仅有的水给他们喝。在一个炎热的夏天，孙家人从田里干活回来，看到大门口躺着一个老人，他们赶紧把老人抬进屋，一直在老人耳边叫："你醒醒，醒醒……"

　　经过多次的呼喊，老人断断续续地说："水、水……"

　　他们看到老人嘴唇干裂，脸色苍白，想想家里还有一瓢水，就毫不犹豫把水给老人喝了。老人喝水后慢慢醒过来，临走前老人感动地对他们说："谢谢你们的救命之恩！送你们一句话，你们切记：好人有好报。"说完，老人就不见了。

　　这家人一直记着老人的教诲，继续热心地帮助别人，为了让更多人喝上水而不至于像老人那样渴晕，他们在大门口的枣树上

挂了一个瓷瓶,枣树下立着一个牌子,牌子上注明:"瓶中有水,请放心饮用。"示意过路的人渴了就可以直接喝这里面的水。

其实这位老人不是凡人,是天神下凡。由于孙家人多年来不顾自己缺水而帮助路人,矢志不渝的积德行善,名声越传越远,就连天上的玉皇大帝都惊动了。于是,玉帝派天神下凡来探虚实,天神变成一位口渴的老人来到了孙家门前,便有了孙家唤醒老人并给他水喝的情形。

这位老人离开孙家后立即升天,将在凡间的亲身经历告知玉帝,玉帝深受感动,招来龙王给孙家所在的村子下了一场好雨,大雨持续下了三天三夜,田里的快要枯萎的禾苗高兴地"咕咕"喝个不停,河道里的河水源源不断地向前欢快地奔流着,好像是在蹦蹦跳跳地告诉人们:"快来看呐,有水了,我们的好日子来了……"

到了第三天晚上,除了孙家,这里的人们都做了一个同样的梦,他们梦见一位老人告诉他们说:"你们迎来的这场雨,是你们村那户姓孙的人家多年来热心帮助别人、毫不吝啬地给过路人水喝而感动上苍而下的。在你们极为干旱的情况下,他们家能这么做,这种精神极为难得,是非常值得世人学习的。以后你们这里将会年年丰收,代代有'金凤凰'从这里飞出。"说完,老人倏地一下不见了。

次日,人们将梦中之事奔走相告,他们纷纷来到孙家门前,瞻仰那挂在枣树上的瓷瓶,孙家女主人一大早起来开门,被门前的这一幕吓了一跳,她还以为是自己或是家人做了什么错事。只听人群里有一个人喊道:"大家听我说,孙家人是不是我们的大恩人?"

大家都大声喊:"是!"

"那他们该不该受我们一拜?"

大家又喊:"该!"说着大家"扑通"一声一起跪了下去,女主人有些手足无措……

后来,人们为了感念孙家的恩德,学习发扬孙家助人为乐的精神,将该村命名为"吊瓶",人人都向孙家人学习,这种乐于助人的精神深深扎根在每一个人的心里,融进了他们的血液里。久而久之,该村的名字就演变成了今天的"吊坪"。

(口述:张效礼;地点:甘肃省会宁县甘沟驿镇五十里铺村;整理:何姣、何平荣)

郭 蛤 蟆

　　相传,在北宋时期,有个出生于会州城(今甘肃省会宁县郭城)并镇守会州城的抗金将领郭蛤蟆,英勇善战,并依靠白云犬、燕尾牛和纸人纸马三件宝,鞑子(当地人对元人的称呼)围了他三年都没有攻下他的城池,最后鞑子设计破城时,郭蛤蟆也视死如归,死不投降。由此而成为当地人从古至今传诵的英雄。

　　郭蛤蟆有三件法宝,分别叫作白云犬、燕尾牛、纸人纸马。白云犬的眼睛几乎被眼屎完全糊上了,其实白云犬眼睛上的不是眼屎,而是环绕在郭蛤蟆城池上空的两团白云,这两团白云的作用是让整个城池隐身,不让外界看到城里的活动,保证了郭蛤蟆的任何举动都不会被外界发现。

　　燕尾牛因为尾巴上有一团毛长得和燕窝一样,通常有两只燕子住在里面,此牛日行千里,当牛跑起来时,燕子会从尾中飞出前往目的地报信;

　　他的纸人纸马更是不得了,据说他是用法术操控纸人纸马来练兵,纸人纸马在表面涂了桐油之后就会刀枪不入。

　　郭蛤蟆匆忙出行的时候嘱咐家人说:"千万不能把白云犬的眼屎抠下来,而且不管敌人怎样叫战,都不能放纸人纸马出去。"

　　郭蛤蟆走后,他的女儿带白云犬去祖厉河洗澡,结果因为贪

玩忘记了父亲的话,不小心把白云犬的眼屎抠下来了。这下坏了,原来,白云犬的眼屎是保护会州城上的祥云,有了它,元人看不到城内的情况。白云犬的眼屎被抠下来,挡在会州城上的云彩没了,元人就看到郭蛤蟆城的动静了,发现郭蛤蟆不在城内。于是元人将领领迅速带了大队人马,在会州城外叫战。郭蛤蟆的家人眼见鞑子要攻进城了,无奈之下就把纸人纸马放了出去。突然,天上乌云密布,电闪雷鸣,下起了倾盆大雨,纸人纸马失去了战斗力,全部被雨水淋成了一坨白泥。

郭蛤蟆还没找到桐油,燕尾牛上的燕子对他说:"不好了,纸人纸马有难了。"郭蛤蟆赶回城里,看到纸人纸马死了,他十分难过。这时,元人还是死死围住会州城,会州城内只剩几百兵士。

郭蛤蟆的一位最宠爱的妃子对郭蛤蟆说:"我们投降了吧,不要让战士们白白丧失了性命。"郭蛤蟆听后,竟挥剑杀了她,以示他的忠心。郭蛤蟆和部下被困在城内,把城内的马、牛吃完后,挖了一个大坑。郭蛤蟆下令把所有能燃烧的东西扔进坑里,用一把大火点着。然后郭蛤蟆大声对其他人说:"开始射箭,所有的箭射完之后,跳进火坑。"将士们开始向包围他们的鞑子射箭,射完他们所有剩余的箭后,一个个视死如归,英勇地跳入火坑。

烈火燃烧着这些人的身体,发出毕毕剥剥的声音,浓浓的烟柱子伸向天空。等郭蛤蟆射完手中所有箭后,身边的将士们都跳进火坑了,剩下他一个人,他纵身一跃跳进了火坑。元兵们没有了抵抗后,一齐冲进会州城内,发现郭蛤蟆的尸体遇火竟然不着,十分震惊,就拿起大刀,砍断郭蛤蟆的脖子。顿时,郭蛤蟆的血喷涌而出,流了三天三夜,染红了郭城的关川河,如今关川河的红泥就是这个原因形成的。

现如今,会宁县和靖远县人把郭蛤蟆供奉为城隍庙里的隍爷,年年为他上香火,至今延续不断,让后人流传郭蛤蟆的英雄故事。

(口述:陈志远;地点:甘肃省会宁县第三中学;整理:张盼雯、何平荣)

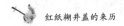

红纸糊井盖的来历

甘肃会宁地区有个奇怪的习俗,就是在结婚的那天,新郎新娘经过的地方,必须将所有的下水井盖和窖口都用红纸盖住。这个习俗源自一个传说。

话说王母娘娘的第八个女儿被天条所困,但思凡心切,于是偷偷下界,想找到自己的如意郎君,但寻找多年,终未找到,无奈之下,便嫁给了麒麟精。时日不长,生下一八角怪物,此怪物面容丑陋,让人作呕,但不可思议的是,其一身五彩绒毛却绚丽多彩,异常美丽,十分吸引人。

八角怪自认为天地之间自己最美,要是听说谁比他还美,心里就很不是滋味,偶然间,他听说新房里的新娘最美,心生嫉恨,想害死天下所有的新娘子,以此满足自己的虚荣心。从此以后,便寻找各种机会来害死新娘子。但新婚之时,常常高堂满座,让八角怪难以下手。

有一次,八角怪偷偷将头伸进洞房的窗子里,想找个合适的机会害死新娘子。但他刚一露头,就被新娘子发现;新娘子见到怪物吓得魂飞魄散,大声喊叫。众人听到,闻声赶来,合力将八角怪赶跑。

八角怪的行动没有得逞,心中很是不满,于是继续寻找办法,

经长时间的观察,发现娶新娘的前一天晚上,主人家亲朋好友大多都在主房和客房里,洞房里几乎无人,这让他看到了可乘之机。

有一天,正碰上一家人办喜事,仪式在锣鼓喧天中进行着,八角怪趁众人不注意,悄悄溜进洞房。但洞房的特殊布置让他没有藏身之地,八角怪仔细观察后,发现炕洞是个藏身之所,于是就钻进炕洞等待机会下手。这时候,有个妇人去给新房添炕,无意中发现了八角怪,妇人吓坏了,但考虑到婚礼正在进行,所以没有大喊,也没有惊动八角怪。在经过片刻思忖之后,她心生一计,赶快跑到厨房拿来辣椒面洒进炕洞之中,刺激八角怪的眼睛,使他双眼模糊,再用红毡堵住炕洞门。但她还不放心,找来风箱婆婆守住炕门,八角怪最终没办法下手。

自这次事件后,大家为了防止八角怪再出现在炕洞内谋害新娘,在娶亲的时候,人们用红纸将所有的炕洞堵住,新娘子上炕之前,还要和新郎一起用脚踢破糊炕洞的红纸,再放进一把火,意味着烧死八角怪,即驱赶晦气之意。

由于城里没有土炕,出于安全考虑,怕八角怪藏在下水道里、水井里、水窖里,于是就把所有洞口以及所有的窟窿都用红纸糊住,以避免晦气冲撞,带来不必要的麻烦。这便是红纸糊井盖的来历。

(口述:田俊堂;地点:甘肃会宁县甘沟驿镇田坪村;整理:何姣、何平荣)

太 阳 山

从前在甘肃会宁,有兄弟二人,哥哥狡诈贪婪,弟弟朴实善良。父母死得早,年幼的弟弟跟着哥哥生活。弟弟虽年幼却很懂事,是哥哥的好帮手。

后来,哥哥结婚了,俗话说物以类聚,人以群分,哥哥不是善类,其妻也不是省油的灯,他们让弟弟干最累最重的活,却总是让其吃些剩饭剩菜,有时甚至只让他干活而不给饭吃。弟弟虽然平时做得多,吃得少,但就这样时间长了,哥嫂还觉得这个弟弟是个累赘,想尽办法要和弟弟分家。家里没有什么值钱的东西,也没多少财产,所以就让弟弟净身出户。

可怜的弟弟只有先给自己找一个窝,他东奔西走,到处借筑土的工具,到处找建房子的材料,历经曲折才给自己搭起一间茅草屋。接下来的日子他就要自己一个人过下去了。每天,看着别人早起晚睡,他也学着别人早起晚睡,别人春耕他也垦荒,别人下种他也抛……

这一年,种谷(粟,会宁方言叫谷)的时间到了,一天他去哥哥家借种子,夫妻二人借口当天不方便,让他第二天来取。等第二天他去取的时候,人家早已将种子全都给炒熟了。谷被种在地里,到了长出谷苗的时候,别人地里长出了绿油油的青苗,可他开

垦出的荒地里却只长出了一株谷。但他却毫不气馁,别人锄几遍,他也锄几遍,别人怎么干,他也怎么干。后来,为了能更好地照顾这株仅有的谷,他索性在谷子旁边搭棚子住了下来,日夜守护着它,看着他茁壮成长。

渐渐地,在他的精心照料下,此谷越长越粗、越长越高,到了别人的谷抽穗的时候,他的谷竟然奇迹般地长得跟参天大树一般。一天,一只凤凰落在了谷子枝头,向他提出了在上面造窝的请求:"小兄弟,我可以在你的树上造窝吗?"

"我这不是树,是谷,是苍天的恩赐,你造了窝,我该怎么生活呀?"凤凰说:"没关系,我带你去太阳山拾金子,这样你就不用担心自己的生活了。"

于是,凤凰带他去太阳山。他坐在凤凰的背上,一路边飞边望着人间一道道美丽的风景,很快就到了太阳山。凤凰对他说:"这里就是太阳山,是太阳的家,太阳每天早晨从这里升起,晚上又回到这里。看到遍地的黄金了吗?你得抓紧,天色已经发白,在太阳升起之前我们必须回去,不然会被晒死在太阳山。"弟弟听了他的话,赶紧用随身带的小布袋装了半袋黄金,就和凤凰回家了。

弟弟用从太阳山上捡来的金子勤俭持家,日子越过越红火。哥哥感觉非常奇怪,装作关心弟弟的样子去探究竟。弟弟把事情的经过一五一十地告诉了哥哥,哥哥要他去求凤凰带哥俩一起去太阳山拾金子,凤凰答应了他。当弟弟正要上去时,哥哥将他拉开,自己拿着好几个大袋子跳上凤凰的身上,跟着凤凰去了太阳山。到了太阳山,凤凰照样劝他速度要快,不然会被晒死在太阳山。可是,这哥哥一定要将金子装满所有的袋子。他装啊装,天由发白渐渐变得热起来了。凤凰劝他走,可是贪心不足的哥哥就是不听,还在继续装金子。凤凰实在是不敢再待下去了,就撇下他飞走了。贪婪的哥哥就被晒死在了太阳山……

(口述:杨树峰;地点:甘肃省会宁县翟所乡焦河村;整理:何姣、杨力、何平荣)

西　宁　城

　　大宋时期,在甘肃会宁有个叫"西宁城"的藩国,传说那里的土地肥沃,遍地产黄金;人们日出而作,日落而息,过着富足的生活。

　　当时大宋朝的皇帝昏庸,奸臣当道,兴兵征西,所谓的杨满堂征西就这样开始了。

　　消息传来,西宁城百姓人心惶惶,全城处在一片不安的境遇之中,当时的西宁城国王"鞑子王"因仁政爱民,当机立断,下令向大宋朝称臣,以安抚全城百姓。

　　待到大宋兵临城下,正准备攻城时,西宁城城门打开了,从里面走出一人,此人叫作嘎达,他手中执着鞑王拟的降表,缓缓走来,杨满堂让其接近,接过降表说:"你王这是为何?"

　　嘎达:"我王仁政爱民,不想因战事而使两国人民涂炭,所以弃刀剑,向大宋称臣,以安全城百姓。"

　　杨满堂将信将疑,打开降表,鞑子文工工整整,但杨满堂一脸茫然看不懂。

　　旁边一位副将把嘴凑上杨满堂的耳朵边:"将军,临出征前,丞相大人不是给我们安排了个懂鞑文的人吗?何不把他叫上来,让他一看究竟。"

杨满堂回过茫然的眼神,对着那副将笑了笑,说:"传李改文。"

李改文听到命令,拖着他肥胖的肉从后面一个急转弯,跪倒在了杨满堂的身边:"将军,你叫我?"

杨满堂道:"你把这鞑文给我翻译一下。"

李改文接过降表,哗哗啦啦地念了下去。

"大宋满嘴仁义道德,却置天下黎民百姓于不顾,四处征战,而致生灵涂炭,民不聊生。现在竟敢来犯吾西宁城,我们将誓死保卫,哪怕只有最后一人,我们也将顽强到底,绝不投降!"

嘎达还没反应过来怎么回事,就被杨满堂下令当场斩杀了。

杀了嘎达后,杨满堂就开始部署攻城。当他看到敌军城门大开,心想城里必有伏兵,当场下令全军:"退后五里安营扎寨,明天破城。"

鞑王知道嘎达被杀之后,心情沉重,召集大臣们说明情形:一味抵抗,只有国破家亡,死伤无数,放弃西宁城,各自逃命吧。大家都理解鞑王的仁政爱民,当鞑王提出弃城时,大臣们没有一个人反对。

到了第二天,杨满堂再次兵临城下时,听到满城的战鼓声,气势雄浑,杨满堂大军不敢向前一步。两个小时之后,声音渐渐消失了,杨满堂这才命令全军攻城,几乎没费什么工夫,西宁城被攻破了。攻破之后,杨满堂明白了,原来这气势雄浑的战鼓声是"羊打鼓、马摇铃",用来迷惑城外人,而让城里人争取逃亡时间的。城里面已经是人走城空了,所有的士兵看到的只是普通的房屋,王宫也是一样,没有丞相说的那样"遍地是黄金"。杨满堂看见城侧山前一个山洞,一直通往西宁城后山,这才明白嘎达的降表是真的,丞相早就预谋好,安排个小人到我身边,就是担心我不攻打西宁城。

杨满堂喃喃道:"杨满堂啊,杨满堂,你怎么会被个小人蒙蔽呢!辜负了仁政爱民的鞑王一片苦心。"

(口述:张玉文;地点:甘肃省会宁县张城堡村村;整理:唐祯、何平荣)

晏子龙的故事

传说,在甘肃会宁桃花山下的宴岔村有一位阴阳(巫师),年逾古稀,记忆超群,鹤发童颜,仙风道骨,上晓天文,下知地理,精通岐黄之术,世人称他为晏神仙。

晏神仙膝下有子女三人,二女一男,儿子名叫晏子龙,生得十分俊俏,身材魁梧,臂力超群,胆识过人,武艺高强,勇猛无敌。晏神仙知道若不读书,就算本事再大,终究是一介武夫,就劝儿子好好读书,将来考取功名。子龙也很听话,立志一定发奋读书考得功名、衣锦还乡。但天不遂人愿,晏子龙几经努力,而立之年也没有实现考取功名的梦想。

忽然有一天,晏神仙将自己的三个子女召集到身边,说:"孩子们,我算出来了,我的寿命就剩下这几天了,你们两个做姐姐的我倒是不担心,你们都嫁做人妇了,家庭也都还幸福,不用我多操心,只是我很担心子龙。你尚未婚配,可我却马上要死了。我走后家里就剩你孤身一人了,一想起这些,爹真的好心痛! 这让我如何走得安心呢?"说着泪如泉涌。

三个子女都已泣不成声了,子龙哭着说:"爹,我让您老担心了,孩儿真是不争气,不但没能如您的愿取得功名,还让你为我操这么多的心! 您老人家是活神仙受世人景仰,还望爹爹给孩儿指

条明路！"

晏神仙强打精神睁开眼睛吃力地说："凡事都有定数，天命难违。"说着又合上了眼睛。

在姐弟三人的再三请求下，父亲终于开口了："只有一个办法，你们特别是子龙必须做好三件事：其一，我死后三天才可以出殡，但是必须让我光着身子。其二，'一七'要上坟。可能会遇到暴雨而且会发大水，不要怕，蹚过去。上坟时坟顶会有花，如果花开得正艳则万事大吉，如果花快谢了那么你就要小心了，你可能会有难。其三，在我过'三七'之后，你要准备百日之粮，待在屋子里足不出户，而且屋子里不能见一点光线。必须这样坚持到百日之后。"

晏神仙去世三天后，子女要将父亲的遗体装殓下葬了，两个姐姐觉得将父亲光着身子下葬不好，实为不孝，想给父亲穿衣服；但在子龙的坚持下，就给父亲穿了一件短裤。

到了父亲"一七"的时候，姐弟三人去上坟，途中遇到了大洪水，两个姐姐胆小，没敢过去。子龙硬着头皮去蹚河，结果到了河水里，那看似汹涌的河水从自己身上掠过时却没有一丝感觉，就像烟雾甚至是空气从身边经过一样。到了坟上，看见坟顶果真有花，只是这花快要凋谢了，他想起父亲说的话：如果坟顶的花快凋谢了，自己就会有难，就得小心了。于是，他在父亲的坟上烧了纸钱和香就匆匆回家了。

过了不久，到了给父亲做"三七"的时候了。完事之后，子龙便准备了百日之粮，打算要在黑屋子里待百日了。要让一个人足不出户在没有一丝光亮的屋子里住百日之久就已经是一件很煎熬的事情了，何况这中间还有漫长炎热的六月。他待在屋子里，过了七七四十九日。第四十九日这天，他实在受不了了，黑暗闷热的屋子、浑浊的空气，这时又正值三伏天，他口干舌燥，浑身都被汗水湿透了，整个人似乎要被煮熟了一般。再加上从天空掠过的大雁的叫声和不远处传来的嘈杂的人声，他的内心更是悸动难耐了。他给自己找了无数个要放弃的理由，但是他转念一想："不，我不能放弃，我已经坚持了这么久了，如果现在放弃了，那不是前功尽弃了吗？之前所有的工夫不都白费了吗？所有受过的罪不都没有它应有的价值了吗？"想到这些，他又有了坚持下去的动力。

第四十九日，恰好是大明王朝的国庆日，朱元璋下旨通令全国放假三天以作庆贺。国庆日这天,朱元璋与民同乐并宴请大臣一起共进膳食,大家都开怀畅饮,非常开心,唯独刘伯温对此不冷不热。

朱元璋看在眼里,不多时将刘伯温招到自己身边问:"军师,你有什么心事?能不能跟朕说说?"

刘伯温迟疑了一下,道:"皇上,今天是我大明的普天同庆的好日子,有句话我不知道当讲不当讲。"

皇上微笑着说:"不要紧,朕相信军师是一个知轻重的通情达理之人,不会无故扫大家的兴,你在这个时候要说的事一定是大事,但讲无妨。"大殿里共同宴饮的大臣们纷纷点头称是。

刘伯温向皇上和群臣拱手道:"多谢皇上体恤!多谢各位同僚理解!既然如此,那我就说了。皇上,臣刚刚离席去小解,见西北方向有一颗流星璀璨夺目,据我推算,在西北必有奇人出现,这还不打紧,更不可思议的是恐怕此人会危害社稷,将来一旦成了气候,必与陛下争天下,必须趁早铲除这个妖孽。望陛下定夺。"

朱元璋一听大惊,群臣更是惊恐。朱元璋掷杯于案,怒道:"我大明天下初定,根基未稳,正是百废待兴之时,老百姓期盼和平的迫切心情就像期盼久旱之后的甘霖一般,岂容妖孽横行,一定要除掉他。军师,你说该怎样才能除此妖孽?"

刘伯温答道:"必须由我亲率一支大军去西北征讨,斩此妖孽以壮天威。"

"好!爱卿不愧为国之栋梁,就以爱卿为西征讨逆大元帅,徐达徐爱卿为讨逆先锋,择良辰出征。"

第二天,刘伯温与徐达率大军由应天(南京)浩浩荡荡地出发了,历经数千里的长途艰苦跋涉,终于到达桃花山下。刘伯温望见整个桃花山是妖气缭绕,阴森可怖,刘伯温立刻祭起斩妖剑,砍向桃花山龙脉。突然,一阵地动山摇、飞沙走石,一条巨大的五爪金龙冲天而起,闪电一般飞向云端。刘伯温眼疾手快,一剑挥向金龙,只听一声巨响,一条血柱喷涌而出,霎时间染红了大半个天空。

此时已是晏子龙坚持的第九十九日,他看上去非常痛苦,浑身上下到处都是既痛又痒,特别是手,真是奇痒难耐。他实在是受不了了,就将双手伸出窗外,想借着窗外的光明减轻一点痛苦,没想到他刚将手伸出窗外就被刘伯温发现了。刘伯温看到的伸出窗外的是一对龙爪而不是人的手,他一剑下去斩断了这对龙爪,待在屋子里的晏子龙惨叫一声昏倒在地上。

劈了龙脉、斩了金龙、断了龙爪之后,刘伯温开始寻找这条孽龙的源头,后来他发现晏神仙的坟非常特别,有一团清气笼罩其上,而且坟头闪闪发光。于是,他令军士掘开坟墓查看。开棺的那一刻,众人都惊呆了!棺中的晏神仙手持宝剑,只穿一条短裤,栩栩如生,似乎马上就要苏醒。刘伯温也大吃一惊,道:"真是好险!要不是这条短裤,那条金龙就一定会飞天成功,到时候我大明江山很可能不保,因为此龙实在是从古至今非常罕见的一条强龙!它的强大实在是让人难以估量。"

说罢,刘伯温挥剑砍下了晏神仙的头颅,又是一股血柱从棺中涌了出来,径直飞向祖厉河。刘伯温赶紧脱下自己的靴子,施法将血全都收进了自己的靴子。血柱不能进入河流,更何况是作为黄河支流的祖厉河,如果让血随祖厉河水流入黄河,这无异于放虎归山、纵龙入海,后果不堪设想。刘伯温叹道:"晏神仙真是一位举世无双的奇人,道术高超至此,为我平生仅见,若不是为江山社稷,我还真不忍心这么做,他不仅有旷绝古今的道术修为,还是一位贤者,平生救人无数,在本地很得人心,口碑极好,以'宗师'二字称呼毫不为过。"看看天色已晚,他对徐达说:"徐将军,令军士将他掩埋后,大军明日休整一日,即班师回朝。"徐达领命而去不提。

不久,晏子龙因流血过多,再加上身染重病医治无效归天了,但他的故事流传至今。

(口述:郑凤贤;地点:甘肃省会宁县状元宾馆;整理:杨力、何平荣)

祖厉河的传说

在甘肃会宁县城,有一条河流穿城而过,它是会宁人民的母亲河,叫"祖厉河"。

在很久以前,一连三四个月没下一滴雨,农田干裂口有寸许宽,庄稼颗粒无收,祖厉河也断流了,变成了一个干河滩。乡亲们纷纷背井离乡、另谋出路。

留在家的人们实在感到孤立无助,就捧着贡品前往龙王庙祭祀,祈求龙王能大发慈悲、降甘霖给苦苦挣扎在这片土地的人们。尽管他们倾其所有拿出贡品、顶礼膜拜,可是他们的诚意就是没有感动龙王,没有感动上苍,仍然不见一滴雨。

在祖厉河畔上住着一对父子,父亲叫李祖,儿子叫李厉。他们同样在前往龙王庙祈雨的人群中。所不同的是,李祖因年轻时为村里挖井被石块砸伤双腿瘫痪而由儿子李厉背着走,边走父亲边喊:"老天爷呀,你睁开眼吧!你看看我们这些苦命人吧!老天爷,你为什么那么狠心啊?救救我们吧……"说着,老人家泣不成声,老泪纵横。

听着父亲苦苦的哀求声,儿子疼在心里,汗湿透了他的衣衫,抬头仰望万里无云的天空,儿子痛心地想:"难道非要等老天下雨吗?我们靠天吃饭要等到什么时候啊?不!我一定要去找水!"

儿子李厉下定决心。

回家稍作休息后,李厉默默地扛着镢头去干河滩挖井了,他挖呀挖,直挖到精疲力竭,却连一点湿土都不见。劳累过度的他不知不觉就躺在河滩上昏睡过去了,朦朦胧胧中见一位鹤发童颜的老者缓缓向他走来,说:"孩子,要找水别怕难,华家岭去找清泉。"就像是呼唤谁一样一连说了三遍。李厉吃力地睁开双眼问老者:"老爷爷,华家岭在哪儿?我该怎么引水呀?求爷爷为我指条明路!"老者言道:"华家岭就在离此百甲之外的通渭,但必须要有一位身强力壮的小伙子,每天去那里的山泉挑清水,将清泉之水倒在河滩上,不管遇到什么困难都一定不能放弃。只有这样不断挑水,坚持到百日之后,才能保证源源不断的河水涌出,才能保证河水永远不会干枯,切记!"说完,老者倏地一下消失不见了。

李厉醒来之后才发现,原来刚才自己做了一个梦,他回味着梦中的一切,赶紧回家将此事告诉了父亲,并斩钉截铁地说:"就算是累死,我也一定要去试一试!"

父亲知道拗不过儿子,只好说:"去吧孩子,为了咱村的乡亲们,也为了远远近近的河滩两岸的人们。"

"爹,那你……"

"去吧,只要能找到水,我死也愿意!"父亲也说得那么坚决,那么义无反顾!

乡亲们听说李厉要去华家岭挑清泉水,都争着抢着要一起去。李厉说:"谢谢乡亲们的好意,但是我必须一个人去,人多无益,求大家照顾好我的父亲,拜托了!"乡亲们都很乐意照顾他的父亲,于是李厉就赶着马车,带上百日之粮放心地出发了。

离开父老乡亲,来到华家岭,爬到山顶后,他发现山顶有一眼清泉,水面与山顶齐平而水却不往外溢。见此情形,李厉兴奋极了,他顾不得擦去满脸的汗水,舀了满满一担水就急急忙忙地下山了。到了山下,他将水往滚烫的河滩上一倒,就又急急忙忙地上山挑第二担,他舍不得喝一口山泉的水,渴了就喝自己带的水,饿了就吃自己带的干粮,累了躺在河滩上休息。

就这样,他连续不断、没日没夜地挑水,每当他累了感觉自己快坚持不下去的时候,他就想象自己已经引来了河水,那奔腾不息的河水似乎滋润了这世间的一切!于是,他感觉自己身上好像掠过一丝清凉,全身又充满了力量。

可是到了最后几趟,他实在是太累了,每次都是缓缓地爬上山,盛了水之后又是一桶水一桶水、一步一步慢慢将水挪到河滩上。在这个过程中,他昏倒了一次又一次。等到将最后一桶水挪到河滩上后,他精神一松弛,一下跪倒在地上起不来了。他感觉自己的头好重,迷迷糊糊地听到了巨大的轰鸣声,震得地动山摇。李厉心里明白,河水成功引出,乡亲们得救了!可他实在是太累了,他太需要休息了。于是,他脸上含着甜蜜的笑,让河水带着他静静地离开了人间,离开了这片让他无比热爱又痛不欲生的土地。

父亲李祖听到儿子去世的噩耗,急火攻心,不久就去世了。乡亲们为了纪念这对为乡亲们找水而牺牲的英雄父子,就将这条新生河流命名为"祖厉河"。

(口述:郑凤贤;地点:甘肃省会宁县状元宾馆;整理:何姣、何平荣)

范仲淹知延州

延安,古称延州。范仲淹在延州保护牡丹花的故事,至今传为佳话。

北宋时期,范仲淹被任命为陕西经略安抚副使兼知延州。初上任时,由于连年征战,百姓生活疾苦,人心惶惶,青壮年们纷纷参加军旅,家中剩下老弱病残和妇女们,蛰居深山之中,过着饥寒交迫的日子。延州自产谷子、糜子、玉米等杂粮,经过农民细心的炮制,这些杂粮面可以和洛阳、长安等地运来的细米白面相媲美。范仲淹是个细心观察的人,闲暇时,便和同僚们研究其中的缘由。有人说:"一方水土养一方人,延州土地上种的粮就宜延州人吃,味道佳是土地使之然。"也有人说:"延州水硬,硬水煮杂粮,一物降一物,味道佳是饮水使之然。"

对于这些说法,范仲淹觉得似乎有道理,又似乎很勉强;因为他发现,在衙门里的那些厨妇们做的没有当地的老百姓家里做的杂粮好吃,虽是一样的水,一样的杂粮,但味道不一样,这让范仲淹百思不得其解。

有一次,他带了两个侍从,路过仕望川一个极偏僻的小村庄,在一户农家吃饭。由于做饭的姑娘年纪还小,做好饭还要一些时间,范仲淹就到农家做饭的地方去看看。这一看使范仲淹大吃一惊,他发现农户家做饭时的柴火有香味,而且看上去像一些植物的根茎。吃饭时,他发现饭菜虽然不精致,但很美味。出于好奇,他便随便问那家农户做饭时,烧的什么柴,柴火为啥有香味?但那做饭的女生太羞涩,一时半会儿并没有问清楚,加之当日还需加急赶路,就只好作罢,吃完饭他们就赶路去了。

时值初夏,范仲淹来到了杜甫川的后沟里,仍是在一户农家吃午饭。正吃着饭,便看见农家一人从山上背下一大堆花茎,上面还有一些干枯的花朵,范仲淹大惊,便问道:"这是牡丹花?你背着下来干什么?"

农人急忙放下,说:"大人,这是柴火,我们都用它来烧饭。"范仲淹问道:"你们难道不知道牡丹的价值吗?"

农人的回答很出人意料:"大人,我们知道这叫牡丹,开的花也很好看,我还知道它的根可剥丹皮,是一味药。我们家平时有谁头疼脑热,就用砂锅熬的吃这种药,那牡丹花花瓣阴干后还可泡茶,有香气,能泻火,三伏天最解暑气。可我们这里漫山遍野都是这东西,谁也不稀罕,又不能当饭吃,当柴火还算派上个用场,不当柴烧就让它白占耕地,完全是废物啊!"这位农民一字一句地说,范仲淹也细细地听,有时点头,有时摇头,有时认真思考一些问题。

终于,范仲淹发话了,他让农民带他到砍牡丹花茎的地方,他看到漫山遍野的牡丹时,便下决心要保护那些牡丹,于是让人在山的另一处重新栽了一些树,专供农户当柴火用,并颁布了一些禁止砍伐牡丹的条例,他认为:如果牡丹不好好保护的话,很有可能在若干年后就没有了。

范仲淹的想法是对的,但在当时还是有人不相信他。事实胜于雄辩。过两年后,周围其他村子的牡丹几乎灭绝,但是范仲淹保护的那座山的牡丹依旧是漫山遍野。

时至今日,来到今天的延州,我们仍可见到满山的牡丹,这就要感谢当时的范仲淹,他让延州的子孙万代都看到了美丽的国花——牡丹。

(口述:郭必选;地点:延安大学;整理:李思雨、黄惠运)

秦镇米皮

来到陕西,不得不去尝尝陕西名吃"陕西凉皮",秦镇米皮是陕西凉皮"四大花旦"之一,因产于西安户县秦镇而得名,又叫秦镇凉皮,以大米为主料蒸制而成。

秦镇位于西安户县沣河西岸,这里曾是西周的京畿之地,气候温和,土壤肥沃,盛产优质稻谷。用这里出产的稻谷磨浆制成的米面皮子,以色白光润、筋薄细软、柔韧爽口而著称。长期以来,在关中地区流传着"乾州的锅盔岐山的面,秦镇的皮子绕长安"的俗语。可见,秦镇米皮很早以前就与乾州锅盔、岐山臊子面齐名,为关中地区三大著名面食。

相传,秦始皇在位的第二年,富饶的关中平原突然大旱,沣河缺水,户县秦镇一带稻子干枯。百姓心急似火,而狠心的官府还催逼纳贡大米,大家被逼无奈,只好在旱地里挖井浇地,费了九牛二虎之力,好不容易才挖出了水,经过精心培育才长出了稻穗。可在收割之后,碾出的大米却又小又干巴,根本没法向皇帝纳贡。

正当大家发愁的时候,有个叫李十二的后生,用这种又小又干巴的米碾成米面,蒸出了面皮,大家吃后,个个称奇。于是,李十二带着面皮,和纳贡的人来到咸阳向秦始皇纳贡。

秦始皇见贡米又少又差,欲传旨问罪。李十二急忙跪奏道:

"此米虽差,却能制出佳肴,今奉上面皮,望万岁御品。"

秦始皇见到面皮,觉得色白光润,吃起来酸、辣、筋、爽、凉,别有一番风味;秦始皇吃后觉得,其味甚美,颇感稀奇。大喜,这才赦了众人之罪,并让李十二天天蒸上几张面皮供他食用。

后来,李十二在某一年的正月二十三去世,秦镇一带的人们为纪念他,在这天总要蒸些面皮。

随着时间的流逝,这种蒸面皮的方法一直延续到今天,米皮越来越被人们所喜欢,李十二的故事也在民间广为流传着,百姓们都十分敬佩这位勇于探索的后生。

经过后世的加工和不断的改进,陕西凉皮的种类也越来越多,可从不曾动摇秦镇米皮的霸主地位。

（口述:高尚斌;地点:延安大学;整理:李思雨、黄惠运）

兰 花 花

延安临镇川的兰家河,有一个叫兰花花的姑娘,是百里挑一的好姑娘。秀眉花眼,小小的嘴唇,见人总是笑眯眯的,脸上绽出一朵花,露出雪白雪白的牙齿。温柔善良,左邻右舍都夸她是个好姑娘。

安静的小村里,时间总是过得飞快。转眼兰花花已经十八,到了情窦初开的年纪,跟自己青梅竹马的二娃哥好上了。这二娃人倒是厚实,长得也好,但有一点,只是个放羊娃。兰花花那个吸大烟的爹多看不上二娃。

村里有个土财主名叫周富贵,老来得子,却没想到是个侏儒,秃脑鼠眼,一脸麻子,村里人都说是周富贵不积阴德,给了他的儿子以报应。但周富贵却把他儿子宠上了天,要星星给星星,要月亮给月亮。这儿子才七岁,就想着给儿子定个媳妇,生下孙子,好守他的家业。就请了刘媒婆,帮他侏儒儿子相个媳妇。

刘媒婆到周家吃油穿绸,大烟瘾一过,手在双膝盖上一拍,说:"哎呀!这事不用再叮咛。那兰花花不就是一个现成的,一万个姑娘里头难挑的俊女子嘛!前几天,我还碰着他大(爸),洋烟瘾发得嘴像簸箕大,家里一个子儿也没有了,想把兰花花许配人家,弄几个片片(银元)和蛋蛋(大烟)吃。"

周富贵一听,心下一喜:"这没啥难肠,烟土你背上,大钱你拿上,好话你说上,腿儿你跑上,成事总不能亏待你。"

就这样,凭着媒婆子三寸不烂之舌,上兰花花家正月说亲,二月里定,三月里交财礼,四月里就要娶亲过门。

当兰花花知道这件事情的时候,已经是四月里了,第二日就要过门了。她哭着、闹着不愿去。他大(爸)说:"好娃哩! 事已说好了,钱也使了,咱家太穷,退赔人家不起,再说红口白牙,三媒六证,咱也惹不起周家,是崖是坑你跳吧,命定该如此。"

兰花花只好穿了新服,上了轿子,去了周家。下轿后,东照照,西看看。土墙院子,一排排窑洞,还有三间瓦房新铮铮的。对对猪,对对羊,对对先生坐几行,吹吹打打,好不热闹。只见一扎高的个小女婿,连晶花帽子、披红、袍子也拉不起,被人抱出来,和她拜天地,入洞房。这个女婿论个子一点点,论人才又秃又瞎还尿床。自己身上的纽扣也不会扣,连炕也爬不上去,要人往上吊哩。气得兰花花指着窑皮骂媒人,埋怨多娘好狠心。兰花花哭着进了新房。

那周家儿子见兰花花哭得很伤心,便说:"姐姐,你哭啥哩,快睡觉觉,明天我送你回娘家。"

兰花花一听,又气又想笑,顺手拉开红绫被子,铺好四六绵毡,放好鸳鸯枕头,说:"你睡吧!"小女婿说罢呼呼噜噜地睡着了。睡梦中一会说:"妈妈,我要吃奶奶。"停了一会又说:"姐姐,我要尿尿哩!"兰花花只觉脚脖子热乎乎的,忙掀开被子一看,红绫子被子象牙床都叫尿浇湿了,连她的绣鞋也泡在尿里头。兰花花一生气,便脱下绣鞋打女婿。

小女婿一见兰花花打他,一轱辘爬起来,哭哇嚎叫跑到前炕上。兰花花撵到前炕上,猴小子又跑到后炕上,兰花花又撵到后炕上,好像猫儿把鼠窜。猴小子见躲闪不过,便双膝跪在当炕里,叩头像捣蒜似地说:"姐姐我不敢了。"

兰花花拧住他的耳朵说:"我不是你姐姐。"

小女婿忙改口说:"娘,我再也不敢了。"

兰花花说:"我不是你娘。"

小女婿说:"不是我姐,不是我娘,你今打我为甚的?"

"不是姐,不是娘,我今打你为尿床。"

"你若为的是尿床事,请你饶了吧!我以后一定改,光吃捞饭不喝汤。"说着又磕头,又作揖。

再说周富贵正在厅房陪客喝喜酒,忽听洞房闹嚷嚷,撵过来一看,气得乱吹胡子干瞪眼。一脚踏开门,一把将兰花花拉出房:"哼,你翻天了,刚过门的个新媳妇,你就打女婿哩!"说着叫人把兰花花关在磨房里。

兰花花抱磨杆,一天叫推二斗半;兰花花抱磨转,三天没吃一顿饭,头发锈成个毡片片。一碗小米饭,一天用三餐;过了好几天,才吃了一点点。这磨声呼噜噜,像敲鼓,如吼雷,惊动了隔壁拦羊的杨二娃。他自兰花花抢进周家,每日闷闷不乐。当他听到磨声,心想可能是兰花花推磨,但又定不准。

这天放羊,他在山里专采了一把马兰花,黑地凑人不防,便从窗窟窿摞进磨房。兰花花正在掉着眼泪勾斗推磨,一见马兰花,情知是二娃哥摞的,便"哗啦"一声把磨房门打开了。二娃听到门响,便跳墙过来,一把将兰花花抱在怀里。兰花花一见二娃,泪如雨下,冤屈得说不出一句话,半天才叫了声:"二娃哥。"

两个情人见面,互诉衷肠,便决定离开这个地方,两个人过日子去。定下了第二日端午两人逃走,二娃便离开了磨房,准备去了。

据说这对恩爱自由的夫妻就这样逃走了。人跑出去无影无踪,是死是活不知道。但村里年轻小伙子却想她,就给她编了个曲儿叫《兰花花》,一直传唱到现在,请听:

> 青线线蓝线线兰格英英翠,
> 生下一个兰花花实实爱死人。
> 五谷子田苗子数上高粱高,
> 一十三省的女娃子数上兰花花好。
> ……

(口述:高尚斌;地点:延安大学;整理:李思雨、黄惠运)

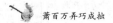

萧百万弄巧成拙

张家滩镇的咀头村,有个姓萧的老财主,拥有万贯家产,人称"萧百万"。时间长了,谁也不知道他的真实名字。萧百万有三个女儿,大女儿出嫁到隔沟的谢家村李百万家中,家里只剩老两口和两个女儿。随着岁月的流逝,萧百万年高体弱,常为万贯家产无人继承而发愁叹息。他家有一匹枣红马,膘肥体壮,毛色纯洁。萧百万天天盼枣红马下个金马驹,枣红马下驹那天,萧百万忙前忙后,亲自料理,祈祷老天能遂人愿,让枣红马下只聚宝生财的金马驹。

说来也怪,枣红马竟然生下一条小龙。他惊慌失措,迷梦破灭。惊恐之余,却又萌生了一个念头:待小龙长大后,他全家要乘龙升天,脱离人间,到天上去过神仙般的幸福生活。想到这里,他欣喜若狂,手舞足蹈,不由哼了几句年轻时唱过的陕北民歌。当他转忧为喜,陶醉在欢乐之际,忽然想道:"不对,小龙还小,日子很长,到时候又会是什么样的情景呢? 噢,对! 现在绝对保密,待到龙飞升天时,自然人人皆知,仰脖羡慕了!"从此,他守口如瓶,严守秘密,喂养马驹,打扫棚圈,都由自己亲自动手,谁也不让插手;对家里人只说:"生了个金马驹,千万保密,不得外传。"

一天,萧百万应亲家李百万之邀,亲去赴宴。临行前,他先把

生了龙的枣红马安顿好,备足草料,拴好小龙,严封门窗,加锁挂帘。还对女儿说:"金马驹是宝贝,害怕生人,更怕女人,你们绝对不能去看。"安排就绪,他才带上妻子起程赴宴去了。

萧百万为一头小马驹而表现出来的反常态度,引起了两个女儿的猜疑。她们非常想看一看这头"金马驹"。第一天出于父亲的叮嘱和自己的诺言,没有贸然行动。第二天,她们再也按捺不住了。三女对二姐说:"爸爸平时不让咱们看金马驹,趁他不在家,咱俩偷偷看一看,好不好?"二姐终究年长懂事,先是不同意,但是经不起妹妹一再乞求,也就点头答应了。二姐对妹妹说:"咱们只能看一眼,一看就回来。"妹妹答应听姐姐的话,二人就匆匆朝马圈跑去。

到了马圈,她们刚把帘子揭开,只听一声嘶叫,一道金光从里面升起,红光四射,小龙从天窗腾飞,枣红马挣脱缰绳,破门而出。龙在空中飞腾,马在地下急奔。二人见状,知道闯下大祸,惊若木鸡,呆立不动。过了片刻,还是机灵的妹妹提醒二姐道:"爸爸回来一定不会轻饶,咱们还不如赶快逃跑吧!"二姐附和,催着快走。二人饭也顾不上吃,提上罐子,倒进拌汤,朝童儿湾方向跑去。奔跑中,拌汤洒了一路,又失脚跌倒,摔破罐子,泼了拌汤。传说现在的绊脚石,就是当年那拌汤疙瘩变成的。

当日中午时分,在酒席宴上,萧百万突然看见酒盅里有一丝红线。他料想家中出了大事,就急忙告辞,匆匆返回。正当他从谢家村的坡上往下走的时候,只见对面坡上龙飞马跑,下沟向前。萧百万不顾一切地追赶,妄图将龙马拦住。龙在前,马在后,萧百万紧追慢撵,不觉来到高石崖。只听轰隆一声巨响,石崖裂缝,龙俯冲而进,马奔腾跃入。萧百万死死抓住马尾,心急如焚。又听得一声巨响,石崖合得严严实实。龙马都无影无踪,只有他手中抓住的一根马尾巴。乘龙升天的美梦破灭了,他捶胸跺脚,悲痛不已,跌坐地上。

萧百万呆坐片刻,拖着沉重的步子,颓丧着脸,回到家中。满心想着,向女儿问个究竟。谁知家中空无一人。问过邻家,方知两个女儿逃了出去。他又沿山追赶,岔路口,不知该向何方。忽见路边洒下拌汤,就沿着洒有拌汤的小路,一直赶去。猛然抬头,望见一座高山。两个女儿站在山顶上,正徐徐升高,即将上天。萧百万见了,心急火燎,拈弓搭箭,一箭射出,山被劈成两半。两个女儿竟连踪影也不见了,山也不再合住。萧百万悲痛欲绝,瘫倒在地。从此,这里就有了两座圆形的山,一东一西,互相对望,人们称为"姑姑山"。

据说,那两个女儿一口气跑到童儿湾,又累又渴,疲惫不堪。刚刚坐下休息,忽见爸爸追来,一时着急,就用衣裤撩土,准备隐蔽。没想到,土堆越来越大,越来越高,她们心里说,人乏了走不动,山却能往高处长,这样也能远离爸爸。不料他爸一箭飞来,把山劈死。她们急忙奔下山去往南方逃跑,独独留下土山。萧百万不见女儿,以为中箭身亡,也就不再追赶。现在,安沟乡童湾村西南的姑姑山,东西对峙,中有崾崄,就是传说中的姑姑山。后来流传一首民谣,讥讽萧百万弄巧成拙:

萧百万贪财不足,金马龙高飞入云;

想升天反失千金,姑姑山永作证人。

(口述:郭必选;地点:延安大学;整理:薛玉洁、黄惠运)

五不入仕真罗汉

　　玄奘法师受到观音大士的指点,历尽千辛万苦前往天竺国求取真经的故事,可谓妇孺皆知。然而,同为大唐圣僧,鲜为人知的上洛无业禅师,也留下很多故事,历代相传不息。

　　释无业禅师,俗姓杜,生于盛唐,出生时有白虎悬空盘旋良久,被乡人视作上仙之子。

　　因为他的父亲在他出生的当晚,做了一个怪梦,梦见释无业全身金光闪闪,手里还拿着佛珠、木鱼。他父亲不愿违背佛祖的安排,便在释无业十二岁的时候,让他剃度出家。

　　释无业可以说是一个神童。十三岁时,释无业已通晓《法华真经》《华严经》《维摩经》《金刚经》等很多经书,二十岁便能为众僧讲授《大涅槃经》。无业常常被请到乡里,为乡人讲经解惑,久而久之,为世人敬仰。释无业很刻苦,当他通透了寺庙中的经书后,又觉得自己一直不解人世轮回疾苦,便前去找方丈辞行;方丈知道释无业立心于佛法之中,执着追求佛中真理,想去学习更多的佛经,就没有阻止他。于是,游历四海,遍访名师,潜心研究人间佛道。

　　一日,释无业到江南拜访有名的古寺,见到现世名僧玄素,便一直追问玄素佛法义理。玄素禅师早知今日会见到非常之人,再加上玄素禅师见其天生佛性非凡,便对释无业说道:"贫僧已知你的来意,无须多言,且与我同行罢了。"无业闻之甚悦。但是玄素禅师又说:"我一天化不到缘,可能就没饭吃,今天你见到我只是巧合,我四海为家,晚上经常会睡在深山洞穴里,你难道愿意和我一起去吗?"

释无业说:"我心中只有我佛,我的一切早已皈依佛门,佛法无边,世间万物都是佛中之物,我又何必介意呢。"

玄素禅师满意地点了点头,带他一起游历人间,寻求佛法。过了很多年,释无业通学玄素圣僧的佛法,又想到人间讲经,来度化世人,便离开了玄素禅师,去人世间普度世人。人们都说"南有盐官,北有无业",无业给人们讲解的佛学经著的作用,可见一斑。

释无业听说长安城有很多得道高僧,便去往长安。长安城中僧侣众多,都很敬仰无业禅师,深知其精通佛法,便打算推举他做长安的僧官西街大德。释无业觉得自己是出家之人,不应遁入世俗中的仕途,就严词拒绝。可是,僧侣们又坚决要无业禅师来当西街大德。无业毅然辞行,前往另一佛学大师常去弘扬佛法的上党。

上党节度使极其推崇佛法,对佛学有很多研究,因为无业禅师是佛学的高人,便对无业禅师礼敬有加,极力举荐无业禅师来管理当地教务。无业禅师知道这件事后,便拂袖离去。

功名利禄尘与土。禅师对功名的淡泊,可见其对世事的领悟之深。无业禅师自此深居汾州开元寺。唐宪宗对禅师的佛法精湛、品格高洁,早有耳闻,曾对侍从言:"无业禅师乃是佛学集大成者,如果有一天,你们见到无业禅师,一定要像对待我一样来对待他。"后来,宪宗派人两次请无业禅师讲经论道。禅师无意尘世名利,不想为达官贵人讲佛法,只想把佛经讲给贫苦百姓听。

长庆元年,唐穆宗命丞相准备金冠玉佛,前往无业禅师栖身的庙宇恭请无业禅师讲道。无业禅师深知大限将至,再加上自己早已看破人世轮回,不再眷恋生死过往,将要前往极乐世界,便对再三催促的使者说:"我本来就是佛中的人,早该去西天极乐世界参拜我佛,又何必眷恋凡世间的生死离别、苦难疑惑呢?"说罢,无业禅师便长辞青灯,金身羽化,去往极乐世界了。

第二天,穆宗听说无业禅师已经圆寂了,痛哭流涕,惋惜不已,深深自责求才

心切,反而害了一代神僧。世人也被无业禅师专心佛法、淡泊致远、苦心钻研、不慕名利的精神所感动。穆宗随即追封无业禅师为国师,建庙立寺,使其受世人香火,被后人称为"大达禅师"。

西天佛祖念无业佛法无边、淡泊致远,点化无业重塑金身,入佛五百罗汉第六十一尊,即是无业宿尽尊者,化为金身罗汉。

无业禅师就出生在商州襄王沟杜阿村,今寒川佛诞公园内,园内至今仍完整保留其当年学法的旧址。

(口述:郝军霞;地点:陕西省商洛市史志办;整理:时孜腾、时玉柱)

"商"字的由来

商山洛水,是商洛的代名词。商山既名为商,必有它渊源之说,那么商字又有怎样的由来呢?

仓颉是我国原始象形文字的创造者,他仰观天象,俯察万物,首创了"鸟迹书"震惊尘寰,堪称人文始祖。仓颉在洛河北岸的阳虚山造了二十八个字后,总觉得还不够,于是他从丹江的源头开始,一直从西向东行走,寻找造字的素材和灵感。

有一天,仓颉走到距离丹江源头的百八十公里的地方,看见一座特别漂亮的山。春雨过后的青山格外的迷人,整座山苍翠欲滴,叶子上的雨滴在阳光的作用下,都变成了五彩斑斓的珍珠。如此美丽的山使仓颉流连忘返。

仓颉被这美景深深吸引着,不禁朝着这座美丽的山走去。在路上恰巧碰到几个坐着闲聊的猎户、农民还有樵夫,仓颉便上前去搭讪:"老乡们,都在这坐着呀,请问你们都是这山里的人吗?"

这几个人看着仓颉,面带慈祥地答道:"刚下完雨,也干不了什么活儿,山中也凉快得很,我们几个小老儿就在这闲坐聊聊天,小伙子,听你口音,应该不是本地人吧。"

仓颉顺势席地而坐,答道:"嗯,我是河南人,自幼喜欢琢磨点东西。前些日子在阳虚山造了二十八个字,可是总是觉得不够,

于是就沿着丹江一路走过来的,想要寻找造字的灵感和素材,奈何走了好些天了,却还是找不到灵感。今日被这雨后秀美的峰峦吸引,便不自觉走进来了。"

听到仓颉的诉说,几个老人惊讶不已,其中一人说:"小伙子先不要着急嘛,你说你造字?造的什么字啊?我们几个都活了好几十年了,也不知道字长什么样,你把你造的字拿出来也给我们看看,让我们几个小老儿长长见识啊。"

"对,对,对,小伙子拿出来让我们几个也长长见识啊!"其余的人也附和道。

仓颉也不好推辞,便捡起一根树枝,在还潮湿的地上把自己造的字写了出来:"在下不才,望几位指点一下。"仓颉顺便把那个字是什么意思给他们讲解了一下。

看着仓颉写的字,听着他的讲解,山人知道眼前这小伙子是个不可多得的人才,其中一位老者道:"小伙子你前途无量啊,我们小老儿活了这么大把年纪,还是头一回见到这么有进取心的年轻人啊。不过你走了这么远的路,见识到好多东西,但是一个人的见识还是有限的啊。你看人们做什么事,不都是一群人商量着嘛,一起合作商量事情会做得更好的,对吧?小伙子,你也不要着急啊。"

心中为造字而苦闷的仓颉也明白:这是山中纯朴的老人们给自己的安慰,便也不多说什么了;过了一会儿,便离开了。

仓颉一边走一边想着造什么字,怎么造,越想越是烦躁,突然脑中浮现出之前山人劝慰自己的话,猛地脑袋里一道灵光闪过——商量,就是一群人讨论问题啊,一群人就应该是有好多嘴的,嘴不就是口吗,好多口,好多口……仓颉看着吸引了自己的那座青山,思考着,似乎心中摸着些线索了。

突然,仓颉的脑子闪过一丝灵感。"嗯,就是这样了。"仓颉自言自语道,捡起地上的小木枝在地上勾画着,随即造出了"商"字。这"商"字里面不是一个口,而是三个口。上古书中篆体的"商"字就是三个口,表示众人商量之意。由于"商"字是在山前商量造出的,所以就以背后的山峦为背景与众口合成商字。而后,仓颉兴奋地回去告诉人们自己造出这些字的来源和含义,得到了村民的肯定和支持,并表示将这些字流传下来,教子子孙孙识字。

为纪念商字的问世,人们便将仓颉留步造字的那座秀丽山峦取名商山(坐落在今丹凤县商镇丹江之南)。而这座大山也似乎得了"商"字神韵,大雪初晴,山上的纹理活像一个巨大的"商"字,《商州八景》之"商山雪霁"也就是它的真实写照。

(口述:李杰;地点:陕西省商洛市方志办;整理:苏世晶、时玉柱)

刘秀的传说

西汉末年,王莽夺权进行改革,但是这并没有缓解社会矛盾,反而使矛盾激化,引发了全国规模的农民起义。起义军中的刘秀被王莽认定为心中大患,并被追杀。刘秀在从长安逃回家乡南阳,途经商洛地区,期间便产生了不少传奇的小故事。

相传,刘秀从长安逃往商州,王莽对他是穷追猛打。当刘秀逃到秦岭尧关时,碰到一个正在放羊的牧童,便上前求救:"小兄弟,我正在被王莽的官兵追杀,请你救救我吧。"

牧童看他落魄的样子,便答应了下来,把身上披着的羊皮衣服递给刘秀,说:"你把它披在身上,装成羊,混在羊群里吧。"

刘秀刚装扮成羊,便看见王莽带兵追来了。

"小子,有没有看见一个人从这里经过?"一个官兵对牧童呵斥着问道。

牧童随手指了个方向,也不搭理他。

"追!"王莽一声令下,众官兵便向牧童指的方向追去。

看官兵走远了,牧童朝着羊群里喊道:"出来吧,他们走了。"

刘秀脱掉身上的羊皮,拍拍土,向牧童拱手作揖:"谢谢小兄弟搭救,他日必有重谢。"

刘秀落魄之期,逃到了洛南。一日,眼见追兵就要追来了,刘

秀情急之中，看到一个正在犁地的老人，便请求道："老伯，求你救救我吧，追兵就要追来了。"

此时的刘秀已是灰头土脸，衣衫也是破破烂烂的，着实令人同情。老人不假思索地答应了："你藏在犁沟里吧。"边说边用犁头挖了一个坑，让刘秀躺进去，并用土盖上，继续干活。

王莽带兵追到的时候，已经不见刘秀的影子。这时，树上的鹦鹉多嘴："刘秀……犁沟，刘秀……犁沟！"憨厚的乌鸦急忙打岔："瞎话！瞎话！"两只鸟在树上叽叽喳喳的，王莽也搞不清楚刘秀到底在哪，就又向前追去了。

看追兵走远了，老大爷担心刘秀被憋死，赶紧把土扒开。发现许多黑色小虫子从刘秀的两个鼻孔向外挖了两个小通道让刘秀得以呼吸。刘秀从土里爬出来后，先是跪拜老人，"谢谢老伯救命之恩。"老人扶起刘秀，刘秀又转身跪拜地上的小虫子："你们拼命救我，真是我妈我爷！"从此，人们就把这黑色的小昆虫称作"妈爷"，渐渐却演变叫成了"蚂蚁"。

刘秀为了表彰当初救他的乌鸦，就奖赐给它一个银项圈。这大概就是天下的乌鸦都是浑身黑的，而洛南的乌鸦脖子上却有一个白圈的原因吧。

在逃亡的日子里，刘秀总是饥一顿饱一顿的。一日，他坐在一棵树下休息，突然头被树上掉下来的什么东西打了一下。那东西从头上滚下来，就停在他的脚下。刘秀好奇地捡起那紫色的有指头蛋儿那么大的东西，发现软软的。已经快饿昏头的他就下意识地放在嘴里尝尝，觉得甜甜的，味道还不错。他看到地面上还有很多，就捡着吃起来。不一会，就吃饱了。刘秀很感谢那棵树，便承诺说："你给我吃了一顿饱饭，我封你为树中之王！等我登基后，一定给你挂牌匾！"

刘秀称帝后，亦没忘记那棵桑树的恩情，就请能工巧匠制作了一块很珍贵的树王牌匾，并且派钦差大臣，找寻那棵树。只是，刘秀不知道树的名字，也不懂那树只在春夏交接的时候才结果。刘秀派人去挂匾时候是秋天，钦差大臣呢也不太认真，在树林里随便找了一棵树，把牌匾挂上，就回京城交差去了。

据说这棵被挂上树王牌匾的椿树，见自己成了树王，就骄傲地抬头挺胸，所以我们现在看到的椿树都是长得又高又直。那棵当初给刘秀解饥的桑树呢？看见树王的牌匾居然挂了椿树身上，早已经被气坏，所以咱们今天看到的桑树，总是七扭八裂，甚至是开膛破肚的。

　　至于周围其他的树,都是和椿树、桑树一起成长的,也都知道牌匾该挂在谁身上,看见钦差居然挂错了,杨树惊讶地站起身来,并大声叫倒好,把双手拍得哗哗响。所以,我们今天看到的杨树长得比别的树都高大,叶子也总是哗哗哗响个不停。

　　柿子树则笑得肚子疼,一下子蹲在地上,起不来了。所以,咱们今天看到的柿树,都不高,枝冠是篷状的。

　　跟桑树玩得好的核桃树看见桑树被气得肝裂肠断,也气得爆裂了树皮。

　　(口述:贺焕成;地点:陕西省商洛市名人街广电大厦商洛广播电视台;整理:苏世晶、时玉柱)

蚕神的由来

春日载阳,有鸣仓庚。

女执懿筐,遵彼微行,爰求柔桑。

走进商洛,成片的桑树漫山遍野,听当地老百姓说,养蚕采蚕是他们生活不可缺少的一部分,而且在养蚕之前,他们会在每年正月十五日举行一个祭祀蚕神的活动,祈求三四月份蚕桑丰收。

相传,蚕神又叫马头娘娘,也叫马明菩萨。关于这个名称的由来,当地流传着这样的一个故事。

上古时候,有一个男子出门远行,很久没有回家。家中只有一个女儿和一匹公马,这匹公马从小就被这小姑娘养着。小女儿在家感到很孤独,就经常去帮邻居家干活,乐于助人的她让邻居们都很喜欢。在家闲来无事的时候,小姑娘就会想起远在他乡未归的父亲。

她喜欢向马倾诉对父亲的思念,一日,突然半开玩笑地对着拴在马房里的公马说:"马啊！我实在太想我父亲了,如果你能把我父亲接回来,我就嫁给你做妻子。"不料,小姑娘第二天起来喂马,发现马房里的马儿不见了,只剩下挣断的缰绳。

当小姑娘的父亲看到自家的马从千里之外的故乡跑来时,又惊又喜,便抓住马的鬃毛问道:"家里的女儿过得好吗? 是不是家里出事了?"

只见马儿望着它来的方向,伸长了脖颈,眼里噙着晶莹的泪花,悲鸣不已。男子觉得马儿大老远从家里跑来,又做出这奇怪的模样,一定是家里出了什么事情。随即收拾好东西翻身跃上了马背,扬鞭催马赶回家中。

回到家里,男子见到自己的女儿安然无恙,家里也没有什么特殊变化,惊讶地跟女儿讲了不久前马儿的异常表现,并问道:"女儿,咱家的马怎么做出那么奇怪的动作,我还以为家里出了什么大事,心急如焚赶回来了。"

"亲爱的父亲,您出去那么久都没回家,女儿心里甚是想念。马儿通灵性,自幼跟我感情深厚,见我如此思念父亲,就自己跑出去把您接回来了。"

小姑娘高兴地回答道。

男子见自家的马儿如此聪明,每天备着上等饲料喂马,但发现自从到家后,马儿似乎变得不愿进食,但每次见到小女儿进出时,就会又跳又叫,用力挣开缰绳。如此情景持续很长一段时间,实在让男子十分费解。

一日,父亲叫来女儿问道:"这马是怎么了? 以前都不挑食,现在给它吃好的它反而都不吃了,为什么见到你进出的时候它就又跳又叫?"

女儿听完,忽然想起自己不久前和马开了个玩笑,战栗不已,心想:这马不会是把我的话当真了吧? 难道我要跟这匹马过日子,这也太可怕了……小姑娘害怕地告诉父亲自己之前和马开玩笑的话。

自此,女儿进出家门尽量选择马儿看不到的地方,担心自己哪一天可能就成了马的妻子,日夜担忧,日渐消瘦。可能是马发觉小女主人出现的次数越来越少了,愈加不满,每天在夜里痛苦嘶鸣,扰得邻里无法入睡,引起大家的反感。

父亲回想着女儿和马开的玩笑,又想起马的举动越来越吓人,整夜辗转反侧,夜不能寐。心想:这马如此通人性,一直挂念着和女儿结婚,把女儿吓得整天闷在房间里不敢出门,这该如何是好? 苦思冥想,最终决定把马杀了以绝后患。

翌日,躲在不远处拿起射猎的箭将马射杀了。待马断气后,他把马皮剥下来,晾在院子里。

过了不久,家里渐渐恢复平静,女儿也变得活泼起来。一日,男子上山打猎去了,留下小姑娘和邻居家的孩子在庭院里嬉戏打闹。小姑娘看见马皮,想起之前马的疯狂举动,害得自己大步不敢出门,心里恼火,就踢了它一脚,还边踢边骂:

"你这畜生,还要我做你的妻子！自讨苦吃了吧？被剥皮了吧！真是不识相,闹得家里鸡犬不宁,真是活该被杀……"

话未说完,那马皮突然飞了起来,裹住小女孩朝外风一样地旋转而去,一刹那间,消失在人们的视野内。

父亲回来,得知女儿被马皮卷走的事,到处寻找,但最终找寻未果,整天以泪洗面,精神恍惚,疯疯癫癫地到处哭寻着自己的女儿,从此消失在了野外桑林中,村民再也没有见过这男子。

不久,当地人们在野外劳作,在树底下乘凉,发现大树枝叶中间有一条特别大的蠕蠕而动的虫,慢慢地摇摆着她那马样的头,嘴里吐出一条条白亮的细丝,缠绕在她的周身和树枝间。人们见她吐丝缠绕自己,想到小姑娘平时总是热心地帮助村民干活,便称这虫为"蚕",又称这树为"桑",并把她带回家养。就这样,蚕生蛹,蛹生蚕,当地居民纷纷开始了养桑蚕的生活,将蚕吐出的丝织成布匹,卖钱养家。

从那以后,当地桑蚕收获颇丰,村民猜测一定是小姑娘在保佑着。村民为纪念小姑娘,便把她视为"蚕神",并一致决定在每年正月十五日举行祭祀蚕神活动。

（口述:张鸣学〈退休老干部〉;采访地点:陕西省商洛市疾病控制中心;整理:黄雯娇、时玉柱）

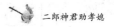

二郎神君助孝媳

　　相传在很久以前,二郎神杨戬劈桃山救母的举动震撼天庭,其孝心感天动地,在众大仙的建议下,玉皇大帝为彰其孝道,特令杨戬化为凡人,体察民情,将有孝行之人的事迹上报天庭,助他们在百年之后升天为官。

　　一日,杨戬闲来无事逛集市,突然发现前方人群拥堵,嘈杂非凡。走近一看,一个肥头大耳、大腹便便的男子趾高气扬地调戏着跪在路边的一女子。只见该女子泪眼蒙胧,疲惫无奈之中却有着梨花带雨般的温柔。

　　"你说你这何苦呢?看着你这粗糙的小手长满了茧,大爷看着心疼啊!"该男子伸手抚摸了这女子的手背,"乖乖跟俺回府做俺的小妾,让大爷好好疼你,跟着本大爷吃香的喝辣的,有你享不尽的荣华富贵,大伙说是不是啊?"该男子对着旁边的跟班调侃着,瞬间笑声此起彼伏,一副恶心嘴脸流溢表面:"你看你那丈夫,有什么用啊,住着山上那破屋,每天还要你磨豆子做豆腐,人都死了,跟着大爷,大爷保证你衣服都不用洗,只要逗逗大爷开心,包你有穿不完的锦衣绸缎。"

　　该女子紧张地把手抽回来,哽咽道:"大爷,小女子无德无能,不求荣华富贵,只求大爷能赏些钱,让小女子把丈夫和婆婆安葬

好,小女子给你当奴婢,做牛做马都行,给大爷洗衣做饭,抚养腹中的胎儿,还望大爷能体谅小女子是有家室之人,不要强迫小女子当您的小妾。"

二郎神向周围打听,才得知,不久前,该女子的丈夫和婆婆相继去世,家庭一贫如洗。调戏该女子的男子是当地的地头蛇,据说当地人都不敢得罪他,连县官也要对他低头哈腰。

二郎神脑子一转,暗使神法,让这大胖男子自行掌嘴,众人见状惊吓不已。只见二郎神笑着走向该女子,递给她一个锦囊,然后消失在人群中。

该女子似乎明白了什么,趁着大胖男子无法自控地掌嘴之时,赶紧起身回家。只见屋中站着一人,此人正是刚刚解救她的那个恩人。

二郎神从女子口中得知,该女子的丈夫在集市卖完豆腐的回家路上,遭遇恶棍抢劫,其老母见儿子久久未归,便下山寻子。不料发现儿子浑身是血倒在草中,早已断气,钱财已被洗劫一空。老母慌忙回家,叫媳妇一起把儿子抬回家中,看着独子浑身是伤,无生还气息,老母整天以泪洗面,伤心过度,也含恨过世了。看着丈夫惨死、婆婆过世,该女子悲愤不已,决定下山到县城府衙里报案,但县官的推脱,使该女子明白官匪勾结、强盗横行,即使报案也不会被受理。

残酷的现实击溃了该女子的心,伤心欲绝的女子回家后,拿起白绫穿过房梁,心情久久无法平静。回想着和婆婆丈夫一起生活的快乐场景,泪花在眼里打滚,当她闭上眼睛准备去见死去的婆婆、丈夫时,肚子里似乎有个小东西在一直踢她。

这时,她才恍然大悟:肚里的孩子还活着,他是丈夫的血脉、自己的希望,无论如何都要保住孩子的性命,让他长大、教他学习。女子看着床上的婆婆、丈夫,抚着自己肚里的宝宝,内心无比坚强,决定为了孩子苟且偷生,待孩子长大后,再去见死去的丈夫。

二郎神了解内情后,对女子说:"你明天带着丈夫的尸体,前往府衙击鼓鸣冤,只要把当地老百姓引来围观就可以了,明天见了县太爷把锦囊交给他,就会得到帮助了。"说完又消失了。

该女子半信半疑,决定死马当成活马医,第二天早早来到县衙击鼓。该女子按照二郎神的交代,哭冤声引来了百姓围观;升堂之时女子又将锦囊递给县太爷。县太爷打开锦囊,只见一道金光飞出,睁开眼睛发现皇上坐在旁边,肥头大耳的地头蛇被五花大绑跪在地上。县太爷见状吓得浑身哆嗦,慌乱地滚到了地板上,使劲向皇上求饶,老老实实地将自己贪赃枉法的勾当一五一十地交代出来,包括该女子的丈夫惨死是堂下地头蛇倾心其妻子美色而制造的抢劫事件。

皇帝一怒之下,将其二人严惩,并肃清当地为官不良作风,从京城调遣德孝之官赴任,为当地老百姓主持公道。为表彰该女子的孝心,皇帝命人厚葬其死去的婆婆和丈夫,并赐给该女子一所大宅,让其衣食无忧。只见空中一人扬了扬方天画戟,带着吠天犬,点了点头,笑着烟化而去。皇帝起身叩首,当地老百姓和该女子也赶忙伏地而跪激动地喊着:"二郎真君显灵了,二郎真君显灵了。"

自此以后,当地繁荣昌盛,百姓安居乐业,为官清廉之风盛行,当地老百姓为感激二郎神君,特地在山头建了二郎神庙进行供奉,常年香火不断。

(口述:李天成;地点:陕西省商洛市丹凤县西火乡遥沟村;整理:黄雯娇、时玉柱)

李白愤书仙娥诗

在商州之地，有一处名为"仙娥削壁"的胜景。那里丹江两岸高山陡立，河谷狭窄，岸南有一山峰名叫"仙娥峰"，峰下的丹江水称"仙娥溪"，溪岸的驿馆叫"仙娥驿"，为商州八景之一。

相传上古时候，商州的某个山间有一个小洞，洞中有一个仙长，龙王们定期会来听他讲经。一日，东海龙王又前来山洞，有个小龙女名叫仙娥，看着父王打扮得很帅气地出去了，觉得很好玩，便偷偷尾随龙王来到山洞。

"哇，好清澈的水呀！"仙娥环顾四周无人，便开心地跑到溪水旁戏水梳洗，突然，从溪水倒影中发现土地神从山门缝中伸出头来偷看她："啊，你干什么?!"小龙女怒目吼道。没想到仙娥的一吼，"轰隆"一声，山门紧闭，土地神的头来不及缩回，被山门夹住脖子(现在"土地神"的头还在山崖上)。这时，惊动了正在洞里听经的众龙王，"怎么回事？什么声音？咱们出去看看。"

众龙王纷纷向山洞口走来，为了不被众龙王发现自己，仙娥想跑掉但已来不及，又因土地神的戏耍让自己感到羞愧难当，便化作一座山峰，耸立在溪岸，婀娜多姿，栩栩如生。后人便把这座山峰叫作"仙娥峰"，把峰下的丹江水称"仙娥溪"。

唐天宝年间，玄宗皇帝不理朝政，不察民情，整日里迷恋杨贵妃。满朝文武敢怒不敢言，性格刚正不阿的李白学士不满朝政，竟在金銮殿众臣面前演出了令贵妃磨墨的恶作剧。贵妃因被戏耍怀恨在心。为报复李白，一有机会就在皇帝面前诋毁李白。最终，郁郁不得志的李白选择远离官场，隐于世俗之外，开始了游览大好河山的征程。

李白在商州州官的接待和推荐下，逆江来到仙娥溪观赏。李白抬头一看，山上树木繁茂，绿树成荫，山壁陡峭。有一孤峰兀立，似仙女舒袖展裙，翩翩起舞。李白身临其境，感慨万千，惜仙娥，恨贵妃，叹自己，连饮斗酒，诗兴大发，站立船头挥毫留诗石壁之上：

仙女有情知羞辱，贵妃无耻弄红颜。

洞中长老不济世，徒劳说法在人间。

州官见此诗，不禁哑然失惊，赶忙催着李白学士回衙门休息。怎奈李白已大醉酩酊，硬是躺在仙娥驿馆门口酣然大睡，后恍然梦呓："仙娥现在何处？现在何处？"馆主知道其心思，便答道："仙娥现宿东岩，学士待酒醒后明日好去郊游。"

谁知李白一听，竟醉意全消，跟馆主人回到室内，馆主人告诉他，仙娥化峰后，本想常住溪岸，尽享人间天伦之乐，怎奈龇牙咧嘴的土地神还在身边，她不想再见这个丑相，便来了个金蝉蜕壳，飞往离此地十里的东岩山，那山和仙娥峰遥遥相对。

次日，李白泛舟寻找东岩，途经仙女峰下，突然发现昨日题诗竟消失了。后才明白，原来是州官怕惹事端，连夜派差役将题诗铲除了（这首诗李白诗集中没有录入，大概就是这原因吧！民间传下来的便是衙役当时默记后，逐渐传下来的）。

李白见题诗已被铲除，非常恼怒："世风日下，安得刚直之人耶？"便未去州城向州官辞行，独自向东而去。

（口述：廉高林；地点：陕西省商洛市商州区方志办；整理：黄雯娇、时玉柱）

屠夫与状元的故事

隆冬时节,一个风雪交加的黄昏,屠夫胡山急匆匆走在商洛山道上。

胡屠夫早年父母双亡,只得长安城里以屠宰为业,此刻正前往商州贩猪。行走间,胡屠夫突然发现一个人倒毙雪中。"天啊,这人伤得很重啊。"胡屠夫奋力背起他,送回自己家中养伤。经过医师的救治,那人得以复生。

"你终于醒了啊,谢天谢地啊!"屠夫激动地说。

"这是哪? 我怎么会在这?"那人问道。

"我在山上发现你昏迷不醒,把你送回家中,请了医生救治。"

"原来是这样,您是我的大恩人啊,我叫党金龙。"

年龄相仿的二人越说越投机。党金龙无奈:"我乃忠臣之后,八年前,奸臣杨猎欲篡王位,皇上将国宝夜明珠交给我父亲党秉忠保存,作为辅佐太子登基的凭证。谁知,杨猎设毒计害死我的父亲,母亲携着我和妹妹带着夜明珠连夜逃走,后母亲让我改名易姓,化名为朱进文,进京赶考,待金榜题名时为父报仇。怎奈我途中感染风疾,又遇风雪交迫,体力不支;如今是盘缠罄尽,寸步难行,总之一言难尽啊。"说完,党金龙不禁泪流满面。

"兄弟,你先把这两个黑面馍和这半个猪耳朵吃了吧。常言道,见死不救,心肠发臭。今儿索性少买两只猪,这二两半银子给你上京做盘缠。"胡山说完递给党金龙一大锭银子。看着如此仗义的胡山,党金龙遂与胡山结为异姓兄弟,并发誓如若忘恩,就死于河中。党金龙洒泪拜别胡兄长,带着银子赶往京城,并发誓一定要功成名就,回来报答胡山的恩情。

进京后,党金龙一举高中状元。庆功酒后,太师杨猎说道:"老夫年过花甲,膝下无子,状元风华正茂又只身飘零,老夫心想将你收为螟蛉,也好提携你,不知新科状元意下如何啊?"

名利面前,党金龙竟把国恨家仇扔于脑后,认杨猎为义父,卖身求荣:"学生深谢恩情,受宠若惊,爹爹在上,请受小儿一拜。"杨猎高兴地拉着党金龙进屋交谈。

党母听说儿子考中,遂携女进京,途中又与凤英走散,只身流落长安城东灞河桥头。适逢杨猎、党金龙游春至此,党母激动不已,拦住轿子上前认子。为不使杨猎发现内情,党金龙赶忙下轿扯着母亲到桥头:"你这疯野婆子,我已认杨太师为义父,书云:'识时务者为俊杰',岂能重蹈亡父覆辙。"

朱氏听完,气不打一处来:"奴才,你这没有血性的畜生,趋炎附势,见利忘义,苟且偷生,你你你……"谁知,党金龙听完后竟起杀心,将生母踢翻落水,撒手离去。

正巧这时胡山经过,发现湖中有人落水赶忙救起,并留她在家吃饭,后觉得朱氏孤身一人,甚是可怜,便主动认朱氏为干娘。尔后,胡山经商路上又救出走投无路、跳水自尽的党凤英,二人又认作兄妹,接回家中才发现凤英与干娘乃是母女关系,一家子其乐融融地过着生活。

此时皇上老迈染疾,遂张榜寻宝,以使太子登基。胡山买完猪肉后,误揭皇榜,官府派人前来擒拿,眼看这危急情况,党母回屋取出夜明珠,遣胡山进京献宝。皇上大喜,御封"西召御史",夸官亮宝三日。

杨猎、党金龙知道此事后,赶来抢宝,在灞河桥头再次与党母、凤英相遇。党金龙丧尽天良,执剑要杀母、妹,胡山激于义愤,拿起腰间的杀猪刀刺死奸臣杨猎,并将忘恩负义的党金龙推落河中。

这时,阁老赶到喊道:"胡山、党门朱氏接旨,胡卿献宝有功,即日官加一品。义母朱氏深明大义,封为一品诰命夫人。翌日还朝辅佐太子登基。今朝胡卿会同

兵部剿灭逆臣杨猎,另有封赏。党金龙认贼作父,谋杀生母,悖弃人伦,亦应处死。钦此!"

"阁老大人,您来迟一步,刚才我已将两个贼东西处置了,不用再麻烦了!"胡山答道。

"噢,胡大人除了奸臣父子,既合圣上旨意,又称万民之心,奏明圣上,还要高封!"阁老哈哈大笑。

"行了,行了。我还是回去干老本行吧!"说完拉着义母回家。在皆大欢喜之时,胡山与党凤英结为夫妇。

后来,皇上将胡山的事迹昭告天下,太子登基普天同庆,村民们被胡山的品质所感染,自发打起了花鼓,并把屠夫胡山的事迹取名为《屠夫与状元》,每逢节日,当地村民便会聚在一起歌颂胡山的故事,流传至今。

(口述:吴慧芳;地点:陕西省商洛市商州区群众艺术馆;整理:黄雯娇、时玉柱)

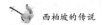

西柏坡的传说

　　在冀西山区滹沱河北岸，有个小山村，不仅风光秀丽，而且地肥水美。这个美丽的小山村，就是著名的西柏坡村。据说，西柏坡原名"柏卜"，始建于唐代，由于村后坡岭上翠柏苍郁，浓密茂盛而得名。后来，该村的一个教书先生将"卜"改为了"坡"，又因与"东柏卜"村相对而居，于是就改名为了"西柏坡村"。这，便是西柏坡村的由来。在一片向阳的马蹄状山坳里，三面环山，一面环水，依山傍水，滩地肥美。

　　关于西柏坡的柏树，有一个美丽的传说。村里有一对夫妇，丈夫以前参军打仗，在一次战役中，被打折了腿，从此闲居在家，靠着军队给的一些抚恤金过日子。他们无儿无女，用完仅有的一点抚恤金后，日子过得是更艰苦了，可以说是吃了上顿没下顿，有时好几天才能吃上一顿饭。最后迫于无奈，夫妇俩去要饭，当了乞丐。

　　一天中午，天气非常炎热，两人外出去讨饭，讨了好长时间也没讨到，妻子对丈夫说："实在不行了，我快累死了，要不，咱俩去墙角边去歇歇吧！"

　　俩人靠边来到墙角边后，看到了一只盆，妻子就想到了："这几天咱们门前经常有一条流浪狗转悠，正好可以找点别人吃过的

剩饭给它装在盆里!"丈夫想也没想就同意了。等到回去后,他们捡来一些馊掉的饭放在了盆里,并把盆放在门前,心想那只狗看到应该会吃。等过了几天,他们来看,盆里的饭依然在,怎么狗还没吃?难道嫌弃这些馊掉的饭?不可能吧,饿到一定份儿上,谁会嫌弃?他们有点不相信这个事实,所以就默默躲在角落观察。但是,当他们看到这个情况后,简直是惊呆了!

原来,狗吃完饭后,盆里马上就又变出了饭,狗又来吃,反反复复,盆里始终都有他们放在里面的饭。妻子有点疑惑,不过马上就闪出一个念头,如果把钱放在里面,会不会一直有呢?激动的妻子赶紧把几个铜板放在盆里,等她拿出来后,盆里立刻就有了刚才放进去的钱!夫妇俩被眼前的景象惊呆了!他们寻思着以后就不用讨饭了,坐等生钱多好。

这时妻子又有点担心,如果被别人知道了怎么办?不行,绝对不能让别人知道。妻子心想白天人多不安全,先把盆放在柏树底下,等到晚上再拿出来把钱放进去。自以为聪明的妻子便用一个袋子把盆包裹起来,偷偷地放在了柏树底下。

但是,当她晚上来找盆时,那个盆却不见了!但她怎么会甘心?所以就一直找,直到累得筋疲力尽的时候,慢慢地就睡着了。可当她第二天起来时发现,漫山遍野的都长满了柏树,放眼望去,真是无边无际!

此时丈夫赶了过来,夫妻俩望着满山的柏树,不知所措。西柏坡从此长满了郁郁葱葱、挺拔伟岸的柏树。

(口述:阎青海;地点:河北省石家庄市平山县西柏坡村阎青海家;整理:刘越华、王文礼)

善 女

这是很久很久以前的事了。

有一个姑娘爱上了邻村的一个小伙子,可这小伙子的家庭却非常贫穷,姑娘家里也不富裕,就家境而言算得上是门当户对吧!但是小伙子的父亲在他很小的时候就去世了,他就靠着母亲给邻里乡亲缝补衣服、挣点小钱,把他养大成人的,那时候,缝补破旧衣服全靠手工做,娘俩的日子一直过得很寒酸。小伙子长大成人之后,上山打柴贴补家用,日子有了些许的好转。

说起这对年轻人的婚恋,好像就是上帝特意安排的吧!旧时候的姑娘成家之前,几乎是不准抛头露面的,所以很少出门,就在唯一一次走亲戚的归途中却迷了路,恰好在这小伙子打柴的山林里,她来来回回好几趟,也没有走出山林,眼看天都快黑了,姑娘吓得哭了起来。哭声惊动了打柴正准备回家的小伙子;听见姑娘的哭声,小伙子放下柴担子去看个究竟,看见急哭了的姑娘,小伙子把姑娘带回自己家里,母子俩如待上宾,端出自家的最好食品,母亲对她嘘寒问暖,关心备至,让姑娘感动得热泪涟涟。姑娘在这家住了一宿,其间的攀谈交流,让她对这母子俩有了一种亲近感。

第二天,小伙子就把姑娘安全送回家里。一路上,这一对年

轻人彼此倾诉,相互之间产生了爱慕之情,也就私订终身。可爱情的力量往往是无法抗拒的!因为小伙子在姑娘困难的时候给予了帮助,姑娘的家人虽然嫌弃他家穷困,但碍于那份恩情,也就无奈地答应了,两个年轻人就在当年简简单单的把婚结了。

常言说"天有不测风云,人有旦夕祸福",新婚不久,小伙子因为在深山打柴时坠入深谷,不幸身亡!母亲也是上了年纪的人了,因为常年给人缝补衣服,已经把眼睛给累坏了,加上这样沉痛的打击,天天流泪,眼睛也给哭瞎了。姑娘几度哭昏,想到这一次一次的打击,几乎近于绝望!也想到一死了之,可想到孤苦伶仃的瞎婆婆,自己还得撑起这个家,黄连般的日子还得熬着过。

就这样,这个本来就很清苦的家庭,遭到如此重击,越来越难过,身为一个以农活为主的家庭里没有男劳动力,那种日子可想而知,家里又有一个瞎婆婆需要照顾,后来几乎是吃了上顿没下顿,就是吃一顿也都是野菜杂粮汤!

有一天,天气阴沉沉的,雷声劈劈啪啪地响个不停。姑娘颤颤巍巍地把手从窗子口伸出去,自言自语地对着天空说:"天老爷啊!我这么做也是没有办法的了,我不能给婆婆吃上一顿好饭啊!你实在要惩罚我,你就惩罚我这双手吧!"说完,她就闭上眼睛等待天公的惩罚。可过了一会,天气晴了,她感觉自己的双手沉甸甸的,于是睁开眼睛,发现她一只手上放了一块金锭,另一只手上边放了一块银锭!

从此,婆媳俩终于过上了衣食无忧的生活!

(口述:阎青海;地点:河北省石家庄市平山县西柏坡村滹沱河船上;整理:刘越华、王文礼)

苏起年画

　　清康熙年间,在平山县西柏坡村有一个青年叫苏起,以卖纸为生,还要养家糊口。由于家境比较贫寒,而且他卖的纸价格极其便宜,基本没有什么赚头,在苏起来说,不能卖得价钱太高而使百姓们买不起,他要对得起自己的良心,所以生活非常清苦。

　　这天,苏起卖纸回来,突然下起了倾盆大雨,苏起看见路旁正好有个观音庙,直奔观音庙。大雨下个不停,苏起又累又饿,他看了看怀里揣的两个烧饼,即使是被雨水浸湿,但硬是强忍着咽了一口口水,没舍得吃,因为这是给相依为命的老娘买的。

　　进了庙之后,苏起打量着这个有些破陋的庙,虽然破陋不堪,但庙中间摆放着的观音菩萨却是慈眉善目,她的光辉丝毫没有被庙里的破陋以及常年不打扫的尘土、蜘蛛网等遮掩。此时,衣服湿透、身体乏力,并且伴随着饥饿的苏起并没有心情关心观音菩萨,他只想找个地方好好睡一觉。可是,偌大的庙里居然连个能躺的地方也没有,苏起不免有些失落。他只好靠在观音菩萨身上,不知不觉地进入了梦乡。

　　睡梦中,一个衣衫褴褛、神色慌张的中年妇女跑进了庙里,一进来便看到苏起,喊道:"救命啊!"沙哑的声音使苏起惊慌失措,一时不知道怎样是好。他想也不想,就拿出了久久舍不得吃的烧

饼给了妇女。就算是湿漉漉的烧饼,妇女也毫不犹豫地接了过来。看着妇女津津有味地捧着两个烧饼吃,苏起看在心里,不免有些同情,于是打开自己的纸挑,把纸铺在地上,在可怜兮兮的妇女吃完饼后,便扶她躺下。可就在这个时候,妇女转瞬间却凭空消失了,随后睡梦中的苏起便惊醒了。他看着自己的纸挑子还在,心想还好只是一个梦,只是纸箱子原本洁净的纸都变成了一幅幅生动的画。画上是一位观音菩萨,和庙里的观音菩萨简直是一模一样,神情举止竟是如此的出神入化!

雨很快就停了,苏起回到家,把庙中的事向老娘从头到尾说了一遍。老娘听后,感动地说:"这是观音菩萨将神像赐给我们,保佑咱们平安呀!"

苏起和老娘商量,乡亲们时不时地都接济一下我们家,我们要有福同享。第二天,苏起将画分给了乡亲,希望这份平安也能带给乡亲们。果不其然,这一年全乡都是风调雨顺,家家平安。乡亲们一个个脸上都是乐开花,都拿着一些鸡蛋、蔬果等来到苏起家致谢。

后来,在乡亲们的帮助下,苏起在县城开了一家年画店,除了印刷那天在庙里观音菩萨赐给他的画,还印刷了花鸟虫鱼等可爱的生灵。乡亲们过年买几张年画,往家里一贴,呵,满院都是喜气,别提多称心了。于是,越来越多的人来到苏起的年画店购买年画。

从此,苏起年画店一年比一年盛行,生意一年比一年好,苏起的年画店也是声名远播,不少年画成了驰名中外的艺术珍品。但只有苏起知道,这一切的一切都要感谢观音菩萨。

而那个观音庙,也经常被一个人打扫得干干净净;每逢佳节,这个人都要来观音庙给观音菩萨上几炷香。

这个人,就是苏起。

(口述:阎青海;地点:河北省石家庄市平山县西柏坡村阎青海家;整理:王永晖、王文礼)

赵匡胤卖华山

华山古称"西岳",为中国著名的五岳之一。宋太祖赵匡胤,在没有发迹的时候,是一个闯荡江湖的无赖汉。当时,他爱在华山一带游玩。

这天,华山正好有个庙会,赶会的进香的,红男绿女来来往往,十分热闹。赵匡胤也来了。他得意扬扬地说:"这华山到底是我的天下,风光真美!"他正高兴哩,看见路边有个摆残棋的老汉,却像没看见他一样,四平八稳地坐在那里,一动也不动。

赵匡胤心想:这老头倒有个牛劲,得给他点苦头尝尝!他三步两步走到老汉跟前,往棋盘上扫了两眼,就大大咧咧地说:"哼!就凭你这本事,还来摆残棋呢,看我收拾你!"他抓起棋子儿就走。那老汉不慌不忙,三下五去二就把他"将"死了。

赵匡胤抓抓头皮说:"这盘没下好,再摆一盘!"那老汉不声不响,就又摆了一盘。赵匡胤一走,又输了。一气输了七八盘!

赵匡胤一看下不了台,可还不服输,又生出了门道,他说:"老头,摆残棋都是骗人的,不是真本事。你敢不敢和我下满一盘棋?"

老汉说:"小伙子,我是指望着摆残棋吃饭的,你输了几盘,我分文没取。这盘棋可不能白下了吧?"

赵匡胤拍了拍胸脯："那当然。大丈夫说话做事,一言既出驷马难追,输了就掏钱!"

老汉说："好,咱们有言在先,可不能说了不算数。"

赵匡胤说："君子一言九鼎!说了不算,我学个王八绕着你棋盘爬三圈。"

这时候,看热闹的人们渐渐围了上来,把这个小小棋摊围得风丝不透。谁知这盘满棋也不好下,赵匡胤本来在下象棋方面只懂个马别腿儿,老汉不费吹灰之力,就把他杀得只剩下光肚子老将!

赵匡胤又输了,但是他还有词儿呢:"一盘不算,咱们三局两胜吧!"

老汉说："干脆,三局之内,和一盘棋算你赢了。"

赵匡胤说："那中!你年纪大了,我说的不算,听你的。"说着,又摆好了棋子。老汉眨眼工夫,又赢了他两盘。

赵匡胤这才像经了霜的红薯叶,蔫了下来。他勾着头一言不发。围观的人们七嘴八舌地催他:"输了掏钱啊!"

"不掏钱就爬三圈!"

"对,君子一言嘛。"

赵匡胤抓耳挠腮,口袋里面又掏不出一个子来。眼一瞪,牙一咬,就往地上爬。老汉说："别慌,你要是真的没钱,我倒有个办法。"

赵匡胤软了:"大伯,我真的没钱。"

老汉说："没钱也行,你把这块地卖给我吧。"

"卖地?"赵匡胤愣了:"我哪有地啊?"

老汉笑了笑,"你刚才不是说,这华山一带是你的天下吗?我就买你这句话。从今往后,这不是你的天下了。"

"那好,那好。"赵匡胤满口答应,急忙从地上爬了起来,打算溜走。可周围的人们不依,堵住了他的去路,一起说道:"空口无凭,得立个字据。"

"对,还要签字画押哩!"

赵匡胤眼看不能脱身,只得让人找来纸笔,立下字据,上面写道:"自即日起,华山不是赵匡胤的天下。"又按上了手印,方才离去。

想不到赵匡胤后来竟然当上了皇帝。华山周围的百姓听说赵匡胤当了皇帝以后,再也不像之前那样每年纳税交粮了。官府派人来催,他们就找着摆残棋的

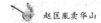

老汉，把那张保留下来的字据拿了出来让他们看。地方官员没有办法，于是就把这事报到了东京汴梁。赵匡胤想起当年那桩丢人事，也是干瞪眼，没办法。

——皇上讲话，一言九鼎啊！

（口述：熊功发；地点：湖南省湘西保靖县拱桥村；整理：龙雨嫣、王文礼）

后　记

　　"中国的民间传说"采风实践活动,是井冈山大学"井冈山的红色传说"和"江西的民间传说"采风实践活动的延伸和拓展。自2007年以来,井冈山大学连续八年组织学生开展传说系列采风实践活动,先后采集了"井冈山的红色传说""江西的民间传说""中国的红色传说""中国的民间传说",并结集出版。此项活动深受师生们的欢迎,并得到社会各界的支持。受此启发和激励,我们决定继续开展"中国的传说"暑期社会实践采风活动。

　　2014年6月,学校立"中国的传说暑期社会实践采风团"和领导小组,安排校内专家学者对参加采风的老师和同学进行了集中培训。培训结束后,采风团以老师带队的形式,分成二十个小组,利用暑期时间深入各省地市,搜集和整理散落在各地的民间传说。这二十个小组分别奔赴江西省的井冈山、瑞金、修水、上饶,湖南的张家界和宜章、湖北的黄安和洪湖、广东海陆丰、广西的百色和全州、陕西延安和商洛,以及福建龙岩、海南乐东、山东临沂、贵州遵义、四川巴中、甘肃会宁、河北西柏坡等地。采风实践活动的师生们,深入社会,深入群众,倾听各种传说故事,将其记录下来,并详细标明采风地点,以及讲述者、采访者和整理人的姓名。回校后,我们再采取集中的方式,做好分类、编号和登记工作,组织师生们讨论分析,将采风底稿整理修改为具有原生态风味的传说文本。

此次采风活动,遍布全国十余个省、市、自治区,最终遴选出 133 篇文章,编入《中国的民间传说》(二)。我们相信,这些充满乡土气息的民间传说,在反映各地群众独特的生产生活和发展历程、表现他们的文化心理、语言特色、审美能力以及文化的传承与创新等各方面,都具有重要的参考价值和借鉴意义。

在采集、整理、编辑、出版过程中,我们得到了采风当地领导和群众的热情帮助,得到了有关专家学者和江西人民出版社的大力支持,在此一并感谢!

编者

2014 年 10 月